W0193823

EDITION  ALSTER

Das Coverfoto stammt von Ludwig Wellhausen. Es zeigt seine Kinder Lieselotte und Hans im Advent 1933 im Magdeburger Haus der Familie. In dieser Zeit konnte Ludwig Wellhausen noch auf dem abgebildeten Lieblingssessel den Feierabend genießen. Weihnachten 1939 blieb der Sessel leer.

Lektor: Jürgen Lassig († 2020)
Wir vermissen ihn!

Gestaltung: Lorenz Obenhaupt
Gesamtherstellung: OPS Obenhaupt
Publishing Service GmbH, Hamburg,
www.ops-medien.de

ISBN 978-3-939217-19-0

Beate Wellhausen

Schatten flüstern!

Kriminalroman

Inhalt

Vorwort

Die folgende Erzählung ist vor allen Dingen die Geschichte meines Großvaters Ludwig Wellhausen. Er wurde am 3. Oktober 1884 in Hannover als eines von sechs Kindern geboren – eigentlich waren es sogar neun. Bis zu seiner Ermordung im Konzentrationslager Sachsenhausen am 4. Januar 1940 wirkte er als führender Sozialdemokrat in Hamburg und in Magdeburg, dort war er ab Juni 1933 bis Januar 1939 im Widerstand.

Dementsprechend habe ich mir erlaubt, den nicht mehr Lebenden dieses Berichtes eine Art Denkmal zu setzen, indem ich so wahrheitsgetreu wie nur eben möglich wiedergebe, was ich gehört und gelesen habe. Vieles ist nach dem Zweiten Weltkrieg nicht mehr erzählt worden oder blieb für immer ein Geheimnis.

Alle anderen Menschen gibt es nicht. Jedenfalls nicht in Wirklichkeit. Deshalb muss sich auch niemand die Mühe machen, einen Anwalt aufzusuchen.

Beate Wellhausen, Hamburg, 2020

Die handelnden Personen

in der Reihenfolge, die weitgehend dem Geschehen
im Krimi entspricht:

Dr. Rhena Kuhl
(eigentlich Kuhl-Lundquist, geborene Wellhausen),
geboren 1956, Sportwissenschaftlerin, aus Hamburg

Dr. Karsten Jacobi,
geboren 1942, Freund von Rhena Kuhl, Sozialwissen-
schaftler, Psychologe, aus Hamburg

Finn Lundquist,
geboren 1980, Sohn von Rhena Kuhl, Student, aus Hamburg

Lieselotte Wellhausen, geboren 1924, Rhenas Mutter, Tochter
von Ludwig und Margarethe Wellhausen, aus Hamburg

Ludwig Wellhausen,
1884–1940, Großvater von Rhena, sozialdemokratischer
Funktionär, lebte in Hamburg und Magdeburg

Margarethe Wellhausen,
1893–1985, Großmutter von Rhena, Ludwig Wellhausens
Ehefrau, lebte in Hamburg und Magdeburg

Helene „Lene" oder „Lenchen" Hillier,
1906–1994, beste Freundin von Margarethe Wellhausen,
aus Moers

Werner Bruschke,
1898–1995, Ludwig Wellhausens Weggefährte, sozialdemokratischer Funktionär, lebte in Magdeburg und Halle

Lara Laurents,
beste Freundin von Rhena Kuhl, Lehrerin, aus Hamburg

Dr. Nadja Pappel,
Kollegin von Rhena, Sportwissenschaftlerin, aus Moers

Sonja Pappel,
12 Jahre alt, Tochter von Nadja Pappel, aus Moers

Matthias Pappel,
Ehemann von Nadja und Vater von Sonja, aus Moers

Frau Golddistel,
Nachbarin von Lenchen Hillier, aus Moers

Dr. Scholten,
Arzt von Lene Hillier, aus Moers

Susi und Bodo Saturn,
Kinder von Lichen, Rhenas Freundin und Freund,
aus Magdeburg

Lichen (Lieselotte) Merkur,
geboren 1925, beste Freundin von Lieselotte Wellhausen, Mutter von Susi Saturn, aus Magdeburg

Lisa Wischer,
geboren 1925, die andere beste Freundin von Lieselotte
Wellhausen, aus Magdeburg und Calbe

Dr. Wehner,
Historiker und Archivar des Landeshauptarchivs,
aus Magdeburg

Dr. Herlemann,
Historikerin, aus Hannover, die zur SPD Magdeburg
und u.a. zu Ludwig Wellhausen geforscht hat

Amalie Pauli,
Bekannte Wellhausens und Bruschkes, aus Magdeburg

1. Kapitel

„Erinnerst du dich daran, wie du hinter dem Tod von Tante Lene her geforscht hast? Ich meine, du hast beim Einwohnermeldeamt von Moers nachgefragt. Oder war das deine Freundin aus Duisburg?" Rhena guckte ihre Mutter über den Brillenrand hinweg forschend an und wickelte die Wolle neu um ihren Zeigefinger.

„Nee, ich erinnere mich gar nicht. Ich vergess ja so viel." Seufzend zog Lieselotte Wellhausen die Augenbrauen hoch und füllte die nächsten Kästchen in ihrem Kreuzworträtsel aus.

Sie guckt mich noch nicht mal an, dachte Rhena. Dabei ist das doch so spannend. Und auch immer noch traurig. Ich kriege sie schon noch dazu, sich die Geschichte aus dem Kopf zu kramen. Entweder lasse ich sie etwas tippen. Oder wir gehen raus, ein bisschen gucken im Stadtteil, was sich verändert hat. Dann rieselt der Kalk schon aus dem Gehirn.

Rhena Kuhl ruckelte auf ihrem Stuhl herum, schlug die Füße auf dem zweiten Stuhl anders herum übereinander, zog ein bisschen am gelben Wollfaden.

Will ich noch einen Kaffee oder lieber nicht?, fragte sie sich. Genug der Drogen, los, an die Arbeit.

„Hast du Lust, was zu tippen? Ich habe wieder ein paar Seiten für den Gesundheitsaufsatz geschrieben. Bin jetzt drin im Text, die Schrift ist auch schon ordentlicher."

„Ja, gern", strahlte Lieselotte. Ihre Mutter stand von der Bank auf. Hier saß sie am liebsten mit dem Rücken zur Gartenaussicht, Enkel Finns hingeknüllte Pullover und leicht miefende Socken einfach in die Ecke geschoben, die Morgenpost und das Rätselheft griffbereit und hoffnungsfroh, ein wenig Unterhaltung und Abwechslung in ihrem einsamen Alltag zu bekommen.

Beide stiegen die schmalen Treppen hoch bis zum hell ausgebauten Dachgeschoss, in dem auf einem riesigen, mit Bergen von Papier überhäuften Kiefernholzschreibtisch ein großer Monitor stand.

„Ich räume bald auf, bestimmt. Sobald ich mal Zeit habe", sagte Rhena und bückte sich zum PC.

„Das Fußbänkchen liegt da hinten irgendwo. Pass auf, beim Schreibtischstuhl ist das Dings raus, du weißt schon, hier ..." Sie zog am Verstellhebel und schnitt eine Grimasse. „Guck, ich vergess auch schon alle Wörter. Kein Privileg des Alters!"

Ihre Mutter seufzte.

„Na ja, aber ich wusste gestern Abend noch nicht mal mehr, wie mein Lieblingssänger hieß, bis ich es dann in der Programmzeitschrift nachgelesen hatte. Da war so eine schöne Sendung mit den alten Liedern von Schubert, ich hatte reingeschaltet, als ich von Frau Driehaus hochkam, weißt du, meine Nachbarin, die hat am Wochenende Blumen gegossen und dann stellt sie mir immer einen hübschen Strauß hin, wenn ich wiederkomme, das finde ich so nett, wobei es doch wirklich nicht nötig ist, und dann habe ich bei ihr geklingelt und mich bedankt und wir haben ein bisschen geredet und dann hat sie erzählt, dass sie bei dieser Osthilfe, du weißt schon, diese Organisation, die wohl mit alten Nazis zu tun hatte, ich sag da ja nichts, sonst wird sie so aufbrausend ..."

Rhena hörte nicht mehr zu.

Dietrich Fischer-Dieskau war's bestimmt, der hat die Schubertlieder so klar gesungen, dass man ein bisschen traurig gestimmt schon fast im Mondenlicht am Waldesrand stand.

Na ja, beschloss Rhena, ich lass sie hier mal ihr Weltmeisterinnenprogramm abziehen, zwölf Seiten in einer Stunde im Schnitt, und dann höchstens zwei Tippfehler und einmal die Web-Taste aus Versehen gedrückt – das ist schon bewundernswert.

„Ich mache in jedem Wort einen Fehler, wenn ich tippe. Ich verdrehe immer die Buchstaben. Sogar meinen eigenen Namen verhunze ich. Ich heiße dann Rhane Kuluh", sagte Rhena.

Lieselotte lachte pflichtschuldig, zog die blonde, perfekt ondulierte Perücke ein wenig über den Schläfen zurecht und setzte sich professionell in die Startposition, die Hände leicht über den Tasten schwebend.

„Wo war ich stehen geblieben?"

Rhena zeigt ihr das Ende des Textes auf dem Bildschirm „... müssen jetzt die Bewegungswissenschaftler/-innen zum Zuge kommen", und wühlte in den gelblichen, leicht gewellten Bögen mit dem Kopf Victor's Residenz Leipzig, die sie mit ihrer kleinen Bleistiftschrift vollgekrakelt hatte.

„Hier, auf Seite 12 in der Mitte."

Sie überließ Lieselotte dem sportlichen Treiben und galoppierte – das ging gut, weil sie barfuß war – die engen Holztreppen wieder hinunter. Im ersten Stock fiel ihr schlagartig ein, dass der Lieblingssohn ja noch schlief. Also ein bisschen leiser bitte. Im selben Moment riss Finn die Tür auf und guckte sie verschlafen von oben herab an. Seine dunklen Haare standen wirr zu Berge.

„Morgen, Kleiner", säuselte sie. Er brummte nur und verschwand im Bad.

Rhena öffnete unten die Tür zum Garten und testete, wie weit die Sonne schon herumgewandert war. Noch ließ es sich auf der schattigen Terrasse aushalten.

Was wäre jetzt das Schönste? Karsten anrufen oder ein bisschen weiter schreiben?

Karsten hatte gewonnen. Glücklicherweise saß er an seinem Schreibtisch und ließ sich mit Vergnügen stören.

„Die Geschichte von Tante Lene als Krimi? Ich verstehe gerade gar nichts. Wer ist Tante Lene?"

„Sie ist ermordet worden! Glaube ich jedenfalls."

„Welche Hinweise gibt es denn?"

„Sie war sehr reich. Millionen. Na ja. Er hieß Waldemar und war technischer Direktor bei Texaco oder Aral oder so, egal, eigentlich Chemiker, ein ganz ruhiger, großer, birnenförmiger Mann. Oma hat immer gesagt, dass sie und Lene so viel Spaß hatten und er gern mal Opfer ihres schwarzen Humors wurde. Irgendwann haben sie dieses Haus gebaut, mit elf Zimmern und Marmorfußboden und Bodenheizung, damals echt edel, von außen hast du das dem Haus nicht angesehen. Ich fand jedenfalls, dass sie furchtbar viel Geld hatten. Als wir einmal zu Besuch waren, Finn war wohl vier oder fünf Jahre alt, hat sie uns andauernd einen Hundertmarkschein in die Hand gedrückt, wir sollten uns ein Eis kaufen. Und weil sie über die Zeit wohl doch einsam war, hat sie Leute bei sich wohnen lassen ... ich weiß nicht genau ... sie fühlte sich vergiftet ... Mutter hat mit ihr telefoniert damals ..." Rhena kratzte sich am Scheitel.

„An welchem Ohr hältst du den Telefonhörer?", fragte Karsten.

„Warum?"

„Vergleiche das doch gleich mal mit der anderen Seite", bat er sie.

Sie wechselte den Hörer auf das andere Ohr. „Gut, ich hör dich jetzt von rechts, Kollege. Und nun?"

„Ich habe den Hörer auf dem linken Ohr", brummte Karsten mit seiner tiefen Stimme. „Ach, ich erkläre dir das später, ich finde aber das Thema ‚Tante Lene' jetzt gerade viel spannender. Erzähl mehr!"

„Ich weiß nicht so viel, meine Mutter muss mal mehr erzählen. Ich lasse sie gerade tippen, damit die Erinnerung wieder kommt. Dann quetsche ich sie aus. Oder ich gebe ihr die Hausaufgabe, alles auf ihrer Schreibmaschine zu klappern, was ihr einfällt. Dann gibt's jeden Tag Fingersport und sie ist fitter."

„Hat sie nicht auch mal ein Musikinstrument gespielt?"

Karsten war als Wissenschaftler an allen neuen Forschungserkenntnissen sehr interessiert. Er hatte vor einiger Zeit von einem Kollegen gehört, dass Alzheimer angeblich nicht bei Klavierspielenden auftritt. Nach den Symptomen ihrer Mutter war aber wahrscheinlicher, dass sie unter keiner Krankheit litt, sondern ganz normale Vergesslichkeitsprobleme für ihre weit über 70 Jahre durchmachte. Zumal ihre Woche immer sehr stereotyp verlief: Einkaufen im Einkaufszentrum, ausruhen und etwas essen, noch mal ins Zentrum, dort beim Italiener einen Espresso trinken, abends ein Telefonat und eine Fernsehsendung, meist irgendwas Musikalisches. Oft gab es nur am Wochenende die Möglichkeit, Tochter und Enkel zu besuchen, weil Rhena die Woche über bis auf einen Tag in Hamburg an der Bremer Universität arbeitete und Finn zwar in Hamburg studierte und im Turnverband jobbte, aber immer auf Achse war.

Jetzt waren Semesterferien, und damit gab es mehr Chancen, familiäre Unterhaltung zu genießen. Die Versuche, das Erinnerungsvermögen ihrer Mutter aufzumöbeln, waren eher spielerisch, aber auch mit der Absicht verbunden, die durchaus dramatische, aber in vielen kleinen Episoden auch aufregend und lustig erscheinende Lebensgeschichte von Lieselotte Wellhausen und der Familie ans Licht zu befördern.

„Ich finde, dass der Stoff für ein Buch nicht so viel hergibt, auch wenn die Geschichte innerhalb der Familiensaga schon aufregend ist", dämpfte Karsten ihre Euphorie. „Versuch doch mal, mehr von deiner Mutter zu erfahren, dann kann man ja noch aufregende Ingredienzen hinzuerfinden."

„Jaaa", Rhena dehnte das Wort, „und ich sammel und du machst den Eckermann", spielte sie auf einen Running Gag an. Karsten war perfekt im Ordnen und Anreichern ihrer Texte. „König der Wörter" nannte sie ihn oft, weil er melodische Sätze mit anregend klingenden antiquierten Wörtern produzieren konnte – auch beim Sprechen – die sie nicht zu ihrem Sprachschatz zählen durfte. Eckermann war der Knecht und Vollender von Goethe gewesen. Angeblich soll Goethe Fragmente von Ideen auf dessen Tisch geknallt haben mit den Worten: „Mach er mal, er wird's schon richten." Viele spätere Werke sollen in ihrer Vollendetheit Eckermannschen Duktus ausgestrahlt haben. Karsten hatte sich diese Rolle selbst ausgesucht und Rhena war glücklich. Sie schrieb zwar gern und viel, aber sie ahnte selbst, dass sie zuweilen etwas chaotisch war. Teamarbeit ist ja nicht bloß eine Erfindung von geldgierigen Managern, es ist zutiefst menschlich, befriedigend, prickelnd, dachte sie oft und hatte es in ihren bewegungswissenschaftlichen Werken oft benutzt, aber auch als ersehntes Resultat persönlichen Strebens erleben können. In dieser Konstellation arbeiten, schreiben, forschen zu können war schon das Sahnehäubchen auf einem lang anhaltenden Zusammenleben. Oder ein wesentlicher Teil, überlegte sie, manchmal für sich und manchmal im Gespräch mit Karsten, aber auch mit Freundinnen und Freunden. Man müsste dazu mal forschen... war oft das vorläufige Ende solcher lebensnaher Gedanken.

2. Kapitel

„Verdammt", fluchte Rhena vor sich hin. „Als ob ich nicht schon genug zu tun hätte."

Sie öffnete zwei ältere Mails von Britta und suchte nach einem Dokument von 1999 oder auch 2000. Oder das entfernte Ähnlichkeit mit „Nadja" oder „Pappel" oder „Kongress" haben könnte.

Ich hab's wohl in Hamburg auf dem großen Stapel liegen, befand sie. Irgendwann räume ich mal alles auf.

Sie las die etwas aufgeregte Nachricht von Britta noch einmal. Nadja Pappel sei beleidigt – zu Recht, fand Rhena – weil sie nicht vortragen durfte. Den Termin hätte sie eingehalten und zwar bei Rhena. Es sei gemein, sie mit dem Hinweis auf verstrichene Termine auszuschließen blah, blah, blah ...

Okay – Rhena wollte schnell sein – ich versuch's mal am Telefon.

Da niemand in Dortmund abnahm, schließlich war es schon nach 18 Uhr, wer ist da noch in der Uni, mailte sie Britta zurück, dass sie die Schuld hätte, sie erinnere sich an eine Mail oder einen Brief und hätte Frau Pappel empfohlen, sich gleich an Dortmund zu wenden, weil das Thema diesmal mit Medien zu tun habe. Und dabei hätte sie auch getrödelt und somit sei der – wirklich – unbekannte Termin des Paper-Einreichens wohl leider verstrichen. Entweder würde sie noch irgendwo reingequetscht oder sie würde ihr einen vorrangigen Platz beim nächsten Kongress versprechen.

So! Erstmal geschafft.

Sie träumte in die blaugrüne Dämmerung hinein, die sich sechs Stockwerke tief bis auf die Rasenflächen vor der Fensterscheibe ergoss und genoss die weit entfernten erleuchteten Wohnzimmerfenster. Oder Kinderzimmer. Oder Büros? Jedenfalls sahen die Lichter gemütlich gelb aus. Wie schon so oft dachte sie an den Widerspruch zwischen der ausgestrahlten Heimeligkeit und der innen tobenden Ungemütlichkeit von genervten Familienmitgliedern, die nicht mehr miteinander mochten oder konnten. Bis auf so schrecklich wenige Ausnahmen.

Sie riss sich los und überlegte, was sie tun wollte und dann raus hier! Oder lieber Laufen und dann raus hier?

Was hätte ich Lust zu essen? Der Geschmack von Wurzeln und Kartoffeln und ein wenig Butter zog durch ihr Erinnerungsvermögen, das sich am liebsten in der Mundhöhle versammelte.

Gut, also ... Da war doch noch ein Kanuschein auszufüllen? Marcus, ach ja, und Andreas.

Sie kramte im Karton auf dem Stahlregal und fand beim ersten Griff die Scheine, die Liste und die Protokolle der mündlichen Prüfungen. Dass die beiden sehr viel Ahnung hatten, Marcus dies aber auch sehr viel besser ausdrücken konnte, erinnerte sie noch. Aber konkret!? Sie überflog die beiden Protokolle, füllte die Bewertungszeilen mit eiligen, hoch lobenden Worten, trug die Noten 1 für die Praxis, 1 für die Theorie, 1 gesamt ein und unterschrieb.

Toll, das ging schnell und wieder was geschafft. Und ab und zu bin ich ja doch ordentlich.

Sie war jetzt fest entschlossen, nicht zu laufen, gleich zu kochen und sofort zu essen, und nur noch schnell mal zu checken, ob neue Mails gekommen waren, bevor sie den Computer abstellte. Da blinkte ein blaues Pünktchen eines Neuankömmlings, von Britta.

Ist sie also doch da und geht bloß nicht ans Telefon?

Ja, schrieb Britta, es sei schon unangenehm, aber es sei einfach kein bisschen Zeit mehr im Ablaufplan, sie hätte es noch mal mit ihrer Professorin durchgesprochen. Ob Rhena jetzt die Scherben kitten könnte?

Rhena seufzte, suchte in ihrer Telefonliste und griff zum Hörer. Schnell erledigen und dann tief durchatmen in den Feierabend.

„Pappel."

„Guten Abend, hier ist Rhena Kuhl aus Bremen. Ich rufe an wegen des Kongresses in Münster dieses Jahr."

„Ach ja, schön, dass Sie anrufen! Ich wollte gern einen Vortrag halten und Frau Reimer hat behauptet, ich hätte das zu spät angemeldet und das habe ich nicht!"

Seufz! Eine harte Nummer. Aber wenigstens die richtige Person. Jetzt erstmal lang und breit entschuldigen, erklären und so weiter und Angebote machen. Ich krieg das schon irgendwie hin.

Erstaunlich schnell war Dr. Nadja Pappel in Moers besänftigt, verstand das Problem und wollte gern bei der nächsten Tagung zu „Körper und Bewegung", wenn es sich denn als Thema durchsetzen ließe, einen Vortrag halten und auch sonst noch zu anderen Bereichen. Sie schien viele verschiedene Eisen im Feuer zu haben. Rhena fragte sicherheitshalber noch mal nach. Doch, zu Mädchensport hatte sie promoviert. Und „Medien" war ein Bereich, der eng dazu gehörte, jedenfalls im Leistungsbereich. Doch, das stimmte.

„Schade, dass du im September in Leipzig nicht dabei warst, alle waren ganz gespannt auf ‚Mädchen und Fußball' ... entschuldige, ich habe geduzt ..."

„Ist schon in Ordnung, ich heiße Nadja, du heißt Rhena, nicht? Ich hatte eine dicke Erkältung damals, es tat mir auch leid."

„... ja, dann erzähle ich dir, wie oft und intensiv wir an dich gedacht haben. Du wohnst doch in Moers, oder? Abends beim Bier, als einige noch mal ihre Trauer über den entgangenen Vortrag zum Ausdruck brachten, musste ich den anderen berichten, warum ich so wild darauf war, dich kennen zu lernen. Meine Tante Lene ist in Moers ermordet worden ..."

„Oh!"

„Naja, und der Mord oder was es war, ist zu spät und nur halbherzig verfolgt worden. Das heißt, der Kommissar hatte so schrecklich viel zu tun und ist erst aufgrund des etwas wirren Verdächtigungsgeredes von Tante Lene einige Wochen später, sozusagen mit Beginn seiner Rentenzeit, noch mal dahinter her gewesen. Willst du die Geschichte hören?"

„Ja, auf jeden Fall. Wo wohnte sie denn?"

Rhena kramte in ihrem Notizbuch und fand den Zettel mit der Adresse von Tante Lene.

„Bucheckernstieg."

„Ja ... wo ist denn das noch mal?"

„An der großen Ausfallstraße – wir sind vor ein paar Jahren mit dem Auto von Duisburg gekommen."

„Genau, die Straße im Bäumeviertel."

„Mhh, und auf der anderen Seite ist ein See mit einer Badeanstalt mit so schönen alten Holzumkleidekabinen am Steg."

„Genau, das Bettenkampbad. Eine recht ordentliche Wohngegend, ich bin allerdings selten da. Ich wohne mitten in der Stadt und bin Lehrerin am Goethe-Gymnasium."

„Das kenne ich nicht. Aber ich würde gern nach Moers kommen und recherchieren. Dürfte ich dich dann besuchen und mal kurz die Füße ausruhen und einen Kaffee trinken?"

„Natürlich gern, ich freue mich, wenn du kommst. Wann ist es denn, ich meine, ähh ... wann ist deine Tante gestorben?"

„Das muss 1994 oder 1995 gewesen sein. Ich weiß noch, dass mich meine Mutter aufgeregt anrief und sagte, Tante Lene würde so seltsam klingen und hätte behauptet, die Untermieter würden sie vergiften. Ich hatte gerade Semesterbeginn und viel zu tun und schlug vor, wir sollten telefonisch Kontakt halten und in den Ferien oder gegen Ende des Semesters ein bis zwei Wochen hinfahren und da aufräumen. Und da war sie schon tot. Eine Freundin meiner Mutter aus Duisburg hat das alles rausgekriegt."

„Das hört sich ja schrecklich an! Und was und wie willst du recherchieren? Das ist doch schon ganz schön lange her. Willst du die Täter suchen?"

„Nein. Ich will den Kommissar suchen und mir von ihm erzählen lassen, wie er gearbeitet hat. Und ich möchte in den Bucheckernstieg gehen und noch mal die Luft schnuppern und mir das Haus vergegenwärtigen. Vielleicht lassen die neuen Besitzer mich ja rein. Auch wenn sie alles mögliche umgebaut haben sollten, etwas vom Flair wird vielleicht noch da sein. Du musst dir das so vorstellen: Von außen sieht das Haus recht einfach aus, spitzer Giebel, weiße Wände, Tüllgardinen. Innen dann überall Marmorfußboden im Erdgeschoss, großzügige Flure und Räume, alles ganz licht und weit, mit Fußbodenheizung, oben Parkett in einem riesigen Raum mit vielen Fenstern, wo sie Stoffe liegen hatte und nähte, nur so zum Spaß, für sich und Freundinnen. Sie hatte Schneiderin gelernt und dann nach dem Krieg Waldemar geheiratet, der in der Ölfirma ganz hoch aufstieg als Chemiker ... und sie schwammen im Geld. Na ja, und als er gestorben war, verhalf ihr ihr kindliches, freundliches und zutrauliches Gemüt zu allerlei Gesindel, was an ihr Geld wollte und sich bei ihr einnistete. Und das Letzte war wohl dieses Pärchen, junge Leute, die sich dann nach Holland abgesetzt haben, wie der Kommissar vermutet hatte."

„Und darüber willst du ein Buch schreiben."

„Ja, als Opener soll diese Geschichte dienen. Noch viel spannender ist aber, dass ihr Vater oder Mann, das weiß ich nicht genau, ein Meisterfeld, mit meinem Opa und noch einigen anderen in einer Widerstandsgruppe der SPD in Magdeburg gearbeitet hatte. Ab 1933. Und die scheinen recht erfolgreiche und sehr gefährliche Arbeit geleistet zu haben, Fluchthilfe und einiges mehr, das will ich auch noch rauskriegen. Mein Opa ist von den Nazis 1940 ermordet worden, kurz nachdem sie ihn erwischt hatten. Er war Bezirkssekretär der SPD, und deshalb möglicherweise in deren Visier."

Am anderen Ende war ein langes Seufzen zu hören. Zeugte es von Bewunderung, Erschütterung und Neugier auf das Buch?

Die beiden verabredeten weiteren Kontakt im September. Um den Kongress herum, zu dem Nadja Pappel auch kommen wollte, wenn die Schule aus sei. Von Moers nach Münster sei es ja nicht so weit.

Im Dunkel vor dem Fenster spiegelte das gedämpfte Licht der Schreibtischlampe die Hälfte des Gesichtes mit der blonden verwuschelten Bobfrisur. Es sah gemütlich aus und gleichzeitig konspirativ. Aufregend! Rhena fühlte sich warm und wach und war sicher, diese Kombination aus Erlebnis und Atmosphäre unvergesslich in der Erinnerung zu behalten.

Und nun auf in ihre kleine süße Wohnung am Wallgraben, zu Kartoffeln und Möhren in Butter. Mit Spiegelei.

3. Kapitel

Rhena öffnete Karstens Mail. „Die Gruppe Wellhausen-Bruschke-Lehmann, zu der zeitweilig auch Meisterfeld gehörte, ist wohl als die erfolgreichste Widerstandsgruppe der SPD zu bezeichnen!", stand da.

„Aber ...", Rhena überlegte: „Was haben sie gemacht, ich meine konkret?!"

„Ich habe keine Ahnung. Darüber hat er nie etwas erzählt", sagte Lieselotte Wellhausen.

„Aber du bist doch ein bisschen eingeweiht gewesen in die Widerstandstätigkeit. Deshalb hast du doch so sehr verinnerlicht, dass du schweigen musst, um ihn und euch nicht zu verraten."

„Das war so. Hans war ja noch zu klein, dem haben sie nicht zugetraut, dicht zu halten. Vielleicht mache ich deshalb heute die wirklich ernsten Dinge immer erst mit mir selber aus."

„Stimmt. Du bist die große Verschweigerin. Und ein Dickkopf."

Lieselotte Wellhausen lachte.

Das war das Schöne an den Gesprächen mit ihr. Es war ziemlich leicht, ihre Mutter zum Lachen zu bringen. Der berühmte Wellhausensche trockene Humor, bei ihr immerhin noch soweit vorhanden, dass sie Witze erkannte, wenn sie tief flogen.

Rhena ließ nicht locker. „Aber noch mal: Weißt du irgendwas, was sie gemacht haben? Das war doch – Moment – 1938, als du 14 Jahre alt warst. Sie sind doch gleich 1933 in den Widerstand gegangen."

„Nein, ich weiß wirklich nichts. Sie haben mir nur erzählt, dass sie Widerstand leisten und ich das nicht verraten darf, aber nicht, was sie wirklich getan haben."

„Wie hat Opa denn Geld verdient?"

„Er hat Waschmaschinen verkauft."

„Hm. Und das reichte?"

„Knapp. Aber wir mussten ja auch nicht viel Miete bezahlen und hatten Gemüse und Obst im Garten."

„Wie hieß das Viertel noch mal? Das hatte doch so einen komischen Namen. Und die Häuser waren doch so wie diese, schmal und ein Stockwerk und dann das Dach."

„Der Ortsteil heißt Reform."

„Genau. Sehr komischer Name!"

„... und die Häuser waren schon anders geschnitten. Es waren immer zwei Parteien in einem Block, hier sind es ja sechs. Und der Grundriss war schon etwas größer, mehr quadratisch. Das Dach war flach."

„Genau, ich hab doch die Fotos gesehen, eins war dabei, da schien die Sonne auf die Hausecke. War es gemütlich?"

„Ach ja, schon. Ich hatte ja auch viele Freundinnen, Lichen und Lisa und ..."

„Stimmt. Viele hießen Lieselotte!"

Sie lachten beide. Wer heißt heute schon noch Lieselotte?

„Lilo ist auch besetzt. Von deiner Schwägerin. Willst du Loli heißen?"

Lieselotte kicherte. „Keine Abkürzungen, hat Vater immer gesagt. Ich habe immer aufgepasst, dass ich mit ‚Lieselotte' angesprochen werde."

Rhena griff zum Telefon und wählte den vertrauten Rhythmus.

„Entschuldige, Mutter, aber jetzt müssen wir den Herrn Dr. Jacobi einschalten ... Hi, Doc, hast du gerade Sprechstunde? Wie viel muss ich dafür bezahlen?"

„Liebe Kollegin, warte, ich mach mal eben die Bürotür zu. Bist du schon aufgewacht und hast du schon gefrühstückt?" Karsten freute sich ganz offensichtlich, dass Rhena anrief.

„Längst. Wir forschen hier gerade, Mutter und ich. Hilfst du uns?"

„Wobei? Ja, gern! Ich meine, worum geht's denn?", fragte er höflich und seine tiefe Stimme vibrierte vor neugieriger Freude.

„Wir müssen jetzt einfach mal wissen, was Opa und die anderen an Widerstandsaktionen geplant und auch durchgeführt haben und ob es dasselbe ist, was ich aus der kommunistischen Literatur kenne oder ob sie andere Formen gewählt haben. Ich hatte dir doch das gelbe Buch über die Sozialdemokraten gegeben."

„Das ist ja überhaupt das Beste, was ich seit langem in den Fingern gehabt habe. Dein Großvater hat ein überaus aufregendes Leben geführt und war unglaublich mutig!"

„Das will ich wissen. Hast du etwas gefunden, ich meine, eine Aktion, eine Sabotage, irgendwas?"

„Nein, nichts Konkretes. Aber ich habe bisher nur deinem Großvater in dem Buch nachgespürt. Die anderen aus seiner Gruppe, so heißt das wohl, tauchen noch öfter auf, aber ich wollte zuerst nur einen Eindruck bekommen und mich treiben lassen und bin noch nicht

sehr weit. Rhena Kuhl mit den slawischen Wangenknochen. Sozialistin. Traktorfahrerin."

„Gewesen. Tja. Wie machen wir weiter? Du hast gesagt, der Bruschke hätte der Historikerin viele detail-
lierte atemberaubende Stories erzählt. Möchtest du
noch mal weitersuchen, oder soll ich jetzt übernehmen?
Der Bruschke war übrigens später Ministerpräsident in
Sachsen-Anhalt, also SED-Mitglied. Irgendwie toll, dass
er in dem gelben Buch auftaucht. Und so umfangreich.
In dem anderen SPD-Gedenkbuch bestehen sie auf der
Brandmarkung der Verfolgung von SPD-Mitgliedern
um den Zusammenschluss zur SED herum und haben
andere, spätere SED-Mitglieder, ausgelassen."

„Davon hatte ich bisher nichts gelesen. Lebt der
Bruschke noch? Wie alt ist er denn?"

„Tja, jünger als Opa, und der ist 1884 geboren, wäre
heute weit über 100 Jahre alt ... Mit Chance lebt er noch.
Das machen wir jetzt – den suchen wir!"

„Gut so. Und ich möchte über alle Schritte unterrichtet werden. Bis gleich, Rhenalein."

Sie lächelte still vor sich hin, atmete ein paar Mal
ganz langsam und leicht und blickte dann zu Lieselotte hinüber, die umstandslos in ihr Kreuzworträtsel
versunken war und ganz offensichtlich nicht zugehört
hatte. Höflicher Mensch!

„Jetzt geht's los, Mutter!"

„Was?", schreckte sie hoch.

„Du musst jetzt Bruschke suchen, finden und dann
besuchen wir ihn."

Die Auskunft war ein Treffer! Es gab nur einen
Bruschke in Halle.

„Wir probieren es. Mehr als schief gehen kann es nicht. Beziehungsweise, du probierst es."

„Ich weiß nicht. Ich erinnere mich gar nicht an ihn."

„Weißt du noch, dass Bruschke und seine Frau oft bei Tante Lene waren? Sie durften reisen. Und wenn sie sich angekündigt hatten, wurde Oma ausgeladen, weil nicht so viel Platz im Haus war. Oder gab's andere Gründe? Oma mochte ihn nicht, stimmt's? Ach ja, Tante Lene hat uns mal Fotos gezeigt und gegackert: ‚Gucke mal da, die sozialistischen Kader mit den Karstadt-Tüten. Sehr wichtige Leute und so ein Rieseneinkauf. Dass das bloß niemand drüben sieht!'"

„Nee, solche Fotos habe ich nie gesehen."

„Dann war das, als wir mit Oma bei ihr zu Besuch waren. Los, ruf an, dann fahren wir nächstes Wochenende nach Halle."

Lieselotte grinste ungläubig und griff dann aber doch beherzt zum Hörer.

„Wellhausen aus Hamburg. Könnte ich bitte mit Werner Bruschke sprechen? ... Nein? ... Oh, das tut mir sehr leid! ... Auf Wiederhören." Zu Rhena sagte sie: „Er ist gestorben, schon 1995."

4. Kapitel

Rhena genoss, wie der Fahrtwind ihren Pony hochstellte, alle kitzelnden Haare aus dem Gesicht fegte. Das erste Mal in diesem Jahr wieder auf dem Fahrrad, es wurde aber auch Zeit. Karsten war heute der Trainer, der bestimmen durfte. Und er hatte bestimmt, dass sie mit dem Fahrrad zum Park fahren und dann etwa eine halbe Stunde durch das Gelände laufen sollte und danach würde er von seinem Training wieder zurück sein. Zu Befehl, hatte sie stramm geantwortet und sich gefreut. Das schien sein größtes Problem zu sein, dass sein Bild einer Sportwissenschaftlerin heftig durch ihre Beharrlichkeit beim Sitzen, Ruhen, Sich-Nicht-Bewegen gestört wurde. Und ihre rundliche Figur. So schlimm fand sie es gar nicht. Sie war eben kein Zappelphilipp.

Sie ächzte ein wenig, als der Wind an der Hindenburgstraße ihr das Weiterstrampeln im hohen Gang schwer machte. Sie war schon froh darüber, dass Karstens unstillbarer Bewegungsdrang und der Genuss, sich in dem mit hohen Laubbäumen zu einem grüngoldenen Dom mit vielen sonnenbeschienenen Lücken verzauberten Park zu treffen, sich mit ihrer gemäßigten Lust zum schnellen Rennen und ab und zu mal Herumspielen mit dem Diskus so glücklich vereinbaren ließ.

Viel lieber noch fuhr sie – ganz unökologisch – mit dem Auto dorthin, schleppte das eine Buch oder das andere aufregende Papier, mal eine Kanne mit grünem Tee, das andere Mal die leckeren Schokoladenkekse und oft noch einen Ersatzpullover und die Einkaufstasche mit ein paar leeren Flaschen mit. Dieser Reichtum an Möglichkeiten fiel einfach weg, wenn sie sich entschloss oder vielmehr sanft überredet wurde, mit dem Fahrrad zu fahren. Und auf der Hindenburgstraße ohne Ampeln so schnell werden konnte, dass es sauste, der Wind in den Ohren, die Räder auf dem glatten Radweg. Heute war nichts mit Sausen. Der Gegenwind ließ ihre Augen tränen und die Beine schmerzen. Auf dem Rückweg geht's dann umso schneller, freute sie sich schon im voraus.

„Guten Tag, Kollegin!"
„Hi, Lieblingskollege!"
Sie deutete eine Umarmung an.
„Achtung, deine Karriere!"
„Hier ist niemand. Und meine Karriere ist im Eimer."
„Aber hier so in aller Öffentlichkeit ..."
„Eben."
Sie lachten. Ein kleines, unsinniges Ritual. Manchmal waren wirklich zu viele Studierende hier, die Lust zum Laufen oder Walken hatten, die Training beim ansässigen Sportverein gaben oder eine Laufgruppe anleiteten. Sie kannte sie fast alle.

Aber warum sollten sie nicht sehen, wie Glücklichsein aussah? Müßige Frage. Es ging hier einfach um absurde Neckereien.

Wie zum Beispiel die, dass Karsten sie ab und zu mit bohrendem Blick verdächtigte, gemeinsam mit den Studies – mit allen! – zu duschen. Nee, früher mal, aber wir haben nicht hingeguckt, wehrte sie dann halbherzig ab, in Erinnerungen an wilde Skireisen versunken.

Sie waren einmal, noch ganz zu Beginn des Studiums, in einer Berghütte direkt am Ende der Abfahrt gewesen, also mitten im Schnee. Die Gruppe bestand aus etwa vierzig Studierenden und einigen Dozenten, und es war geradezu angeordnet worden, dass die Zimmer gemischt belegt werden sollten. Vor Ort bildete sich dann wider Erwarten eine einzige rein männliche Zimmerbelegung, was eine Frauen-WG zur Folge hatte. Der Rest kümmerte sich nicht weiter, man kam schon klar. Als Rhena dann mit einer Freundin früher vom Berg kam und sich genussvoll und mit ausreichend Platz unter der heißen Dusche entspannte, polterte ein Dozent herein. „Ähs" und „Ähms" wischte er mit der Bemerkung weg, das sei doch normal. Rhena hatte angelegentlich zur Decke gestarrt und sich schnell abgeseift, diese geballte schwarzhaarige und in Teilen – Gesicht und Händen – braungebrannte Männlichkeit war dann doch zuviel für ihr zartes Gemüt gewesen. Dieses Ereignis verallgemeinerte Karsten gern zu „stete Gewohnheiten", was aber gar nicht stimmte. Außer vielleicht frühmorgens, nach der allsemestrigen Sportfete ...

Rhena drückte sich an seine Seite, umklammerte mit der freien Hand die Lenkermitte und klappte den Ständer wieder hoch. „Irgendwo müsste hier doch für Sportlerinnen oder Sportler beziehungsweise Läuferinnen und Läufer ein Fahrradständer oder eine Fahrradständerin sein! Da, ein Laternenpfahl geht auch!"

Karsten staunte, sichtlich erfreut.

Rhena grinste. „Ganz alter Scherz. Aber nun zum Wichtigen: Stell dir vor, der Werner Bruschke ist schon vor fünf Jahren gestorben. 1995. Mutter hat mit seiner Frau oder Tochter geredet, die war ganz kurz angebunden. Trauer kann's nicht sein. Vielleicht postsozialistisches Sich-Verkrümeln vor neugierigen Forscherinnen und Journalisten?"

„Du könntest doch die Historikerin befragen, die die Recherchen betrieben hat."

„Ja. Wenn sie allerdings keine konkreten Geschichten über Opa hat ... oder sie hat möglicherweise ihr nächstes Werk in petto und lässt sich da nichts wegnehmen."

„Was willst du tun?"

„Ich probier beides. Ich ruf die verschlossene Angehörige noch mal an. Wenn es die Frau ist, weiß sie vielleicht einiges. Und ich ruf die Historikerin an. Mutter hat die Telefonnummer, weil sie von ihr interviewt worden ist. Sie hat auch Fotos von Opa bekommen und einen zensierten Brief aus dem KZ Sachsenhausen."

„Solche Raritäten gebt ihr weg?"

„Wir haben noch eine solche Postkarte. Es ist genau aufgeführt, aufgedruckt, was die Häftlinge zu tun und zu lassen haben beim Postkartenschreiben, soviel, dass kaum mehr Platz für die eigentlichen Nachrichten ist. Ich zeig sie dir."

„Gut. Ich will sie sehen. Und jetzt wird gelaufen. Du hast noch gar nichts geschafft."

„Doch! Ich bin schon Fahrrad gefahren! Drei Kilometer! Und hier schon ein bisschen hin und her, als ich auf dich gewartet habe."

„Na supertoll, los, mein Kind. Vierzehn Minuten für zweitausend Meter, Sportabzeichenanforderung."

„Fünfzehn Minuten. Ich bin ein Jahr älter. Aber wie du meinst, Trainer."

Schwatzend und gestikulierend verschwanden beide trabend im lichten hellgrünen Wald, der viel dichter und verschlungener war, als man von außen vermuten konnte.

5. Kapitel

Rhena erlaubte sich eine Pause.

Es ist einfach zu viel Arbeit, für die zu wenig bezahlt wird. Seminare vorbereiten, alle Verwaltungsangelegenheiten mindestens dreimal kontrollieren, weil unter Garantie die Zeit falsch eingetragen war oder der Lehrauftrag für den Basketballer nur über zwei statt über vier Stunden eingetragen war ... Wofür ist die Verwaltung eigentlich da? Doch nicht etwa, um einen oder eine bei der Lehrarbeit zu unterstützen? Das hätte sie gewusst. Es geht wohl eher um kleine Machtspiele. Oder sollten andere Menschen ihre Arbeit etwa nicht so ordentlich machen, wie sie selbst und wie sie gelernt hatte, dass Arbeit zu tun sei? Oder ist das schon wieder eine dieser doppelzüngigen Normen, von der ich blöde Kuh nur die Hälfte mitgekriegt haben sollte?

Sie seufzte und legte den Stapel mit den Seminararbeiten ganz nach hinten auf den Tisch. Später beim Fernsehen, Hamburg Journal, wenn es echt langweilig würde, dann würde sie in bisschen darin lesen. Aber jetzt hatte sie sich Urlaub vom Job verdient.

Bruschke, dem wird jetzt mal hinterher geschnüffelt. Am besten über das Personenverzeichnis. Viele Seitenzahlen. Und bei Opa? Auch ganz schön viele. Erst einmal die allgemeine Magdeburger Geschichte der Gruppe, dann noch mal reinsehen in das Personen-Lexikon. Vielleicht wird ein Bild daraus, in dem die Lücken deutlicher werden, nach denen man forschen kann.

Bruschke war wohl ein gerissener Hund. Oder es war das Bild, das er über die Interviews hat vermitteln können? Er hatte 1979 sogar ein Buch verfasst über die Jahre seit 1920. Aber es kam Rhena vor, als ob er es nicht selbst geschrieben hatte, sondern ein Ghostwriter aus der Geschichtskommission.

Die hießen in der DDR aber bestimmt nicht so. Vielleicht ein zuarbeitender verdeckter Schreiber? Oder kundschaftender stiller Genosse?

Sie kicherte ein wenig. Eigentlich fand sie es blöde, zu lachen, wenn niemand im Raum war. Aber beim Krimilesen passierte es ihr auch manchmal, zum Beispiel bei den gut übersetzten Werken von Dorothy L. Sayers. Es hüpfte so schön im Bauch und musste einfach raus.

Egal, wie das Helferlein tituliert wurde, die Historikerin hatte ein getipptes Manuskript gesehen, das mit seinem Namen bezeichnet war. Aber wo war das? Ich würde ja davon ausgehen, dass ein Ministerpräsident nichts dabei findet, wenn seine schriftlichen Ergüsse noch mal von jemandem lektoriert werden, der – oder die – schreiberisch begabt ist. Wobei ich noch rausfinden muss, wann er den Job hatte. Oma war da bald 80 Jahre alt und wanderte immer noch heftig in den Alpen herum, meist mit Lene und Waldemar, und sie erinnerte, dass auch die Bruschkes – also er und sie! – zu der Zeit immer mal in Moers waren. Darf ein Ministerpräsident das? Oh je, ich bin schon so schlampig wie immer. Mehr phantastische Gedanken als reales Hinterherlesen und Blättern! Weiter. Er hat die SPD-Kasse geraubt. Gerettet. 1933 haben die Nazis sofort das Parteivermögen beschlagnahmt und sich halbtot geärgert, weil sie das Geld der Magdeburger SPD nicht finden konnten. Bruschke hatte es weitsichtig in den Untergrund geschleust. Ach, da hatte kurz vorher eine Genossin alle ihre Ämter wegen angeblicher Unterschlagung verloren und Bruschke hatte das aufgedeckt. Halbwegs, sie wurde „lebengelassen" und durfte im Rheinland eine andere Funktion übernehmen. Da hatte er wohl schon einiges an wagemutigen Finanzmanipulationen kennen gelernt und dann zeitgleich mit dem im Grunde erschlichenen Regierungscoup der Nazis schon irgendwas in die Wege geleitet. Andauernd wurde er verhört und eingesperrt, gab nur das zu, was man ihm nachweisen konnte und freute sich über das Geld, mit dem man Fluchten bezahlen, Familienangehörige über Wasser halten und Aktionen finanzieren konnte. Ach ja. Hat er nur das rausgelassen, was ihm nachträglich erzählenswert erschien? Und über alles andere schwieg er? Ist hier irgendwo eine einzige konkrete Geschichte über Opa? Ich kann es mir einfach nicht vorstellen, wie sie gearbeitet haben. Wer ist wohin gegangen, wer hat mit wem geredet, welcher Zug oder welches Fahrrad diente zur Flucht, wie viel Geld kostete dies und wer weinte in der Nacht? So viele Seiten sind hier noch zu lesen! Oder steht noch was in seinem Werk?

Rhena reckte sich und beschloss zwei Dinge. Erstens, zur Bücherhalle oder Uni-Bibliothek zu gehen und das Buch von Werner Bruschke per Fernleihe zu bestellen. Zweitens, die Historikerin anzurufen und zu fragen. Einfach fragen. Ob es eine Antwort gibt, wird sich zeigen. Drittens! Der schnellste und bevorzugte Weg. Andere für sich lesen zu lassen statt selbst zu lesen, wie Karsten es ihr gern vorwarf. Ja, sagte sie dann, es wird dann lebendiger durch die subjektiven Leseberichte der anderen und ich kriege meine Fragen schneller beantwortet – oder auch nicht – und spare Zeit. Ach was, es ist mir eben das Liebste! Also zu Karl gehen und ihn ausquetschen.

Karl Möhring wohnte gegenüber im Olendörp und war treibende Kraft in einer Geschichtswerkstatt in Fuhlsbüttel. Der würde ihr sagen können, inwieweit die Vorgehensweisen der Sozialdemokraten ähnlich waren wie die der Kommunisten. Und er würde Literatur empfehlen können. Ihr helfen Zeit zu sparen.

6. Kapitel

„Dieser Herbst wird ähnlich wie der Sommer. Eine ganz außergewöhnlich sonnige Angelegenheit", sagte die Fernsehansagerin. Das war überprüfbar! Den ganzen Tag über hatte die Sonne geschienen, und im Grün der Bäume und Büsche waren viele Varianten zu sehen, aber kein Gelb und kein Rot. Es würde wohl nicht der Indian Summer werden, den Rhena von Postkarten der früheren Nachbarin aus deren USA-Zeit her kannte, sehr farbenfrohe Bilder, von hügeligen Herbstwäldern und verkleideten Indianern und stets kitschig blauem Himmel. Sie war über diesen Postkarten unrettbar ins Träumen geraten und befand sich oft Stunden in der anderen Welt. Es hatte wohl auch dazu beigetragen, dass sie mit 12, 13 Jahren noch als Squaw in Bäumen gesessen hatte, in Jagdkleidung, die sie und Oma gebastelt und genäht hatten, bewaffnet mit Tomahawk und Messern, aus Sperrholz gesägt und mit Sandpapier einigermaßen scharf geschliffen. Bis sie beim ersten Einsatz bröckelige Kanten bekamen. Der Geruch von Erde und zerdrückten Blättern stieg ihr in die Nase, während sie doch eigentlich auf dem Sofa saß und der bunte Liederabend längst begonnen hatte ...

Blödes Programm, da war doch noch ein Film irgendwo?

Sie fand nichts und ließ ohne Ton Landschaftsaufnahmen laufen. Vor ihrer Nase war der Leseständer mit dem aktuellen Krimi aus der Bücherhalle aufgebaut. Darauf freute sie sich schon, auch wieder so ein Abtauchen in die Secondhand-Abenteuer-Realität. Dabei konnte man gut stricken, war telefonisch erreichbar – leider – und konnte sich hervorragend dem Stress aussetzen, noch dies und jenes tun zu müssen, so wie das Lesen von Referaten und Prüfungsarbeiten, das Vorbereiten der nächsten Seminarsitzung. Ach nein, beim Krimilesen war das schon anders, da flog sie wirklich davon und war in einer anderen Welt. Bei einigen Filmen funktionierte das auch ...

Sie gab sich einen Ruck. Wirkliche Realität ist auch nicht schlecht. Vor allen Dingen, wenn die Sonne scheint und damit das Herumlaufen, Herumfragen, Suchen, Sich-Austauschen sehr erleichtert würde. An die Klagen der Bauern über ausbleibenden Regen und schlechte Ernten sowie das damit begründete Ansteigen der Preise – irgendeinen Grund findet man immer – wollte sie heute lieber nicht denken.

Sie nahm sich träumerisch vor, was längst beschlossen war: Ich werde nach Moers fahren. Ich werde den Kongress in Münster nutzen, mich mit Nadja Pappel zu verabreden, dann habe ich einen Ort zum Füßehochlegen dort, und ich werde recherchieren. Mit Fotoapparat und Schreibblock, mit Stadtplänen und Zeichenpapier und Stift.

Sie rannte nach oben, nahm zwei Stufen auf einmal und zerrte den Schuhkarton mit den vielen Stadtplänen und Landkarten heraus. Aus der Gegend gab es einiges. Stadtbilder von Xanten. Da hatte sie damals solche Ohrenschmerzen gehabt, als sie mit Mutter, Tante Lene und Onkel Waldemar im DKW unterwegs waren. Rot mit weißem Dach. Ein schönes Auto, roch immer streng nach Benzin und in der Sonne aufgeheiztem Leder. Ein

Zweitakter! Und hier: Schloss Dyck. Das war später, als sie selbst in Jülich wohnte, etwa mit 19 Jahren. Aber der Prospekt war älter. Also hatte Oma ihn ihr als Anregung mitgegeben, als Rhena von Ausflügen in die Umgebung berichtet hatte. Keine Karte von Moers. Aber eine neuere von den verwirrenden Autobahn-Schnipseln im Ruhrgebiet.

Sie musste eine Jugendherberge suchen!

7. Kapitel

Irgendwas stimmte nicht und doch war ihre Lebendigkeit jede Sekunde präsent, als ob sie in Mäuseschritten lebte und keine stressigen Pläne mehr machen musste. Es war sehr heiß in Münster, sehr blau (Himmel), dunkelgrün (Bäume und Büsche), bunt (Häuser, Autos, Kleidung, Gesichter), geradezu melodisch schien es ihr zu sein in einer Stadt voller Aktivismus, die sie schon früher lieben gelernt hatte, als sie hier kurze Zeit im Sportinstitut gelehrt hatte.

Der Schweiß lief Rhena in Bächen. Und die klimagekühlten und nahezu verdunkelten Hallen des Messegeländes waren eine willkommene Abwechslung.

Rhena trödelte durch alle Gänge, spähte durch Türen, um Ecken, suchte nach bekannten Gesichtern und wollte trotzdem nicht in ihrem Zuckeltrab aufgehalten werden. Es fiel ihr gar nicht ein, auf den Kongressplan zu gucken, ob es irgendeinen Vortrag gab, der ihr Interesse wecken könnte, trotz des langweiligen Kongressthemas. Kaffee war ihr Ziel. Am Ende der großen Messehalle war ein Bistro aufgebaut mit kleinen Tischen und schwarzen Stühlen mit gebogenen Lehnen. Kein Thonet, dachte sie, aber einladend. Sie holte sich eine duftende Tasse Kaffee mit viel Milch, ließ den Butterkuchen links liegen, den sie sowieso nie mochte und nur aß, wenn es der Hunger reintrieb und wählte eine Sitzgruppe aus, von der sie fast alles im Blick hatte. Mein Büro, fand sie, als sie sich mit ihren Kongressunterlagen, Brille, Stift, Terminplaner und Fisherman's Friend ausgebreitet hatte. Kaum bin ich mal zwei Minuten irgendwo, ist gleich alles chaotisch und mit meinen Utensilien bedeckt. Das macht meinen Charme aus, besonders in Turnhallen. Wenn dann noch Luftballons oder gar Zeitungspapier hinzukommen, fallen regelmäßig alle in Ohnmacht, weil das unmöglich was mit Sport zu tun haben konnte ... Ein besonderer Spaß, diese Konfrontation dann noch weiter auszubauen. Aber auch ohne mein bewusstes, geplantes Zutun wird's schon voll und unübersichtlich auf diesem Tisch, dachte Rhena.

Als ob ein Schild über ihrem Tisch hing: „Agentur Kuhl", kamen nach und nach die Klienten.

Da war der Kollege, den sie jetzt mal unter vier Augen fragen konnte, wie er denn nun ihren Vortrag neulich fand – „wirklich extrem gut" – was ihr Tränen in die Augen trieb.

Oha, alle Blusenknöpfe sind offen für Eindrücke! Ich war ja auch gut. Aber warum rührt mich das heute so, dass jemand das bemerkt hat? Und auch noch sagt. Obwohl es mir nichts genützt hat in dem Sinne, dass ich damit eine begehrte Stelle ergattere. Oder irgendwo gedruckt werde. Ein Spitzenvortrag über wichtige Gedanken, was Jugendliche in Bewegung bringt und was sie sich einfach nicht trauen, weil die Welt sich über sie kaputtlachen könnte. Bleibt unser süßes Geheimnis. Prickelt durch meine Adern und Muskeln durch die Haut und macht die Luft zwischen uns glühend. Komischer Anlass und seltsames Geschehen. Ich muss auf mich aufpassen, ich habe keine Grenzen heute.

„Der Ring, den musst du gehen", erklärte Karsten gerade ins Handy. „Vielleicht begegnest du meinem alten Vater, der fährt dort immer Fahrrad."

„Sieht dein Vater so aus wie du?", und nach einer Sekunde. „Dann stürze ich ihn vom Fahrrad und frage ihn, ob er dein Vater ist!"

„Das wirst du schön bleiben lassen. Genieß es einfach, wenn du ihn siehst."

Rhena steckte das Handy in die Hosentasche und wischte sich das schweißnasse Ohr trocken. Fahrrad. Sehr lustig. Etwa 27.000 rasten, trödelten, kurvten und klingelten an diesem heißen Tag über den Ring. Wahrscheinlich der kühlste Ort in Münster, weil entlang des gepflasterten Weges viele kleine kugelige Bäume Schatten produzierten, der bitter nötig war. Dennoch lächelten alle, die ihr begegneten oder sie überholten, wenn man einem strampelnden Hinterkopf überhaupt so etwas ansehen kann. Tapfer schritt sie voran, glücklicherweise mit den bequemen Leinenturnschuhen an den gequälten Füßen, längst alles bis auf das Top abgeworfen und in die Rucksackschlaufen geklemmt. Wenn der Ring mich killt, nehme ich einen Bus und verrate es Karsten nicht, nahm sie sich heimlich vor. Allerdings sind 4,2 km zu schaffen und gut für meine Laune.

Wenige Kilometer später und ein wenig kühler in dem bergigen (wer in Hamburg lebt, hat Achtung vor allem, was höher als 10 m ansteigt!) Gelände mit hohen Bäumen, das den Blick auf den Aasee eröffnete, viel majestätischer, als sie es von damals in Erinnerung hatte, sehr viel anregender zum Befahren, Beschwimmen, Beglotzen als sie jemals gedacht hätte, hoffte, wünschte sie sich gleichzeitig neben einer gewissen Ewigkeit dieses erwanderten und somit verdienten Anblicks einen Kontrollanruf, ob sie auch wirklich in Bewegung war. Am liebsten hätte sie sich an den Gestaden des endlos hinter baumbestandenen Vorsprüngen weiter glitzernden Gewässers gelagert und dumme Ideen entwickelt, aber es gab nichts. Aus der Nähe: nichts als vielbefahrene Straße, müllverseuchter Rasenstreifen, Zaun. Wie unfreundlich. Wie doof – an die Adresse der Stadtplaner zum zweiten Mal.

Der Anruf kam auf den mühseligen letzten Metern zum von der Hitze durchglühten Parkplatz, Erfolgsmeldung, echt schön der Ring, bin kaputt, dein Vater war nicht auf dem Fahrrad, ich liebe dich, fahre jetzt nach Moers beziehungsweise Duisburg zur Jugendherberge. Bin sehr gespannt, ob ich recherchieren kann … Kongress? Scheußlich. Ich bin empfindlich. Sage zu viel, spüre zu viel, bin jederzeit bereit zu heulen … Ursache? Oh, jetzt weiß ich! Die letzten Tage hatte ich schreckliche Angst, vom Garten aus beobachtet zu werden und habe die Rollläden schon während der Dämmerung runtergezogen. Dieser eine Ex-Freund … ja, der, der wie Schimanski aussah … Es hat Jahre alte existentielle Ängste lebendig gemacht … mein Leben ist in Gefahr … ja … weil er auf den Anrufbeantworter gesprochen hatte und nicht gesagt hatte, was zum Teufel er eigentlich wollte. Mit seiner gespielt tiefen Stimme. Wenn er denn wenigstens so eine hätte! Eigentlich müsste er superängstlich sein, weil ich so tough bin. Beziehungsweise so scheine ... aber das hilft mir nicht. Wenn's dunkel wird, ist alles sehr gefährlich und lebensbedrohend ... gut, dass du es rausgekriegt hast! Wenn ich dich nicht hätte ... ach was, bester Haus- und Hofdoktor! Jetzt ab sofort habe ich eben eine dünne Haut. Das ist bestimmt gut für die Recherchen. Komm doch mit! Ich mache Fotos, von allem, dann hast du wenigstens einen Eindruck. Ciao!

Nicht einmal verfahren, trotz winkeliger Abfahrten mitten in einem grün zugewucherten Industriegebiet.

Plötzlich guckte Rhena auf interessante hohe Backsteinwände mit altmodisch gerundeten Fenstern. Bah, der alte Architektin-werden-wollen-Wunsch bricht wieder durch.

Was für einen Spaß die Restaurateure und ihre Kolleginnen wohl dabei hatten! Fotos links, oben, unten, am besten in die Runde, dann legt er sie nachher nebeneinander und kriegt ein bisschen Eindruck davon, wie sich die Jugendherberge hier mitten in Backsteinen und zahlreichen alten Lagerhallen und riesigen alten Bäumen und hoch wuchernden Büschen eingenistet hat. Die allmählich rotgoldene Sonne verschönerte alles um einen Großteil mehr.

Rhena Kuhl ging in die alte Eingangshalle mit dem kleinen Tresen aus hellem Kiefernholz und freute sich über die Puppe im Eingang, einen Bergarbeiter in traditioneller Kleidung.

„Toll habt ihr das hier gemacht", sagte sie zu der jungen Herbergsmutter. Die strahlte. Und weil alles so harmonisch war, kriegte sie ein kleines Leiterinnenzimmer in einem Flur, der nicht von trappelnden und kichernden Vierzehnjährigen bevölkert war.

Super, dachte Rhena, als sie in das frisch renovierte Zimmer kam, mit kleinem Arbeitstisch, Fenster auf den alten Werkhof hinaus, Dusche, blaues Toilettenpapier! Und ein Etagenbett mit Leselampe. Sie rannte noch mal runter, holte die wichtigen Heimlichkeiten wie Tauchsieder, Apfelsaft, Schokolade, Müsli und Obst: Apfel, Banane, Birne und den Rest Heidelbeeren. Die Tasche mit dem Lieblingskissen, der Zahnbürste und dem Krimi war schon oben. Sie gönnte sich einen Moment Füße hochlegen und aus dem Fenster starren. Das Käsebrot war warm und verbogen, schmeckte aber noch. Apfel schmeckt nach Sonne auf Fallobstwiese. Hmm.

Dann hielt sie nichts mehr. Auf nach Moers, Nadja Pappel besuchen, mit der hatte sie schon telefoniert und sich angekündigt.

8. Kapitel

„Eben bin ich dreimal im Kreis gefahren und konnte den Bucheckernstieg nicht finden. Auf der anderen Straßenseite war doch dieses altmodische Freibad mit Holzkabinen und Holzstegen, wie hieß das noch?"

„Das Bettenkampbad", sagte Nadja Pappel. „Das ist heute noch schön erhalten und mit rot und blau gestrichenen Türen für Frauen und Männer! Dann weiß ich, wo das ist."

„Zeig mal", sagte ihre Tochter Sonja und beugte ihren langhaarigen, unglaublich weißblonden Schopf über den Stadtplan von Moers.

„Da wohnt deine Freundin Janine, guck hier." Nadja zeigte auf die Stelle im Plan.

„Wart ihr mal Baden in dem Schwimmbad?", wollte Rhena wissen.

„Nicht so oft. Es ist ja nur im Sommer offen und gehört irgend so einem Verein, der es betreibt und organisiert."

„Ich muss dahin. Fotos machen. Mal sehen, ob meine Erinnerung verklärt ist. Es ist nämlich immer mein erstes inneres Bild bei den Stichworten Moers, Tante Lene und Freibad. Es liegt doch an einem kleinen See?"

„Eher ein Teich. Nee, ein Fluss. Aber es ist wirklich schön da. Du wirst jetzt aber kein Glück mehr haben, vermute ich, es ist ja schon September, sie werden geschlossen haben. Wo wohnte deine Tante? Im Bucheckernstieg?"

„Ja, der Garten führte zur Bundesstraße. Ihre wichtigste Aktion war, eine Hecke anzulegen, die dicht und schnell wuchs. Als wir da waren, als ich Kind war, da war die Hecke dennoch noch recht mickerig und ich konnte beim Glotzen auf die Straße alle Automarken sammeln, die auf der Straße vorbeikamen. Tante Lene hatte damals einen DKW, rot mit weißem Dach, ein toller Zweitakter. Später fuhr Madam einen Rover. Sah fast aus wie ein kleiner Bruder vom Rolls Royce. Den hätte ich ihr gerne abgeluchst, aber wir gehörten ja nicht zur Familie."

„Willst du jetzt noch hin?", fragte Nadja.

„Nein, da erschrecke ich bloß die Bewohner. Ist doch schon 10 Uhr, oder?"

„Willst du noch einen Schluck Tee?"

„Gern. Morgen früh – in der Jugendherberge muss ich bestimmt von 8.00 bis 8.15 Uhr das Frühstück einnehmen – komme ich her und klingel und fotografier und geh auf die Pirsch."

„Ich habe morgen Schule. Und du auch, Fräulein. Jetzt ist Zubettgehzeit!"

Die Kleine riss ihre ohnehin großen grünen Augen auf und versuchte wach zu wirken. Die Geschichte hatte sie offensichtlich sehr interessiert! Süß, dieses Alter. Aber sie sind auch Monster mit zwölf.

Rhena verabredete sich mit Nadja und natürlich auch mit Sonja für den folgenden Nachmittag, um dann alle Detektivinnenerlebnisse brühwarm berichten zu können. Die Autofahrt über die verzwickten Abzweigungen der Ruhrpottautobahnen lief glatt, ohne Verirrung, und bald erreichte sie die von gackernden, kreischenden, röhrenden Jugendstimmen tönende Jugendherberge.

9. Kapitel

„Ich habe hier alles geknipst, darf ich von Ihnen hinter dem Tresen auch noch ein Foto machen?"

„Ja, gern. Gefällt es Ihnen?", fragte die junge Frau stolz.

„Super! Vor allen Dingen der Bergmann. Ein bisschen klein ist er."

„Wir haben vieles mit dem Duisburger Bergwerksmuseum gemeinsam entwickelt. Aber es darf auch nicht zuviel hier im Foyer herumstehen, die Jugendlichen müssen auch Platz haben. Deshalb haben wir vieles in Bildern verewigt. Haben Sie auch schon rundherum geschaut, die alten Hallen für den Fuhrpark?"

„Jawoll, alles festgehalten. Ist bloß eine Aldi-Klick-Kamera, aber die Fotos werden ganz gut."

„Können wir Tischtennisschläger haben?"

„Und ein paar Bälle, ach, und ein Netz?"

„Vielen Dank, ich lasse Sie mal arbeiten."

Die Herbergsmutter war das nicht, erinnerte sich Rhena schwach an gestern Abend, dafür schien sie einfach zu jung zu sein. Aber sie war sehr engagiert, mit leuchtenden Augen dabei ... das ist doch schön, wenn eine in ihrem Beruf so aufgeht!

Rhena plante: Ich werde nun Detektivin spielen. Was zuerst? Die Straße, das Haus, die Familie, die jetzt dort eingezogen war, vielleicht ältere Nachbarinnen? Dann zum Friedhof, das Grab suchen. Vielleicht gibt es in der Friedhofsverwaltung einen Namen, jemand, der das Grab pflegt oder pflegen lässt. Mutter kriegt doch auch immer eine Jahresrechnung für die Grabpflege, das wird hier nicht anders sein.

Sie wühlte sich durch die Stadtpläne von Duisburg und Moers und merkte sich die Strecken. Alle 100 m kam ein neuer Abzweig, die Namen auf den Schildern böhmische Dörfer. Keine Sicht auf Rhein oder Brücken wegen der malerisch wuchernden Büsche und Birken. Also: 43, 28, 21, 1, sagte sich Rhena immer wieder auf. Notfalls halte ich auf einem der wenigen Parkplätze und lerne neue Zahlen auswendig. Die Einheimischen finden das ja blind, nachts, nach Gefühl. Aber ich?

Das Haus war gar nicht so gewaltig wie sie es in Erinnerung hatte. Damals schien ihr die Auffahrt in die Garage schon bergan zu steigen. Oder die neuen Besitzer hatten etwas verändert. Aber die Glasbausteine im Treppenhaus zum ersten Stock gab es noch.

Rhena wurde mutiger. Mal sehen, wie es von hinten aussieht. Vorsicht, dass mich niemand als zu auffällig identifiziert, sonst kriegen sie Angst und rufen die Polizei. Schließlich können sie ja nichts über den Mord wissen. Den eventuellen Mord … schön vorsichtig bleiben! Hinten waren die Tannen meterhoch. Das waren damals kleine Zipfel gewesen. Sie sollten die graue Bundesstraße und den Autolärm abschirmen, das tun sie jetzt …, dachte Rhena. Nur dass Tante Lene nichts mehr davon hat. Nicht laut mit mir selbst sprechen, befahl sie sich. Hier durch die Büsche kann ich die Terrasse fotografieren. Niemand zu sehen. Oben das Dachfenster, da habe ich auf der Luftmatratze übernachtet, den Dackel Bennie im Arm. Und das bei meiner chronischen Hundeangst! Ein riesiger Nähraum war das damals, mit viel Licht. Eigentlich auch ideal zum

Malen, ein richtiges Atelier. Dort hat sie ihre Kleidung fabriziert, irgendwie Alte-Frauen-Stil, aber immer peppig oder witzig mit den kleinen hellen Blümchen. Auf Omas 90. Geburtstag rauschte sie auch so rein: Tärräterää! mit ihrer blitzenden Goldrandbrille und ihrer Neigung, mit hochnäsig vornehmen Gesicht sofort loszugiggeln. Ach, Tante Lene, was hat man dir bloß angetan!

Auf ihr Klingeln antwortete niemand. Kein Pieps. Keine Stimme aus dem Pfostenlautsprecher, kein Treppentrappeln. Auch kein Name an der Haustür. Sehr mysteriös! Rhena schaute sich suchend um und entdeckte auf der anderen Straßenseite eine kleine kugelige Frau, die mit ihrer Gartenerde beschäftigt war, allerdings unübersehbar ganz weit vorn am Zaun.

„Entschuldigen Sie, kannten Sie Frau Hillier, die dort drüben wohnte?"

„Ja, vom Sehen, man sagt guten Tag und guten Weg. Aber viel Kontakt hatten wir nicht. Frau Golddistel kann Ihnen bestimmt weiterhelfen." Ihre wachen Augen glitzerten neugierig und sie zeigte auf ein Haus auf der gegenüberliegenden Straßenseite. Indirekte Nachbarinnen, durchzuckte es Rhena. Die sehen alles. Wieso diese hier nicht? Gibt es ein dunkles Geheimnis? Hat ihr Mann vielleicht gesagt: „Elise, das geht uns nichts an. Wir wollen damit nichts zu tun haben!"?

„Vielen Dank und verzeihen Sie die Störung."

Der Eingang lag im Schatten, das Haus war mit Blumenkränzen und Fensterschmuck behängt. Eigentlich genau wie die anderen auch, zweigeschossig, weiß geklinkert, breites rotbraunes Dach, geputzte Fliesen, betonierter Vorgarten, beschnittene Büsche. Es rührte sich nichts bei Frau Golddistel. Ratlos stand sie auf dem Eingangsweg und überlegte, wie und wann sie diese Nachbarin anrufen sollte. Persönlicher Kontakt war bestimmt besser. Aber heute Abend wollte sie schon wieder zurück sein. Einen Tag Detektivin. Das musste reichen.

Plötzlich öffnete sich die Tür und ein neugieriger Kopf erschien, gefolgt von einer dünnen Kittelschürze. Frau Golddistel war die Inkarnation eines Fragezeichens, super! Wenn sie jetzt noch was weiß!

„Verzeihen Sie die Störung, ich bin auf der Suche nach Informationen über das Schicksal von Frau Hillier, die dort, zwei Häuser weiter, gewohnt hat. Sie war die beste Freundin meiner Großmutter, ich war auch oft zu Besuch hier als Kind."

„Ja ... wir waren nicht so eng, ich meine befreundet. Mal eine Tasse Kaffee, das schon, als ihr Mann noch lebte. Aber wir hatten keinen engeren Kontakt." Sie barst fast vor Neugier, oder war es Erzähldrang?

„Ich kann Ihnen gern ein bisschen erzählen", leitete Rhena ein. „Es geht mir um den familiären Hintergrund von Frau Hillier. Ich habe dann vielleicht mehr Möglichkeiten, meine eigene Familiengeschichte, vor allem die meines Großvaters aufzuklären, als er in Magdeburg lebte. Man denkt ja immer zu spät daran, wenn die Zeitzeugen schon so alt oder wie in diesem Fall tot sind ..."

„Also, da war öfter eine Nichte aus Magdeburg mit ihrem Sohn zu Besuch, eine etwas schüchterne und unscheinbare Frau", hakte Frau Golddistel begierig ein.

Sie war wohl äußerst schnell überzeugt, dass sie es mit einer ehrlichen Person zu tun hatte. „Da hat Lene Hillier oft gestöhnt, dass ihre bucklige Verwandtschaft sich schon wieder einnistet."

Von wegen wenig Kontakt! Die weiß ja eine ganze Menge!

„Wissen Sie, wie die Nichte hieß?"

„Nee ... aber das war auch nicht die richtige Nichte, aber schon eine Verwandte ..."

„Hieß sie Meisterfeld? Das war wohl ihr Geburtsname, oder ihr erster Ehename, das weiß ich eben nicht genau."

„Kann ich wirklich nicht sagen."

„Wissen Sie denn, ob diese Nichte das Grab pflegt? Ach, und auf welchem Friedhof ist sie denn begraben? Hier gibt's doch wohl nur einen, oder?"

„Das ist der Westfriedhof, hier gibt's einige, mit dem Fahrrad sind es bis dahin nur fünf Minuten. Ich fahre da immer durch", sie zeigte zu einem Weg zwischen den Hecken, der mit rot-weißen Sperrpfosten verengt worden war, „und dann dahinter über die Hauptstraße ..."

„Ich bin mit dem Auto da."

„Ach so, dann müssen Sie ein Stück in Richtung Stadt und wieder zurück auf dem Venloring."

„Das finde ich bestimmt, ich habe einen Stadtplan."

„Ich habe den Stein nämlich diesmal gesehen, als ich vorbeifuhr, um das Grab meiner Schwester zu pflegen."

„Na, die Nummer wissen Sie bestimmt nicht, oder? Ist der Friedhof groß, kann ich das Grab leicht finden?"

„Am Eingang ist die Verwaltung, da fragen Sie am besten nach. Der Friedhof ist nicht so groß. Ich bin ja auch zufällig am Grab von Herrn und Frau Hillier vorbeigekommen. Das finden Sie!"

Frau Golddistel richtete sich mit Rhena auf dem schattigen Plattenweg häuslich ein. Kein Gedanke an eine Tasse Kaffee. Man muss die Etikette wahren, Hergelaufene werden im Stehen abgefertigt. Aber das mit Hochgenuss!

„Darf ich Sie noch etwas fragen?", begann Rhena von neuem. „Wenn ich Sie störe, sagen Sie es bitte ..."

„Nein, nein. Ich war gerade am Putzen." Das war nicht zu übersehen, die Kittelschürze war sicher aus den fünfziger Jahren, traditionelles verschlungenes Dekomuster, aber doch heil und sauber. „Fragen Sie ruhig."

„Ich habe ... meine Mutter hat kurz vor ihrem Tod einen Notanruf von Tante Lene bekommen, sie fühle sich bedroht. Offensichtlich waren Untermieter in ihrem Haus, mit denen sie nicht mehr zurecht kam ..."

„Ja, das war die Tochter von diesem Malermeister Küppers." Super! Hier gibt's Informationen! „Ja der wohnt in der ... also ich habe ja einen anderen Maler aus Hülsdonk, aber mit diesem war Frau Hillier ja sogar ein bisschen befreundet ... na, die Tochter und deren Freund, die fuhren dann irgendwann mit dem Rover weg."

„Wie?" Rhena ließ demonstrativ den Mund offenstehen. Das wusste sie dann doch schon, Mutters Freundin Erika Bilaki hatte das nämlich von dem Kommissar erfahren. Aber man muss schließlich Mimik und Gestik der Befragung anpassen ...

„Ja, das muss gewesen sein, als sie so krank war. Sie ist dann ja ins Pflegeheim gekommen."

„Wissen Sie, in welches?"

„Nein, das weiß ich wirklich nicht. Ich war ja fast nie drüben, so eng waren wir ja nicht ... aber an der ... gleich zwei Straßen weiter ist ein katholisches Pflegeheim, wo meine Schwägerin lebt, fragen Sie die doch mal!" Tante Lene war nicht katholisch, da würde Rhena viel drauf wetten!

„Wie war das mit der Malermeistertochter, die ist mit dem Rover weggefahren und nie wiedergekommen?"

„Ja, so war es."

Ja, und wir hatten nicht so einen engen Kontakt, aber zwölf Stunden am Tag liege ich schon auf der Lauer, um alles hier in der Straße und vor allen Dingen bei Frau Hillier mitzukriegen ...

„Darf ich mir das aufschreiben? Ich bin wirklich nicht von der Zeitung, nicht dass Sie denken ... Es ist schon ein bisschen erleichternd, von Ihnen einige Details zu hören." Rhena war sicher , dass hier noch einiges zu erfahren war. „Meine Mutter und ich haben uns damals sehr viel Sorgen gemacht und wollten schon hierher losfahren, aber ich hatte so viel zu tun, da wäre es sehr schwer gegangen. Und wir haben dann eine Freundin aus Duisburg losgehetzt, die hat herausgefunden, dass sie gestorben war. So schnell ging das!"

„Sehr schnell. Ich denke, ich traue meinen Augen nicht, als da ein großer Möbelwagen vor der Tür steht und alles, was nicht niet- und nagelfest war, herausgetragen wurde."

„War das der Maler Küppers oder seine Tochter? Oder die Nichte?"

„Nein, der Arzt."

„..." Frau Golddistel, Sie sind das Salz der Erde!

„Kennen Sie den Arzt nicht? Es ist dieser praktische Arzt, der wohnt in der Bonhoefferstraße, glaube ich wenigstens, ich gehe da ja nicht hin. Lene Hillier hat mir eines Tages lachend erzählt, sie hätte sich ‚entsorgt'. ‚Was soll denn das heißen?', habe ich gefragt, und sie war ganz vergnügt, solche Scherze hat sie ja gern gemacht. Also, sie hat dem Arzt alles vermacht, was sie besaß, Haus, Geld, alles. Und das fand sie so befreiend, weil dann ihre Nichte nicht mehr so unterwürfig um sie herumwuseln konnte, das hat sie wohl sehr verärgert, dass alle nur ihr Geld wollten ..."

Ja. Der Gärtner. Der Malermeister. Seine Tochter. Die Nichte wohl auch. Nun ein Arzt. Wieso ist die Tochter mit dem Rover weggefahren? Und nie wiedergekommen? Rhena kritzelte hektisch Stichworte auf ihren kleinen Block. Das müsste sie sich gleich noch mal ordentlich aufschreiben. Ob sie vielleicht noch ein wenig weiter bohren durfte? Frau Golddistel sah kein bisschen erschöpft aus. Aber einer Wildfremden so viel zu erzählen, das müsste ihr doch selbst spanisch vorkommen!

„Frau Golddistel, Sie sind Gold wert! Haha! Meine Familie wird froh sein, wenigstens ein bisschen Licht ins Dunkel bekommen zu haben. Ich danke Ihnen sehr für Ihre Hilfe!" Das war der Tipp von Kurt Tucholsky. Wenn man bei einer Rede noch längst nicht ans Ende kommen möchte, soll man dem verehrten, eventuell schon schlafenden oder unruhig hin und her rutschenden Publikum versprechen, dass man gleich aufhört und nun wirklich und endlich den letzten Satz spricht. Dann hat

man noch ein bisschen Luft und kann fröhlich weitermachen. Obwohl dieses Publikum nun so dermaßen
wach und aktiv war, dass der Trick reine Vorsichtsmaß-
nahme war.

Rhena begann von Neuem. „Wir haben Tante Lene so
sehr gemocht, sie war immer so lustig, und dann so ein
verzwicktes Ende, das hat sie eigentlich nicht verdient!"

„Schön, dass ich Ihnen etwas helfen konnte. Mhh,
aber lustig fand ich sie nicht, oder gutgelaunt. Nach
dem Tod ihres Mannes war sie so niedergedrückt, traurig, lief nur mal kurz über die Straße, gar nicht zurecht-
gemacht, in Räuberzivil. Haare nicht gemacht, mit
Schürze. Man sah ihr nicht an, dass sie Geld hatte. Doch,
als dann ... da war sie auch mal wieder ganz die ..."

„Wann war das?"

„Ach, ist nicht so wichtig ... na gut, ich kann es Ihnen
ja sagen, wo Sie sich so nahe standen. Sie hat sich schon
ungebührlich benommen. Hand in Hand sind sie über
die Straße gegangen. Haben sich sogar geküsst! Das war
schon sehr peinlich!"

Das gesamte bekittelte Fragezeichen richtete sich
auf und legte das Gesicht in bedenkliche Falten. Stimmt,
so was ist empörend! Aber wer und warum und wovon
sprach sie überhaupt?

„Sie meinen den Gärtner?"

„Nein, den Malermeister!"

„Na, so was!" Arme Tante Lene! Sie hatte solche Sehnsucht nach Zuneigung. Ist doch piepegal, wie alt man
ist, wenn man sich auf der Straße daneben benimmt.
Aber sie geriet immer wieder an solche zwielichtigen
Gestalten. Oder sollte Maler Küppers ausnahmsweise

mal nicht an ihr Geld gedacht haben? Die Tochter hatte sich immerhin eingenistet. Ist ja auch praktisch, dann hat man die Geldquelle allseits im Blick. Lene hat doch in ihrem Hilferuf von Eingesperrtsein geredet. Und von Vergiftetwerden. In Rhenas Hirn ratterte es. Tja. Und die Tochter ist mit dem Rover davongefahren ... den wollte ich doch haben! Aber der Arzt hatte doch alles geerbt!? War das in diesem Licht womöglich kriminell, das Auto für sich zu requirieren? Wo kommt der pensionierte Kriminalkommissar ins Spiel? Das in Holland verschwundene Pärchen, das waren wohl die Tochter und ihr Freund. Erika Bilaki hatte schon einiges herausgefunden. Aber mit Frau Golddistel konnte sie nicht mithalten.

Rhena schwirrte der Kopf.

„Ich habe Ihre Zeit über Gebühr beansprucht. Vielen, vielen Dank! Ich muss erstmal zum Friedhof, meine Mutter möchte sicher wissen, ob das Grab gut gepflegt ist. Wenn ich noch Fragen habe, dürfte ich Sie dann anrufen? Danke, Frau Golddistel. Ich heiße Rhena Kuhl. Ihr Haus ist Nummer 53? Ja, ich melde mich vielleicht noch mal. Erstmal wünsche ich Ihnen einen schönen Tag!"

„Bitte, bitte, auf Wiedersehen."

Frau Golddistel verschwand so schnell im Haus, wie sie herausgeschlüpft war. Bestimmt guckt sie jetzt durch ihr storegeschütztes Wohnzimmerfenster, was die Detektivin, pardon, die Nahe-aber-nicht-Verwandte nun tut. Oder was sonst so passiert. Eine Goldgrube, diese Frau!

Rhena zwängte sich mit Schreibblock, Kuli, Rucksack und Fotoapparat in der einen, Autoschlüssel in der anderen Hand hinter das Steuer und drehte alle Fenster herunter. Wunderschön warm für September. Bestes Ermittlungswetter.

Was nun?

Friedhof. Grabpflegebetriebe suchen. Grab suchen. Foto machen.

Die Badeanstalt! Mit den entzückenden Holzstegen und bunt angemalten Türen der hölzernen Umkleidekabinen. Der einladende grüne See. Eher ein Teich. Oder? Eine romantische Erinnerung an einen heißen Sommer, schattige Grasplätzchen in einer quirligen Badegästemenge, der kleine Sohn in seinem grün gemusterten Badehöschen, der große Rudi – sein Vater – auch schon passend entkleidet und alle hüpften und planschten in diesem erfrischenden Wasser.

Tante Lene hatte über die Bundesstraße gezeigt und gesagt: „Geht baden, Kinder, gleich da drüben. Wollt ihr euch noch ein Eis kaufen?", und der 100-D-Mark-Schein fand sich in Rudis Hand wieder. Das war wirklich zuviel, fand er damals und gab ihn ihr höflich und freundlich zurück, erinnerte sie daran, dass wir schon gestern ... das würde wirklich noch ausreichen ...

Das Bad würde sie suchen. Und finden, aber Wichtiges zuerst. Friedhof. Telefonbuch und Malermeister, Arzt, Pflegeheim suchen? Oder erst zur Polizei und den pensionierten Kommissar suchen? Es war noch früh, die Jugendherberge hatte den Rhythmus vorgegeben. Notfalls konnte sie ja noch einen Tag dranhängen, obwohl ... Nee, das passte nicht. Lieber später noch mal wiederkommen und weiterfragen. Nadja würde ja vielleicht auch irgendetwas helfen wollen?!

Also zuerst der Friedhof. Sie blätterte im Stadtplan, dieser unsägliche Faltplan – bis an die Wagendecke reichte sie mit den Händen und dem Plan, bis sie den Standort fand. Bucheckernstieg – ach ja, hier ist der Friedhof, also hoch, links und dann ist er schon da. Wie heißt die Straße? Mülheimstraße oder Am Friedhof. Nicht sehr schwer. Also los.

Sie stapelte alles einigermaßen gesichert auf den Beifahrersitz, wischte sich den Schweiß von der Stirn, fühlte sich sehr beobachtet ... die Nachbarin, die nichts wusste, war zwei Meter weiter gekrochen in ihrem Vorgarten, bei Frau Golddistel wackelte kein einziger Store. Sie trank einige ordentliche Schlucke aus ihrer blauen Fahrradflasche und startete den Motor.

10. Kapitel

Rhena Kuhl drückte und zog an der Glastür. Mehrmals. Verschlossen. Vielleicht die nächste Tür? Jetzt war sie schon um das gesamte moderne Friedhofsgebäude herum gegangen. Nichts zu machen. Toiletten waren auch geschlossen. Saftladen! Auf der Anzeigetafel sah sie sich noch einmal die kryptischen Hinweisnummern und Buchstaben an. Tolle Information! Wenn man nicht weiß, welche Kombination man braucht, ist man hier echt aufgeschmissen, schimpfte sie murmelnd. Die drei oder vier Besucherinnen, eine mit Fahrrad, konnte sie auch nicht fragen. Das war hier schließlich kein Dorf, sondern eine Stadt! Da kennt nicht jeder jeden, außer Frau Golddistel. Die kennt Ärzte, Malermeister, deren Töchter, einfach alles. Moment, was hatte sie gesagt? Mit dem Fahrrad quer rüber – da war doch ein Nebeneingang, in der Himmelsrichtung Nordost. Das probiere ich, dachte sie und lenkte ihre Schritte im Krebsgang durch die mit Büschen gesäumten Reihen. Sehr viele neue Steine. Es ist ja auch ein neuer Stadtteil, dicht an die Bundesstraße gebaut. Kaum ein älteres Haus, die meisten im Stil des Bucheckernstiegs.

Etwas ratlos drehte sie sich um sich selbst – und da standen sie, die modern trapezförmig geschnittenen Steine, mit kleinen roten Blümchen davor, die Erde gelockert, das Rasenstückchen niedrig gehalten. Gepflegt. Unpersönlich. Links davon Werner Mollenthien, geb. 31.1.1911, gest. 2.10.1989. Rechts Elise Henriette Lüders, 14.5.1905 – 20.2.1997 und Waltraud Annemarie Lüders, 3.9.1909 – 1.6.1997. Haben zusammengehalten.

In Moers. Dazwischen Waldemar Hillier 1907 – 1977, Helene Hillier 1906 – 1994. Mehr nicht. Gar nichts. Wie war ihr Geburtsname? So lange ist Waldemar schon tot! Kein Wunder, wenn sie fast zwanzig Jahre allein gelebt hat, dass sie das nicht klasse fand. Mit dem vielen Geld. Dafür kann man sich alles kaufen außer Zärtlichkeit. Und Zuverlässigkeit. Oma ist 1985 gestorben. Da fehlte ihr dann auch die beste Freundin. Bestimmt war die eine einmal im Monat hier und abwechselnd die andere dort oder beide zusammen auf Reisen. Bis Oma nicht mehr so gut konnte, nichts Hören, nichts Schmecken, nicht Riechen, nichts mehr los mit der alten Schachtel, das hat sie immer gesagt. Zum 90. Geburtstag, das war 1983, da war Tante Lene in Hamburg. Die Haare trug sie immer hinten eingerollt, mit Haarnadeln. Oft hatte sie ein paar im Mund, drückte ihre Rolle hinten geschickt zurecht und steckte die Nadeln neu. So hat sie auch Stecknadeln im Mund gehabt – sie hat doch mal gackernd erzählt, wie der töffelige Waldemar sie zum Abschied küssen wollte und sie nur noch mit den Händen wedeln und „mhg" herausquetschen konnte. Gerade noch mal gut gegangen! Ach je. Was nun?

Rhena holte ihren kleinen Fotoapparat aus dem Rucksack und ging in die Knie. Von links, von rechts und aus der Mitte. Und jetzt noch mal die Nummer, D 606. Und wer pflegt das Grab? Bei Lüders und Mollenthien steckten zwei Schildchen im Blumengebinde. Blumen und Gebinde, Buck, Tel. 24 28 11. Auch fotografieren. Sie kramte ihre Utensilien zusammen und packte alles gleich wieder aus. Wenn die Fotos undeutlich geworden sind, bin ich wieder so schlau wie vorher. Aufschreiben.

Der Block war malerisch. Die bei Frau Golddistel hingeworfenen Stichworte tanzten schräg über den Bogen. Sie klappte die Seite nach hinten und schrieb ordentlich: Friedhof Ost, 3.9.; D 606, Waldemar Hillier 1907 – 1977, Helene Hillier 1906 – 1994. Blumengeschäft ... Was, wenn es mehr davon gibt? Am Eingang war doch einiges los gewesen an ausgestellten Großvasen, Büschen in Kübeln, Werbeschildern. Sie wanderte zum Ausgang zurück und sah eine weitere Visitenkarte neben der von Buck in den Reihen stecken. Auch die notierte sie. Wenn nun aber ... am Grab von Tante Lene war nichts gesteckt. Ich muss mich an die Friedhofsverwaltung wenden, nahm sich Rhena entschlossen vor und inspizierte den Haupteingang von neuem. Da, Friedhofsverwaltung, Amt Moers, Hinter der Kirche 21–27. Da fahre ich jetzt hin. Danach sehe ich ja, was ich ermittelt habe und kann neue Pläne machen. Pflegeheim? Da kann ich auch anrufen, das war doch in der Nähe des Bucheckernstiegs. Katholisch. Müsste die Telefonnummer leicht herauszufinden sein. Und dann kann ich mir noch was überlegen, damit sie mir auch etwas erzählen mögen, schließlich bin ich nicht verwandt. Tante Lene, wenn du ermordet worden bist und keiner hat es bemerkt, das wäre ja schrecklich! Doch, der Kommissar ist noch da. Mit dem hatte sie doch Kontakt gehabt, der hatte herumgeschnüffelt, aber zu spät und erfolglos.

Sie stieg in ihren Golf. Alle Fenster und das Schiebedach auf! Die Luft stand, es roch stickig nach Bananenschale. Seufzend rutschte Rhena noch mal aus dem Auto und stopfte den vergammelten Müll aus der Türablage in den friedhofseigenen Mülleimer. Sie ließ

noch einmal den Blick über das abweisende Eingangs-
gebäude des neu wirkenden Friedhofs schweifen, wohl
wegen der hellen Steine. Und wegen der Bäume, die
noch staksig und jung in den Himmel zeigten. Aus den
Augenwinkeln sah sie die Gärtnereibetriebe. Stimmt,
die sollten ja auch befragt werden. Das geht aber telefonisch. Lieber erstmal die Friedhofsverwaltung, ganz
amtlich.

Auf dem Weg in die Stadt stellte sie das regiona-
le Radioprogramm ein. NRW 4 hatte die beste Musik
– sechziger und siebziger Jahre Style. Sie summte mit
bei Fleetwood Mac. Und schmetterte „Tell Me" von den
Stones. Das passte zu ihrem Cabrioverschnitt, der un-
gebührlichen Herbsthitze und der ungewöhnlichen
Urlaubsgestaltung.

Für das Amt zog sie am besten das schwarze Leinen-
jackett an, damit sah sie ein kleines bisschen vornehm
aus.

In dem Gewirr der schmalen Straßen um die Kirche
herum – war das überhaupt die richtige Kirche? Hier
gibt's so viele! – sah sie dann doch erwartungsgemäß
die kleinen weißen Hinweisschilder. Finanzamt, Touris-
tik-Zentrale, Friedhofsamt. Links, rechts, links und einmal im Kreis herum. So eine schöne alte Steinquader-
kirche und dahinter diese hässlichen rotgeklinkerten
Mehrreiher, mit kilometerlangen Fensterreihen. Mitten am grünen Hang, einem kleinen Minipark rund um
die Kirche, bestimmt mit Bach oder kleinem Teich.

Wenigstens das Finanzamt an der Ecke „passte" mit
seinen großen hellen Sandsteinen und begiebelten
hohen Fenstern. Aber wäre es nicht viel besser, in sol-

chen Hallen kommunales Vergnügen leben zu lassen
als bürokratisches Ärgernis? Ihr fiel gerade keine Variante zum städtischen Kindergarten ein, die berechtigt
gewesen wäre, in ein solches erhaltenswürdiges Ge-
mäuer einzuziehen. Schulkinder hatten eher Angst vor
solchen Monumenten, sie war selbst in einem denkmal-
geschützten Schulhaus mit einer unübersehbaren Fülle
an Betretungs- und Durchgangsverboten gequält worden.

11. Kapitel

Sie lag halb schräg auf dieser unsäglichen, lackierten Holzbank. Wer bitte hatte dieses Monstrum entworfen? Im halbdunklen Flur konnte Rhena beobachten, wie die beiden Angestellten hinter ihrer Glastür behutsam mit der in Schwarz gekleideten Familie umgingen. Mann, Frau, ein Halbwüchsiger. Vielleicht ist die Oma gestorben, die sie sehr lieb gehabt hatten.

Bin ich traurig? Was bin ich eigentlich? Frech-neugierig. Will ich, dass Tante Lene gerächt wird? Eigentlich liegt mir so ein Gefühl fern. Aber ich finde es schon empörend, dass sie und andere alte Menschen von Angehörigen oder Nahestehenden durch die Gegend geschubst werden, womöglich dem Tode schneller zugeführt werden, und niemand merkt etwas, weil Ärzte, Pathologen und ihre Kolleginnen bei Alten nicht so genau hinsehen. Da gab es doch neulich eine Vermutung über die Dunkelziffer der ungeklärten Todesfälle bei alten Menschen. Und Tante Lene war ja auch schon 87, nein 88 Jahre alt. Dabei hat sie doch ganz offensichtlich noch um Hilfe gerufen. Und dennoch soll niemand was gemerkt haben? Steckte der Arzt mit dahinter? Hatte er einen falschen Totenschein ausgestellt? Wenn er im Pflegeheim ein- und ausging, wäre das denkbar. Ich muss diesen Polizisten finden! Und abwarten, wer hier das Grab pflegt.

„Ich kann Ihnen nicht helfen." Der junge Friedhofsverwaltungsangestellte mit dem überbordenden schwarzen Haarschopf hatte recht fix die Karte aus seinem Register gezogen und hielt sie vor sich in beiden

Händen. Er sieht fast aus wie Charlie Chaplin, dachte Rhena. Die blasse Haut, diese hochgewölbte Mähne, fehlt nur noch das Bärtchen.

„Was genau können Sie nicht? Sie haben doch die Daten gefunden", insistierte Rhena.

„Nach dem Datenschutzgesetz darf ich Ihnen nicht sagen, wer die Grabstelle in Auftrag gegeben hat und wer nach wie vor angesprochen werden möchte, wenn Veränderungen anstehen", referierte er stockend und etwas verschämt. So, er hat meine Geschichte also ernst genommen, registrierte sie.

Rhena bohrte nach: „Ich möchte gern Kontakt zur Nichte aufnehmen, und die hat ganz sicher einen anderen Namen. Meisterfeld hieß meine Tante früher, das könnte ein Name sein. Oder mir würde auch ihr Wohnsitz helfen, in der Nähe oder aber direkt in Magdeburg."

„Ich darf es nicht", murmelte er zögernd.

„Dann anders herum, ich will Sie ja nicht bedrängen." Für leisen Spott hatte er keine Antenne. Er war im Grunde genauso interessiert wie sie.

„Steht ihr Geburtsname in den Unterlagen? Dann kann ich selbst in Magdeburg weitersuchen."

„Nein, da steht gar nichts. Helene Hillier. Geboren 1906, gestorben 1994. Mehr nicht. Aber ich habe einen Vorschlag: Ich benachrichtige die Angehörigen, und die dürfen dann entscheiden, ob sie sich mit Ihnen in Verbindung setzen wollen oder nicht."

Begeistert von dieser Idee zückte sie eine ihrer Visitenkarten, die sie in den Tiefen des Rucksacks dann doch noch fand.

„Wie erfahre ich das? Rufen die mich an oder soll ich mich bei Ihnen melden?"

„Sie rufen mich am besten an. Dann sehen wir weiter."

Dankbar – wofür eigentlich? – verabschiedete sie sich von dem in Fieber geratenen, hier doch wohl völlig unterforderten Verwaltungsangestellten, und stiefelte aus dem kühlen Glas-Klinker-Bau ins warme Freie.

Da stand sie nun, auf der Unterlippe kauend, am Golf, schaute über die abschüssigen Wiesen, auf denen ein junger Mann mit seinem Kind herumtollte, und überlegte messerscharf: Was nun? Es war noch viel Zeit bis zum Sonnenuntergang, da könnten noch einige Steine hochgehoben und etliche Kellerasseln zum Rennen gebracht werden. Einwohnermeldeamt. Es liegt zwar keine Verwandtschaft vor, aber die Geschichte von Tante Lene bringt ja doch die Gemüter in Wallung. Vielleicht gab es noch irgendetwas, nachdem die Nichten-Konnektion auf Eis gelegt worden war. Aber was, wenn der Mörder auch gleichzeitig der Grabpfleger war? Und sie hatte ihre Visitenkarte hinterlassen! Der Schreck durchzuckte sie und ließ die ganze freudige Sucherregung davonfliegen. Dann ist mein Leben auch nicht mehr sicher! Welche Telefonnummer stand drauf? Sie wühlte im Rucksack und sah, dass die Nummer der Turnverbandssekretärin und ihre eigene Privatnummer drauf standen. Keine Adresse, nur die vom Verband. Aber so was kriegt man leicht raus. Oje! Aber der Verwaltungsangestellte wollte ja nur nachfragen, ob ... Und ich sollte ihn als Verbindung nutzen. Den muss ich gleich noch mal anrufen und vorsichtig darauf hinweisen, damit er mich nicht in Gefahr bringt. Schließlich könnte der Datenschutz auch für mich selbst gelten.

Dermaßen selbst belogen, einigermaßen beruhigt, wandte sie sich den nächsten Aufgaben zu, das heißt, sie stieg ins Auto und bemühte den riesigen, stets an den wichtigsten Stellen zusammenklappenden Faltplan. Sein Name war Programm.

12. Kapitel

Jetzt würde ich gern einen Kaffee trinken. Schließen wir einen Vertrag, ich mit mir. Wenn auf dem Weg zwischen Einwohnermeldeamt und irgendeinem Parklücklein ein Tchibo oder eine Bäckerei mit Kaffeeausschank freundlich lächelt, dann gibt's Kaffee. Sonst erstmal Pflicht, das Amt. Womöglich machen die um halb zwölf Mittagspause oder haben gemeine Öffnungszeiten. Rhena musste wirklich aufpassen, dass sie nicht etwa laut mit sich selbst sprach!

Sie parkte auf einem kleinen Geldabzockermarktplatz. Die kleinen Städte sind die Schlimmsten. Parkautomat 100 m weiter, Mindestgebühr 1 DM, Höchstparkdauer 1 Stunde. Kein Wunder, dass der Parkplatz nur zur Hälfte besetzt war.

Nur so doofe Touris wie ich parken hier, weil wir Angst haben, durch das Gewirr von Gässchen und Einbahnstraßen hoffnungslos von der malerischen Innenstadt abgeschlagen zu werden. Davon mal abgesehen. Wer kennt überhaupt Moers?!

Sie ging mit entschlossenen Schritten in den Prachtbau, der seit bestimmt hundert Jahren die Bürger und ihre Ehefrauen eingeschüchtert hatte. Sogar noch imposanter, falls das überhaupt geht, auf einem Hügelchen thronend, mit nett bepflanzten halbrundförmigen Zugängen. Erholungsraum in der Mittagspause, schätzte sie und kniff die Augen zusammen, um in dem Sonnenglast die diversen Zugänge unterscheiden zu können. Meldeamt, Personalausweise, Schwerbehindertenausweise. Sie folgte den Schildern ins kühle Hallenfoyer, stieg eine Wendeltreppe hinunter, folgte dem Weg um diverse Ecken, stieg eine halbe Treppe hoch und stand wieder im Foyer. Irgendetwas stimmte hier nicht. Die Schilder für Personalausweise verschwanden einfach, das WC tauchte auf, es gab aber keine Abzweigungen. Zum zweiten Mal in der Halle kam sie sich lächerlich vor. Eine vorbeieilende blondgelockte Dame mit Kostümrock und Blumenbluse half freundlich weiter. Da sie so sehr freundlich war, fragte Rhena mit einer Andeutung der Geschichte von der verstorbenen Tante ein bisschen mehr ... und wurde belohnt.

„Herr Sierksen ist ein absoluter Experte."

„Wofür?"

„Ähm, also eigentlich müssten Sie im 2. Stock in der Abteilung vorstellig werden, die die Sterberegister verwaltet. Aber Herr Sierksen ist viel, viel ... also er weiß einfach mehr, gehen Sie mal hin."

Auf ihr bestätigendes Brummeln hin zeigte die Dame mit rudernden Armen auf die ganz große, spiralförmig nach oben führende Steintreppe, die Rhena bisher vor lauter Ehrfurcht nicht in Betracht gezogen hatte.

„Dort hoch, in den 3. Stock, dann rechts, und – warten Sie mal – die vierte oder fünfte Tür links, zur Straße hinaus, Herr Sierksen."

Sie marschierte lächelnd und nickend davon.

Sierksen, Sierksen, murmelte Rhena im Rhythmus ihrer Schritte. Nicht dass sie diesen wichtigen Name vergisst. Wer sonst in diesem säulenbestückten Riesenbau würde so bereitwillig helfen wie diese nette blonde Eilige? Sie mochte gar nicht über Sierksens frühere Funktion nachdenken, sonst würde sie diesen Türöffner-Namen vergessen. Im dritten Stock pustete sie ein bisschen. Das war ein musikalischer Aufgang, dachte sie. Herrn Sierksen werde ich niemals wieder vergessen.

Sie trat in das kleinste Zimmer, das sie je gesehen hatte, mit dem allerschmutzigsten Fenster aller Zeiten, durch das die Sonne sich gebrochen hindurchkämpfte. Der Mann mit der unmodisch großen Brille auf dem quadratischen Kopf schaute unwillig vom Computer hoch. Er war zu breit für dieses Zimmer!

„Bitte?", knurrte er.

„Ich habe ein etwas ungewöhnliches Anliegen und Sie sind als Alleskönner angepriesen worden ..." Keine Reaktion. „Die beste Freundin meiner Großmutter ist hier in Moers unter mysteriösen Umständen gestorben. Da sie, beziehungsweise ihre Familie, in die Widerstandstätigkeit meines Großvaters eingebunden waren ..."

Er drehte sich mit seinem Bürostuhl um und zeigte interessierte Spannung. Dann stimme ich ihn mal medium ein, dachte Rhena. „Es war eine außergewöhnlich erfolgreiche SPD-Widerstandsgruppe in Magdeburg. Recht spät, eventuell per Zufall wurden sie verhaftet und mein Opa ist im KZ Sachsenhausen ermordet worden. Es gibt so sehr wenige Anhaltspunkte, fast alles ist vernichtet oder vergessen, und mich interessiert, ob noch Verwandte von Tante Lene leben, die mir weiterhelfen können."

Herr Sierksen setzte sich bequemer hin und machte eine Handbewegung, die sie als „erzählen Sie mehr, viel mehr" deutete.

„Und Tante Lene ist möglicherweise auch ermordet, vergiftet worden! Sie hat uns kurz vor ihrem Tod telefonisch um Hilfe gebeten, meine Mutter war bloß nicht fix genug mit Alarmschlagen und mich zur Aktivität bringen."

Er drehte sich zu seinem Computer um, mit leicht erhobenen Händen, die zum Sturzflug bereit waren.

„Wie heißt Ihre Tante?"

„Helene Hillier, gestorben 1994. Mehr weiß ich nicht."

In Windeseile klapperte er auf der Tastatur herum und seufzte wohlig: „Hier ist sie. Geborene Lange, am 4.11.1906 in Magdeburg. Verheiratete Meisterfeld, geschieden 1939, verheiratete Hillier 1952. Hergezogen von ..."

„... Mülheim. Das erinnere ich noch, dass ich als Kind in Mülheim an der Ruhr auf ihrem Sofa saß ..."

„... genau ..."

„Ja, und später waren wir hier, die Fotos habe ich gerade noch angeguckt, da hatte ich so sehr starke Ohrenschmerzen als 10-jährige."

„Das ist alles, was ich hier habe", sagte er bedauernd. „Wenn Sie noch was wissen wollen."

„Ich wüsste gern, wer sie beerbt hat, wer das Grab pflegt und wer sie in ihren letzten Tagen, möglicherweise in einem Pflegeheim, begleitet hat. Den Mörder können Sie mir wahrscheinlich nicht verraten."

Er schnaubte belustigt. „Nein, aber hier steht das Krankenhaus St. Johannis."

„Ist das in, na wie heißt der Vorort noch, in dem sie wohnte, Bucheckernstieg heißt die Straße. Ein Pflegeheim?"

„Nein, das Krankenhaus ist hier in der Innenstadt."

„..."

„Ich empfehle Ihnen folgendes: Gehen Sie zur Sterbeurkundenabteilung hier am Ende des Ganges, der Kollege ist im Haus, er war nämlich gerade hier bei mir. Fragen Sie dort nach der Grabstelle, da stehen sicherlich Namen, mit denen Sie weiterkommen. Und im Krankenhaus können Sie ja auch nachfragen. Wenn Sie Glück haben, verraten die Ihnen etwas mehr."

Er sah aus, als wolle er mit ihr gemeinsam losstürmen und recherchieren. Also wirklich ein Experte! Was treibt der hier eigentlich in diesem Einwohner-Passbehörden-Bürokratieamt?

„Ich kann es Ihnen ja verraten: Ich werde ein Buch darüber schreiben. Die Geschichte meines Großvaters, verpackt in die Geschichte, wie Tante Lene starb."

„Oh ..."

„Möchten Sie ein Exemplar zugeschickt haben, wenn es fertig ist?"

„Ja, sehr gerne!"

Zögernd drehte er sich zu seinem Computer zurück und warf beinahe den meterhohen Stapel von Dokumenten an seiner Seite um. Sie wollte ihm zum Abschied noch mal zulächeln, aber Herr Sierksen befand sich bereits mit gesenktem Kopf in seiner anderen Welt.

13. Kapitel

Dieses Haus ist schön. Malerisch, fast bayerisch, am Flüsschen mit Brücke gelegen, hier an der Flussmauer ein Café – da sitzt ja niemand! Vor der Eingangstür Tische. Auch niemand. Und das bei diesem Wetter. Sitzen drinnen welche? Die alte Regel: Wo viele Menschen sitzen, ist Essen und Trinken gut. Die Fensterscheiben sind ein wenig beschlagen. Äh? Außen hui und innen ...?

Sie lugte durch das eine Restaurantfenster und sah mehrere rundliche Frauen mit Bechern und leergegessenen Tellern vor sich auf dem Holztisch.

Alles klar! Ich suche mir was anderes. Hiervon mache ich ein Foto. Drei. Damit Karsten sieht, wie Moers sich eine innerstädtische Einkaufs- und Flaniermeile vorstellt. Oh, das ist hübsch!

Rhena fotografierte wild um sich, geriet in die Billigládenzone mit Legionen von T-Shirt-Ständern und Hosen-Reihen, leuchtenden Superangebotsplakaten und weit geöffneten Türbereichen, ging schließlich zurück ins Bayerische und zwängte sich an einen schmalen Tisch dicht am Fenster, neben die Damen.

Viel Kaffee. Ein Käsebrötchen wäre schön. Sie schaute sich um und sah niemanden herumlaufen, der oder die wie Bedienung aussah. Sie beugte sich zu den drei Frauen hinüber, ja, Selbstbedienung.

Kauend und am heißen belebenden Getränk schlürfend suchte sie auf ihrem neu erworbenen und doch schon mächtig verknickten Stadtplan nach Informationen über Polizei und Krankenhäuser. Ganz in der Nähe war eine Polizeistation. Gab es auch eine am

Bucheckernstieg oder drumherum? Seltsamerweise nicht. Ist eben doch eine Kleinstadt, murmelte sie vor sich hin. Ach, und auch in der Nähe ist das gesuchte Krankenhaus.

Rhena zog ihr Handy aus dem Rucksack und wählte die beliebte Nummer.

„Hallo, Detektivin", dröhnte Karstens fröhlicher Bass. „Soll ich berichten?"

„Ja, ich bitte darum!"

Sie erzählte minutiös. Das war es ihr wert. Die Handy-Rechnung würde eine Recherche-Trophäe werden.

„Und hast du jetzt Befürchtungen, der Mörder – wenn es ein Mord war – könnte dich aufspüren? Die Wahrscheinlichkeit ist sehr gering, wenn der Beamte so verschwiegen ist, wie er es dir gegenüber war."

„Das beruhigt mich ein bisschen, wenn du es so sagst. Ich bin aber doch ganz schön aufgeregt. Und habe jetzt schon dicke Füße."

Sie wackelte mit den Zehen in den feinen schwarzen Schuhen. Gut, dass sie sich seit einigen Jahren gegen hohe Absätze und hartes Fersenleder entschieden hatte. Die genähte Achillessehne und der Rücken dankten es ihr.

„Was nun, Rhenalein?"

„Ich habe Polizei und Krankenhaus rausgesucht. Das ist beides in der Nähe. Es ist jetzt viertel nach zwölf, noch genug Zeit, um rumzustochern und unangenehme Mitmenschen auf meine Fährte zu locken."

„Du hast doch die Namen vom Malermeister und dem Arzt bekommen."

„Nur die Straße vom Arzt", sagte Rhena schnell.

„Dann guck doch mal, wo der seine Praxis hat. Du kannst doch weiterhin bei der Geschichte von Tante Lene bleiben. Die ist gut. Gehst in die Praxis rein und beginnst mit der Sprechstundenhilfe.“

„Aber wenn er damit zu tun hatte? Welcher Arzt lässt sich bitte als Erben einsetzen?! Das ist doch ... das stinkt doch zum Himmel! Obwohl, die Malermeistertochter hat da gewohnt, die kann ja leicht was ins Essen gemischt haben.“

„E 605. Arsen. Und den Namen des Malers kennst du nicht?“

„Doch, Küppers, er soll in der Nähe wohnen. Ich weiß jetzt, was ich als nächstes tue. Jetzt ist sowieso überall Mittagspause. Ich wühle im Telefonbuch, gehe zur Polizei und zum Krankenhaus und fahre dann zur Badeanstalt und mache schöne Fotos. Dann habe ich erstmal genug zusammen. In zwei, drei Wochen rufe ich dann in der Friedhofsverwaltung an und bekomme vielleicht Kontakt. Wer Gräber pflegt, mordet nicht.“

„Das klingt plausibel. Hast du in dem Blumengeschäft nachgefragt?“

„Welches ... ach so, am Friedhof. Nein, aber ich habe die Sticks auf den Gräbern fotografiert und die Geschäftsfronten. Zwei Gärtnereien haben nur inseriert, andere kamen auf dem Friedhof nicht vor. Und vor dem Eingang waren auch nur zwei. Das vergleiche ich, wenn ich die Bilder entwickelt habe. Habe entwickeln lassen.“

„Ach je, ich wäre gern dabei! Rufst du mich bitte an, wenn du die nächsten Fakten ermittelt hast? Oder auch Vermutungen?! Ich bin noch lange hier, ich gehe erst nach Hause, wenn du deine Arbeit beendet hast.“

„Das ist super! Ich bleibe nicht in der Jugendherberge. Ich bin zum Kaffee bei Nadja eingeladen, danach mache ich mich auf den Rückweg."

„Ciao."

„Ciao."

Es klickte. Schneller Abschied. Es fiel sowieso immer schwer aufzuhören. Sie hätte noch siebenmal Tschüß geflüstert, wenn er sie gelassen hätte.

Sie schaute sich im Café um. Zu einfach, an der Grenze zur Schlampigkeit. Aber ein Telefonbuch könnten sie haben. Gelbe Seiten. Und das Normale.

Also, hier ... Küppers. Mit Telefon und Adresse. Wird notiert. Wenn er sich damals an Tante Lene bereichert haben sollte – verliebt Händchen haltend, dass ich nicht lache! – könnte er aber auch frühzeitig in Rente gegangen sein. Die Tochter verschwunden, mit dem teuren Auto. Vielleicht hat er auch den Betrieb verkauft, möglicherweise an den eigenen Gesellen, der gerade die Meisterprüfung machte? Alles ist möglich. Ich werde mich beizeiten durchtelefonieren.

Jetzt die Ärzte. Allgemeine. Praktische gibt es auch. Da ist es ja schon, gut, dass Frau Golddistel den Namen der Straße wusste. Der wohnt aber nicht da beim Bucheckernstieg – Moment – der Stadtplan zeigt ihn in der Innenstadt, wenn man in diesem Kaff davon überhaupt reden kann. Es ist mittags. Da fahre ich vorbei. Mit Tante-Lene-Geschichte und der Lüge, sie hätte so von ihm geschwärmt. Aber er hat nichts vorzuweisen, Naturheilkunde oder Gesichtschirurgie. Einfach nur praktisch. Trotzdem, die Story müsste es hergeben, dass ich etwas rauskriegen kann. Schließlich waren Oma und Tante Lene sehr dicke. Und ich bin eine aufmerksame und brave Enkelin.

Sie räumte ihren Restaurant-Café-Tisch auf, der schon fast an ihren Büroschreibtisch erinnerte – so, der Becher war leer. Sie bedankte sich bei der überforderten Tresenkraft für die ausgeliehenen Telefonbücher und stolperte erleichtert in die frische warme Spätsommerluft. Das Herz schlug ihr bis zum Hals, jetzt wurde es enger. Auge in Auge würde sie einem Verdächtigen gegenübertreten mit ihrer plausiblen, aber im Grunde nicht besonders schlagkräftigen Geschichte und ihrem bösen Verdacht.

Rhena lenkte um die Ecke. Erstmal halten, bevor hier ein Unfall passiert. Die Autos flitzten ihr zu sehr in dieser Ministadt, vor allem für ihre zurzeit angegriffenen Nerven. Die wie eine Allee angelegte Innenstadtsackgasse lud ein, auszusteigen und zu flanieren. Nette alte, frischgemachte Häuschen, Wand an Wand, hier ein Dachwintergarten, dort ein Zipfel einer mit Glas überdachten Terrasse zum Garten hinaus, dahinter fast drohend der hohe Glasbau von Karstadt. Sie ging langsam unter den gestutzten Bäumen entlang, um ihre Aufregung in einen angenehmeren Herzrhythmus zu überführen und nahm sich fest vor, an der Straßenecke nicht wie „Charlie Chaplin and the kid" um die Ecke zu lugen, sondern erhobenen Hauptes direkt zum Praxiseingang zu stolzieren. Beim Abbiegen hatte sie schon aus den Augenwinkeln weiße Kacheln gesehen. Jetzt sah sie die ganze schäbige Pracht, eine Beleidigung für diese paar

kleinen putzigen Straßen: Ein zweigeschossiger Flach-
bau, weiß gekachelt wie ein Klo. Beim Näherkommen
stutzte sie.

Dr. med. P. Gregorius, Hals-Nasen-Ohrenarzt. Sprechstunde Mo Di Do 9-11 und 16-18, Fr 9-12. Das war der
Falsche! Im Telefonbuch hatte gestanden, Bonhoefferstraße 8. Das stimmte. Nr. 8 stand da am Eingang. Da
hat der sich, eine Minute bevor ich komme, zur Ruhe
gesetzt! Privatadresse gab es nicht im Telefonbuch. Abgesetzt. Abgehauen mit dem ganzen Geld. Aber halt, das
konnte nicht stimmen. 1994 ist Tante Lene gestorben,
jetzt ist es Jahre später. Der hatte wohl ein ruhiges Gewissen. Und ich bin nur etwas zu spät, Telefonbücher
kommen immerhin jährlich raus. Hier kann ich ja auch
nicht fragen, es ist Freitagmittag. Also werden jetzt
mehrere Fotos geschossen, die Seite, vorn, rechts, hinten. Dokumente. Ob der Arzt da oben wohnt? Im ersten
Stock sieht es hinten nach einem Balkon mit Seitenver-
glasung aus. Egal. Ich kann es ja später mal telefonisch
versuchen. Dann habe ich mir eben die Nase gestoßen.
Abregen! Und ab zur Polizei. Und zum Krankenhaus.
Es ist dann doch eine Menge an Informationen zu-
sammengekommen, irgendwas werde ich damit schon
anfangen können.

14. Kapitel

Sie saß wie die Königin vom Krankenhaus hinter ihrem ausladenden Schreibtisch. Der schlängelte sich von der Wand vor ihrem Bauch entlang und wieder zum Fenster zurück. Mit leichtem Stuhldrehen konnte sie alle ihre untergebenen Geräte erreichen – wie ein Rundumklavier wirkte das. In dem hellen Sekretariatszimmer stauten sich überdies üppige Pflanzen fast jeder Art. Und an den Wänden hingen geschmackvolle Fotos, dazwischen putzige Kinderbilder. Sonne, Haus, Blume, Kind Doris oder Kind Kevin, je nachdem. Auch einen Dinosaurier und ein Auto gab es zu bewundern.

„Wie kann ich Ihnen behilflich sein?", lächelte die Königin.

„Ich suche nach den letzten Tagen meiner Tante Lene. Sie soll hier im Haus gestorben sein."

„Wissen Sie, in welcher Abteilung Ihre Tante lag?"

„Ich denke, es war eine Pflegeabteilung. Aber das ist etwas nebulös. Sie selbst hat von Vergiftung gesprochen."

„Sagen Sie mir doch mal den Namen Ihrer Tante und wann sie bei uns war." Die Sekretärin sagte es nicht nur, sie demonstrierte es auch: Absolute Hingabe an ihren helfenden Beruf in ihrem Hause. Rhena fühlte sich wie ein kleines Mädchen, aber sehr beschützt. Also sagte sie brav ihr Sprüchlein auf.

Die Königin befragte ihren Computer. „Ja, Helene Hillier. Dezember 1994. Sie ist am 3.12. gestorben, drüben in der Pflegeabteilung. Gehen Sie doch mal da rüber, die können Ihnen bestimmt mehr erzählen." Ihr warmes Lächeln erhellte den Raum um einiges.

Rhena folgte dem gut beschriebenen Weg um tausend Ecken, treppauf, trepprunter. Richtung Südost. Ob ich hier knipsen darf, fragte sie sich.

„Ja", der Pfleger war mindestens genauso freundlich wie die Sekretariatskönigin. „... sie war hier etwa drei Wochen. Dann ist sie gestorben. Ich habe hier in den Unterlagen aber nicht die ..." Er unterbrach sich und hörte auf, in der Mappe zu blättern. „Wissen Sie was, gehen Sie doch am allerbesten in den Keller, in die Abteilung IV. Dort liegen die abschließenden Daten, ich kann sie hier leider noch nicht auf dem PC aufrufen. Wir sind noch mit der Umstellung beschäftigt. Ich hätte Ihnen gern geholfen." Er lächelte.

„Haben Sie meine Tante gekannt?"

Er wackelte uneindeutig mit dem Kopf. „Das kann sein, ich erinnere mich aber nicht. Es ist ja auch schon einige Zeit her." Mit freundlich bedauerndem Schulterzucken stand er auf und schob sie in die Richtung des Fahrstuhls.

Ein einfühlsamer Mensch, das tut Angehörigen wirklich gut.

Im niedrigen Kellergeschoss fand sie sich vor der richtigen Tür wieder. Trotz ihrer abschweifenden Gedanken war sie doch eine zielstrebige Ermittlerin. Multitasking.

„Können Sie mir bitte weiterhelfen? Ich hätte gern mehr Informationen über Helene Hillier, die am 3.12.94 hier in der Pflegestation gestorben ist. Der Pfleger, der dort gerade Dienst hat, hat mich zu Ihnen runtergeschickt." Trotz der holperigen Wortwahl hatte sie einen ernsten Ton zur angemessenen Miene angeschlagen.

„Sind Sie Angehörige?", fragte die Dame im dunkelblauen Kostüm mit der weißen Bluse streng, ohne den Blick von ihrem Bildschirm zu lösen.

„Nein. Sie war die beste Freundin meiner Großmutter, hatte kaum Verwandte ... sie gehörte quasi zur Familie ...", stotterte Rhena sich durch die Inquisition.

„Dann darf ich Ihnen auch nicht die Todesursache mitteilen. Tut mir leid!" Die Frau war eine Spur kälter geworden. Tja, wenn man keine Angehörige ist!

Der Wechsel von Freundlichkeit und Hilfsbereitschaft zu Eisigkeit schien hier mit den Stockwerken zusammenzuhängen. Aber es war auch der Todes-Daten-Trakt. Und hierher kam keine Sonne. Das Büro lag im Dämmerlicht, die Flurdecken waren abwechselnd von Neonleuchten und Heizungsrohren durchzogen. So ist das eben, seufzte sie. Dann gehe ich noch mal zur Empfangsdame, der Königin.

Rhena musste warten. Durch die Glastür sah sie zu, wie eine Familie auf die gepolsterten Stühle gedrängt wurde und die Sekretärin ihnen Formulare erklärte, das Kind anlächelte, irgendetwas Tröstendes sagte. Die Körperhaltung der beiden Eltern veränderte sich zusehends, die Köpfe wurden emporgereckt, die Schultern nach hinten gezogen. Tolle Frau!

„Ich bin weggeschickt worden", sagte Rhena, als sie an der Reihe war. Sofort war sie wieder die wichtigste Person in der Aura dieser Frau. Sie hat keinen weißen Kittel an, fiel Rhena nebenbei auf.

„Wissen Sie was ... ich darf Ihnen ja keine Auskunft geben." Sie biss sich auf die Unterlippe und scrollte auf ihrem Bildschirm herum. Rhena konnte nichts sehen, der Winkel des Bildschirms war ungünstig aus ihrer Sitzposition.

„... aber ich sage Ihnen mal, wer benachrichtigt werden sollte im Falle des Todes ... Schreiben Sie: 25 03 14. Haben Sie das? 25 03 14."

Rhena schrieb.

„Hier in Moers, keine Vorwahl?"

„Nein. 25 03 14." Sie strahlte Rhena an. „Die Todesursache darf ich Ihnen nicht nennen. Nur Verwandte haben das Anrecht." Sie hatte nahezu Gesichtszucken.

Was im Himmel sollte das bedeuten? Ich sehe bloß ein superneugieriges Gesicht. Hochgezogene Augenbrauen. Bedeutungsvoll gespitzte Lippen. Ich komme nicht drauf ...

„Ich bin Ihnen sehr dankbar für Ihre Hilfe. Meine Mutter wird beruhigter sein, wenn sie hört, dass die Tante hier so liebevoll umsorgt worden ist in ihren letzten Tagen."

Beide verabschiedeten sich voneinander und die ungesagte Todesursache schwebte im Raum.

Immerhin habe ich eine Telefonnummer. Das wird der Arzt sein. Nein, der hat eine andere Nummer. Vielleicht seine private? Das werde ich erstmal mit Karsten besprechen. Der praktiziert nicht mehr, hat vielleicht die Stadt verlassen, mit dem Erbe im Gepäck. Eine halbe Million wird allein das Haus wert gewesen sein. Dann noch die Konten, falls Malermeister Küppers die nicht geräumt hat. Im Netz kann ich vielleicht den Besitzer der Nummer ermitteln ...

Rhena ging durch baumbestandene Kopfstein-pflasterstraßen und stand plötzlich haargenau vor dem

Eingang der Polizeiwache. Wie eine Festung, hohe Treppe, dicke Doppeltür, Klingelkasten an der Seite. Die verbarrikadieren sich!

15. Kapitel

Sie drückte die Nase gegen die durchsichtige Membran in dem Sprechfenster. Der Beamte saß Hunderte von Metern entfernt am Fenster und sortierte Akten. Der Eindruck von Bürgerferne verstärkte sich zusehends. Fast ohne eine Kopfdrehung zischte er aus dem Mundwinkel, Treppe rauf, links, Zimmer 112, Herr Burow. Woher wollte er das wissen, sie hatte doch erst angefangen zu fragen.

Dieses Rätsel wenigstens löste sich, als sie in der offenen Tür des Zimmers 112 stand und auf der Glasscheibe las, dass hier der Wachhabende säße. Alle werden hierher geschickt. Wozu saß dann der Beamte dort unten auf halber Hühnerleiter? Aber sie musste sich konzentrieren, durfte nicht alle Wut auf Bürokratie und verfehlte Stadtplanung auf einmal bearbeiten. Sie war Detektivin und wollte ermitteln. Na ja, was fragen.

Herr Till Burow gackerte und sein nordwestdeutsches Bauerngesicht rötete sich. Der Kollege saß auf der Schreibtischkante und dröhnte in einem ihr unverständlichen Code seine Geschichte zu Ende. Beide ruckelten, drehten den Oberkörper, stießen die Köpfe vor und zurück – die machen auch zusammen Sport und trinken danach einen in der Kumpelrunde, schoss es ihr durch den Kopf. Die lassen sich gerade nicht stören, also störe ich mal nicht.

Der Wachhabende versuchte, sein Gesicht zu einem milden Mond zu glätten. Ich höre zu, hieß das wohl. Der Kollege war gegangen und die Sonne ließ den einfallslos designten Raum freundlich erscheinen. Kalender, Merkblätter, Suchplakate. Sie riss sich los und verwickelte den Beamten in ein vertrauliches Gespräch zwischen Detektiv und Detektivin.

Im Laufe der Erzählung und der knappen Nachfragen des aufmerksam zuhörenden Mondes wurde ihr klar, dass der Mann ihr kein Wort glaubte. Immerhin schickte er sie nicht weg. Also hatte er wohl Langeweile und wollte sich ausgiebig mit diesem Märchen die Zeit vertreiben. Deshalb schaltete sie um auf das etwas britisch anmutende Understatement-Gefasel einer Hochschullehrerin, die mit gezielt platzierten Andeutungen zur gleichen Zeit ihre voller Fragen steckende Welthaltung und ein gerütteltes Maß an Überheblichkeit präsentiert. Wenn sie irgendwas konnte, dann das.

„Ich finde es sehr nachdenkenswert, dass so viele alte Menschen sterben und die Todesursache dann dem Alter oder Krankheiten zugeschrieben wird. Wie hoch mag die Dunkelziffer von Morden sein?"

„Hmm, ja sicher", nickte der Wachhabende.

„Was ich dann aber äußerst bedenklich finde, ist, dass ein Hausarzt zulässt, als Erbe eingesetzt zu werden. Ist das nicht eine Versuchung?"

„Juristisch ist das erlaubt."

„Aber ethisch?"

Beide nickten sich zu. So kam sie auch nicht weiter. Der Herr ist mit allen Wassern gewaschen. Der hat jahrelanges Verhör- und Verschweigetraining hinter sich und keine Angst vor großen Tieren, geschweige denn vor einer halbherzig vornehm gekleideten Universitätsdozentin.

„Ich finde, dass Sie es auch wichtig finden müssen ...", beide grinsten, „dass ein Kollege von Ihnen sich noch nach der Pensionierung aufgemacht hat, um den Tod meiner Tante genauer zu untersuchen."

Er entschloss sich nun. Der Bleistift, mit dem er gespielt hatte, wurde zur Seite gelegt, der Mann richtete sich in seinem Drehstuhl auf und schaute nun etwas ernster als ein Mond.

„Kennen Sie den Namen des Kollegen?"

„Nein. Aber das müsste doch herauszufinden sein. So viele sind doch 1994 nicht pensioniert worden. Vor allen Dingen, wenn er Kommissar war."

„Selbst wenn wir das wissen – in den Jahren sind wohl 60 Kollegen in den Ruhestand getreten – dann müssten wir ihn fragen. Und da sehe ich Probleme. Viele ziehen als Rentner weg. Sie sind ja oft nicht von hier, sondern für eine Zeitlang hierher versetzt worden."

Das war ja eine lange Rede für einen westfälischen Bauernkopf! Und es kam noch mehr!

„Wenn Sie irgendeine Idee bezüglich des Namens hätten, könnten wir im Archiv fündig werden."

„Haben Sie Ihre Ablage nicht nach Jahren und Kriminalfallart sortiert?"

„Nein, nach dem Ermittlernamen. Bis vorletztes Jahr haben wir schon aufgeholt mit Computererfassung, ich meine, von jetzt ab rückwärts. Aber da liegen Unmengen im Keller. Sie würden Wochen, vielleicht Monate brauchen, um da fündig zu werden."

„Dann fange ich gleich mal an", flachste sie, entzückt über seinen Wortschwall. Beide sahen sich an, schweigend, lächelnd.

Sie begann langsam, mit weicher Stimme: „Ich sehe Sie gerade, wie Sie mit einem pensionierten Kumpel angeln. An einem Flüsschen, ringsum Weiden und niedriges Gebüsch. Er hat einen karierten Hut auf, rote Haare, Sommersprossen ..."

Er zuckte nicht einmal mit der Wimper. Aber er hatte den verträumten Gesichtsausdruck mit den hellen weitschauenden Augen, der ihr Recht gab. Irgendwie.

16. Kapitel

„Kaffee? Tee?"

„Später Tee. Erst Kaffee, bitte direkt in die linke Herzkammer." Rhena grinste schief über diesen uralten Witz. Aber Nadja und die junge Dame mit den langen weißblonden Spaghettihaaren, die sich Rhena früher immer gewünscht hatte, um beliebt zu sein – so dachte sie eben damals – giggelten los. Aber die Kleine war etwas zu eifrig mit Tablett, Tassen, Milch, Süßstoff, um wirklich froh zu wirken. Hatten die beiden sich schon wieder gestritten? Egal, das gibt's dazu! Zucker gab's hier wohl nicht im sauber geleckten, quadratisch praktischen, etwas steril wirkenden Flachdachhaus mit den gertenschlanken Bewohnerinnen. Hoffentlich hat der Mann ein Bäuchlein! Das war jetzt ein Test ...

„Habt ihr Honig für den Tee danach?"

Hektik machte sich breit. Aha! Alle Türen wurden auf- und zugeklappt. Kein Honig.

„Wir hatten mal ... geht auch Süßstoff?"

„Ja, klar. Habt ihr das auch schon gehört oder gelesen, dass der Körper auf Süßstoff ganz genauso stoffwechselreagiert wie auf Zucker, obwohl er den ja gar nicht mit Insulin abbauen kann?" Sie konnte es wohl nicht lassen. Alles nur, weil sie sich selbst in ihrer dicken Hülle nicht so gut leiden konnte. Deshalb muss man doch andere, Dünne, nicht ärgern! Schluss jetzt!

„Nee, wirklich?" Nadja hatte genug mit dem Beistelltischchen-Decken zu tun, sie hatte gar nicht zugehört. Die Kleine warf die langen Haare nach hinten und guckte zufrieden. Sonja war wohl nicht betroffen. Die Haare fielen fast sofort wieder übers Gesicht. Irgendwie süß, diese Versuche, irgendeinem Idealbild zu genügen, das derartige Verrenkungen erforderte. Sie selbst war da nicht anders gewesen, dachte Rhena. Blasen an den Hacken und eingefrorene Zehen hatte ihr das damals eingebracht, Schmerzen hier und da, weil irgendwas zu eng saß, stimmt, Kotzen bei langen Autofahrten, weil der Magen diese Zumutungen in den Kneifzangenjeans nicht mehr aushielt. Ach ja, goldene Jugendzeit! Aber hübsch waren wir, bis auf die Momente, in denen man gerannt ist, was sage ich, getrommelt, um die Staffel nach vorn zu bringen. Oder den fünften und sechsten Sprung noch weiter zu setzen. Da wird erst hinterher die Hose aus der Poritze gezogen und der BH-Träger auf unauffälligen Sitz hin überprüft und die Haare neben dem Mundwinkel wieder in die Locke gezwirbelt. Das waren wohl Momente der Entspannung vom Stress. Wenn man es nachträglich betrachtet. Damals war alles so unendlich wichtig und gleichwertig. Ich frage sie demnächst mal ein bisschen darüber aus, erstmal sitzen und Kaffee schlürfen.

„Was hast du alles rausgekriegt?" Nadja saß vorn auf der Sofakante vor Spannung.

„Nicht so viel. Trotzdem fand ich mich ganz schön erfolgreich. Erst die kurze, dann die lange Geschichte? Okay. Das Grab habe ich gefunden, mit ihrem Todesdatum. Ihren Geburtsnamen. Magdeburg als Geburtsort wusste ich ja schon beinahe. Wer ihr Haus öffentlich ausgeräumt hat und wer mit ihrem teuren Auto losgefahren ist, das letztere wussten wir aber auch schon. In welchem Krankenhaus sie gestorben ist, aber nicht, woran. Dass ihr Hausarzt die Praxis verkauft hat. Was fehlt ist: Wer pflegt das Grab? Was hat ihr Arzt zu erzählen oder womöglich zu verschweigen? Und wer war der Kommissar, der sich nach ihrem Tod noch erfolglos gekümmert hat? Fotos habe ich auch gemacht, die Füße tun weh und die Badeanstalt steht noch aus. Wie findet ihr mich?" Rhena sank auf das schwarze Ledersofa zurück. Links von ihr saß die Kleine, gegenüber Nadja. In dem angespannten, neugierigen Gesichtsaudruck der beiden waren Mutter und Tochter identisch, nur dass die eine kleiner und hühnerbeinig war.

„Jetzt ausführlich", verlangten beide im Chor. „Die Badeanstalt kann ich auch für dich fotografieren, eventuell haben sie schon zugemacht, es ist schließlich schon September", fügte Nadja hinzu.

„Und nahezu 26 Grad im Schatten", ergänzte Rhena. „Klar, dass man dann eine Badeanstalt zumachen muss!"

„Vielleicht haben sie ja noch auf ...", zögerte Nadja und schaute zu ihrer Tochter. Die zuckte mit den Schultern.

„War lange nicht da. Wir gehen immer ins Stadtbad, meine Freundinnen und ich, da ist es geil!" Sie wurde etwas größer beim Erzählen. Rhena konnte es sich gut vorstellen, wie so ein Haufen kichernder Grazien den Beckenrand und ebenso die Wasseroberfläche unsicher macht. Ihr fiel diese ulkige Werbung ein, wo ein pickeliger Jüngling auf dem Brett federt und springen will – die Kamera schwenkt zu zwei fragezeichenförmig gebogenen Mädchen, die mit Mund am Ohr der anderen den Blick nicht von ihm lassen, die Mädchen sind schon sehr gekrümmt in ihrem Kicheranfall – er springt vom Brett, aber seine viel zu weite Hose gehorcht dem Gesetz der Schwerkraft und wickelt sich um seine Fußknöchel – Auflösung der beiden Mädchen in schreiendem Lachen, nach hinten gebogen, Kopf im Nacken, sie sind hilflos durchgeschüttelt. So wird es sein im Stadtbad! Mein romantisches Holzbad am Seerosenteich passt da nicht rein.

Gleichzeitig der Gedanke, ob ich einen vermuteten Mord vor so jungen Ohren breittreten darf? Die Mutter wird's schon richten, ich kann ja langsam erzählen, umständlich, blumig.

Es wurde eine lange Kaffee- und Teepause. Die beiden Blondköpfe waren ungeheuer interessiert und behilflich, das Lokalkolorit aufzuhellen, auf dass Rhena ein wenig mehr vom Leben – und Sterben – in der Kleinstadt verstehen möge. Der Erzählfluss rankte sich, blieb lange bei der verwunschenen alten Badeanstalt hängen und wanderte weiter zu den verschiedenen Friedhöfen und den wuchtigen Innenstadtbauten aus längst vergangenen Zeiten. Die Bedeutung der Stadt erhellte sich dadurch nicht. Ein Kaff eben! Zufällige Ansiedlung am Rhein, in genügender Entfernung von überschwemmten Niederungen, ausgestattet mit einem Flüßlein.

„Mein Po ist eingeschlafen", seufzte Rhena. „Ich möchte doch noch zur Badeanstalt, so lange die Sonne scheint."

„Wenn du nichts wirst, sag mir Bescheid, dann gehe ich nächsten Sommer hin. Wann brauchst du die Bilder?"

„Ich muss erst Mal nach Magdeburg, dort recherchieren. Und das Semester winkt auch schon mit Arbeit. Nächster Sommer reicht völlig. Wir sehen uns doch auf dem nächsten Kongress, wahrscheinlich im November. Die Damen wollen sich den September wohl freihalten für Urlaub und all die anderen Tagungen. Mir passt das ja gar nicht, ich bin so voll gestopft über die Woche, das kann man ja gar nicht verantworten, für einen Kongress einfach so abzuflattern."

„Ich überlege noch. Letztes Mal war ich krank. Diesmal war Schule. Aber ich bin sehr unfreundlich behandelt worden mit meinem nachträglich eingesandten Beitrag. Ähm, hmm ..."

„Gemeinheiten? Unwissenschaftlichkeit?"

„Na ja, ich hätte meine Behauptungen nicht belegt. Dabei ist das aus meiner Dissertation, die ist doch geprüft und angenommen."

„Soll ich mal nachfragen?", bot Rhena an.

„Nee, lass mal, das ist mir zu entwürdigend."

„Das passiert jetzt leider häufiger. Das Haifischbecken ist kleiner geworden, durch kollegiale Überprüfung aller Beiträge. Selbstzensur soll es sein, für qualitativ hochwertige Veröffentlichungen, damit nicht mehr soviel Unsinn die Landschaft aufbläht. Aber es kann auch nach hinten losgehen, wenn das Netzwerk es so will. Ich muss meine Beiträge noch zu Ende schreiben und abgeben. Vielleicht kriege ich danach mit, wie die Uhr tickt."

Nadja grinste gequält. Rhena zog einen Mundwinkel als Antwort hoch.

„Ich fände es gut, wenn du dabei bleibst. Du bist noch jung, da geht noch was."

„Ich hatte mir das als positiven Kontakt ausgemalt."

„Deshalb sage ich ja, komm mal mit. Persönliches Kennenlernen hilft manchmal. Garantien gibt es nie, wenn die Chemie unerwarteterweise dazwischen stört."

Rhena biss sich innerlich in irgendwelche Muskelansammlungen. Bloß keinen Fehler machen jetzt! Niemanden schlechtmachen. Nix versprechen. Keine falschen Hoffnungen wecken. Ehrlich bleiben. Vor lauter Selbstbefehlen und guten Vorsätzen knödelten die Worte nur noch gepresst zwischen den Zähnen hervor. Sie hätte schon einiges beizutragen gehabt! Der Tratsch, gemein und doch realistisch, staute sich hinter ihrer Zunge. Sonja erlöste sie. Sie stand hippelnd an der großen Terrassentür aus Glas und schob sie immerzu hin und her.

„Lass das!", fuhr Nadja ihre Tochter an.

„Ich will Rhena die Hasen zeigen!", trumpfte die Kleine auf.

„Du hast Hasen? Oder Kaninchen!?"

„Hasen!", ertönte es stolz aus dem handtuchschmalen Garten. Rhena pries alle Kinder dieser Welt und ihre Kuscheltiere und schob sich hinterher.

„Darf ich auf den Rasen treten? Der ist ja ganz neu!"

„Hier längs ... hier ... da ist ein Stein ... jetzt hier rum", schwebten Bruchstücke von Anweisungen aus links und rechts wehenden Haarsträhnen. Aufatmend standen sie vor dem rotbraun lasierten Käfigstapel. Braungraue Nasen zuckten und schnupperten durch den Maschendraht an Sonjas Fingern. Sie nahm einen Kawenzmann heraus und hielt ihn anbietend auf den Armen, das Gesicht abwechselnd an einem langen Löffelohr oder im weichen Fell versenkt.

„Das ist Moritz, der andere ist Max", tönte es dumpf. Rhena streichelte anerkennend das Riesentier und schwankte zwischen Erleichterung, dem schwierigen Gespräch entkommen zu sein, und respektvoller Furcht vor zappelnden Tieren, zumal solch anscheinend halbwilden Kreaturen. Anstandsstreicheln und dann weg, das war ihr Plan.

„Nächstes Mal schläfst du bei uns und nicht in der Jugendherberge", rief Nadja ihr nach, als Rhena zum Auto ging. Sie winkte zurück, lächelte ganz ehrlich und fand das auch.

17. Kapitel

Kann man das verlernen? Rhena spitzte die Lippen, legte die Zunge nach vorn, rollte sie ein – ein Sprühregen Spucke stäubte auf das Lenkrad. Neuer Versuch. Wieder bloß heiße Luft. Ich konnte das doch mal! Nicht so gut wie Ilse Werner, aber es war eine feine Alternative zum Mitsummen oder leicht schrägen Trällern. Na gut. Im Radio verklang das zum Pfeifen animierende Stück. Dann sing ich eben. Nur noch mal zum Test: zwei Finger gegen die Zunge – es pfiff gellend im Auto. Der Sportplatzschreck geht noch. Wenn ich in der Stadt vor der Ampel stehe, versuche ich es mit beiden Händen. Solange wird jetzt gesungen. Da Da Da ... superschöner Song von Trio, das passt zu meiner Stimmlage.

Die Sonne beschien ungebrochen die norddeutsche Tiefebene. Grün soweit das Auge reichte. Und zwar in 127 Schattierungen. Was die Eskimos mit Weiß beziehungsweise Schnee und Eis können, kriegen wir mit Grün hin. Schade nur, dass die Heide hier von der Autobahn aus nicht zu sehen ist, das Zyklam bis Rosa ist sensationell.

Ich müsste da mal wieder wandern! Ich könnte Joachim endlich mal in der Heide besuchen, zum Tratschen und Teetrinken und um seinen selbst und illegal gebohrten Brunnen zu bewundern, das letzte gallische Dorf contra Wasserwerk kennen zu lernen, den

Hund und das anscheinend urige Waldhäuschen anerkennend zu benicken und und und ... vielleicht ein Stück zu wandern.

Vor lauter Träumereien und Gesang hatte sie ihr Tempo den größten Hirschen angepasst und fand sich mitten in einer Lastwagenkolonne wieder. Die Weg-Zeit-Gemeinschaft, von der Elena immer sprach, als sie eifrig an ihrer Doktorarbeit schrieb, hatte zugeschlagen, selbst durch die Reifen und das Fahrgestell hindurch. Ich werde ihr sagen, dass das nicht bloß lebendige Körper, sondern auch technisiert umhüllte Organismen anspricht. Aber jetzt raus hier, nachher übersehen die mein Dunkelgrün und machen mich zwischen sich platt.

Rhena schlängelte sich zwischen den Lkw raus auf die Raser- und Mörderpiste. Die zweite Spur der Autobahn Bremen-Hamburg war ebenso wie die der Strecke Hamburg-Bremen lebensgefährlich für Menschen, die verträglich fahren wollten. Wer schneller sein konnte wegen hoher PS-, ach ja, kW-Werte, konnte sich retten. Sie fuhr einem eklig drängelnden Honda mit einem glatzköpfigen Fahrer – junger Bundeswehrsoldat auf Heimreise? – gekonnt davon und schnappte hinter der nächsten Anhöhe nach Luft. Mal eben so 170 km/h ist schon anstrengend. Sie fiel wieder in den Zuckeltrab, bei dem man singen und denken konnte, die Laster waren überwunden und der Honda sollte sich doch einfach selbst gefährden!

Da fiel ihr ein, wie sie letzte Woche in der Nacht den Schrecken ihres Lebens bekommen hatte! Die Gefahren der Heide sah man bei Sonnenschein einfach nicht: Es gab mal wieder einen Platzregen, bei dem man nicht die Hand vor Augen sehen konnte, beziehungsweise in der Dunkelheit nur noch ausgeschüttetes Wasser sah. Klar, dass man dann sofort sein Tempo den Bedingungen anpasste, das hieß in dem Fall etwa 40 km/h, eben auch, um Aquaplaning zu vermeiden. Während Rhena fast blind einen Laster überholen wollte, der zu allem Überfluss auch noch weitere Wassermassen hochwirbelte, hatte sie jemand bedrängt. Besser gesagt, er fuhr an ihrer Stoßstange. Was macht man dann? Man fährt so weiter, wie es gerade geht, voller Angst, gerammt zu werden. Schätzungsweise 1 km/h schneller als der Laster. Als Rhena es endlich geschafft hatte, hatte der Drängler die perverse Idee, sie den nächsten Laster, der am Berg ganz besonders langsam war (Schweine geladen?), nicht mehr überholen zu lassen. Stattdessen fuhr er genauso langsam links von ihr. Rhena hatte schreckliche Angst, es war dunkel, nass, einsam – sie hatte von Frauen gehört, die auf einen Parkplatz abgedrängt und dann überfallen worden waren. Zum großen Glück sauste ein lichthupenschleudernder Wagen schnell von hinten heran und verscheuchte den Psychopathen. Um den hoffentlich nie wieder zu sehen, hatte Rhena sich vor den Laster geklemmt, bis die Stadt nahte.

18. Kapitel

Sie kuschelte sich ins Sofa, zog ein Bein unter das andere und wärmte sich beide Hände an der großen Kaffeeschale. Karsten mampfte.

„Die schmecken prima!" Er zog die Augenbrauen hoch und griff nach dem nächsten Keks.

„Mit Apfel. Stimmt's? Ich hatte mich vergriffen, wollte eigentlich deine Lieblingsschokoladenstreusel haben. Die Packung sieht genauso aus", entschuldigte sich Rhena.

„Egal. Schmeckt." Er bemühte sich, keine Krümel zu spucken und hielt mitten im Griff nach dem nächsten Stück inne. „Du kriegst keinen!"

„Ich mag sowieso keine Kekse." Das Ritual beginnt, dachte sie.

„Warum kaufst du dann welche? Das verführt doch zum Essen. Hier liegen so viele Schachteln mit Keksen und Schokolade rum, darf ich die mal wegräumen?" Er hatte den Hintern schon halb erhoben.

„Bleib sitzen. Ich kauf sie nur für dich ..." Sie war immer leiser geworden und dichter gerutscht. Dann aber schossen beide hoch, es war einfach zu spannend, was Frau Amateurdetektivin ermittelt haben mochte.

„Wie soll ich das denn machen mit den diversen Telefonnummern? Wenn ein Mörder oder eine Mörderin am anderen Ende ist, will ich ja nicht sofort Besuch kriegen, weil mein Name gesagt und meine Telefonnummer angezeigt ist."

„Hmm ...", machte Karsten.

„Und außerdem – die Geschichte muss noch mal neu durchgetestet werden, am besten wir beide gehen sie noch mal durch."

„Was genau willst du rauskriegen? Lass uns mal sammeln und clustern. Willst du ihren Tod aufklären?"

„Ja."

„Willst du mehr über deinen Großvater erfahren?"

„Jawohl."

„Kennt der Mörder deinen Großvater."

„Definitiv nein."

„Hast du schon mal über die Mörder deines Großvaters nachgedacht? Könnte es nicht sein, dass durch den Fall der Grenze alte Seilschaften freier beweglich sind und sich bei der Lene für irgendetwas rächen wollten?"

„Nein. Das ist aber ein interessanter Gedanke! Aber sie wusste bestimmt nichts oder nicht viel. Der Meisterfeld, ihr erster Mann, der war doch nie im Visier der Gestapo, er konnte doch offensichtlich als Journalist weiterarbeiten. Oder doch nicht? Er wird doch seiner Frau, so oder so, aus verständlichen Sicherheitsgründen nix erzählt haben!"

„Hmm. War nur so eine Idee. Da aber ..., ach, vergiss es ..."

„Was? Sag's, jede Idee ist gut!"

„Ach ich dachte bloß, sie ist ja wohl nicht an Altersschwäche gestorben, sonst hätte sich doch der Polizist nicht bemüht, oder?"

„Den kann ich eben nicht finden. Tante Erika aus Duisburg, ich meine Erika, alle heißen hier ‚Tante'! Die hat doch sofort nach Lenes Tod Verbindung mit dem

Kommissar aufgenommen. Das habe ich immerhin aus Mutter herausgekriegt. Und nun kann Erika sich nicht mehr erinnern. Ich habe viel zu viel Zeit verstreichen lassen!"

„Zurück zum Sortieren: Tante Lene ist irgendeinem Heiratsschwindler zum Opfer gefallen, dein Opa ist im KZ ermordet worden. Dazwischen besteht auf Täterseite wohl keine Verbindung. Sehr wohl aber im familiären und Bekannten-Bereich. Du bist doch auf der Suche nach der Nichte gewesen, weil die eventuell über Meisterfeld und die Gruppe Wellhausen-Bruschke-Lehmann irgendetwas weiß oder alte Aufzeichnungen besitzt?"

„Eigentlich wäre da das Buch von Bruschke interessanter, das er oder einer seiner Untergebenen über den Widerstand geschrieben haben soll. Selbst wenn Bruschke verherrlicht wurde, gibt es bestimmt die eine oder andere Erklärung über, das was Opa gemacht hatte."

„Warum willst du dann die Telefonnummern anrufen?"

„Um die Nichte zu finden. Um Lene zu rächen! Wir sind irgendwie im Kreis gelaufen. Lass uns mal konkret üben: Du bist der Arzt und ich ruf dich an. Was sage ich und was sagst du?"

„Weiß ich auch nicht."

Man müsste schauspielern, ein wenig lügen, eine Nebengeschichte erfinden, die Bestand hat für einige Momente. „Na, lass man. Erst mal Pause!", sagte Rhena.

19. Kapitel

„Es gibt nur zwei Telefonnummern auf den Namen Meisterfeld in Magdeburg. Die Nummern sind ...“

„Vielen Dank! Susi, wie würdest du es finden, wenn Mutter und ich euch besuchen? Ich würde mal nachsehen, ob wir beide ganz zufällig mal wieder die gleiche Frisur haben.“

„Ich werde schon grau!“

„Ich auch. Passt ja. Wann wäre es Bodo und dir recht? Ihr fahrt doch öfter mal an die Ostsee.“

„Ach, dieses Jahr wird es nur der Skiurlaub. Alles andere passt nicht so gut. Was ich dich schon immer mal fragen wollte, Rhena – wie ist eigentlich dein Nachname?“

„Kuhl-Lundquist“, sagte Rhena. „Nicht viel besser als der Name dieser Politikerin, Leutheusser-Schnarrenberger.“

„Wie?“

„K-u-h-l“, begann Rhena zu buchstabieren.

„Nein, ich hab schon verstanden. Naja, nicht so richtig. Also, du hast zwei Namen, ich meine einen Doppelnamen? Wie kommt das?

„Ich habe den ersten, Kuhl, im Vorbeigehen angehängt bekommen.“

Susi lachte.

„Doch, es war ganz kurz. Schnell da hin und schnell wieder weg.“

„Wieso hast du denn deinen alten Namen nicht wieder angenommen? Wellhausen klingt doch hübsch!“

„Ach weißt du, ich habe nie Zeit gehabt, zum Ortsamt zu gehen. Und im Studium kannten mich dann alle als Kuhl. Da fand ich es völlig blöde, plötzlich anders zu heißen. Niemand hätte mich erkannt!"

„Der zweite Name ist der von Finns Papa?", Susi ließ nicht locker.

„Ja. Den kennst du gar nicht, oder? Rudi war wirklich nett. Ist er immer noch. Die beiden verstehen sich gut, finde ich jedenfalls. Das ist ja nicht automatisch so. Ich verzichte aber auf den Zungenbrecher, außer bei der Bank, da muss ich so unterschreiben. Aber was ich noch fragen wollte, hast du auch was über Archive oder Stadtchronikämter herausbekommen?"

„Doch, es gibt ein Stadtarchiv in der Innenstadt. Die Telefonnummer ist. Vielleicht ist es ja nicht das Richtige."

„Ich telefoniere mich durch. Vielen Dank jedenfalls für die Suche, das war eine tolle Vorarbeit. Hätte ich nicht so leicht von hier aus hingekriegt." Rhena drehte ihren Schmierzettel um, damit sie weitere Informationen kritzeln konnte.

„Selbstverständlich schlaft ihr beide bei uns, deine Mutti und du!"

„Das ist supernett, aber ich dachte an eine Pension in der Stadt."

„Das kommt gar nicht in die Tüte." Susi lachte. „Wir haben doch genügend Platz und zahlreiche Betten."

„Ach so, übrigens, ich habe eine Stauballergie. Ich würde meine Gartenliege und mein waschbares Kopfkissen und den Schlafsack ins Auto packen. Würde das gehen, ich meine, habt ihr viele Teppiche und Gardinen?"

„Doch, das geht ... dann kommt deine Mutti in das Bett von Guido und für deine Liege ist da auch Platz. Das Zimmer ist mit Laminat ausgelegt."

„Das ist perfekt. Wichtig ist nur, dass wir euren Tagesablauf nicht so sehr stören."

„I wo, ich freue mich auf euch. In zwei Wochen würde es gut passen, also Anfang Oktober."

Rhena hatte sich durch diverse Telefonnummern gewählt, wollte eigentlich nur nachfragen, ob das Archiv immer geöffnet hatte. Es blieb ihr bei der wie immer knappen Reiseplanung der Donnerstagnachmittag und der Freitag, um ein wenig, ohne große Hoffnung, zu stöbern. Schließlich hatte die Historikerin am Telefon geseufzt, dass viele Unterlagen wohl bei der Erstürmung des Polizeigebäudes 1953 verbrannt worden seien. Da muss ja wirklich was los gewesen sein. Bisher wusste sie nur von den Straßenschlachten aus Berlin. Von Feuerlegen in Magdeburg hatte man doch noch nie etwas gehört! Und dann noch alte und für sie doch immerhin wichtige Papiere aus der Nazizeit – aber wütende Menschen sortieren nicht mehr.

Die Historikerin hatte sie damals sofort an der Universität Hannover erwischt. Sie war gerade auf dem falschen Fuß, redete unverständliches Zeug bei der Erinnerung an doch immerhin ihr eigenes Werk über die SPD in Magdeburg, bis sich der Knoten löste. Sie recherchierte wohl gerade über Judenverfolgung und Auswanderungen, auch in Magdeburg, und wollte herzhaft losschimpfen über die vielen Steine, die ihr in den Weg gelegt wurden. Rhena lauschte entzückt, wollte aber dennoch einiges über die „älteren" Recherchen wissen, zumal sie tagsüber nach Hannover telefonierte und die hohe Telefonrechnung fürchtete. Also ließ sie noch einiges zu, was eine verzwickte Geschichte zu werden drohte. Sie beneidete die andere nicht um ihre selbstgewählte Aufgabe und erinnerte dann doch an Wellhausen-Bruschke-Lehmann. So war sie an das Archiv verwiesen worden – „bestimmt nichts zu finden" – und wollte es nun aber doch probieren. Vielleicht hatten die dort das berühmte und bislang einfach nicht aufzutreibende Erinnerungswerk von Bruschke. Und nun telefonierte sie mittlerweile wohl schon durch alle Archive, Stockwerke und zugehörige Büros. Endlich, endlich fand sie eine barmherzige Seele. Ja, am Donnerstag und Freitag sei das Landeshauptarchiv geöffnet. Von 8 bis 16 Uhr, beziehungsweise 8 bis 12 Uhr. Ob sie wissenschaftlich arbeite? Ja, klar, aber hier nun mal nicht. Aha, familiär. Sie müsse sich ausweisen. Geburtsurkunde des Großvaters, der Mutter und von ihr selbst, nebst Antrag auf Einsicht in Akten wg. Erforschung von Familienschicksalen. Aber – ich fahre doch morgen schon los – kann ich das denn nicht mitbringen? Nein, das müsse vorher geprüft werden. Dann müsse sie eben später kommen. Sie wohne aber in Hamburg und könne nicht jeden Tag einfach mal so ins Archiv spazieren. Ja, das täte ihr leid, sei nun aber mal so geregelt. Verdammt noch mal, konnte sie gerade noch unterdrücken und säuselte von Express, Mails, Faxen – ja, Fax ginge. Um Himmels willen, seufzte Rhena und wischte sich den Schweiß von Stirn, Oberlippe, Kinngrübchen und Händen. Die können einen wirklich in den Wahnsinn treiben! Also suchte sie in den vergilbten Unterlagen herum. Fand auch Geburtsurkunden von Opa und sich. Rief ihre Mutter an und verabredete einen Kaffee-termin zwecks Geburtsurkundenübergabe. Raste noch mal durchs Haus, bis sie in ihre Jeans gezwängt war, die Haare gekämmt, alle Telefon- und Faxnummern im Rucksack verstaut, ein paar leckere Schokokekse – nun doch! – aus der Speisekammer geholt hatte und endlich hinters Lenkrad rutschte.

Die Geburtsurkunde würde sie im Schreibwaren-geschäft kopieren. Oder? Wenn man faxt, dann kommt das Original doch unten wieder heraus? Aber nein, diese brüchigen alten Papiere mit den seltsamen For-maten doch lieber nicht. Nachher sind sie womöglich zerrissen. Den Antrag würde sie auf Mutters Wohn-zimmertisch schreiben, bei Kaffee und Knabberzeug. Und dann verabreden, wann Rhena sie morgen früh ab-holen würde, um auf die Autobahn nach Magdburg zu fahren.

20. Kapitel

„Erstmal wird gegessen. Bodo hat gekocht, der kann das besser als ich. Tante Lieselotte, komm setz dich hierher." Susi rückte mit den Stühlen im pieksauberen Wohn-Ess-Zimmer.

Rhena hielt die Hände vor, um irgendeinen Auftrag annehmen zu können, Teller, Besteck, Gläser zu verteilen oder sonstiges. Der warme und unverstellte Empfang im kleinen, wie neu wirkenden Häuschen – wenn da nicht die üppige Bepflanzung rundum etwas anderes verraten würde – hatte ihr eine gewisse lächelnde Mundfaulheit eingeflößt. Genau, Essen ist das Richtige. Es duftete nach gebratenem Fleisch. Bodo eilte herein, stellte eine große Schüssel mit gekochten Salzkartoffeln auf den Tisch, eilte zurück und kam mit einer noch größeren Schüssel voller Salat, Tomaten, Gurken und einem kleinen Glaskrug mit Essig-Öl-Sauce wieder herein.

„Susanne mag kein Öl", erklärte er, „deswegen nimmt sich jeder, was er mag."

„Rouladen gibt's, die sind lecker", fuhr sich Susi mit der Zunge über die Lippen. Rhena und Lieselotte saßen brav auf ihren Stühlen, hatten etwas glasige Augen von der langen Autobahnfahrt.

„Was ist dein Plan für heute und morgen?", fragte Susi und fuhr, ohne eine Antwort abzuwarten, fort. „Du wolltest doch ins Stadtarchiv, die haben bestimmt nicht die ganze Zeit über geöffnet, oder? Ansonsten haben wir einiges an Vorschlägen. Meine Mutti hat uns für morgen zum Kaffee eingeladen. Und, Tante Lieselotte, du willst bestimmt was sehen von Magdeburg, du kennst doch alles nur von früher. Hier ist viel gebaut worden in der letzten Zeit."

Susi jonglierte geschickt mit Salatstücken, Fleischhäppchen und vor planerischer Freude gefärbten Wortschlangen.

„Ich habe folgendes vor", begann Rhena schleppend, satt vom ausgezeichneten Hausmannsessen, ein wenig müde und ganz sicher, dass sie alle Vorhaben in der knappen Zeit ohne Panik unterbringen würde. „Ich habe bei den Meisterfelds angerufen. Die Telefonnummern, die du mir gegeben hast, weißt du? Ich erreiche niemanden. Auch mit hundertmal anrufen nicht. Urlaub? Naja, jedenfalls habe ich mir überlegt, dass ich zur Volksstimme gehe und alle verrückt mache oder mich ins Archiv schleiche. Vielleicht gibt's da eine Spur von dem Redakteur Meisterfeld. Und wenn nicht – tja, dann habe ich wenigstens Zeitungsluft geschnuppert. Das Gebäude ist ..."

„Ach", fiel Bodo mit gespanntem Gesichtsausdruck ein, „das Zeitungshaus steht am Hauptbahnhof. Da willst du also hin?"

„Ist doch am besten, oder? Im Telefonbuch taucht der Kumpel von Opa, Redakteur bei der Volksstimme, nämlich nicht auf, der hieß Alfred. Er könnte ja auch schon über 80 Jahre alt sein, nein über 90. Vielleicht lebt er noch, irgendwo ..."

„Und das Archiv besuchst du wann?"

„Ich darf heute Nachmittag und morgen Vormittag hin. Ins Landeshauptarchiv muss ich. Wenn der Amtsschimmel es zulässt. Da werde ich auch gleich noch mal anrufen, ob mein Fax angekommen ist und ob ich jetzt die Erlaubnis zum Stöbern bekomme."

„Dann schlage ich folgendes vor", erhob Susi die Stimme und richtete ihre 1,56 Meter noch höher auf. „Ihr ruht euch ein bisschen aus. Rhena, du kannst von hier aus telefonieren. Dann fahren wir zusammen in die Stadt und wir machen einen Bummel, während du zur Zeitung und ins Archiv gehst. Im Eiscafé an der Ernst-Reuter-Allee treffen wir uns dann und zeigen euch die Elbe, den Dom und den Breiter Weg. Das ist ein schönes Programm", schloss sie zufrieden.

„Ich habe um sechs Training", sagte Bodo. „Aber das schaffen wir. Wir fahren mit zwei Autos, dann kann ich rechtzeitig los."

„Was für Training hast du?" Rhena war neugierig, welche Sportart der recht kleine Mann mit dem etwas größeren Bauch wohl betreiben mochte.

„Volleyball, im Moment aber eher Beachvolleyball zum Freizeitvergnügen. Wir haben auf einem Badegelände einen Verein gegründet, damit sie das nicht schließen können. Ich bin Trainer, das heißt in der Spielzeit, aber jetzt habe ich angefangen, einiges zu kochen und damit den Betrieb ein bisschen aufzuwerten."

„Wenn er was brät, stinkt das entsetzlich! Deshalb muss er das in der Garage machen", fiel Susi eifrig ein, verzog das Gesicht und kriegte anscheinend nicht mit, dass Bodo ungebrochen stolz auf seine Tätigkeit war.

Rhena konnte sich wenig darunter vorstellen – wie, Vorbraten in der Garage? Badebetrieb? Sollte das verwunschene Moerser Holzstegbad hier verdoppelt auftauchen?

„Darf ich mir das heute Abend ansehen? Ich bin superneugierig! Und soll ich mitspielen?"

„Ähm, gern ... die spielen allerdings alle Landesliga", sagte Bodo zögernd.

„Ich unterrichte Volleyball – falls du Bedenken hast, ein bisschen kann ich spielen oder wenigstens mitspielen. Und ihr spielt im Sand oder?", wollte Rhena wissen.

Bodo nickte. Er sah etwas unglücklich aus. Susi rettete: „ Es ist eine besondere Badeanstalt, ich meine ... wie nennt ihr das? Also hier, früher vor allen Dingen, hatten wir fast immer textilfreie Badestrände."

„FKK. Freikörperkultur." Rhena verstand. Die Vorstellung, Anfang Oktober nackt durch den Sand zu pflügen, zudem auf ihre Fettpolster hin beäugt zu werden, ließ sie schaudern. Gleichzeitig aber empfand sie auch Respekt vor so sehr guten Volleyballspielern, eben weil sie unterrichtete, aber selten mit den Studentinnen und Studenten mitspielte. Dazu war auch gar keine Zeit, es gab immer viel anderes zu tun, zugucken, kleine Hilfen geben, Gespräche führen, Lehrversuche beurteilen, kleine Forschungsvorhaben starten. Nur im Urlaub konnte sie mit Sohnemann oder Freundin Lara unbeobachtet und ungestresst ein wenig im Sand ballern und sich wieder einfinden in schnelle, für die Augen viel zu schnelle Aktionen und Reaktionen auf den leichten Ball.

„Darf ich denn bekleidet sein, wenn ich bei euch zu-
gucke?" Es war ohne Spott gemeint, als höfliche Frage.
Trotzdem lachten alle. Gut, dass wir mal drüber gesprochen haben!

So war der Nachmittag also voll gestopft mit Aktivitäten, allerdings ohne dass jemand sich gehetzt fühlte.
Das zauberhafte Oktoberwetter tat sein Übriges. Rhena
war froh, dass sie trotz der Wärme beim Autofahren
ihren Trenchcoat anbehalten hatte. Über den Parkplatz
an den Bahngleisen pfiff ein kalter Wind. Sie drehte
sich, den Fotoapparat im Anschlag, einmal um sich
selbst. Sieht aus wie Notlösungen nach dem Schuttweg-
räumen 1945. Wie so oft, schon damals in der DDR. Die
Bahngleise führten zum entfernteren Hauptbahnhof,
daneben standen hässliche neue Klötze im Karstadt-
Kaufhof-Stil, an denen aber Schilder einer Versicherung
prangten. Und da, wie ein hohler Zahn, das schmale
Gebäude der Magdeburger Volksstimme. Mal sehen,
ob das immer schon so war. Sah auch aus wie Bauhaus-
stil. Rhena steckte soviel Geld in den Parkautomaten,
wie der schlucken mochte. Schließlich war unklar, wie
lange sie dort stöbern würde. Bodo, Susi und Lieselotte wollten erst losfahren, wenn sie sich melden würde.
Die Verabredung am Café hatten alle auf in zwei Stunden geschätzt. Vielleicht würde sie zwischendurch den
Automaten noch einmal bestechen müssen. Auf Straf-
mandate hatte sie heute keine Lust.

Der erste, der Rhena stoppte, war der Pförtner. Weiß-
haarig, alt und besonders streng auf seine Pflichten be-

dacht. Deshalb versuchte sie gar nicht erst, mit Charme weiterzukommen.

„Ich möchte die Wirkungsstätte von Widerstandskämpfern zwischen 1932 und 1933 besichtigen, bevor sie rausgeschmissen wurden", bemühte sie sich um einen wichtigtuerischen Tonfall. Es half. Der alte Mann stand auf, streckte seine Knochen in schwindelerregende Höhen und verließ seinen Glaskasten.

„Wenn ich Sie begleiten dürfte", murmelte er höflich, schloss seinen Arbeitsplatz ab und führte sie eine leicht geschwungene Treppe hinauf. „Um wen geht es?"

Rhena antwortete wie aus der Pistole geschossen, erleichtert über den problemlosen Zugang zum Zeitungshaus. „Alfred Meisterfeld, Redakteur bis schätzungsweise 1933. Und einige andere, die zur Gruppe meines Großvaters Ludwig Wellhausen gehörten, der hier Bezirkssekretär der SPD war."

Der Pförtner drehte leicht den Kopf zu ihr herunter, zog sein Gesicht in nachdenkliche Falten und befand dann: „Kenne ich nicht. Aber ich zeige Ihnen jetzt die Redaktionsräume, natürlich nicht mehr im damaligen Zustand."

„Wie lange sind Sie denn hier schon beschäftigt?"

Der Pförtner krümmte sich ein wenig und suchte nach Worten. Rhena wunderte sich nur kurz. Wenn Ältere derartige Mimik, Gestik und Ausdruckweisen zeigten, waren sie der Schippe der Arbeitslosigkeit noch nicht endgültig entsprungen. Genauso hatte Bodo vorhin reagiert, der als Maschinenbauingenieur wertvolle Puzzlearbeit an eigentlich schon ausgebrannten Maschinen über Jahre, wenn nicht Jahrzehnte hinweg geleistet hatte und dann anscheinend umstandslos „abgewickelt" worden war. Die Treuhandgesellschaft hatte ihrem Namen in den neuen Bundesländern wirklich keine Ehre gemacht. Massen von Betrieben waren zerschlagen worden. Und Massen an Menschen hatte keine Arbeit mehr.

Rhena fragte dennoch nach, weil sie fand, dass Neugier viel besser aufgenommen wurde als peinliches Schweigen. Außerdem war sie sowieso extrem neugierig.

„Kannten Sie die Räume von früher?"

„Ja, ich bin hier eine Zeitlang für die Post zuständig gewesen. Jetzt habe ich hier einen ABM-Job. Aber das macht mir wirklich Freude, hier Besucher zu empfangen", fügte er fast trotzig hinzu.

„Das glaube ich Ihnen gern. Wo Sie doch alles hier wie Ihre Westentasche kennen!" Rhena fand sich etwas lahm. Deshalb kramte sie fieberhaft nach irgendetwas Tröstlichem. „Dann können Sie mir bestimmt weiterhelfen mit meinen vielen Fragen zur Zeit um 1932 und 1933 herum. Mir geht es nicht um Konkretes, dazu ist das wohl zu lange her. Aber ich möchte Eindrücke sammeln, wie die Menschen gearbeitet haben, bis die Nazis über sie hereinbrachen, ich meine ihre von denen veranlassten Entlassungen," Sehr verdrehte Ausdrucksweise, dachte sie im Stillen.

Der Mann brummte etwas, was sie identifizierte als „Wir werden sehen".

Sie trabten durch Gänge, Flure, stiegen weiter über Treppen, bis sie in einem größeren Raum standen, der von einem großen Tisch beherrscht war.

„Der Redaktionsraum. War er schon immer. Hier wird besprochen ..."

Rhena hörte nicht richtig zu. Sie konnte sich schon in etwa denken, wie das hier ablief. Kurz und knapp, jeder und jede hatte nur wenige Minuten Zeit, um seinen oder ihren Part vorzubringen, die Titelzeile wurde vom Chefredakteur festgelegt, auch wenn andere brummen mochten ...

„... und jetzt zeige ich Ihnen den Flur, in dem die Redakteure ihre Büros hatten, das ist auch so geblieben."

Rhena rannte fast hinter dem großen Mann mit seinem staksigen Gang hinterher.

„Darf ich da auch mal in ein Büro reingucken, oder stört das?", versuchte sie wieder Anschluss zu finden. So wird das damals bestimmt nicht gewesen sein. Oder vielleicht doch? Sie konnte es sich einfach nicht vorstellen, dies hier siebzig Jahre früher. Was sie wohl angehabt haben? Dunkle wollene Anzüge mit Weste, so wie auf dem einen Bild von Opa, in dem er würdig aussehen wollte oder sollte, aber wegen einer Schnupfnase, die anscheinend rot entzündet war – in schwarz-weiß beziehungsweise braun-gelb doch zu erahnen – eher krank wirkte und etwas unglücklich. Aber der Mann hatte so wichtige Posten gehabt, da war es wohl normal, dass er sich ab und zu in Schale schmiss. Einmal hatte er sogar einen Zylinder aufgehabt. Und Oma und die Kinder standen in Lackschuhen neben ihm. Vor der Rennbahn in Hamburg Groß-Borstel. Gespreizt sah das aus.

Nun, hart arbeitende Redakteure haben vielleicht eher wie Tucholsky ausgesehen. Der hatte über neue

Mäntel, oder waren es Hüte?, geschimpft, dass sie so blöd riechen täten und so unbequem seien. Am besten ginge man damit erstmal in den Regen. Oder würde sich einmal im Dreck wälzen und auf ihnen herumtrampeln. Erst dann konnten sie die richtige Form annehmen, sodass man sich wohl fühlen würde.

Sie schauten in ein Büro hinein, der Mann blickte nur kurz auf, dann waren sie schon wieder draußen. Sie hatte durchs Fenster auf die Bahngleise sehen können. Das war nicht das, was sie eigentlich wollte. Aber was dann?

Der Pförtner eilte vor ihr über Treppen hinab und wieder durch Gänge, um Ecken und Winkel.

„Hier ist die Kantine. Da wurde auch gefachsimpelt und an Ideen gebastelt."

Rhena schaute in einen größeren Raum mit vielen kleinen Tischen, die durch kleine Raumteiler mit Blumen als Verzierungen den Eindruck von geschützten Nischen boten. Hinten, dicht am Tresen, neben einer Ausgabe für warmes Essen, saßen drei Männer und qualmten. Sie hingen halb über dem Tischchen und schienen irgendetwas kontrovers zu diskutieren. Man konnte aber nicht verstehen, worum es ging. Bestimmt um Fußball, mutmaßte Rhena.

„Hier ist doch auch renoviert worden, oder? Dumme Frage, nach so langer Zeit." Sie wurde leiser und verstummte. Der Pförtner nickte nur und fragte: „Möchten Sie noch etwas sehen? Ich würde sonst gern ..." Er war etwas verlegen.

Nun ja doch, amüsierte sich Rhena. „Ich hätte gern irgendetwas gesehen, was zum Beispiel Alfred Meisterfeld geschrieben hat. Hier gibt es doch sicher ein Archiv?"

„Natürlich. Aber ich würde Ihnen empfehlen, zur Personalabteilung zu gehen, dort haben sie möglicherweise einige Daten aus seiner Zeit hier, und dann lässt es sich leichter finden."

„Gute Idee. Wo ist die Abteilung?"

„Direkt hier über uns. Wenn Sie mich nun entschuldigen."

Rhena bedankte sich wortreich und ehrlich bei ihm für seine Führung durchs ganze Haus – er hatte ihretwegen seinen Arbeitsplatz verwaisen lassen, wenn ihm das mal keinen Ärger einbrachte, dachte sie und verschwand durch die Glastür.

„Da kann ich Ihnen nicht weiterhelfen."

Der kleine Mann mit den quer über die Glatze gekämmten Haaren – gibt's sowas noch?! – schien genervt. Dabei hatte sie bloß eine Frage gestellt. Eine einzige.

„Warum nicht?"

Er seufzte. „Die Volksstimme ist erst seit 1945 hier in diesem Gebäude. Das gehörte früher der Magdeburgischen Zeitung. Das ursprüngliche Zeitungshaus war in der Großen Münzstraße und ist zerbombt worden." Er lenkte seinen Blick auf die vor ihm liegenden Papiere und deutete damit eine Verabschiedung an.

So leicht geht das hier nicht, empörte sich Rhena innerlich und biss die Zähne zusammen. „Haben Sie denn noch alte Personalunterlagen oder Zeitungen im Archiv?"

„Nein!", knurrte er nun sichtlich genervt. „Habe ich doch gesagt. Ist alles verbrannt."

„Vielen Dank für Ihre ausführlichen und freundlichen Auskünfte", zirpte Rhena zuckersüß und knallte seine Bürotür von außen zu. So ein Stiesel!

Aber es nützte nun mal nichts. Alles verbrannt. Wenn sie das vorher gewusst hätte! Ach egal, tröstete sie sich, so habe ich wenigstens eine schönes Gebäude und sein langweiliges Inneres besichtigen können.

Sie ging langsam eine Treppe hinunter, die ihr vage bekannt vorkam. Im nächsten Flur fand sie sich aber gar nicht mehr zurecht. Winkel, Ecken, das schien hier gar nicht aufzuhören. Plötzlich stand sie vor einer Metalltür. Da hatte sie bei der „Führung" durch den Pförtner einfach nicht aufgepasst. Die Klinke ließ sich sogar bewegen. Sie stand in einem sonnigen Hof, der bis auf einige weiter entfernte weiße Lieferwagen leer war. Gegenüber gab es eine ähnlich graugrün gestrichene Metalltür. Na, denn mal los, machte sie sich Mut und probierte. Leider verschlossen. Sie kehrte zurück ins Haupthaus und wanderte durch schmale dunkle Gänge, alle sahen sich ähnlich, um viele Ecken, dann aber auch noch bergab und bergauf, und stand plötzlich wieder vor der Kantine. Nun denn.

„Sie wollen einen Kaffee haben?", fragte die blondgelockte Dame hinter dem Tresen. Sie zeigte auf einen Teller mit schokoladenüberzogenen Keksen. „Bedienen Sie sich."

„Super", seufzte Rhena und schwang sich auf einen Stuhl dicht am Fenster zum Bahnhofsgelände. Versonnen legte sie die Hände um den breiten weißen Kaffeebecher und knabberte an ihrem Keks. Das war ja wohl jetzt nix, dachte sie.

Etwas schwankend verließ sie das Zeitungshaus, winkte dem Pförtner kurz zu, der eine Fußballzeitung studierte – besser so, von der Geschichte seines Zeitungsgebäudes hat er nicht viel Ahnung! Oder hatte sie ihm zu wenige Informationen gegeben? – und steckte die Nase in den Bahnhofsgeländewind. Auf zum nächsten Date. Trotz partieller Erfolglosigkeit alles im Zeitplan. Prima. Aber bloß jetzt keinen Kaffee mehr bitte!

21. Kapitel

„Den Besuch im Landeshauptarchiv verschiebe ich auf morgen. Ich hatte eben schon ein Archiv. Und ich glaube, heute ist es schon ein bisschen zu spät." Rhena hatte Susi, Bodo und Lieselotte wie verabredet vor dem Café getroffen. „Und ich weiß nicht, wie es euch geht, aber ich würde erstmal gern ein bisschen laufen, bevor ich an Kaffee denken mag."

Alle blickten sich gegenseitig an und nickten zustimmend. Sie wandten ihre Schritte in Richtung Elbe. Die Brücken und Uferbefestigungen waren schon zu sehen.

„Ist die Stadt so klein, oder sind wir bloß mit allen Rechercheorten so dicht am Zentrum?", wollte Rhena wissen.

Mmh, bekam sie als Antwort.

Sie schauten auf das Rinnsal, das sich Elbe nannte, zwischen den Befestigungsmauern lagen Geröll, Schlick und ein strömungsreiches Wasser von nicht mehr als 10, 15 Metern Breite.

„Das ist die Elbe?" Rhena musste es bestätigt bekommen. Susi und Bodo lachten. Lieselotte guckte verwirrt. Sie hatte sich inzwischen zurecht gefunden. Schließlich war sie zuletzt 1941 oder 1942 in dieser Stadt heimisch gewesen. Mit allem grässlichen Beiwerk. Der Vater ermordet. Die Stadt im Krieg. Fielen da schon Bomben? Rhena nahm sich vor, jetzt mal den Mund zu halten und ihre verschobenen dunklen Erinnerungen dort zu belassen.

Die Sonne schien, sie waren auf Stadtbesichtigungstour und wurden auf angenehmste Art als Gäste verwöhnt. Und die Spuren möglicherweise von 805 sowie von 1650, als Otto von Guericke zwei Pferde anstellte, um die Hälften einer vakuumverschlossenen Kugel auseinanderzuziehen, was bekanntlich nicht gelang, waren Geschichte genug. Und spannend.

Lieselotte blieb plötzlich stehen und zeigte auf zwei große Fotos, die kunstvoll an einer Bauwand angebracht waren. Breite Weg 1898 und Breiterweg 1932.

„So sah das damals aus! Hier ist der Breite Weg. Da ist aber sehr viel verändert worden", rief Lieselotte.

Sie gingen langsam weiter. Eine Freundin von Lieselotte hatte hier gewohnt. Rhena ließ sich in dem Strom der Informationen gern treiben. Lieselotte entdeckte die Stadt auf ihre Art neu.

„Der Bahnhof", rief sie.

„Die Volksstimme", ergänzte Rhena.

„Dort hinten zwei Parallelstraßen weiter, ist das Stadtarchiv. Ach nee, das Landeshauptarchiv meintest du ja", half Bodo nach.

Vollends zufrieden tauchten sie in die Einkaufspassage ein, die haargenau wie alle anderen dieser Welt aussah, roch und sich anhörte.

Etwas benommen saßen oder lümmelten sie alle im Wohnzimmer. Der Tag war anstrengend schön gewesen, das Abendbrot hatte sein Übriges getan, sodass sie sich irgendwie die Bäuche halten mussten. Es hatte „nur" Brot mit leckerem Aufschnitt und Salaten gegeben, aber die hatten zum Übertreiben eingeladen.

Bodo sah Nachrichten, leicht auf die Seite gerollt auf dem gemütlichen Sofa. Rhena sah zu und nahm trotzdem nichts wahr. Selbst Susi und Lieselotte hatten gerade mal nichts auszutauschen, wie sie es die ganze Zeit und schon immer gemacht hatten, oft lange am Telefon. Über Mutti und Vati, über die Tante, zu der der Kontakt tot war, obwohl sie in der Nähe wohnte. Oder die Cousine? Rhena hatte die Verwicklungen nie verstanden. Wohl auch nicht richtig zugehört. Sie lächelte ihre Mutter an, die grinste zurück. Bodo sah das und drehte sich zu ihnen um. Er lächelte selig. Rhena freute sich auch. Einfach so. Über den ganzen Tag. Über den späten Nachmittag am Badesee, bei strahlender orangerot untergehender Sonne. Die waren tatsächlich mitten im Oktober ins Wasser gegangen! Huu, es war kalt gewesen. Rhena hatte nur die Hand ins flache Wasser gehalten und dankend abgelehnt. Danach war die Truppe, nur kurz abgetrocknet, in den Strandsand gehechtet, um sich ein aufwärmendes Match zu liefern. Wohlige Schreie tönten durch das Strandbad. Einige wenige Spaziergänger, teilweise mit kleinen Kindern auf Dreirädern, waren vorbeigezogen, ohne den Spielenden besondere Aufmerksamkeit zu schenken.

Ok, hier waren es alle gewohnt. Das Nackte. Ich bin ganz cool, hatte Rhena sich geschworen.

Sie war froh, nicht mitspielen zu sollen. Zu wollen. Die sechs Männer und die eine Frau spielten routiniert. Sie waren sehr oft schon da, wenn der Ball kam. Fallen kam selten vor, klar, wenn man richtig steht, ist es ja auch nicht nötig. Dann der eine verwickelte Ballwechsel, Bodo fiel, der Sand spritzte, der Ball war in der Luft. Alle freuten sich laut, Bodo ganz besonders. Rhena wusste genau, dass sie dort eine schlechtere Figur abgegeben hätte. Wegen der scheinbar im Sand verwurzelten Füße. So dass man nicht vorwärts kam. Es erforderte eine spezielle Kondition, hier laufen und springen zu können wie die Spieler und die Spielerin vor ihr. Es sah so leicht aus ...

Als sie ihr Match beendet hatten, klopften und wischten sie sich den Sand mit ihren Handtüchern ab. Einer war in der beginnenden Dämmerung doch noch mal in den See gelaufen, spritzend und brüllend. Bodo hatte inzwischen sein vorbereitetes Essen erhitzt und in kleinen Plastikschüsselchen verteilt. Lecker! Spaghetti mit Gemüsestiften, reich an Olivenöl und Parmesanbröseln. Sie hatte gesehen, dass einige ihr Portemonnaie gezückt hatten. Sie hatte gefragt, aber Bodo hatte abgewinkt. Kein Geld, du bist Gast. Wie regelt ihr das, fragte sie, doch neugierig geworden. Alle bezahlen nur für das, was sie essen und trinken. Selbstkosten, etwas hoch gerechnet, gerundet. Mir macht's Spaß und sie kriegen rechtzeitig ein Abendbrot, können also von der Arbeit direkt zum Sport kommen. Sonst lohnt es sich nicht, es wird jetzt so schnell dunkel. Und ihr habt das Bad gerettet? Ja, zeigte er zum dunklen Eingangshäuschen hinüber. Wir bezahlen Pacht und die können sich so ab und zu jemanden für die Eintrittskasse leisten, das rechnet sich. Der See ist schön! Der Sand auch! Ja. Deswegen. Wäre schade gewesen, es aufzugeben und verrotten zu lassen.

So war wohl das Lächeln auf Bodos Gesicht gelandet. Und geblieben.

„Zeig mir doch mal die alten Fotos", nuschelte Susi. „Ich finde das immer toll."

Lieselotte ruckte aufmerksam hoch. Rhena war so schnell vom Sessel hoch, wie es kaum zu glauben war. In Sekundenschnelle hatte sie das Fotoalbum aus dem Rucksack auf dem Flur gefischt und hatte das alte anthrazitfarbene Album auf dem Tisch ausgeklappt.

„Hier ist eine kleine Fotoserie aus der Zeit vor 1939, sie zeigt hier Tante Lene, möglicherweise schon nach der Scheidung, und hier sitzen sie alle am Silvestertisch, guck mal, die gesamte Widerstandsgruppe, naja, fast alle, den Lehmann kenne ich nicht." Rhena drehte das Album ein wenig, so dass alle gucken konnten.

„Hier ist eine Hand, die ein Bierglas zum Mund führt." Susi hatte was entdeckt. „Hast du ein Bild von dem, wie hieß er noch?"

„Lehmann meinst du? Nee, ich habe keins. Oder ich kann ihn nicht identifizieren. Sonst gibt's ja auch wenig Fotos oder entsprechende Unterschriften, aus denen man etwas herauslesen könnte, was sie damals gemacht haben, zwischen 1933 und 1939. Bis sie alle verhaftet wurden." Rhena stutzte kurz. „Doch, ich habe das Buch von der Historikerin dabei. Vielleicht ist da was von ihm drin." Sie flitzte noch einmal in den Flur. „Hier. Direkt gegenüber von Opas Bild."

Alle starrten auf des grobkörnige Bild, bis Susi plötzlich rief: „Ich habe eine Leselupe! Die hole ich schnell."

Und wie bei einem auf geheimnisvollen Wegen aktivierten Zwilling zeigte Bodos Finger auf den Bildrand des Silvesterfotos und er stieß hervor: „Ohren, Nase, Oberlippe."

Lieselottes Gesicht war ein einziges Fragezeichen.

Rhena erklärte ihr: „Wenn wir unverwechselbare Charakteristika finden, auf beiden Bildern, dann haben wir ihn entdeckt."

„Und dann?"

„Dann freuen wir uns, dass wir die gesamte Gruppe auf einem Bild haben."

„Was ist?", rief Susi, die wieder in der Wohnzimmertür erschien.

„Das Fotoalbum ist so sehr konspirativ geführt, dass man wirklich kaum etwas herauslesen kann, es sei denn, man kannte die Menschen persönlich. Nicht mal das Jahr steht hier. Es könnte von Silvester 1933 bis 1938 alles gewesen sein."

„Hier, die Blumen auf dem Kleid von Tante Trudi! Hier sitzt sie neben Werner Bruschke, und auf diesem Bild ist sie zu dem Mann mit dem Bier gerückt", sagte Lieselotte und deutete auf das Bild.

„Mensch, Mutti, du bist eine erstklassige Detektivin", rief Rhena aus.

Lieselotte strahlte.

„Der Mann hier ist Lehmüller!", stellte Bodo fest, der inzwischen mehrmals mit der Lupe hin- und hergerückt war. „Die Oberlippe ist lang und hat eine deutliche Furche, die Nase ist recht groß und hat eine auffällig runde Spitze. Ohrenvergleich geht nicht, das ist hier auf dem Foto nämlich nicht mehr zu sehen."

„Juhu!", rief Rhena. „Trude Bruschke, Werner Bruschke, Opa, Oma, Lenchen Meisterfeld, daneben bestimmt ihr Mann, dann Lehmann, so heißt er nämlich, und jetzt fehlt nur noch diese Frau mit den dunklen Locken."

„Sieht jung aus", fand Susi.

„Ich kenne sie nicht", stellte Lieselotte fest.

„Lass uns nochmal weiterstöbern", forderte Bodo. „Das ist jetzt wirklich spannend."

Rhena suchte weiter hinten und zeigte den anderen die wohl später, also sicherlich nach dem Krieg eingeklebten Fotos, die andere Fomate und zum Teil gezackte Ränder hatten. Galt wohl als hübsch damals.

„Daneben, sieh mal, Tante Lieselotte." Susi drehte das Album, so dass Lieselotte besser sehen konnte.

„Das bin ich. Daneben ist Lenchen." Wieder wie aus der Pistole geschossen.

„Sie ist wirklich hübsch", seufzte Susi. Und Rhena hatte gerade angesetzt zu „ist sie nicht schön?"

Bodo guckte irritiert hoch. Weiber, sah man in seinen Augen.

Er blätterte vor und zurück. „Hier steht nichts ..."

„... sag ich doch", fiel Rhena ihm ins Wort.

„... lass mich mal – hier ist der Stadtpark, auf der anderen Seite der Elbe. Kann man an den Treppen und den Geländern erkennen.

„Zeig", forderte Susi ihn auf.

Sie vertieften sich in die klitzekleinen Fotos, die nach Rhenas Ansicht alle gleich aussahen. Schnee auf schwarzen Bäumen, darunter Figuren in Mäntel verhüllt, die man kaum erkennen konnte, weil die Bilder bloß vier Zentimeter hoch waren. Aber an der Haltung erkenne ich sie ja doch, schoss es ihr durch den Kopf. Oma hatte diese Art, von einem auf das andere Bein zu wiegen, wohl weil sie ungeduldig war und weiter wollte. Wandervogel.

„Da", stieß Bodo plötzlich so laut hervor, dass Lieselotte zusammenzuckte. „Havelstraße. Das ist in Rotensee."

„Klar!"

„Wer und was ist klar?" Rhena beugte sich über das kleine Bild. „Da sitzt Oma, im Blümchenkleid. Hat sie bestimmt selbst genäht."

„Daneben ist Lene, so heißt sie doch?" Bodo war entzückt. „Guck", er nahm die Leselupe hervor und versuchte zwischen den Seiten hin und her zu vergleichen.

Rhena nahm das Foto aus den schwarzgrauen Ecken und legte es ihm auf den Tisch.

„Ihr könnt ja auch nochmal nachsehen. Es ist dieselbe hohe gerade Stirn und der flache Schwung der Augenbrauen."

„Sie hat eine Schürze um. Das heißt, sie ist hier die Hausfrau." Susi hatte Recht, fanden alle.

„Also hat sie in dieser Zeit, etwa 1938 bis 1941, man kann es ja aufgrund der spärlichen Unterschriften nur schätzen, in Rotensee in der Havelstraße gewohnt." Rhena fasste zusammen. „Und dann, guckt doch bitte nochmal dieses Bild an, könnte das Lenchen sein? Hier steht drunter ‚in Rotensee' – wo ist das überhaupt? – und die Frau hier im Garten vor der Hausecke, das könnte sie doch sein?"

Bodo schwang das Vergrößerungsglas und nickte. Gleichzeitig erklärte Susi, dass Rotensee ein Stadtteil sei, in dem Rhena sich gerade kurz vorher, am frühen Abend befunden hatte, nämlich neben dem See mit der Sandstrand-Badeanstalt.

„Ach", Rhena war ganz still geworden. „Wie findet ihr es, wenn ich da mal nachsehe? Nur mal gucken, ob ich das Haus finde. Es ist doch ganz eigen, hier erst Stein und oben im zweiten Stock Holzgalerie."

„Laubengänge."

„Ja, genau. So heißt es auch in Hamburg. Ich finde den Weg doch schnell und bin in einer halben Stunde wieder da."

Alle guckten Rhena an. Leicht zweifelnd bis etwas erleichtert. Es war schon dunkel, die Hauspantoffeln waren zu bequem, als dass die drei noch Lust gehabt hätten, sie zu begleiten. Aber Rhena war energiegeladen und tatendurstig und wollte es wissen. Was eigentlich?

„Ist der selbstgestrickt?" Rhena ging in die Hocke.

Die Frau lachte laut los. Sie zog ihren winzigkleinen weißbepuschelten Hund zu sich heran, der Rhenas Fußspitze angebellt hatte. Rhena wurde davon geradezu angesteckt. Der Hund kläffte fröhlich mit und konnte sich nicht zwischen seinem so breit wie hohen Frauchen und Rhenas Schuh entscheiden.

„Benimm dich!", keuchte die Frau.

„Er ist wirklich süß", quetschte Rhena hervor. So klein und so ein Lärm!

„Kann ich Ihnen irgendwas helfen?", stöhnte die Frau, während sie sich mit der freien Hand die Lachtränen wegwischte. Ihren weißen Locken standen auf Sturm.

„Ich suche ein Haus so wie dieses hier, oben mit hölzernen Laubengängen, in dem meine Tante während des Krieges gewohnt hat."

„Wissen Sie denn die Hausnummer?"

„Leider nicht, meine Oma ..."

„Wie hieß Ihre Tante denn?" Die Frau war zwar klein, aber dafür umso energischer.

„Helene Meisterfeld."

„Ach, das Lenchen! Na, nu gucke mal!"

„Was, Sie kannten sie?" Rhena konnte ihr Glück kaum fassen.

„Na, ich war ein Kind damals. Aber ich durfte sie oft besuchen und mit ihr nähen. Sie war allein, der Mann war Soldat. Oder waren sie geschieden? Ich weiß es nicht mehr. Aber ich habe schon immer hier gewohnt." Die Frau versank ein wenig in Erinnerungen.

„Dürfte ich ..."

„Aber natürlich! Kommen Sie mit rein!"

„Das meinte ich gar nicht, aber gern, doch. Ich wollte Ihnen zwei Fotos zeigen, die wohl hier aufgenommen worden sind."

„Kommen Sie, kommen Sie. Los, Fifi! Ich dachte ja zuerst, Sie wollen hier was ausbaldowern, so wie Sie im Garten herumgeschlichen sind."

„Das tut mir leid. Ich wollte nur das Haus mit dem Foto vergleichen ... Aber Sie haben Recht. Es ist dunkel und nicht mehr ganz früh, gut, dass Sie einen so guten Wachhund haben."

Die Frau begann wieder zu gackern. Fröhlicher Mensch!

Im zweiten Stock schloss sie die Tür auf, an der „Heinemann" stand und bat Rhena herein.

„Die Wohnungen waren alle gleich hier im Block, zweieinhalb Zimmer. Lenchen hat zwei Eingänge weiter gewohnt. Sehen Sie sich ruhig um, ist zwar alles mehrmals renoviert seit damals, aber der Schnitt ist geblieben. Ist ja auch klar", murmelte sie in ihr buntes Halstuch, das sie gerade abnahm, um es über die Garderobe zu hängen.

Rhena legte einige Fotos auf den ovalen Wohnzimmertisch und ließ die Frau in Ruhe nach ihrer Brille kramen und die Aufnahmen studieren.

„Das kleine Mädchen da auf dem Sofa bin ich."

„Ach!", entfuhr es Rhena, „mit Ihnen habe ich aber wirklich das große Los gezogen!"

„Na, nu, das war's dann aber auch schon. Schöne Fotos, die kenne ich gar nicht." Sie war jetzt bei dem Gartenbild angelangt. „Da hatten wir Stangenbohnen und Kartoffeln gepflanzt. Heute ist das alles nicht mehr so. Nur noch Rasen und Büsche. Die Menschen gärtnern nicht mehr."

„Doch, ich schon. Aber in Hamburg." Rhena lächelte. „Wenn ich Zeit habe."

„Na, das ist es doch. Die neue Hektik."

Beide schwatzten sich noch bis zu einem wirklich überfälligen Dankessermon und Abschied sowie dem Versprechen, die Bilder für Frau Heinemann zu kopieren sowie dem Austausch von Adressen und Telefonnummern hindurch. Dazu gehörte auch Abschiednehmen von Fifi, der ganz ruhig auf einen Sessel gelegen und zugehört hatte, seine spitzen Ohren hochgestellt.

Rhena trat selig, fast wie betrunken, aus der Haustür und versuchte sich zu erinnern, wo sie ihr Auto geparkt hatte. Frau Heinemann kannte Lenchen. Alfred Meisterfeld hatte sie wohl nie gesehen oder gesprochen, sie konnte sich jedenfalls nicht an ihn erinnern.

22. Kapitel

Am nächsten Morgen saß Susi in der Küche und las Zeitung, ab und zu nippte sie an einem Becher Kaffee. Am kleinen runden Tisch war genug Platz für Lieselottes Spatzenessen mit einer Toastscheibe, Butter und Marmelade und Rhenas Utensilien für einen gelungenen Morgen: Leseständer mit Krimi, Strickzeug – was soll es werden, Socken? Ja –, Kaffeebecher, Müslischale mit verschiedenen Obstzutaten, damit alles schön bunt aussah, sowie einen Becher heißer Zitrone. Alle drei Frauen sprachen wenig, raschelten ein bisschen mit Zeitung oder Buch, genossen einen weiteren sonnigen Morgen. Sie verabredeten, dass Rhena nach dem Archivbesuch zurückkommen sollte, um ein weiteres köstlich-deftiges Essen von Bodo zu würdigen, der gerade auf dem Weg zu seinem Lieblingsschlachter war. Lieselotte würde mit Susi den Morgen verbringen, schwatzen, Kreuzworträtsel lösen und Krankheiten diskutieren, was eben so anstand.

Rhena würde ganz gelassen an die Recherche im Stadtarchiv herangehen. Die Historikerin hatte ja abgewinkt, im Archiv sei nichts zu holen. Sie könnte ein wenig stöbern, Leute nerven, das war ihre leichteste Übung. Womöglich würde sie einen Eindruck von der damaligen Zeit bekommen. Von der Stimmung, wie die Leute gelebt und überlebt hatten. Wie die Waschmaschinen wohl ausgesehen haben, die Opa zunächst verkauft hatte, als er 1933 keine Arbeit fand, als illegaler Bezirkssekretär der SPD, so knapp nach seiner gerade noch legalen Wahl. Schnelle Schläge waren das damals, im Januar seine Wahl in der Magdeburger SPD, gleich danach, am 30. Januar, die Machtergreifung beziehungsweise die Machtübergabe an Hitler, mit der sofortigen Verfolgung der KPD und deren verbandelten Organisationen, aber auch von vielen SPD-Funktionären und Bürgermeistern, dann im April der Umzug der ganzen Familie, und schon, im Juni dann die SPD ebenfalls als „links-sozialistische" Partei. Ein gruseliger, im Grunde doch unpolitischer Kehraus. Besonders links oder sozialistisch war die SPD zu der Zeit nicht gewesen, sie hatte sich erfolgreich von den tiefroten Gruppierungen abgegrenzt. Die Hauptidee der Nazis war schließlich und endlich doch die Durchsetzung von Rassismus und Judenverfolgung und -ermordung gewesen. Vielfrontiges Mordbrennen.

Rhena bewegte sich vorsichtig ins Archiv hinein. Hier musste man klingeln, sein Anliegen vorbringen und dann im Flur warten. Ein Tischchen und zwei Sesselchen standen auf dem Treppenabsatz vor der wiederum verschlossenen Tür. Eine wundervolle, riesige Tür mit schmiedeisernen Schnörkeln, dahinter Glas. Die anderen Türen hatten bunt bemalte Steineinfassungen, dadurch sahen sie aus wie bebänderte Maibäume. Passend, hier das Landeshauptarchiv unterzubringen. Das Haus wirkte gewaltiger als die anderen, größer angelegt, gelb-braun-rote Sinfonie, hübsche gemauerte Fenstereinfassungen, sehr rotes Dach.

Rhena steckte von allen Broschüren, die auf dem Tischchen lagen, etwas ein. Da war's ja, „ ... führte 1908 zum Bezug des Archivzweckbaus in der Hegelstraße 25

...", Telefonnummern, Öffnungszeiten, ausgelagerter Teil des Archivs. Wer weiß, wozu das noch dienen könnte.

„Frau Dr. Kuhl-Lundquist?"

„Ja." Sie sprang auf, raffte alles inklusive Rucksack zusammen und folgte der schwarzhaarigen Dame. In einen Lesesaal hinein. Aha. Die steuerte an einem grüngekachelten Wandbrunnen mit einem bronzenen Echsenwasserhahn vorbei auf einen Schreibtisch ungeheuren Ausmaßes zu, der auf einem Podest stand. Eine kleine, heimeliges Licht ausströmende Schreibtischlampe, wohl auch aus dem letzten Jahrhundert, beleuchtete ein Buch. Ein Besucher- und deren Anliegen-Buch. Trotz der Oktobersonne war die Bibliothek schummrig. Zwei junge Männer mit kurzen Haaren, also wohl Diplomanden oder Doktoranden, saßen im tiefer liegenden Teil an einer großen Tischeansammlung mit dicken Wälzern und schauten nicht hoch.

Frau ..., Rhena konnte ohne Brille das Namensschildchen nicht entziffern, zückte ihren Schreiber und flüsterte:

„Aus welchem Grund forschen Sie hier?"

„Aus, äh, familiären Gründen. Haben Sie meine Unterlagen nicht bekommen?" Rhena flüsterte mit. Das sollte hier so sein.

„Ich bekomme keine Unterlagen. Aber ich habe Ihren Namen übermittelt bekommen. Jetzt ist es 10 Uhr 16. Wir schließen um 16 Uhr." Sie blickte irgendwie freundlich durch ihre starke Brille mit den ovalen dunklen Einfassungen.

„Bis dahin bin ich bestimmt fertig. Aber ... können Sie mir vielleicht helfen?"

„Aber sicher. Was möchten Sie denn einsehen?"

„Ich suche nach Haftunterlagen meines Großvaters von 1939 bis 1940. Vom Magdeburger Gefängnis. Vom KZ Sachsenhausen haben Sie wohl nichts da?" Rhena war sicher, dass sie dort noch einmal hinfahren wollte. Zumindest um einen bildhaften Eindruck zu bekommen, sodass sie sich die klirrende Kälte, den aufgetürmten Schnee, das zitternde Sterben und den Hunger der Überlebenden in zerrissenen Lumpen besser vorstellen konnte als in den Holocaust-Serien, die Ende der siebziger Jahre ausgestrahlt wurden. Oder „Unter Wölfen." Oder Benignis „Das Leben ist schön". Direkt da sein, das wäre gut.

Die Frau schüttelte den Kopf.

„So etwas haben wir nicht. Wir haben aber ... nein."

„Gut. Dann irgendetwas aus der Zeit, so dass ich einen Eindruck bekommen kann, wie er und die Familie damals in dieser Stadt gelebt haben mochten."

„Oh!" Sie verstummte. „Da könnte ...", sagte sie nachdenklich, „Herr Dr. Wehner. Der könnte etwas wissen. Ich gehe ihn mal suchen. Setzen Sie sich ruhig. Dort am Tisch ist Platz." Sie eilte hinaus, ein ganz schwacher erdig-konsequenter Parfümduft wehte hinter ihr her. Rhena suchte sich die Ecke der Tischefläche aus und kramte alle ihre Unterlagen heraus. Im Nu sah der Tisch aus wie immer. Bombeneinschlag. Etwas peinlich hier, sinnierte sie. Sind doch nur – ja, der kleine Notizblock, die bisherigen Ergebnisse aus Moers und Exzerpte aus Beatrix Herlemanns SPD-in-Magdeburg-Buch, nach hinten geklappt, damit eine neue leere Seite gefüllt werden kann. Der clownsbunte dicke Kugelschreiber, der mit seiner rot-gelb-blau-grün-Ausstattung immer sofort die Bedeutung „Opa-Forschung" signalisierte, die zuhause zusammengerafften Geburtsurkunden sowie der Antrag, die bisher gefaxt worden waren ... die Frau wollte sie gar nicht sehen! Die Blätter sahen sehr interessant aus, gelb bis braun, die Ränder zum Teil schon eingekerbt und wellig, wohl von über 60 Jahren wechselnden Jahreszeiten und Feuchtigkeitsschwankungen, sowie dem doch eher seltenen Hin- und Herräumen von diesem Schrank in jene Kommode und zurück in einen Ordner, der die Besonderheiten würdigen konnte.

„Frau Dr. Kuhl-Lundquist", tönte es forsch geflüstert neben ihr. Sie zuckte zur Seite und lächelte spontan in das überaus sympathische, lange und langnasige Gesicht des grau-silberhaarigen Mannes. Im hellgrauen Anzug. Mit dunkelgrauem Schlips. Er passt sich wundervoll diesen staubigen Büchermassen an, amüsierte sie sich.

„Herr ...?" fragte Rhena.

„Wehner. Ich bin hier Archivar. Sie haben eine Frage?" Superhöflich, der Herr Wehner!

„Ich bin hier, um über die Haft meines Großvaters Ludwig Wellhausen im Magdeburger Gefängnis 1939 etwas herauszufinden. Die Historikerin, die über die hiesige SPD zu der Zeit geforscht hat, hat mir keine großen Hoffnungen gemacht. Aber mir würde es auch reichen, wenn ich die Atmosphäre schnuppern könnte. Es wäre eine Bereicherung für die Familiengeschichte, die ich bislang eigentlich nur aus Erzählungen von Oma und meiner Mutter kenne."

„Hmm. Wir haben Gestapoberichte. Hier ..." Er griff hinter ihr ins Regal und holte zwei dicke blaue Bücher hervor. „Wir sind ganz stolz, dass diese Bücher fertig sind. Noch druckfrisch. Das war eine Menge Arbeit." Er lächelte fröhlich.

Rhena war irritiert. Nur ein bisschen. Aber „Gestapo" und „froh aussehen", das passte irgendwie nicht so ganz. Sie verstand allerdings das Hochgefühl über ein wichtiges Projekt, das endlich beendet und in so imposanten, edel gebundenen Deckeln präsentiert werden konnte.

„Haben Sie eine Karte von Magdeburg, ich meine von 1933 bis 1939? Ich war in einem Antiquariat hier um die Ecke, das mir empfohlen worden ist, aber die haben keine. Und meine", sie zeigte auf ein kleines, altes, zusammengefaltetes Informationsblatt, „die ist zwar von 1939, zeigt aber bloß die Innenstadt."

„Oh!", er griff sofort nach dem Plan, klappte ihn ehrfurchtsvoll auseinander und bewunderte die Ansicht der damaligen, zum Teil mit nationalsozialistisch bevorzugten Namen versehenen Straßen längs der Elbe und quer durch die Stadt. „So etwas Feines haben Sie!"

Rhena hatte den dringenden Eindruck, er würde ihr den Plan abkaufen wollen. Nur gegen etwas Ebenbürtiges! Das wollen wir gleich mal festhalten! Er hatte aber seinerseits noch ein paar Schmuckstücke, die er einfach so anbot: Eine gesamte Stadtkarte, die man gegen geringe Kosten abkopieren lassen könnte, sowie Telefonbücher aus der Zeit – oh, ja, dann könnte sie den jüdischen Arzt suchen, dem Opa möglicherweise zur Flucht verholfen hatte – sowie neben den Gestapoberichten noch etwas, das er suchen wollte.

„Das Buch von der Herlemann brauchen Sie nicht zu suchen, das habe ich dabei", sagte Rhena. Auf seinen fragenden Gesichtsausdruck hin ergänzte sie: „Die Magdeburger SPD im Widerstand."

„Ach ja", nickte er. Und verschwand, nicht ohne mit allen Fingern seiner rechten Hand noch mal auf die prächtigen Gestapoberichte-Bücher zu tippen.

„Frau Dr. Kuhl-Lundquist!"

Sie hob langsam den Kopf, der schwer war von den gebetsmühlenartigen Wiederholungen der Gestapo-Berichterstatter über marxistische Umtriebe – die Kommunisten waren doch schon längst weggesperrt und massenhaft umgebracht – und seltsam anmutende, gewollt empörte Berichte über einen Schuhkaufhausbesitzer jüdischer Herkunft, der seinen Lehrlingen unterschiedslos unter den Rock und in die Hose gegriffen haben sollte, woraufhin man ihn verurteilen und ihm selbstverständlich sein Kaufhaus wegnehmen musste – hatten sie 1935 wohl so ein Possenspiel nötig?

Sie war dankbar für die Unterbrechung. Dann merkte sie, wie aufgeregt er war.

„Gucken Sie mal, was ich gefunden habe!" Herr Wehner schob die Gestapobücher ohne irgendeinen nochmaligen stolzen Blick beiseite, um Platz zu haben für ein extrem breites, nicht sehr hohes, aufgeklapptes Buch mit abgegriffenem Papprand und vergilbten, nahezu braunem Papier. Buchhaltung? dachte sie.

„Das Gefängnisjournal! Hier steht Ihr Großvater!" Er platzte vor Entdeckerfreude. „Aber Sie dürfen nur das hier einsehen!" Sein Zeigefinger lag im unteren Drittel der aufgeschlagenen Seiten. „Alles andere dürfen Sie nicht lesen, aus Datenschutzgründen."

„Natürlich", nickte sie. Verbote reizen aber. Sie sah aus den Augenwinkeln, dass er durch die hintere Tür verschwand. Die Dame am Pult hatte noch nicht mal aufgeblickt. Also schnell! Sie las die mit Bleistift in bläulicher Schattierung – wohl ein Kopierstift – geschriebene, über beide aufgeschlagene Seiten reichende Zeile:

„Wellhausen, Ludwig | Schlosser | 3.10.84 | Hann. | Quittenweg 2 | ??? | Vorbereitung zu Hochverrat | 12.1. | 14^{45} | Kfs Hensken (war es nicht eher *Kss Hanssen?*)"

Sie schaute nach oben zur Überschrift der Spalte. Einliefernder Beamter. Aha. Weiter:

„Am 20.II. um 10 Uhr – 20.II. um 21^{30} zurück"

„21.II. 17^{00} Uhr (heißt das *Amtsgericht?*) – *30.III.39 18 zurück"*

„9.8. 10 Sachsenhausen"

Seltsam. Über einen Monat nicht hier, sondern beim Amtsgericht? Haben die mehrere Gefängnisse gehabt?

„172 | 171 | 171", Blick nach oben: *„Mittag | Kaffe 0,5l | Brot (Fünftel)"*

Hat er auch Frühstück bekommen? Und wieso einmal mehr Mittagessen? Weiter, es ist wenig Zeit:

„Zelle bzw. Asservatenfach 14 | Belehrung nach Strafgesetzbuch", in richtigem Bleistift diesmal, und schräg dahinter *„Schutzhaftbefehl".* Ach so. Sie entschied, das später abzuschreiben, wenn sie wieder kontrolliert würde, das sei ja wohl erlaubt. Nun wollte sie Bruschke suchen. Auf der Seite war Lehmann, Ernst, 16^{25}, zu finden, der am 27.4. um 14^{15} zum Amtsgericht – das war gut

zu lesen – transportiert wurde. Sie blätterte vor und da stand bereits am 5.1. Bruschke, Werner, gleich darunter seine Frau Gertrude, Trudi hieß sie auch, hatte sie in Omas Fotoalben gesehen. Und Elisabeth Bruschke. Wer ist das? Bruschke war schon um 13^{00}, die beiden Frauen um 16^{00} eingeliefert worden. Auch von Hanssen oder Henfken, wie immer der hieß. Auf dieser Seite tauchte er sonst aber nicht auf. Auf der nächsten Seite, auf der Opa und Lehmann standen, war er auch bloß die beiden Male vermerkt. Also hatte dieser Mann die Widerstandsgruppe nacheinander aus den Häusern geholt und ins Gefängnis gebracht. Gestapo? Sie blickte hoch und sah Herrn Wehner, leicht über sie gebeugt. Gut, dass ich auf der richtigen Journalseite bin, dachte sie erleichtert.

„Gucken Sie mal hier, der Beamte, der meinen Opa ins Gefängnis gebracht hat. Wie heißt er?"

„Hensken."

„Henfken?"

„Könnte auch sein."

„Komisch, dass er nur hier steht. Alle anderen Beamten heißen anders ..." Rhena lauerte. Er reagierte wie erhofft. Er blätterte vor und zurück, entdeckte anscheinend die drei Eintragungen auf der Vorseite und richtete das Journal wieder in die erlaubte Position.

„Ein Politischer. Das kann man wohl sagen. Gucken Sie mal hier, die Abkürzung." Er zeigte auf das Khk oder Kss, was immer diese Kryptik bedeuten mochte. „Das ist ein Kriminalsekretär", sagte er so bestimmt, dass es sicher richtig sein musste. Schließlich war er Historiker und eine wichtige Person des Landeshauptarchivs.

„Und was bedeutet das?", fragte Rhena nach.

„Das bedeutet, dass er von der Gestapo war oder von den Abteilungen der Polizei, die für Hochverrat oder andere staatsgefährdende Verbrechen zuständig waren. Die Bezeichnung für diejenigen, die Kriminalfälle bearbeiteten, war zwar ähnlich, beziehungsweise genauso, aber die brachten in der Regel ihre Gefangenen nicht selbst ins Gefängnis, sondern überließen das ihren Untergebenen, Schupos."

„Schupo. Das wurde in meiner Kinderzeit noch zu Polizisten gesagt. Eine ungute Tradition?"

„Nein. Eigentlich ein harmloser Begriff."

Sie glaubte ihm. Alles.

Plötzlich richtete er sich auf. Seine Augen leuchteten.

„Ich habe eine Idee!" Und schon verschwand er um die Ecke.

Sie war gespannt und verlor dennoch keine Sekunde. Erst Lehmann und Bruschkes, dann Opa. Sie schrieb fieberhaft in ihren kleinen Block, möglichst genau, damit sie hinterher nicht ewig rätseln musste, was das Gekritzel denn nun wieder heißen mochte. Bei der Abkürzung und den Namen des Ks. Hansen, wie sie ihn nun bei sich nannte, schrieb sie allerdings alle denkbaren Varianten mit auf. Der Wachhabende hatte zwar eine gestochene Schrift, aber mit Sütterlineinschlägen. Das s war noch langgezogen, die Schleifen waren oft sehr ausladend und ließen fs und gs wie alte hs und wiederum neue ys aussehen. Vielleicht lässt er mich das kopieren, zumindest Opas Zeile, hoffte sie einen Moment, schrieb dann aber weiter. Auch die kleinen schrägen Bleistifteintragungen über der Entlassung und Wiederaufnahme von Opa und das Schutz-haft-Kürzel – ganz bestimmt die durch pure Willkür erfolgte Konzentrationslager-Einlieferung – markierte sie deutlich. Hm, Bruschkes sind zum selben Zeitpunkt entlassen worden. Das war vielleicht der Tag vor Gericht in Berlin, über den die Herlemann geschrieben hatte? Und sie waren dann frei. Ein Glück. Oder? Werner Bruschke war doch auch im KZ gewesen. Sie musste noch mal nachlesen, später. Bei dem jungen Ernst Lehmann sah es schlimmer aus. Entlassung 27.4. Aus dem Buch der Historikerin wusste Rhena, dass er bis 1945 im KZ Neuengamme bei Hamburg gewesen war und dann in den allerletzten Kriegstagen beim Untergang der Cap Arcona, auf die die Häftlinge getrieben worden waren, ertrunken war. Vor allem auch über ihn hatte Bruschke und wer weiß nicht noch alles viele Tränen geweint.

Herr Wehner kam wieder herein, lautlos wie immer. Diesmal mit dem Telefonbuch von Magdeburg von 1939. Ein dünnes Heftchen. Damals hatten anscheinend nicht sehr viele Menschen ein eigenes Telefon gehabt.

Er zeigte auf einen Eintrag: „Henschen".

„Alle anderen Varianten habe ich durchgesehen, das hier war der einzige, der passte. Bei seinem Rang war es wohl denkbar, dass er telefonisch erreichbar sein musste. Und gucken Sie mal hier: Er wohnte direkt hier um die Ecke, Zietenstraße 9. Karl Henschen."

„Wie ..." Rhena war irritiert, insgesamt sogar.

„Naja, hier gleich, eine Straße weiter. Gucken wir doch gleich mal, wer da heute noch wohnt." Er huschte zum erhabenen Pult der bebrillten Dame, bückte sich und zog aus einer unteren Schublade ein Telefonbuch, wie es heute üblich ist, schwer, groß, dick und mit viel Werbung.

„Ganz neu." Er blätterte und piffelte vor sich hin. „Den Namen gibt's nicht mehr."

„Dann hatte er vielleicht eine Tochter, die geheiratet hat ...", fing Rhena an zu spinnen.

„Oder er hat 1945 das Weite gesucht." Diese Idee war viel realistischer. „Aber Sie können ja dort klingeln und sich durchfragen."

Rhena grinste schief. „Ich muss mich erstmal sammeln. Ich bin ganz beeindruckt von Ihren Schätzen, vor allem von diesem dicken Schinken hier! Im Moment bin ich da noch im Gefängnis bei Opa." Sie musste schlucken und spürte das Brennen in der Nase und in den Augen.

„Ja, das verstehe ich. Es ist schon enorm, was wir hier haben. Allerdings kann ich jetzt nicht weiter mitsuchen, weil ich gleich einen Termin habe. Wo wohnen Sie denn?"

„Nahe dem Stadtteil Reform." Es fiel ihr sehr schwer zu sprechen.

Herr Wehner guckte sie auch noch so mitfühlend an. Verdammt! Sie wollte eigentlich mehr sagen, aber es ging gerade nicht. Sie fühlte sich ihrem Opa so nah wie noch nie.

„Ich gebe Ihnen meine Telefonnummer, die dienstliche und die private. Ich wohne auch dort in der Nähe. Wir können gern in Kontakt bleiben ...", versuchte er sie zu beruhigen.

„Er fehlt uns so sehr, jetzt noch, nach über 60 Jahren!", brach es, irgendwie unpassend, aber unaufhaltbar, aus ihr heraus, zusammen mit ein paar Tränen.

23. Kapitel

Rhena atmete tief ein. Herbstluft. Die optischen Eindrücke waren bunt. Sehr bunt. Auf den alten Fotos, natürlich schwarz-weiß, bis Anfang 1939 von Opa anscheinend selbst entwickelt, hatte sie schon einen Rundum-Eindruck erhalten vom Quittenweg, vor allem Quittenweg Nr. 2, der davor fahrenden Straßenbahn bis Endhaltestelle kurz vor diesen Häusern, den Feldern gegenüber, langfurchig bis zum Horizont, nur links eine Baum- und Buschreihe, vielleicht der Weg, der zu Lieselottes langjähriger Freundin Lichen führte, die sie jetzt gleich zum Kaffee besuchen würden? Nun war alles sehr puppenhausartig zusammengeschrumpft, hier stand rechts Bodos Auto, gleich daneben war der Hauseingang, rot geklinkerte Rahmung, das Haus wie die Nebeneingänge satt gelb, fast ocker gestrichen, ein üppiger rotbeeriger Busch an der Hausecke, der hintere Garten kaum sichtbar, gleich daneben vier- oder fünfgeschossige Hausungetüme – die waren damals noch nicht da gewesen. Die Endhaltestelle war zur Schleife geraten, die Straßenbahn fuhr jetzt weiter. Und gegenüber waren keine Felder mehr, klar, sondern kleine neue Einzelhäuschen mit dicht bewachsenen Gärten.

„Willst du klingeln?", fragte Bodo.

Rhena zögerte. „Mmh … nee, lieber nicht. Die erschrecken sich bloß. Wir stehen hier sichtbar schon eine Weile herum und lehnen uns über den Zaun. Mutti, wo wohnte Bruschke, weißt du das noch?", Rhena stellte die Frage an Lieselotte Wellhausen.

Die hatte ratlos vor dem Hauseingang gestanden. Nun antwortete sie aber doch sehr schnell „Holunderweg 8". Rhena staunte wie so oft über ihren rapiden Wechsel an Erinnerungen.

Während sie sich umwandten und zur nächsten Querstraße schlenderten, die ganz offensichtlich der Holunderweg sein würde, erzählte Bodo. In ihrem Rücken, gleich über die Leipziger hinüber, sozusagen in Spuckweite, war das Viertel Hopfengarten, damals eine erklärte SA- und SS-Wohngegend. Und hier, in Reform, wohnten die Sozialdemokraten.

Seltsam, schoss es Rhena durch den Kopf, hier wohnten sie so dicht und womöglich ohne besondere Zwischenfälle zusammen, dagegen in den Versammlungslokalen in der Stadt lieferten sie sich Schlägereien. Mehr wohl das sozialdemokratische „Reichsbanner" und die Nachfolgeorganisation des „Rote Frontkämpferbundes", aus den KPD-Mitgliedern gegen die SA rekrutiert, und weniger die ganz „normalen" SPD-Mitglieder. Aber das alles fand im Vorfeld der Machtübergabe an Hitler statt. Diejenigen, die sich frühzeitig entschlossen hatten, im Widerstand zu arbeiten, werden sich gehütet haben, allzu sehr aufzufallen. Trotzdem, diese Nähe! Das hatte sie auch Bodo gefragt, aber der hatte bloß mit den Schultern gezuckt. So war es eben gewesen. Oder sind die SA- und SS-Leute erst später hergezogen? Er wusste es nicht.

Gut, dass sie sich ein Foto von diesem Stadtteilbereich zusätzlich zur Innenstadt hatte machen lassen. Sie würde in einigen Wochen die CD mit den Fotos plus Rechnung zugeschickt bekommen. Etwa 5 DM pro

Foto. Wirklich günstig. Wenn sie einen originalen Stadtplan von 1936 bis etwa 1939 im Buchladen bekommen
hätte, hätte sie ein Vielfaches bezahlt. Der Buchhändler
und sogar die mit den Fotos beauftragte Archivmit-
arbeiterin hatten, ebenso wie Dr. Wehner, schon etwas
neidisch auf ihren eigenen Plan geguckt. Der aber leider
nur die allerengste Innenstadt zeigte, wie sie sich 1939
darbot. Mit all den Namen von Nazigrößen, wo vorher
Elbe- und Domnamen geläufig gewesen sein mochten.

Der Plan zeigte weder den konspirativ genutzten
Neustädter Bahnhof noch das ungute Pärchen Reform
und Hopfengarten.

Sie hatte ja noch einen weiteren Tipp bekommen, fiel
ihr ein. Das musste sie noch notieren. Im ausgelagerten
Wirtschaftsarchiv sollten Unterlagen der Firma Buckau
R. Wolf sein, vielleicht wäre da etwas zu finden über
Auslandmontagen von Ludwig Wellhausen. Sie nahm
sich vor, Bodo danach zu fragen. Aber erst einmal wollte sie das Erinnerungsvermögen ihrer Mutter strapazie-
ren. Sie standen vor Holunderweg Nr. 8.

„Ich weiß nicht so recht ...", überlegte Lieselotte Wellhausen zögernd. Ihr Kopf drehte sich von links nach
rechts, ihre Augen schienen sich zu verirren.

„Sie haben die Häuser noch nicht angestrichen. Deshalb sieht der Putz so dunkel aus, bestimmt ist der noch
von 1930 oder wann sie die Häuser gebaut haben", half
Rhena. „Vielleicht die Nr. 12?"

Lieselotte ging schon los. Dort sah es genauso aus.
Kleine Häuser in der Reihe, vorgebauter Eingang, zwei
Geschosse, weniger Platz als vorn im Quittenweg, wie
es schien.

Lieselotte war wirklich ratlos. Rhena fiel etwas ein: „Wenn du da zu Besuch warst, bist du dann vorne oder hinten rein gegangen? Hast du geklingelt?"

„Ich bin zu Tante Trudi gegangen und habe mit ihr die Kaninchen gestreichelt und gefüttert", sprudelte es aus Liselotte heraus. „Die Ställe waren hinten raus, neben dem Anbau, in dem man die Schuhe ließ, wenn man reinging, und wo die Luke zum Kohlenkeller war." Na, das ging doch!

„Hatten alle hinten einen Anbau, oder nur Bruschkes?"

„Das weiß ich nicht. Aber es gab einen Durchgang von vorne, man musste nicht ins Haus."

„Ja, dann ..."

Rhena befand Haus Nr. 12 als ungeeignet. Neben Nr. 8 war eine Lücke. Das konnte es also sein. Sie zückte ihren Fotoapparat.

„Wir gucken in den Fotoalben nach. Das kriegen wir schon raus." Und in meinen Unterlagen aus dem Gefängnisjournal habe ich es ja auch, fiel ihr noch ein.

„Ich finde es toll, dass ich jetzt einen Eindruck von der Wohngegend habe." Rhena war doch ein bisschen stolz auf ihre Mutter. Sie wusste noch so viel. Und sie hatte hier getobt und gespielt und unendliches Leid ertragen. Bestimmt hatte sie auch Schuldgefühle. Kinder fühlen sich immer schuldig, wenn einem Familienmitglied etwas Schlimmes passierte. Und ihre Reaktion zumindest war bekannt: Über Wichtiges wird nicht gesprochen. Übersetzt hieß das: Nichts darf verraten werden. Sonst ...

24. Kapitel

Das Auto schnurrte auf der recht leeren Autobahn vor sich hin. Rhena war so sehr in Gedanken vertieft, dass sie gar nicht schneller als 110 Stundenkilometer fahren konnte und mochte. Lieselotte zeigte auf einen Waldsaum und klagte: „Ich weiß gar nicht, wo ich bin."

„Ich auch nicht. Naja, im Prinzip verlassen wir Magdeburg und fahren nach Norden, gleich kommen wir aber auf die Autobahn Berlin-Hannover, dann fahren wir nach Westen."

„Ach so." Lieselotte verstummte. Muss ich jetzt irgendeinen Trost aussprechen?, überlegte Rhena. Klar, dass sie die Autobahn nicht kennt. Sie ist die letzten paar Male mit der Bahn hierhergefahren und hat dann nicht in Magdeburg Halt gemacht, sondern ist nach Calbe zu ihrer anderen besten Freundin aus der Lehrzeit, Lisa Wischer, weitergefahren.

„Wieso meinst du das?" Ein letzter Versuch.

„Naja, wie soll ich es dir beschreiben? Ich kenne die Gegend nicht, es kommt mir alles so fremd vor."

„Ach so. Du bist hier noch nie gefahren, deshalb wohl."

„Das stimmt. Da ist ein Schild ‚Magdeburg-Stadtfeld'", las Lieselotte vor. „Das kenne ich."

„Ja, und gleich kommt die Quer-Autobahn. Dann verlassen wir deine Jugend-Stadt."

Lieselotte schien wieder ein wenig beruhigt, sodass Rhena ohne Gewissensbisse ihren Gedanken nachhängen konnte.

Feige war sie gewesen. Kein Besuch in der Ziethen-
straße, die inzwischen Planckstraße hieß. Ks. Henschen oder etwaigen Kindern traute sie sich nicht zu
begegnen. Was sollte man denn auch sagen? War Ihr
Vater Gestapo-Mann? Eine unmögliche Frage. Und was
Besseres fiel ihr gerade nicht ein. Mit ein wenig Ab-
stand wäre sie vielleicht geschickter. Man kann ja auch
noch anders an die Aufgabe herangehen als direkt vor
der Nase der Leute aufzukreuzen. Genauso feige wie in
Moers, fiel ihr dann ein. Da war sie auch vor den ent-
scheidenden Schritten zurückgeschreckt und hatte
nicht den Mut gehabt, eventuellen Mördern von Tante
Lene gegenüberzutreten.

Rhena hatte auch einige Funde mit Bodo besprochen. Vor allen Dingen die spärlichen Informationen, die sie im Wirtschaftsarchiv aufgestöbert
hatte. Das Erzählenswerteste war noch, dass es einen
Dreieckshandel mit Naturalien gegeben hatte: Die
Maschinenfabrik Buckau R. Wolf hatte Ludwig Wellhausen und andere nach Turhal in die Türkei geschickt, um eine Zuckerfabrik aufzubauen. Das war
1934 gewesen, Rhena hatte ein ganzes Fotoalbum
davon mit denkwürdigen folkloristischen Szenen.
Opa hatte die Fabrik in allen Stadien des Aufbaus
festgehalten, aber auch Straßenszenen. Ein Foto zeigte einen in Lumpen gehüllten Mann, der einen hoch
aufgetürmten Stapel von Töpfen, Brettern und nicht
sofort zu identifizierenden Einzelteilen mehrerer
Haushalte auf seinem Karren mit sich zog. Opa hatte
darunter geschrieben: „Raus würde er noch kommen

aus seiner Kleidung, aber nie mehr rein." Was wohl heißen sollte, dass die Lumpen fast zerfielen. Jedenfalls, die Zuckerfabrikmontage wurde von der Türkei anscheinend nicht in Geld bezahlt, obwohl oder vielleicht gerade weil die Männer anscheinend gut verdienten, etwa 200 Reichsmark Zulage monatlich für die Trennung von zuhause. Das belief sich etwa in der Höhe des Monatslohns, also gab es das Doppelte. Das entsprach heute, Rhena war auf wilde Schätzungen angewiesen, alles mal 10 oder mehr, insgesamt vielleicht 6000 DM. Netto oder brutto? Es wurde als „viel Geld" angemerkt, aber das alles war einfach unklar, weil sie keinen Vergleichsmaßstab hatte. Nun, jedenfalls lieferte die Türkei soundsoviel Zigarettentabak als Anzahlung an Reemtsma in Hamburg, Reemtsma kaufte dafür Zugmaschinen für ihren fabrikinternen Transport. Rhena war verwirrt gewesen. Wer hatte jetzt was bezahlt? Egal, die Menschen in der Finanzabteilung würden es schon richtig gemacht haben.

Bodo war sehr interessiert an dieser Geschichte, wusste aber auch nicht mehr. Susis Mutti und Vati hatten beim Kaffeetrinken die Köpfe geschüttelt bei der Frage nach der damaligen Zeit, nach Erinnerungen an Opa, nach der Maschinenfabrik. Vati hatte nebenan in einer anderen Fabrik gearbeitet, er war ein bisschen älter als Lieselotte Wellhausen, war im Krieg also auch noch ein junger Mann gewesen.

Rhena musste sich mit Karsten besprechen. Alles auf den Tisch legen, sortieren, sich befragen lassen und die nächsten Schritte gemeinsam planen. Genau. Und die kleinen farbigen Stories erzählen, die so nebenbei passierten.

Zum Beispiel, wie sie mit Susis Vati über den Zugang ins Internet gefachsimpelt hatte. Er war trotz seiner weit über 80 Jahre hochinteressiert und hellwach, mit strahlenden wasserblauen Augen, und hatte sich alles Mögliche im Netz angesehen. Lieselotte hatte ununterbrochen die Hand von Susis Mutti gehalten, die dabei noch prima in der Lage war, Kuchen zu essen und Kaffee zu trinken und sich über den Besuch zu freuen. Dabei flogen Namen durch den Raum, die Rhena fast alle unbekannt waren. Bei „Landau" zuckte Rhena hoch und fragte nach.

„Ich habe bei Frau Landau auch Englischunterricht gehabt, ab April 1938, Lieselotte ja schon ab 1937. Aber leider war es nur kurze Zeit. Meine Mutter hat Frau Landau dann beim Packen geholfen, es war noch warm, also im Sommer 1938. Für Juden wurden die Verhältnisse in Deutschland immer schwieriger ...", erzählte Lichen.

„Spannend!" Rhena stand beinahe der Mund offen.

„Ich erinnere das gar nicht mehr", trug Lieselotte bei.

„Doch, doch", drückte Lichen ihr die Hand, „so war das. Frau Landau war ja, wie sagt man das bloß, ‚Arierin'?"

Rhena nickte: „Sie war eben nicht Jüdin."

Lichen erzählte Lieselotte noch mehr aus der Kinderzeit, aber Rhena war abgelenkt, weil Susis Vati mit einem Schinken der Firma Buckau R. Wolf anrückte, der viele Fotos und Schwulst enthielt.

„Von 1939. Kannst du damit etwas anfangen?", fragte er Rhena.

„Auf jeden Fall. Mein Opa war da aber schon in Haft. Er wird bestimmt nicht hier verewigt sein. Aber trotzdem interessant."

Beide vertieften sich in die seitenlangen Lobhudeleien der damaligen Zeit. Unzeit. Es gab aber kaum Informationen, die Rhena interessierten. Gut, dass sie schon im Wirtschaftsarchiv gewesen war. So konnte sie schneller herausfinden, was für sie noch notierenswert war und was nicht.

25. Kapitel

„Es ist genauso, wie nach der Recherche in Moers. Es gibt einige Adressen, Namen, Telefonnummern von potentiellen Mördern, die ich mich nicht traue anzurufen."

„Tja. Was könnte man sagen?"

„Und außerdem: die sehen dann meine Telefonnummer im Display und kriegen raus, wo ich wohne, und ermorden mich dann auch!"

Karsten grinste. Rhena war doch sehr aufgeregt. Sie merkte selbst, dass sie gerade ein wenig übertrieb. Aber die Übung im geschickten Lügen, Täuschen und Vorspiegeln falscher Berufe und Anliegen fehlte ihr einfach.

„Bleib doch bei der Tante-Lene-Geschichte. Du suchst nach Angehörigen, um zur Ruhe zu kommen. Der damalige Anruf geistert durch deine Gedanken und lässt dich nicht los. Die Geschichte ist einfach gut. Einfach und gut."

Sie nickte.

„Aber Opas Gestapo-Mörder, na ja, er hat ihn wohl nicht ermordet, aber verhaftet und möglicherweise selbst verhört und geschlagen, dem kann ich nicht mit der Geschichte kommen. Abgesehen davon, dass er kaum mehr leben dürfte. Lass ihn 25 Jahre alt gewesen sein, was viel zu jung ist, Moment, 1939, 1914, dann wäre er jetzt 90. Knapp. Aber wenn es eventuell Nachkommen gibt, wie bitte, soll man aus denen etwas herausbekommen? Wenn er, wie viele Nazis, nach dem Krieg seine Ausweise weggeschmissen hat und sich als gequälter Widerständler ausgegeben hat, war er womöglich nahtlos in der SED und in der Stasi. Der wird seinen Kindern doch nicht die Wahrheit gesagt haben!"

„Wie soll das gehen?"

„Naja, er hat jemanden zu Tode gefoltert oder weiß davon, dass jemand anderes das getan hat, merkt sich den Namen und sucht in alten Unterlagen oder in seinem Gedächtnis nach Geburtsdatum und Geburtsort. War doch viel verbrannt und zerstört – so kriegt man leicht neue Ausweise."

„Oder er hat jemandem die Papiere abgenommen, weil er geahnt hat, dass das nicht gut geht mit dem tausendjährigen Reich. Wollte vorsorgen."

Ein eisiger Hauch schien durch den Raum zu wehen.

Karsten fing ganz leise wieder an: „Wie soll man das rauskriegen?"

„Einige Nazis sind Priester geworden."

„Aus Reue, oder weil es eine gute Verkleidung ist?"

„Tja. In einem Film mit Mario Adorf war das Thema. Ich habe ihn nicht zu Ende geguckt, weil die Stimmung so verzweifelt war. Er spielte einen Juden, der das KZ überlebt hat und in der Kirche ganz zufällig seinen Aufseher und schlimmsten Peiniger wiedertrifft, eben als Pfarrer. Muss aber schon ein älterer Film sein, Adorf wirkte jung", sagte Rhena.

„Die Kirche hat doch mitgemacht bei den Absetzungen der SS-Chargen. Zumindest vom Vatikan ist es bekannt ... Gibt es nicht eine Möglichkeit, im Internet zu recherchieren, über das Simon-Wiesenthal-Zentrum?"

„Bestimmt. Äh, wenn es auf Englisch ist, kriege ich Probleme. Ach so, der Verhafter ist vielleicht recht unwichtig gewesen. Den KZ-Kommandanten könnte man doch sicher ausfindig machen. Aber wer letztlich Opa totgeschlagen oder zu Tode gejagt hat, weiß doch niemand. Mir fällt ein, vor ein paar Jahren war ein alter Arbeitersportler bei uns zu Besuch, so ein knuffiger, rotgesichtiger Gewichtheber oder Ringer. Spannender Typ. Er war einer von den Arbeitern, die abends heimlich in Zirkeln gelesen und diskutiert haben. In ihrer Sporthalle haben sie selbstgenähte Matten und gebastelte Gewichte gehabt, weil das Geld auch vor '33 kaum reichte. Die Halle war irgendein Raum im dritten Hinterhof in Berlin-Wedding. Der hat lebendig erzählt! Ach so, ja, der war in Sachsenhausen. Ich habe ihn nach Opa gefragt, mit den genauen Daten, und er hatte gar keine Erinnerung. Sie haben schon zusammengehalten, die Politischen, aber zu der Zeit, und er war seit '34 im KZ, waren so viele Häftlinge dort, insgesamt weit über 140.000. Er kannte Opa nicht. Aber dass die angeblichen Todesursachen ausgedacht waren, das sei bekannt, sagte er. Warum sollte Opa an Asthma gestorben sein, wenn die Lebensbedingungen so dermaßen unmenschlich waren? Er war schon 55, ein älterer Mann."

26. Kapitel

„Ich bin auf der Suche nach Verwandten von Lene Hillier, ich meine Helene Hillier. Der Hintergrund ist, dass ich diese Angehörigen in Magdeburg vermute, wo mein Großvater in den dreißiger Jahren ein wichtiger SPD-Mann war und entsprechend politisch gewirkt hat. Ich möchte mehr darüber wissen und hoffe, dass die Nichte ersten oder zweiten Grades, soweit ich mir das inzwischen verwandtschaftlich zurechtgepuzzelt habe, Unterlagen aus der Zeit geerbt hat, oder zumindest Geschichten behalten hat."

Uff. Zu kompliziert? Auf der anderen Seite des Telefons hörte Rhena Kuhl, die vom Verband aus telefonierte, nachdenkliches Brummen.

„Wie sind Sie auf mich gekommen?" Die Stimme des Mannes war nicht unfreundlich. Klar. Er war schließlich Arzt gewesen und hatte zweifellos eine gewisse Professionalität im Umgang mit anderen Leuten erworben.

„Ich war im Bucheckernstieg, allerdings erfolglos in Nr. 49. Aber eine Nachbarin nannte mir Ihren Namen als betreuenden Hausarzt. Vielleicht können Sie mir ja weiterhelfen mit Namen von Verwandten." Rhena standen Schweißperlen auf der Oberlippe. Harmlos und devot wollte sie wirken. Alte Schauspielleistungen aus den Stücken, die im Kindergarten aufgeführt wurden, waren jetzt gefragt und wollten reaktiviert sein, bei denen sie zum Teil an einem Tag sechs verschiedene Rollen in diversen Stücken spielen musste, von einem der Gehilfen Knecht Ruprechts bis hin zum scheintoten Schneewittchen. Glaubte er die Story?

Schließlich hielt sie ihn für einen Erbschleicher und ganz in einer Ecke ihres Hinterkopfes sogar für einen potentiellen Mörder.

„Sie war meine Patientin." Aha. „Aber über weitere Hintergründe darf ich Sie nicht ins Bild setzen, das wissen Sie sicherlich." Klaro. „Über Verwandte ist mir nichts bekannt, möchte ich hinzufügen." Tja. Glatt wie ein Kinderpopo. Wie zum Teufel sollte sie einen Arzt aushorchen, der sich hinter der Schweigepflicht so umfassend verstecken konnte? Aber da sie ihn nach langem Suchen und vielen Wirren endlich am Telefon hatte, er trotz Pensionierung noch klar im Kopf schien – was für eine abfällige Denkweise über ältere Menschen! – konnte sie ihn ebenso gut mit bekannten Fakten volltexten, bis er endgültig davon überzeugt war, dass sie eine dumme Plaudertasche sei. Und dann, vielleicht, entschlüpft ihm etwas. Irgendwas. Und irgendwo musste sie ja schließlich anfangen bei der Gruppierung der Verdächtigen.

„Meine Großmutter und Tante Lene waren allerbeste Freundinnen. Ein paar Mal im Jahr sind sie zusammen in Urlaub gefahren oder haben sich besucht. Onkel Waldemar war bis zu seinem Tod auch dabei." Tante! Onkel! Und die höhergestellte Kleinmädchenstimme. Aber der Mann schluckte das.

„Allerdings, sie war sehr fit, ich meine wanderlustig, davon hat sie mir berichtet. Ihren Mann erinnere ich, Dr. Hillier?" Rhena krächzte zustimmend. Hatte er einen Doktortitel? Egal, hier wird jetzt weitergeredet. Ach so, wieso sagt dieser Dr. zu einem anderen Dr. „Dr."? Sie sah auf ihren Notizzettel, doch, da stand Dr.

Scholten. Also ein autoritätshöriger alter Knabe. Aber ihr fiel noch etwas ein, um das Gespräch zu verlängern. Ebenfalls eine Nebensächlichkeit mit Zeitbomben-charakter.

„Sie ist auch noch sehr lange Auto gefahren. Mit so einem schicken, vornehm grauen Bentley." – Na?

„Das war ein Rover", biss er an. Die beiden hatten sich also gut gekannt.

„Schade, dass Sie mir nichts über die Nichte erzählen können. Ich will nächste Woche zu meiner Cousine nach Magdeburg fahren ...", log Rhena und fuhr ohne Pause fort: „... Und da hatte ich gehofft, von weiteren Menschen aus dem damaligen Umfeld etwas zu erfahren, was mich meinem Großvater und seinen guten Taten näher bringt."

„Können Sie denn Ihre Großmutter nicht fragen? Oder lebt die nicht mehr?"

„Sie war älter als Tante Lene. Nein, ich meine ja, sie ist 1985 gestorben. Ich hatte das Gefühl, dass sie mir nicht viel erzählt hat, weil es zu schmerzhaft war. Aber mit ihrer besten Freundin hat sie bestimmt alles ausgetauscht."

„Tja." Dr. Scholten überlegte. „Sie können es bei der Friedhofsverwaltung versuchen. Irgendjemand hat doch sicher die Grabpflege übernommen." So, das hätten wir. Er ist also nicht der Grabpfleger. Und dass ich mir bei denen schon die Nase gestoßen habe, werde ich ihm nicht verraten. Das heißt also, dass er nicht allumfassender Erbe war. Hmm, was nun? All das schoss Rhena durch den Kopf, während sie ihre Kehle auf eine weitere Strecke Micky-Maus-Ton justierte.

„Das ist eine sehr gute Idee! Vielen Dank!"

„Bitte. Mehr kann ich Ihnen, glaube ich, nicht helfen", wollte der Mann abwimmeln.

„Ach eine Frage habe ich aber doch noch, vielleicht dürfen Sie die ja beantworten, ich meine bei Ihrer ärztlichen Schweigepflicht. Hat Tante Lene lange leiden müssen, oder ..."

„Das kann ich Ihnen nicht beantworten. Viel Glück bei Ihrer Suche. Auf Wiedersehen." Die Leitung war tot.

Was hatte sie nun herausbekommen? Sie kramte einen neuen Zettel aus dem Stapel Druckerpapier und schrieb auf. Karsten würde es genau durchanalysieren und mit ihr danach die nächsten Schritte generalstabsmäßig planen.

Arzt Dr. Scholten, Moers

1. Telefonnummer unterdrückt (Nebenanschluss im Verband, Geheimnummer, durch Queranruf getestet, dass die Nummer nicht im Display erscheint) falls er bei seinem Telefonanbieter nachfragt, könnte er es rauskriegen. Aber wie sollte er mich dann finden? → Verband warnen, keine persönlichen Daten rausgeben!

2. Seine Telefonnummer ist 24 75 69 (die Praxishelferin des neuen Arztes ist da ganz offenherzig gewesen) seine Privatnummer stand nicht im örtlichen Telefonbuch. → per Internet noch mal prüfen, v.a. seine Adresse.

3. Er hat meinen Namen nicht benutzt während des Telefonats. Ich habe allerdings zur Begrüßung genuschelt, er kann sonst was verstanden haben (Hull, John ...).

4. Er hat genau gewusst, dass Lene einen Rover fuhr.

5. Er pflegt nicht ihr Grab.

6. Er weiß jetzt, dass Oma und Lene Freundinnen waren und dass ich in Magdeburg recherchieren werde und in Moers die Nachbarin (aber welche?!?) befragt habe, aber er weiß nicht, worüber. Die Geschichte ist die Suche nach Verwandten beziehungsweise der Nichte.

7. Er redet nicht über Lenes Krankheit oder Todesursache.

8. Er weiß nicht, dass ich folgendes weiß: Er war Erbe; sie fühlte sich vergiftet; sie hat einen Kommissar angeheuert, der allerdings zu spät kam; sie ist im Krankenhaus St. Johannis gestorben.

Rhena kaute auf ihrem Bleistift. Mehr fiel ihr nicht ein. Also griff sie nach dem Telefon und wechselte in die Welt des assoziativen stundenlangen Telefonats mit Karsten, bei dem auch ihr jetziges Erlebnis mit dem unangenehmen Nachgeschmack des gefährlichen Taktierens zur Sprache kam und in einen erzählenswerten Thriller umgewandelt wurde.

„Wie kommst du darauf, dass er nicht die Grabpflege übernommen hat?" Karstens harmlos scheinende Frage, die, das wusste sie schon lange angesichts vieler ähnlicher Fragen, weit in die Tiefe des Gestrüpps aus Vermutungen und Halbwissen reichen würde.

„Er ... hat es gesagt!"

„Glaubst du ihm das, was er dir erzählt hat?"

„Er hat gar nichts erzählt. Doch, dass sie einen Rover fuhr statt eines Bentleys – tolle Falle, oder? – und dass ihr Mann promoviert war."

„Entweder ist er völlig harmlos und hat nur im Hinterkopf, dass er über Krankheiten seiner Patientin nicht sprechen darf – oder ...“

„... Oh, ja, ich ahne es. Oder er hat weiterhin gespeichert, dass sein Erbe und die damit verbundenen Verpflichtungen nicht bekannt werden dürfen.“

„Hat er wirklich nichts über Verwandte gesagt oder angedeutet? Wenn es da engere Beziehungen gab, hat er vielleicht Kontakt gehabt, vielleicht sogar unangenehmen?“ Karstens Stimme war von der ganz ruhigen tiefen Art des therapeutischen Intervenierens wieder in die angespannte Diskussionsschwatzerei gewechselt, Rhena nahm es sehr wohl wahr. Sie freute sich, ihr ganzer Körper prickelte mit, und sie sprudelte ihre Gedanken und Erinnerungen ungehemmt heraus.

„Der Nachbarin Frau Golddistel gegenüber hat Lene doch herausposaunt, dass sie ‚sich entsorgt‘ habe. Und in anderem Zusammenhang, dass ihre Nichte schleimig, unterwürfig und auf ihr Geld aus sei. Das heißt doch sicherlich, dass sie selbst bestimmen konnte, wer alles erbt, weil die Verwandtschaftslinien nicht ganz so eng waren.“

„Hört sich so an. Ich habe eine Idee! Frag doch noch mal bei der Friedhofsverwaltung an, ob sie dir Kontakt zu demjenigen verschaffen können, der das Grab pflegt. Und stell es diesmal anders an. Wolltest du nicht auch das Blumengeschäft kontaktieren?“

„Ach ja. Da in beiden Fällen keine Mörder zu erwarten sind, kann ich das meinem Nervenkostüm heute noch zumuten. Treffen wir uns nachher zum Laufen?“

Irgendwie lief alles anders als geplant. Rhena war zurück ins Großraumbüro geschlendert, bewaffnet mit einem großen Becher Milchkaffee aus der Verbandsküche. Ihre Freundin Lara saß an einem der Fensterschreibtische und war ganz offensichtlich in allerwichtigste Arbeiten am Bildschirm vertieft. Lara arbeitete sporadisch als Aushilfskraft und verdiente sich so etwas zum Gehalt als halbe Lehrerin hinzu, wie beide immer witzelten.

„Stör ich dich?", trompetete Rhena ihr ins Ohr.

Lara grinste schief.

„Hab dich schon gesehen. Klar störst du. Was willst du?" Ihr Ton war druckvoll, ganz die Dompteurin von elfjährigen Jungs und zum Teil auch Mädchen, die alles andere im Kopf haben als dieses lästige Lernen, was in der blöden Schule leider verlangt wurde. Ein altes Thema. Wird ihnen die Lernstörung anerzogen? Hat eine einzelne Lehrerin die Chance, das aufzubrechen? Rhena: ja. Lara: nein. Darf man genervt sein von einer derartigen Situation? Beide: ja. Rhena: aber … Heute gab es jedoch ein wichtigeres Thema. Die kitzligen Telefonate auf der Spur von Lenes Mörder. Aber Lara schien wirklich nicht viel Zeit zu haben. Also beschränkte Rhena sich auf eine kurze Ansage des Geschehenen, holte ihr auch einen Kaffee, mit ganz viel Milch bitte, und dann ließ sie den blonden Strubbelkopf wieder weiter arbeiten.

Also doch an die ungeliebten, wenn auch selbstgewählten Aufgaben. Auf dem Weg in das Kabuff mit dem Geheimtelefon wählte sie dann doch erstmal die gewohnte Nummer. Karsten war nicht da, schien beim

Essen in der Mensa zu sein. Hoffentlich nicht mit der aufgedonnerten Kollegin, die so superneugierig war, dass sie wohl alles mitkriegte oder sogar roch. Rhena erstarrte immer wie ein Kaninchen vor der Schlange, wenn sie der ondulierten, sorgfältig geschminkten, scheinbar freundlich plaudernden, tatsächlich aber hinterhältigen Person begegnete. Jedenfalls erschien die stets in Karstens Büro, wenn Rhena auch da war. Bin ich eifersüchtig?, fragte sie sich. Wieso geht er mit der Essen? Geht er überhaupt heute mit ihr Essen oder ist er bloß auf dem Klo? Sie versuchte es noch mal. Da war er!

„Ich bin eifersüchtig auf Frau Pudel!", ächzte sie. Er lachte laut auf.

„Pudlan, Frau Pudlan."

„Aber du warst gar nicht mit ihr Essen!" Rhenas Erleichterung kannte keine Grenzen.

„Nein, nächsten Dienstag. Sie macht Pläne, ich bin da nicht vorgesehen für diese Woche. Aber viel spannender ist doch, was dir eingefallen sein mag nach unserem Gedankenabgleich."

„Gar nichts. Ich mag bloß nicht beim Friedhofsamt anrufen. Es ist eine blöde Aufgabe."

„Ich hab da grad eine Idee – Was wäre, wenn der Arzt gelogen hat, um möglichst viel zu verbergen? Wenn er als Erbe auch die Grabpflege aufs Auge gedrückt bekommen hatte, so etwas. Wenn du das viele Geld willst, musst du auch etwas dafür tun."

„Zumal die entfernte lästige Verwandtschaft ja von Lenes Seite aus wirklich auf Armlänge gehalten werden sollte."

„Wenn das so ist, dann hat der Arzt längst die Nachricht um Kontaktaufnahme von der Friedhofsverwaltung bekommen."

„Deswegen hatte er auch meinen Namen so hingenommen, nicht noch mal nachgefragt, sich wie eine verschlossene Auster kontinent verhalten, nichts oder fast nichts verraten. Das ist es!" Rhena war ganz aufgeregt. „Wenn das stimmt, dann hieße das ja, dass alle Vorgänge bei ihm zusammenliefen. Das hieße, er hatte nicht nur alle Kenntnis ihres Krankheitsverlaufs und ihrer Todesursache, sondern auch des Abwicklungsverfahrens nach ihrem Tode. Anders kann man es doch kaum ausdrücken, wenn er, wie Frau Golddistel erzählt hatte, noch über der warmen Leiche das Haus leergeräumt hatte. Das war belegt, dass er und nicht das Malermeisterkinderpärchen sich die Möbel und Wertgegenstände unter den Nagel gerissen hatte."

„Stopp! Er war Erbe. Die jungen Leute hätten bewegliches Silber und auch anderes mitgehen lassen können, Sparbücher zum Beispiel, was sie so finden konnten."

„Ach ja, darüber hat er kein Wort verloren. Als Verlust abgeschrieben? Jedenfalls eine undurchsichtige Angelegenheit, die er bestimmt nicht mit einer schnüffelnden Unbekannten besprechen mochte."

Karsten überlegte kurz. „Jetzt noch mal die Frage: Willst du Verwandte suchen oder das Geflecht von Erbschleichern, Dieben und Mördern entwirren? Wenn es überhaupt alles kriminell war. Vielleicht war alles auf einen Autoklau zusammenzuziehen, der Rest war legal. Unethisch. Aber nicht strafrechtlich relevant."

„Hmm." Rhena kaute auf ihrer Unterlippe. „Soll ich mal bei der Friedhofsverwaltung anrufen und mich bedanken, dass sie den Kontakt hergestellt haben, Dr. Scholten sei so freundlich gewesen und hätte mir weitergeholfen und so weiter? Und dann sagt der junge Chaplin: ‚Nein, Dr. Scholten ist falsch! Es ist doch Hermine Sowienoch.'"

„Der erinnert sich doch gar nicht an dich. Oder du erwischst jemand anderes, der nichts von deiner Anfrage wissen kann, selbst wenn er sich erinnern könnte. An irgendwas, meine ich, wenn du weißt, was ich meine ..." Rhena griente. Karsten bestimmt auch.

„Tja. Du hast Recht. Bestimmt. Ich gehe mal davon aus, dass er mich angelogen hat und doch Grabpflege macht. Wieso glaube ich den Leuten immer alles?"

„Eine deiner guten Eigenschaften. Manchmal nicht hilfreich. Oft aber doch", ließ Karsten sich kryptisch vernehmen. Rhena war versucht, ein psychologisches Grundlagengespräch vom Zaun zu brechen, bei dem sie allerdings schon beim Start unterlegen sein würde. Also verschob sie es auf später.

„Kannst du mir das nachher erklären, wenn wir laufen?" Vorsichtiger zweiter Versuch.

„Heute geht's leider nicht. Ich muss Mineralwasser kaufen. Seit etwa drei Wochen habe ich die Kiste mit den leeren Flaschen im Auto ... "

„Schon gut", Rhena zeigte Verständnis, „dann bestimmt morgen. Und dann bitte erklärst du mir mal Wahrheitsliebe und den Erkenntniswert von heimlich aufgedeckten Lügen! Ich mach für heute Schluss, es ist zu anstrengend für mein Gehirn."

Und sie war wirklich konsequent. Sie verabschiedete sich von Lara, „tschüss, Frau Laurents", die das bestimmt gar nicht registrierte, weil sie immer noch in ihre Auflistungen, bestimmt Anmeldungen zu einer Convention, dermaßen vertieft war, dass nicht nur ihre Augen, sondern auch ihre Frisur viereckige Ausmaße anzunehmen schienen. Sie fuhr in dem ratternden Fahrstuhl mit den Klapptüren runter, den modernen nahm niemand, der nicht musste, weil er zu oft stehen blieb, und wanderte hinaus in die sonnige, nicht wirklich kalte Stimmung des In-Stadtteils, in dem schicke kleine Esslokale, Spielhöllen, verkackte Gehwege, bettelnde Junkies, schöne alte heruntergekommene, dennoch stuckverzierte Häuser sich mit anderen, renovierten, und ab und zu auch mal ganz modernen, aber recht gut in das Straßenbild eingepassten, abwechselten. Da im Hinterhof ist der Malerbedarf. Ja doch, es heißt Kunstmalerbedarf. Sie steckte ihre Nase in den nach Farben, Holz und anderem Aufregenden riechenden quadratischen voll gestopften Verkaufsraum und klammerte ihre Hände in den etwas zu warmen Jackentaschen fest. Kein Geld ausgeben, kein Geld ausgeben, hieß das Mantra. Sie würde arm rausgehen, wenn sie anfangen würde, etwas in die Hand zu nehmen. Nur gucken.

Rhena schlich mit hochgezogenen Schultern aus dem Laden, erfolgreich, sie hatte wirklich nichts gekauft.

Gegenüber lockte der kleine Laden, etwa einen Meter breit, in dem Elektriker die Licht-Lösungen anboten, die sie schon immer haben wollte. Minischirme aus dunkelblauem Glas für Halogenlampen, die vom Dachbodenbalken baumeln konnten. Die gewünschte Lösung waren je ein Trafo und ein Stecker für die oben an der Wand angebrachten Steckdosen, der Dimmer klebte bereits gut erreichbar an der Schornsteinwand in der Mitte des Raumes. Sie presste die Nase gegen die Scheibe. Unglücklicherweise waren die Herren nicht zugegen. Und bei den entzückenden ausgestellten Lösungen im Schaufenster, das gleichzeitig schon die Tür zu sein schien, hingen keine Preisschilder. Glücklicherweise, vermutete sie. Auch hier wäre sie mit Leichtigkeit ein Monatsgehalt losgeworden. Könnte sie die Licht-Lösungen nicht selbst basteln? Nein, offenbar nicht. Sonst wären die Steckdosen in der Wand und der Dachbalken nicht schon seit über neun Jahren leer geblieben.

Sie kurvte geschickt um einen hageren, mit schlotternder Kleidung undefinierbarer Farbe behängten, wirrhaarigen jungen Mann, der sie geradezu anglotzte.

Neben der Parallelstraße hatte Oma mit ihren Geschwistern gewohnt, Vater war Schinkengroßhändler gewesen und Oma hatte als Kind manchen Schinken zum Bahnhof gerollt. Zum Sternschanzenbahnhof. Der hieß immer noch so, aber nach Omas Berichten über die Sightseeing-Fahrten mit Koslowskis Taxi, die sie mit Genuss und ohne sich stören zu lassen, jeden Donnerstag zelebrierten, war die ehemalige Wohnstraße zur neuen S-Bahn-Trasse geworden, der alte Bahnhof abgerissen und passend neu gebaut worden. Schade, sonst hätte sie vielleicht noch alte Hausinschriften gefunden, aus verblasster Farbe. Damals gab es eher Beschriftungen als Schilder, sinnierte sie. Beweise? Alte Postkarten von Hamburgs geschichtsträchtigen Plätzen und Straßen wie St. Pauli-Fischmarkt, Deichstraße und Cremon. Kein Beweis für ein nicht mehr vorhandenes Zeichen von Scheidemanns Schinkengroßhandel. Sieben-Zimmer-Wohnung, das Hausmädchen schlief in einer der hinteren Kammern. Die Trasse lief nach Westen, das passte also nicht richtig zu ihrer Vermutung, die Reicheren hätten sich beim Bau der Häuser permanent Licht hereingeholt. Oder der Urgroßvater war doch nicht so vermögend. Der eine Bruder Fritz, den Oma immer mit zärtlicher Stimme beschrieben hatte, war als Kind vom Wickeltisch gefallen und hatte seitdem einen Wirbelsäulenschaden, der Kopf war tief zwischen die Schultern gerutscht, der Rücken schief und bucklig. Elf Jahre sei er nur alt geworden, oft kränklich. Oma war die Jüngste, gleich nach der Choleraepidemie 1892 geboren, und während alle anderen noch ängstlich Wasser, Obst, Gemüse abkochten bis es zerfiel, stibitzte die kleine Margarethe rohe Kartoffeln und aß sie schnell auf in ihren Verstecken unterm Tisch oder hinterm Sessel, um sie nicht wieder an wohlmeinende Ältere zu verlieren. Das hatte sie spät auf die Idee gebracht, sie sei von Krebs verschont geblieben, während alle anderen Geschwister daran recht früh gestorben seien.

Rhena stand vor dem italienischen Mittagslokal, von dem Finn so schwärmte. Hier also aß er Mittagessen, wenn überhaupt. Sie schaute hinein, zwei Stehtische, ein Tresen. Größer gibt's hier wohl nichts. Die Besatzung wirbelte herum, mindestens vier Leute, also ein

Familienversorgungsbetrieb, rief sich in melodischem Italienisch allerlei Wichtiges oder auch Unwichtiges zu, sie verstand allerdings auch so etwas wie „Lasagne al forno", um die Stehtische drängelte man sich und es roch lecker. Auf der Tafel stand „Scaloppine con Salsa alla Senape", der Anlass für häusliche Wünsche nach Senfsoße, egal mit was auch immer. Aha. Sie hatte aber trotz leise nagendem Hungergefühl keine Lust auf Gedrängel und Essen im Stehen und wandte sich heimwärts. Nachdenklich, gemäßigten Schrittes, Hände in den Taschen der auffällig türkisen Winter-, Regen- und Nordseejacke, die sie wegen der Wärme offen gelassen hatte, den Kopf gesenkt.

27. Kapitel

Rhena Kuhl lag gemütlich auf dem Sofa. Der Fernseher lief, der Ton war sehr leise gestellt, so dass es beinahe wie Knistern klang, wenn jemand etwas sagte oder eine Autotür klappte. So hatte sie es gern. Ich brauche bewegte Bilder, dann habe ich das Gefühl, jemand sei da, sagte sie stets zur Rechtfertigung.

Am liebsten waren ihr die Serien CSI und Crossing Jordan, wohl wegen der Farben, die die Kameramenschen und Regisseure bevorzugten. Oft pastell, viel rot und blau, und ganz selten erleuchtete Wolkenkratzer in der Dämmerung. Wenn sie wirklich einmal einen Film verfolgte, was selten genug vorkam, waren ihr die Handlung und der Spannungsaufbau wichtig. Bilder waren dann ein schöne Ergänzung, konnten aber auch nebensächlich werden. Sie sinnierte, ob das mit ihrer Leseerziehung zusammenhing. Bücher waren immer noch wichtiger als Filme, seien es Kino- oder Fernsehproduktionen. Als Kind hatte sie oft oben auf dem Birnbaum gesessen, eingedeckt mit Büchern aus der Bücherhalle, Butterbroten und Saft. Oma hatte den Gärtner gebeten, den Baum in etwa acht Metern Höhe waagerecht abzusägen, damit Rhena ein Kissen unter ihren Po legen konnte. Die jährlichen neuen Triebe durften überleben, wenn sie die Sicherheit des Kindes unterstützten, wie ein Kranz aus federnden Streben eines Segelschiffs-Ausgucks war es ihr damals vorgekommen. Nur eingeschlafene Gliedmaßen oder Regen konnten sie vom Baum heruntertreiben, und das auch nur, weil sie die Schimpfe der Bücherhallenfrauen fürchtete, wenn das Buch nass wurde.

Sie legte die Füße hoch auf die Lehne und wackelte mit den Zehen. Draußen war es schon lange dunkel, ab und zu fuhr ein Auto durch den Olendörp und beleuchtete das Hausumfeld. Sie zog die terrakottafarbenen Vorhänge zu und beschloss, noch eine Kleinigkeit zu kochen: ihr dauerhaft persönliches Lieblingsgericht Spaghetti in Tomatensoße. Sollte sie Gemüse dazu nehmen? Es war nichts Frisches da, Dosengemüse sprach sie gerade nicht an, also blieb höchstens die Chance, dass in den Abgründen der sträflich überfüllten Tiefkühltruhe ein Stück Brokkoli oder ähnliches für ihr Lieblingsgericht zu finden war. Rhena erhob sich seufzend, und sie schlurfte auf Socken die Kellertreppe hinunter.

Als ihre Finger vor Kälte schmerzten, hörte sie auf, kopfüber in der Tiefkühltruhe zu wühlen. Nix da. Also musste morgen eingekauft werden. Musste es ja sowieso, sie war die Woche über in Bremen gewesen und hatte nur einige Scheiben Brot mitgebracht, die nicht vertrocknen sollten bis Montag.

Ihr Blick fiel auf die vollgestopfte Idylle aus Schränken, Regalen und malerisch mit Deckenlampen, leeren Pappbehältern verschiedenster Größe und Herstellerherkunft, ihrem Campinggaskocher und Schlittschuhen drapierten Umzugskartons mit Unterlagen ihrer Mutter, gut gemischt mit Fotoalben, die vor der Vernichtung gerettet werden sollten. Lieselotte Wellhausen begann sich auf eine nicht näher beschriebene Phase vorzubereiten, in der das „viele Papier" keinen Platz mehr haben sollte. Aus den nebulösen Formulierungen, die immerhin wertvolle Zeitdokumente der

Familie, auch alte Alben von Oma und Opa, betrafen, hatte Rhena herausgelesen, dass sie selbst jetzt zur Sachwalterin werden sollte. Das gebetsmühlenartige Jammern über die unendlichen Berge von Papier, das diese Planung begleitete, hörte sie schon gar nicht mehr richtig. Als Antwort kam stets von ihr und auch von Finn, mach dir keine Sorgen, wir helfen dir schon, wenn du ins Seniorenheim umziehen willst. Das würde noch Jahre dauern können, Lieselotte hatte sich erst letztes Jahr angemeldet. Wartezeiten von vier bis sieben Jahren waren wohl üblich. Rhena hatte nicht mal Lust gehabt, diese angeblichen Berge zu besichtigen, hatte aber bei der einen oder anderen Aktion, einen Karton im Auto mitzunehmen, eine Kommodenschublade voller Postkarten und Briefe gesehen. Die sahen noch so neu aus, dass man sie bestimmt guten Gewissens in einem Rutsch in den Papiercontainer werfen konnte. Denn so wie sie Lieselotte kannte, waren die alle mit dem Kürzel „erl." für „erledigt" versehen, das bedeutete in der Regel ein Dankes-Anruf an die Schreiberin oder den Schreiber.

Sie stand im Keller und starrte. Das war ihr schon klar. Sie zog einen Karton hervor und öffnete die Klappe. Nahezu moderartiger Papiergeruch stieg ihr entgegen, es war aber nichts feucht. Ich werde nur mal kurz reinschauen, schwor sie sich, ich bin jetzt so busy mit dem Semester, das kann alles bis zu den Weihnachtsferien warten.

Rhena nahm das kleine rot bedeckelte Fotoalbum mit den schwarzen Pappseiten in die Hand. Es war eine Sammlung wichtiger Fotos aus den dreißiger bis fünfziger Jahren. Oma mit Lieselotte. Oma mit Hans. Opa mit Hans. Beide Kinder in der Sandkiste. Die ganze Familie brusthoch von einem Busch bedeckt, strahlend. Daneben der Nachbar, den sie einfach noch nicht identifizieren konnte. Das Bild kannte sie. Opa hatte so kurze Haare, dass sein Schädel hell glänzte. Oder war die Glatzenbildung vorangeschritten? Sie hob vorsichtig eine Ecke des Bildes an und konnte es mit knirschendem Geräusch so weit aufklappen, dass die Rückseite sichtbar wurde. Der Rand klebte noch fest an der schwarzen Pappe. Zwei Faserrestkreise zierten unschön schwarz die vergilbte Rückseite des Fotos. Dennoch konnte sie lesen, was da stand: Der Weltreisende ist heimgekehrt. 27. Sept. 1937. Riedel. Soso. Hier stand es alles und sie suchte sich monatelang halbtot. Der Nachbar war Riedel, der Architekt. Freund und wohl auch SPD-Genosse. 1954 war er mit seiner Familie von Hamburg aus nach Amerika ausgewandert. Damals, also 1937, war Opa in Finnland gewesen, sollte sich absetzen, hatte es aber nicht übers Herz, vielmehr seine Gesinnung gebracht und war zurückgekehrt. Deshalb strahlten alle so. Nach vier Monaten kein Wunder. Bei der Entscheidung, zu bleiben, auch nicht. Oder doch? Die Gefahr, der Gestapo in die Hände zu fallen, wuchs zu der Zeit ständig. Opa hatte doch auch ein Fotoalbum mit melancholischen Gedichten und ebensolchen Fotos aus finnischen Landschaften, vorzugsweise Seen, Buchten, Baumzweigen davor, angelegt, fiel ihr ein. Wohl auch eine gute Art, mit den Möglichkeiten zu ringen, die sich ihm alle nicht als verheißungsvoll darboten. Das Album hatte er dann Oma mitgebracht, richtiggehend geschenkt. Vielleicht war es in diesem Karton versteckt? Das konnte eigentlich nicht sein, denn sie hatte es ganz sicher schon einmal durchgeblättert. Und dies hier kannte sie einfach nicht, den ganzen Haufen nicht. Es müsste bei Lieselottes anderen Alben stecken, weil Rhena einmal gesagt hatte, es sei ihr Vater gewesen, der sich so schwer tat, und sie hätte dementsprechend mehr Rechte, dieses Album zu bewahren als die Enkelin. Sie würde es schon finden, irgendwann. Derweil klappte sie das kleine rote zu. Sie wollte ja nur eben mal gucken ...

Sie legte es auf den Deckel der Tiefkühltruhe und zog das nächste unbekannte Objekt heraus. Fest eingebunden, dunkelblau mit Stoffrücken, wie eine Examensarbeit. Geschichten von Agnes Arndt. Das war die Frau, die mit ihrer Familie zehn Jahre in diesem Haus gelebt hatte, recht gut versteckt als unangemeldete Verfolgte, wohl auch SPD-Mitglieder. Das Werk schien unberührt, kein Knick, kein Fleck. Woher hatte Lieselotte das bloß? Egal, später.

Darunter lagen noch zwei Bände derselben Machart, in beige und hellgrün. Weiter.

In einer Mappe, wie sie in staatseigenen Büros verwendet wird, mit Laschen zum Einklappen und Sichern kleinformatigen Beiwerks, auf dem Deckel genügend umrahmte Zeilen zum Notieren der notwendigen Bezeichnungen des Inhalts, natürlich grau, leuchteten ihr die rotgerahmten und -bedruckten, mit schwarzer Tinte eng und systematisch per Hand beschriebenen KZ-Briefbögen entgegen. Was für ein Fund! Zehn Stück waren es, sie kannte bisher nur die Weihnachtskarte vom 24.12.39 aus dem Album. Sie legte den Schatz auf die Truhe, um besser den Briefbogenstapel aufblättern zu können, der durch keine Klammer gehalten wurde, aber Spuren von Rost in einer solchen Form aufwies. Sie konnte die Schrift nicht ein bisschen entziffern, auch wenn sie Opas charakteristische Rechtsneigung und Akribie, seine viel zu kleine Schrift, sofort erkannte. Immerhin hatte er einige Daten so geschrieben, dass man es lesen konnte. Vom 17.9. bis 10.12. reichten sie auf den letzten sieben Briefen, die ersten drei waren undatiert.

Aufregende Entdeckung! Darunter lagen vergilbte zusammengefaltete Briefe. 12.I., Opas Schrift. 20.1., Omas Schrift. Die konnte sie lesen. Da ging es um Sorge um seine Kopfschmerzen, dass er die Zeitungen offenbar nicht gekriegt hatte, dass Oma nicht wusste, ob die Mahnung von RM 5,31 Zinsen schon Weihnachten bezahlt worden war, ob sie seine Unterschrift bräuchte und dass sie so unerfahren in diesen Dingen sei, und ja, sie wolle das Haus nicht verkaufen und, ganz besonders eindringlich, dass sie ihn so sehr vermissen würde, die Kinder auch, vor allem nachts würde sie, die man sonst hätte wegtragen können, ständig wach und in Sorge sein, sie hätte fast keinen geistigen Kontakt zu ihm herstellen können, was für ein Segen, dass der Brief von ihm nun vor ihr liege, mein Lieb.

Rhena stiegen die Tränen in die Augen. Welche Qual sprach aus diesen Bleistiftzeilen! Sie sah noch nebenbei, dass Oma sich ein Arbeitsbuch besorgt hatte und jetzt auf Suche ginge, weil die Wohlfahrt wohl nicht reichen würde beziehungsweise ja doch wieder erstattet werden müsse, und brach ab. Das war zu starker Tobak!

Sie klappte die Mappe zu und legte sie beiseite, damit sie gleich daran denken würde, sie mit nach oben zu nehmen. Das rote Fotoalbum kam dazu. In der Kiste war eine weitere ähnliche Mappe. Ob sie es noch ertragen könnte, mehr dieser Dokumente zu lesen, ganz offensichtlich während der grausamen Haft geschrieben mit ständigen Schlägen, wahrscheinlich nächtlichen Verhören und keinerlei schwerwiegenden Haftgründen – na ja, politische Taten waren damals für die Nazis ganz schreckliche Vergehen, Straftaten eben – aber nach heutigem und kurz davor ja auch noch geltendem Maßstab doch ganz und gar nicht ...

Sie klappte dennoch den Hefter auf und sah ein Seemannspatent von 1911, in wundervoller dicker Schrift, bestimmt mit Schablone hergestellt, oder von jemandem, der mit der Zunge zwischen den Zähnen Kunstwerke dieser Art herstellte. Dahinter das Seemannspatent II. Klasse für den Seeschifffahrts-Ingenieur Ludwig Wellhausen, 1913. Ihr Blick wanderte über die Schnörkel und Verzierungen. Wenn sie wüsste, was das heißen mochte.

Dann folgte ein handschriftlicher Lebenslauf, soviel konnte sie aus der verblassten hellblauen Tinte herauslesen. Auch von 1911. Und die Urkunde zur Einbürgerung als Hamburger. Ach, so war das damals! Die Freie und Hansestadt Hamburg hat selbst entschieden, wer Bürger werden durfte und wer nicht. Es gab nicht so einfach Umzüge von Hannover aus in neue Wohnungen in Hamburg. Oder vielleicht doch? Nur dass man vielleicht noch beantragen musste, Bürgerrechte zu erhalten. Sie würde Karl fragen, den Mann für solch knifflige längst versunkene Einzelheiten.

Und dann kam es! Wie ein Hammer vor den Kopf: Das Patent! Das, was sie immer gesucht hatten. Als Oma damals sinnierte, wo es wohl sein könnte, und sie wusste leider auch nicht, worüber das Patent erstellt war – Kartoffelschäler, Küchenmaschine, platzte Lieselotte heraus – da hatte die achtjährige Rhena begeistert von einem Bein aufs andere hüpfend, sehr wohl erfahren in Dingen wie Schatztruhen und nicht wiederaufzufindenden Verstecken, die alten Rosshaarmatratzen vorgeschlagen, die oben auf dem Boden gestapelt lagen und ihr immer schon ins Auge gestochen hatten. „Die vollgepinkelten Dinger", zweifelte Oma. Doch, nein, ja, riss Rhenas Begeisterung über die Schatzsuche alle mit nach oben ins zweite Stockwerk, direkt unter das offene Dach, das die Dachziegel ohne Verkleidung oder gar Dämmung von ihrer staubigen Rückseite zeigte. Oma musste noch mal runter, ein scharfes Messer und eine Schere holen, weil die Nähte so fest waren. Da hat er es eingenäht und vor den Nazis versteckt, hatte das Kind gekräht. Oma lächelte damals, Lieselotte war genauso verbissen rupfend und schneidend von der Sache eingenommen wie ihre Tochter. Schließlich lagen die streng muffig riechenden, blau-braun gemusterten Oberteile wie schlaffe Lappen aufgeklappt neben dem schwarzen gekräuselten Rosshaar, durch den Stoff schimmerten immer noch die dicken Buchstaben „Eichenstr. 42" durch, die Oma mit Wäschetinte, wie sie jetzt erzählte, draufgemalt hatte, damit im Luftschutzkeller nichts verwechselt werden könnte.

Sie wühlten alles durch, rissen die Knäuel auseinander, es staubte und stank. Nichts. Enttäuscht

stopften sie die Reste der sechs Matratzen in den Mülleimer und trösteten sich mit einem Stück Kuchen und
einer Tasse Kaffee respektive einem Becher Milch über
die fehlgeschlagene Exploration hinweg. Das Patent
liegt woanders.

Ich überlege immer noch, wofür er es beantragt hat,
hatte Oma gesagt. Die Matratzen stanken, puuh. Das
war das Kind. Vielleicht hat er nur daran gearbeitet
und es nicht eingereicht beim Patentamt. Gut, dass
die alten Dinger endlich weg sind. Vielleicht hat er ja
viel Geld damit verdient und wir wissen es gar nicht,
ich meine, das Patent hat verdient. Rhenas Augen hatten geleuchtet. Wie kriegt man das raus? Beim Patentamt anrufen. Das ist aber teuer. Hinschreiben? – Au ja,
mach das. – Oder es war doch in den Matratzen, und
die ständige Kinderpinkelei hat es aufgelöst. Das war
eine ganz traurige Idee, fand Rhena damals. Die hatte
aber überlebt. Noch heute war ihr klar, dass diese bestimmte Flüssigkeit schuld war, dass sie kein Geld mit
Opas Patent verdienen konnten. Das war dann wohl der
stabilste Erinnerungsfetzen. Sie konnte sich nicht entsinnen, dass jemals Nachricht von einem Patentamt gekommen wäre. Doch, da tauchte noch eine Erinnerung
auf. Onkel Hans hatte selbst Patente angemeldet, für
irgendwas Fernsehtechnisches, und hatte erzählt, dass
es nach einigen Jahren erlöschen würde, weil der Fort-
schritt so rasant wäre.

Und nun lag es vor ihr, das Goldstück. 1935 vom in
München angesiedelten Patentamt mit blauweißrot
gedrehter Kordel durch roten Siegellack hindurch zusammengehalten, wurde Ludwig Wellhausen das Pa-

tent für eine Fahrraddiebstahlsicherung zugesprochen. Das war lustig, fand Rhena. Sie drehte die aufklappbare Zeichnung hin und her und verstand nichts. Doch. Der Lenker sollte quer beziehungsweise parallel zum Rad gedreht werden, so dass das Vorderrad quer stand. Und dann wurde ein Zapfen in die Vorrichtung geschoben, die im Rahmen fest verankert war. Und dann konnte niemand mehr mit dem Fahrrad wegfahren. Tolle Idee! Aber sie konnte sich nicht entsinnen, diese irgendwann einmal praktisch umgesetzt gesehen zu haben. Ihr fielen die Lenkradwegfahrsperren im Auto ein. Das war ein ähnliches Prinzip. Vor lauter Begeisterung über den Fund verschwendete sie gar keinen Gedanken an irgendwelche längst verflossenen Tantiemen, das war wohl doch Kinderromantik gewesen.

Plötzlich fiel ihr auf, dass ihre Füße dick und ihr Rücken steif waren. Sie musste stundenlang auf einem Fleck gestanden haben. Im Keller. Zu Beginn eines rasanten Semesters. Wo sie Ruhe brauchte. So war das mit der Entspannung. Sie ließ sich nicht planen, wenn solch aufregenden Schätze in ihrem eigenen Keller lagerten, monatelang unentdeckt. Sie ließ ihren Blick über die abenteuerlich gestapelten Haufen und Häufchen schweifen, sowohl die von den letzten Umzügen, ihre Reste der aufgegebenen Nordseewohnung, Finns Wohnungsüberbleibsel beim studiumsbedingten Rückzug ins Familienhaus, dann alte Relikte aus der Zeit der kompletten Hausrenovierung und in der Mitte thronend der alte weiß-dunkelrote Küchenschrank vom Sperrmüll mit Aufsatz und Glasscheiben.

Rhena stakste mit den geretteten Mappen und dem Fotoalbum die Kellertreppe hoch. Kein Chance, dass ihre Füße jemals wieder aufwachten. Halb eins, schreckte sie vor der Küchenuhr hoch. Aber ins Bett konnte sie noch nicht gehen, dazu war es eben zu aufregend gewesen. Anrufen konnte sie auch niemanden, dafür war die Nacht zu fortgeschritten. Hunger hatte sie irgendwie auch noch. Also – ein Glas Rotwein, gesunde (hihi) Dinkel-Chips, Kerze an, Fernsehprogramme nach blauen Farben durchgezappt, das könnte die notwendige Bettschwere erzeugen.

28. Kapitel

Rhena seufzte. Sie hatte die Briefe sortiert. Hier die Briefe von Grethe an Ludwig, dort die Briefe von Ludwig an Grete (wieso immer ohne „h"?), dann ein Stapel Kreuzworträtselspiele, Konstruktionszeichnungen und Ähnliches, und ganz weit weg die KZ-Briefe und getippte Din A5-Zettel der KZ-Kommandantur, dass Besuche und Pakete ebenfalls nicht gestattet wären. Wie sollte sie bloß an irgendeine Ordnung gelangen, die ihr die Hin- und Herverweise, das Verschwiegene, das versteckt Gesagte, das gar nicht Auftauchende, weil im persönlichen Gespräch ausgetauscht – trotz anwesender Gefängnisbeamter – entschlüsseln helfen würden? Zumal sie die Schrift von Opa als echte Zumutung empfand, lauter gleiche nach rechts oben gerichtete Striche ... Halt! Ihr fiel plötzlich ein, was sie gestern im Halbschlaf überlesen hatte: In dem britischen Krimi hatte die Heldin ein Stück Papier ergattert, das aus einer Menge paralleler Striche bestand, wahrscheinlich aus der Korrespondenz der Geliebten eines berühmten Schriftstellers. Dessen Name fiel ihr nicht ein, aber wichtig war die Lösung. Sie kramte den Krimi unter den Papierbergen hervor und vertiefte sich in die zuletzt gelesenen Seiten. Da stand es:

Kate wusste nicht, was sie damit anfangen sollte.

Rhena las weiter und tauchte in die andere Welt ab. Aha, dachte sie, als sie nach einer langen Weile wieder auftauchte. So geht das also! Sie legte sich Papier und Stifte bereit und begann ein Alphabet aufzumalen, senkrecht hinunter die großen Buchstaben, auf der rechten Hälfte die Kleinen. Halt, das „s" ist in der alten Schrift unterschieden zwischen Mittel-„s" und End-„s", wenn das Wort aufhört, das wusste sie noch aus der Volksschule. Da hatten sie die Schrift mal gelernt. Es half aber bei Opas Briefen herzlich wenig. Sie kniff die Augen zusammen und suchte Strich für Strich nach etwas Bekanntem. Da! Ein „a". Sie malte seine persönliche Form neben den Buchstaben auf ihrer Liste und suchte weiter. Anscheinend war er penibel gewesen, hatte das Häkchen zur Unterscheidung von „u" und „n" tatsächlich immer gemacht. Mit der Zeit hatte sie einen Teil des Alphabets entziffert. Deswegen entschloss sie sich, den Brief abzuschreiben. Es war der 12.1., also der Tag der Verhaftung, wenn der Brief denn wirklich aus dem Gefängnis kam. Auf dem stockfleckigen und mehrfach gefalteten karierten Bogen hatte Opa mit Bleistift geschrieben, nur das letzte Wort war anscheinend etwas anderes, ein Kohlestift vielleicht? Es sah aus wie „Eumed". Klingt nach einem Medikament. Nun gut.

Sie malte, damit sie ihre eigene Schrift auch wieder entziffern konnte, in Schönschrift die ersten Worte.

Ludwig Wellhausen
Nr. 1, Brief, wahrscheinlich aus dem Gefängnis

d.12.I.39

Liebe Grete.

Dann stockte sie. Feines Forschen, wenn ich schon das erste Wort nicht lesen kann, schimpfte sie stumm in sich hinein. Sie ließ eine Lücke, platzierte ein Fragezeichen und schob den Brief hin und her, ein wenig gedreht, ja, so könnte es sein:

(?) bitte dich ...

Auf diese Weise verbrachte sie den Morgen, bis sie rote Augen hatte und ihr der Rücken schmerzte. Der Brief klang seltsam, sehr altruistisch, Sorge um Grete und die Kinder, Geldangelegenheiten und ein paar Dinge, die Grete bitte bringen sollte. Entweder war er unsicher, was im Nazi-Gefängnis möglich war und was nicht, oder er war schon geschlagen worden.

Keine Spekulationen jetzt, ermahnte sich Rhena. Ich werde die Geduld aufbringen, alles abschreiben und dann, so liefen ihre Ideen in die nächsten Schritte hinein, werde ich das abtippen und den Wechsel der Briefe von Oma und von Opa einhalten. Das könnte ein Dialog werden, in dem einiges zutage treten könnte.

Sie wollte Hinweise suchen, mit welchen Praktiken er zu Aussagen über seine SPD-Zugehörigkeit oder -Aktivitäten gezwungen werden sollte. Im Buch der Historikerin hatte gestanden, dass nach drei Monaten alle anderen SPD-Mitglieder beziehungsweise ehemaligen SPD-Genossen und -Genossinnen wieder entlassen wurden, die drei „Köpfe" der Gruppe, Wellhausen, Bruschke und Lehmann, aber im Gefängnis blieben, und überdies Wellhausen so übel zugerichtet wurde, dass seine Frau ihn kaum wiedererkennen konnte.

Zumindest hier, am ersten Tag, hatte Ludwig Wellhausen nichts davon verlauten lassen.

Liebe Grete.

Ich bitte Dich dringend, mir nicht etwa Lebensmittel zu senden, die Du Dir und den Kindern entziehen musst. Wenn Du diese Zeit mit dem wenigen durchkommen willst, musst Du sehr sparsam (?) sein mit allem und kannst mir nicht auch noch etwas zugute tun wollen. Ich komme schon durch mit dem, was ich hier bekomme, und wenn ich etwas dabei abnehme, schadet es auch nichts.

Denke auch daran, dass am 1. April die Annuität (?) fällig wird, und wir vorläufig nicht wissen, woher wir sie nehmen sollen. Eventuell musst Du den immer noch ausstehenden Mieterestbetrag (?) von 28,– RM rechtzeitig genug anmahnen.

Gräme Dich nicht allzu sehr, damit Du Dich gesund erhältst für die Kinder.

Immer in Gedanken bei Euch
Dein Ludwig

Schicke mir gelegentlich Bleistift und Briefpapier mit. und Eumed

Rhena beschloss, systematisch und mit Geduld vorzugehen. Beim Überfliegen der Briefe von Ludwig Wellhausen wurde ihr regelmäßig schwindelig und sie las nur noch „f"s, obwohl bestimmt ein Haufen „s" und „h" und anderes dabei sein mochte.

Karsten sollte davon wissen! Wo könnte er stecken? Ihr Gehirn stellte sich aufs Hier und Jetzt ein, knirschend, aber immerhin. Es war Freitagmittag. Nicht die Zeit, in der jemand im Büro hockte. Überdies hätte er vielleicht sonst schon mal angerufen ... Sie erschrak, vielleicht war das Telefon gar nicht angestellt? Sie tippte die 10, die Öffnung des Apparats für ankommende Anrufe und beleuchtete ihr Handy-Display. Nix. Also probieren. Sie rief in der Universität an. Der Anrufbeantworter teilte ihr mit, dass er gern Nachrichten entgegennehmen würde. Den Gefallen tat sie dem Apparat. Mit dem Stichwort „Geheimnisvolle Entdeckung gemacht" beließ sie es zunächst. Und sie schrieb noch eine SMS mit demselben Inhalt. Mehr war wohl gerade nicht zu erreichen, da Karsten seinem Handy niemals gestattete zu klingeln. Er musste schon zufällig oder absichtlich nachgucken, ob es Nachrichten gäbe.

Statt weitere Versuche zu unternehmen beschloss sie, ihren Kopf und Körper etwas auszulüften. Auf dem Obst-, Gemüse- und Kleinigkeiten-Markt war bestimmt bis 13 Uhr noch Gewühl. Sie zog die Winterjacke an, der verspätete Sommer entfleuchte wirklich spürbar, und marschierte die paar hundert Meter forschen Schrittes und völlig orientierungslos, weil sie eigentlich noch bei den Entzifferungsversuchen und uneigentlich doch ganz schön erschöpft war. Achtung, ein Auto! Selbstbefehle waren das Einzige, was hier half. Sie stürzte sich in das laute und südlich-ausgelassene Getümmel des Marktes. Die Gemüsehändler verstanden es, mit Farborgien die Menschen anzulocken. Berge von orangefarbenen, goldgelben, grün-weiß-gesprenkelten Kürbissen wechselten sich mit anderen roten, gelben und grünen Gemüse- und Obstsorten ab. Sie blieb bei den niedlichen Kopien hängen, ein paar Zierkürbisse für 3 DM. Das war doch was für die Küche, sonnige Farben auf der Fensterbank. Sie schlenderte mit dem Plastikbeutel am Handgelenk weiter und stieß gegen Mittagspause machende Angestellte am Würstchen- und Pommes-Stand, gegen alte Damen und Herren mit Einkaufswagen, die gern abrupt vor Tomaten, Pfifferlingen oder Putenfleisch stehen blieben, schlängelte sich um breite Kinderwagen und sog die Symphonie der Düfte ein. Da war der Türke mit den Mittelmeer-Spezialitäten. Wie magnetisch zog er sie und viele andere an. Okay, Schafskäse in Chili-Öl, schwarze Oliven, Tarama – war er vielleicht doch ein Grieche? – und ein Fladenbrot. Mit der Ausbeute kam sie direkt zu ihrem absoluten Lieblingsstand, T-Shirts, Hosen und Jacken aus pleitegegangenen oder von Wasserschäden gebeutelten Geschäften. Von 10 bis 40 DM gab es hier viel Interessantes, was sie nicht wirklich brauchte.

Markt genießen.

Es gelang sogar. Sie vertrödelte eine weitere halbe Stunde auf dem kleinen Platz mit den zahlreichen Buden und schlenderte dann nach Hause, den Kopf gut ausgelüftet und mit vielen einfachen Anregungen optischer, akustischer und olfaktorischer Art gefüllt.

„Welches Geheimnis hast du vor mir?" Karstens Stimme vibrierte. Sie vibrierte zwar immer am Telefon. Aber jetzt meinte Rhena Hochspannung zu hören. War ja auch aufregend, das alles.

„Also. Ich war im Keller, obwohl ich schon so müde und es schon so spät war. Willst du die lange oder die kurze Geschichte hören?", fiel ihr rechtzeitig ein, wohl wissend um ihre manchmal kribbelig machende Art, eine Geschichte mit vielen Windungen zu erzählen, um Stimmungen, Gerüche und anderes in der Hoffnung einzuflechten, so die Farbigkeit der Story einigermaßen wiederherstellen zu können, aber auch, weil sie eben gern erzählte.

„Erst die Kurze. Danach die Langfassung." Er wusste genau, was er wollte.

„Ich habe Gefängnisbriefe und KZ-Briefe von Opa im Keller gefunden! – Das habe ich nicht gewusst, dass sie da sind! Dass sie überhaupt existieren! Vielleicht gibt's noch mehr Schätze?" Rhena hechelte fast vor Anstrengung, möglichst knapp zu sein.

„Oha! Das ist ja wirklich eine Überraschung!" Karstens sonst tiefe Stimme kiekste. „Kannst du die Briefe lesen?"

„Kein bisschen. Deshalb habe ich nach Anweisung aus einem Krimi ..."

„Dass du immer diesen Schund liest!"

„Nein, kein Schund! Weltliteratur! Du bist bloß immer entsetzt über die abgegriffenen Pappdeckel. Wenn sie rauskommen, sind sie oft Hardcover, und dann würdest du sie auch akzeptieren. Vor allem, wenn es um Literaturwissenschaft geht, wie in diesem hier." Rhena simulierte Empörung, mal sehen, ob es wirkte.

„Na gut, ich lese ja auch Bony", ruderte Karsten zurück und stellte damit den Frieden, der nie ernsthaft gefährdet war, wieder her. Er spielte an auf eine Serie von Ausleihmanövern, mit der er sie – vor wie vielen Jahren eigentlich? – so oft sehen konnte, wie er wollte. In diesem Fall vor ihrem einzigen gut geführten Bücherregal, aus dem sie mit einem Griff das Gewünschte ziehen konnte, nämlich die australischen, Eingeborenen-Romantik verheißenden Kriminalromane von Arthur Upfield, dessen Held Bonaparte mit dem Wissen der Aborigines knifflige Fälle in der meist gefährlich anmutenden Weite der dortigen Natur löste.

„Aber", insistierte Rhena auf dem aufsehenerregenden Fund und dessen Bearbeitung, „ich weiß jetzt, wie ich seine Schrift systematisch erobern kann! Man notiert sich anhand gut lesbarer oder eindeutiger Wörter sein Alphabet und arbeitet sich so durch die Briefe. Am besten schreibt man sie gleich dabei ab."

„Klingt einfach, wenn man es so hört", gab Karsten unumwunden zu. „Ich kann aber Sütterlinschrift lesen."

„Aah!", stieß Rhena spitze Schreie aus, „dann treffen wir uns und du liest vor! Super!"

„W. Blanke. Wer ist das?" Karsten schob die schmale Brille mit den dünnen blauschwarzen, fast viereckigen Einfassungen auf die Stirn und hielt den Brief gegen das Licht. Sie saßen im kleinen Büro an der Hamburger Uni, das Rhena hatte ergattern können, die Füße unter die Sofapolster geklemmt. Der Kaffee dampfte und roch gut, Milch gab es hier keine und heißes Wasser zum Verdünnen auch nicht. Alles wie gewohnt, hektische Umgebung, hektische Menschen, aber in diesem, vielen unbekannten Zimmerchen, weil nicht mit gefragten Professorinnen oder Professoren belegt, herrschte himmlische abgeschiedene Ruhe.

„*Während dieser Zeit hatte ich auf, leider'*, nein, *,auch, leider, Muße genug, mich mit einigen ...'*, das kann ich nicht lesen, *,Problemen zu beschäftigen'. ,Technischen'* heißt das wohl. Ich denke ...", Karsten drehte den Kopf leicht nach rechts und links beim Lesen, „das ist kein Brief, sondern ..." Er drehte die vier Bögen um und rettete zwei kleine Stücke Papier vorm Davonsegeln. „Guck mal, das ist eine Zeichnung eines Motors, und hier, das ist ein Auto und ein Anzeigegerät."

Rhena lehnte sich so weit über den Tisch, dass sie den Hintern vom Stuhl lüpfte. „Du hast recht. Klebte das daran?"

„Nein, das lag dazwischen. *,Anl. II. zum Schreiben von'*, nein, *,an W. Blanke'.*" Karsten drehte einzelne Bögen hin und her.

„Dann lass uns das doch später entziffern. Bei Technik höre ich gern mal schlecht zu. Und W. Blanke kenne ich nicht. Wie findest du diesen Zettel, den habe ich auch zwischen den Kreuzworträtseln gefunden."

„*,An die Geheime Staats-Polizei'.*" Karsten verstummte. „Ich kann nur jedes zweite Wort lesen. Hier steht zum Beispiel: *,Der Untersuchungsrichter hat verfügt, einen der ...'* das ist überschrieben, *,... bei der Gestapo ...'*, äh, *,zu'*, nein. Das ist ja wirklich sehr ordentlich geschrieben, aber ich habe zu wenig Training mit der alten Schrift." Karsten legte die kleinen gelbstichigen Bögen auf den Tisch und rieb sich die Augen. Schade, dachte Rhena, es ist doch wohl ein Kassiber oder ein Trainings-Brief, er ist jedenfalls ganz sicher und wohlbehalten in Omas Hände gelangt, sonst hätten wir ihn nicht hier vor Augen und mit seinem modrigen Geruch in der Nase. Aber was drin steht und ob er durch die Zensur geschlüpft ist, wissen wir immer noch nicht.

„Die Spannung ist unerträglich. Wie ...“, begann sie gleichzeitig mit Karsten, der nachdenklich murmelte:

„Ich kenne da jemanden ...“

„Entschuldige!“

„Nein, du zuerst ...“

Sie prusteten los.

„Komm, lass uns beim Bäcker ein Käsebrötchen essen.“

„Lieber etwas Süßes.“

„Und dann überlegen wir, wie wir das Rätsel am besten knacken können.“

29. Kapitel

Karsten trainierte altdeutsche Schrift zu lesen und Rhena schrieb mühsam ab. Auf diesen Plan hatten sie sich geeinigt. Mit der Zeit wuchs der Stapel der in neudeutsche Schrift übersetzten Briefe und Rhena fiel etwas auf. Opa hatte weiterhin die Sorge um die Familie in den Vordergrund gestellt, sich selbst als tatenlosen, damit abgemeldeten Ernährer beklagt und nichts über den Alltag und seine diversen Beschädigungen und Folgeschmerzen und -krankheiten beschönigt, aber auch nichts ausgewalzt, mehr so nebenbei erwähnt. Da gab es bestimmt strenge Zensurvorschriften. Er hatte eine Mittelohrentzündung mit Vereiterung des Knorpels, Gesichtslähmung, ständige Kopfschmerzen, möglicherweise Migräne, durfte das von Oma mitgebrachte weiche Sofakissen nicht in Empfang nehmen, wurde fünf (!) Wochen im Lazarett operiert und behandelt und war auch danach nicht wieder gesund geworden. Oma hatte geantwortet etwa in dem Stil: Komisch, du warst doch nie krank, noch nie hattest du was am Ohr und so weiter, was deutlich machte, dass die Haftbedingungen die Ursachen waren. Was das war, konnte man sich an fünf Fingern ausrechnen. Es fiel auf, dass der eine Brief aus dem Lazarett viel ruhiger und mit elegantem Schwung geschrieben war; die kurz davor gesendeten Briefe waren flüchtig, wenn das bei Opas Akribie so gesagt werden durfte, mit großen eilig hingeworfenen Buchstaben.

Aber das war sozusagen die Fassade. Dahinter waren ein paar Hinweise, fand Rhena jedenfalls.

Gleich beim ersten Lesen des Briefes vom 22.1.39 von Ludwig an Grete, also nach zehn Tagen Haft unter unaufgeklärten Verhältnissen, zumindest, was das vorliegende Schriftliche anging, zählte er eine Reihe von Dingen auf, die Grete tun oder an die sie denken sollte. Den Kompost umgraben. Nun, beim Wissen um alle Hin- und Hermitteilungen, Fragen und Notwendigkeiten, war diese Anweisung sehr unmotiviert. Sie las noch mal nach. *„Bei trockenem Wetter kann der Schnellkompost umgeschaufelt werden."* Im Januar? Meistens war es im Januar so kalt, dass keine Bakterie arbeitete. Erst spät antwortete Grete Ähnliches: Die Jungen hätten doll geholfen, das neue Pachtland umzugraben – damals tat man das noch, wenn man etwas Neues pflanzen wollte – und dies hätte Knospen und jenes würde blühen. Mit Beweisfoto von Hans und zwei Freunden, das er anscheinend wohl gar nicht bekommen hatte, das aber hier bei Rhena im Fotoalbum klebte. Da könnte also ein Versteck für das Geld gewesen sein, das die Gestapo bei der Hausdurchsuchung von Bruschkes nicht gefunden hatte! Allerdings hatten die nach der Historikerin dort mehrfach den Garten umgewühlt und schließlich ein Geldpaket gefunden. Was ihn, Werner Bruschke, lebenslang geärgert hatte. Vielleicht gab es wegen der hohen Wahrscheinlichkeit, etwas im Garten zu verstecken und dementsprechend auch zu finden, doch kein Versteck im Kompost? Aber die Zeitpunkte waren unklar. Rhena sah keine Chance zu ermitteln, wer wann was kombiniert und dann gegraben haben mochte. Oma hatte immer nur von Hausdurchsuchung und Bücherbeschlagnahmung erzählt. Das war dann wohl ein eher ungezielter Einschüchterungs-

versuch gewesen. Sie hatte auch erzählt, dass sie nach-
gehakt habe, wer denn für den angerichteten Schäden
aufkommen würde und hatte die patzige Antwort bekommen, der, der dies alles ursprünglich verursacht
hätte und wenn sie nicht still wäre, käme sie auch ins Gefängnis und die Kinder ins Heim.

Also dachte Rhena über einen weiteren Hinweis
nach, der nur im Zusammenhang mit dem Geld der
SPD, das Angehörigen von Inhaftierten helfen sollte,
über die Runden zu kommen, eine Bedeutung bekam.
Irgendwo hatte sie nebenbei aufgeschnappt, dass in-
haftierte und dann wieder freigelassene politische
„Straftäter" für drei Wochen keine Arbeitslosenunter-
stützung beantragen durften – natürlich hatten sie auch
sofort ihren Arbeitsplatz verloren – ein neues Gesetz
der Nazis. Also sollten die Angehörigen in die Armut getrieben werden, es sei denn, sie besaßen noch irgendetwas. Und dies wiederum, kombinierte Rhena, war eine
weitere Möglichkeit, Hintergründe der so verhassten
und verfolgten Gewerkschaften und Parteien zu durch-
stochern. Sodann, zog Rhena messerscharf den nächsten Schluss, waren Omas sofortige Arbeitssuche, Antrag
auf Unterstützung durch die Wohlfahrt und die in den
Briefen so oft genannten zahlreichen Geschwister beider ein deutlicher Hinweis, dass sie keinen Pfennig auf
der Naht hatten. Auch Opas gebetsmühlenartiges „Du
hast keinen Ernährer", „Ich will arbeiten, verdienen, für
Euch sorgen" passte dazu. Für Rhenas Geschmack wieder eine Fassade. Es kam zu oft vor. Ein winziger Gedanke stahl sich durch die Fülle von Informationen:
Was wäre, wenn beide sich – vernünftigerweise – inten-

siv auf ein solches Worstcase-Szenario vorbereitet hatten. Oma sollte Geld ausgraben, aber sicherlich nicht da, wo Opa es im Brief nannte! Vielleicht wirklich auf dem kurz vor Jahresende gepachteten kleinen Stück Land, anscheinend an den eigenen Garten angrenzend, offensichtlich ursprünglich zu einem anderen Grundstück gehörig. Oder sie haben das Geld regelmäßig ein- und ausgegraben, um den Ort zu wechseln. Und ein Codewort sollte zeigen, wo es gerade war. Nein, wo es gerade nicht war! Und dann, so überschwemmte die Idee ihren Kopf vollends, fuhr Oma von den einen Geschwistern zu den anderen Geschwistern, verteilte das Geld, trug ihnen auf, es in Form von Naturalien an sie zurück zu schicken und nur im Notfall mal 5,– RM oder 15,– RM, durch Telefonate oder Post angefordert. Auf ihre Geschwister schien sie sich nämlich sehr fest verlassen zu haben, nach allem, was Rhena wusste, zu Recht.

War das eine gute Idee? Vor allem Dora, die älteste Schwester Margarethes, wohnte ganz in der Nähe, in der Letzlinger Heide nördlich von Magdeburg, mit dem Zug recht schnell erreichbar. Da waren sie oft gewesen, zu zweit, zu dritt oder alle zusammen. Dora war Haushälterin bei Großklaus, einem anscheinend wohlhabenden, an den Rollstuhl gefesselten Mann, der ein großes, waldiges und hügeliges Grundstück hatte. Das eine oder andere Foto tauchte in den Alben auf. Aber auch die Geschwister von Ludwig wohnten nicht weit entfernt in der Gegend von Celle und Hannover.

Rhena war zufrieden mit dieser Erklärung. Es konnte natürlich alles auch ganz anders gewesen sein. Aber es würde passen, dass Oma mit einem dermaßen geretteten Geld, mit ihrer neuen, schlecht bezahlten Arbeit, mit ihren so notgedrungen häufigen Fahrten durch die ganze Stadt, auf diese Weise den vielen Angehörigen – es waren immerhin zwanzig Genossen und Genossinnen verhaftet worden – das eine oder andere zustecken konnte. Zumal das eine Paket in Bruschkes Garten ja nun als Überlebensquelle wegfiel.

Rhena grübelte weiter. Wo war das andere Geld? Mehrere Packen, insgesamt 40.000 RM. Einiges bestimmt schon sinnvoll eingesetzt. Bruschke hatte bis 1945 im Gefängnis und diversen KZs mehr schlecht als recht überlebt. Bei seiner Befreiung wird er doch hoffentlich sofort die wichtigsten Orte aufgesucht haben, oder?! Sie musste einfach noch mal Kontakt zu seiner noch lebenden zweiten Frau bekommen, aber wie?

„Möchtest du dies hier mal lesen oder soll ich dir erzählen, was drin steht?" Rhena kaute auf einem Stück Apfelkuchen herum und langte zum hinter ihr liegenden Stapel.

„Nein. Oder doch. Was ist es denn?" Karstens Augen blitzten lustig hinter der Brille. Die Brille auch.

Rhena atmete tief durch. „Es ist anscheinend ein Argumentierversuch, ein Schreiben, das ich zwischen seinen Kreuzworträtseln und Spieleanleitungen gefunden habe. Weißt du, neulich im Büro, da habe ich es schon dabei gehabt. An die Gestapo."

Karsten nickte und wurde ernst. Er streckte die Hand nach den Papieren aus.

„Hier ist auch meine Abschrift. Du kannst es dir aussuchen ...“

Er war schon ganz vertieft und las ein wenig Sütterlin und überflog nebenbei den säuberlich geschriebenen Text auf strahlend weißem Papier. Nach kurzer Zeit blickte er hoch und lächelte schief.

„Sehr geschickt."

„Das fand ich auch."

„Ich habe nicht alles gelesen. Wie endet das Schreiben?"

„Er ,verrät' Genossen. Drei oder vier, guck mal hier." Sie zeigte auf die Stelle, an der die Namen in neudeutschen Buchstaben auftauchten „Vier. Und es sind, er schreibt es hier sogar, alles Sozialdemokraten, die aber nach meiner Erinnerung bereits '33 in die Tschechoslowakei gegangen sind."

„Er nennt also Namen von Leuten, um sich kooperativ zu zeigen."

„Ja, und das beste ist", Rhena wurde jetzt ganz aufgeregt, „er spielt hier den gemütlichen, im Grunde desinteressierten Sozi hinterm warmen Ofen, der schon aufgibt, bevor es angefangen hat."

„Das habe ich schon auf der ersten Seite gedacht. Allerdings ist es plausibel."

„Das war meine heimliche Frage an dich: Kann man ihm das abnehmen oder ist es zu dick aufgetragen?"

Karsten überlegte einen Moment. „Lass mich noch mal in Ruhe lesen, später. Mein erster Eindruck war schon so, dass er das ist, der Mensch, der sich in der neuen Situation möglichst gefahrlos eingerichtet hat. Aber wir wissen beide, dass er das genaue Gegenteil praktiziert hat. Das behindert beim Lesen."

Rhena nickte. So ähnlich war es ihr auch gegangen. Sie fand das Argumentieren und Winden und Drehen über die Nutzlosigkeit ehemaliger SPD-Parolen, „olle Kamellen" hatte er es genannt, langatmig und feige. Und falsch.

„Aber es ist unklar, ob er das als Geständnis – hier steht es sogar – abgegeben hat oder bloß für die Verhöre geübt hat. Der Zettel war gut versteckt." Sie legte den Zeigefinger auf die Lippen und fuhr fort: „In einem der ersten Briefe an Oma jammert er, dass sie Dinge von '34 wissen wollen, die er mit seinem schlechten Gedächtnis für Einzelheiten wirklich gar nicht erinnert und überhaupt war er doch noch neu in der Stadt und kannte niemanden und so weiter, und das klingt, zwischen den Zeilen, sehr erleichtert, weil die Gestapo anscheinend die Zeit bis '39 gar nicht im Blick hatte. Und hier im Brief geht er lang und breit darauf ein, dass er das Geld aus der SPD-Kasse ganz bestimmt nicht 1934 in Prag an jemanden übergeben konnte, weil er 1. nichts von Geld wusste und 2. nur eine Stunde auf dem Hauptbahnhof Pause hatte auf dem Weg in die Türkei, so dass er nur was essen konnte und sich Zeitschriften kaufen konnte, und die können ja in der Firma nachfragen."

In der Pause, in der Rhena Luft holen musste, fiel Karsten etwas ein. „Ich habe eine schwache Erinnerung, wohl aus dem Buch über die SPD in Magdeburg, dass die SA verdächtigt wurde, sich das Geld aus der Kasse selbst unter den Nagel gerissen zu haben."

„Bestimmt ein jahrelang geübtes Verteidigungsmoment, weil Bruschke hinten raus floh, als die SA vorne rein kam. Er war von einem Kontaktmann aus dem Polizeigebäude gewarnt worden, stell dir das vor! In seinen diversen Verhören 1934 hatten sie schon immer schlechtgelaunt darauf herumgeritten, auf dieser Kasse meine ich … Allerdings", räumte Rhena mit einer Erinnerung an ihre jüngsten Überlegungen ein, „sobald sie das Geld in seinem Garten gefunden haben, werden sie neu kombiniert haben."

„Man kann doch soviel Geld im eigenen Garten vergraben, wie man will", grummelte Karsten.

„Hmm."

„Jedenfalls ist es im Bereich des Möglichen: SPD-Geld oder Sparbuch damaliger Art."

„Ach, die Gestapo wird immer vom Schlechtesten für den Angeklagten ausgegangen sein. Wir kennen das Ende. Im Grunde war es ihnen doch piepegal, was die drei ausgesagt haben. Sie wollten sie verhaften und haben es getan. Ob der Richter einen Stuhl umfallen lässt oder nicht, war bei den Gesetzen doch ganz egal."

„Nicht-Gesetzen", verbesserte Karsten. „Er war doch dann in Schutzhaft. Das gab's wirklich nur unter Hitler. Wusstest du, dass mein Großvater Staatsanwalt war?", fuhr er fort.

„Was?!" Rhena staunte ihn an.

„Ja, in Breslau. Ein Parteimitglied, aber ein gesetzestreues. Habe ich dir das noch nicht erzählt? Das gibt's doch nicht!" Er lächelte in sich hinein. Dann wurde er ernst. Rhena wagte kaum Luft zu holen.

„Ich beginne mal mit einem Abend, an dem er sehr spät noch in der Staatsanwaltschaft zu arbeiten hatte. Das war wohl oft so, es war meiner Großmutter eventuell sogar ganz recht."

Rhena stand inzwischen der Mund offen. Irgendwie ungerührt, aber wohl doch angespornt, fuhr er fort: „Er war klein, rund und hatte ein Glatze. Meine Großmutter war größer als er und schlank." Karsten machte eine kurze Pause, als ob er nach innen schauen wollte. Rhena rührte keinen Muskel.

„Jedenfalls an dem besagten Abend geht er spätnachts zu Fuß nach Hause. Da sieht er, wie mehrere Personen Scheiben von Geschäften einschlagen und auf andere Personen einprügeln. Es war ein Riesenkrach und ein wildes Durcheinander. Als Beamter mit weitreichenden Gewaltrechten geht er, klein wie er war, strammen Schrittes auf die einzelnen Schläger zu und donnert mit scharfem Ton, belehrt sie, dass sie gerade eine Straftat begehen würden und befiehlt, ihm ihre Namen und Adressen zu geben. Recht brav bekommt er was er will, und geht weiter nach Hause, mit dem Vorhaben, das am nächsten Tag auf den rechten Weg zu bringen. Das wurde dann allerdings nichts, weil er erfuhr, dass es vorwiegend die SA war, die die Geschäfte von jüdischen Händlern zertrümmerte und die Besitzer und ihre Familien drangsalierte. Er hatte, obwohl er aktives Parteimitglied war, nichts von dem Vorhaben gewusst. Es war die Reichspogromnacht." Damit endete Karstens Geschichte. Rhena atmete aus.

„Meine Güte, das war November 1938."

„Der 9. November."

„Himmel, er hat wirklich die Namen aufgeschrieben?"

„Und die Adressen. Aber das nützte dann nicht mehr."

Beide sahen sich an. Kein Anflug von Grinsen über die lächerliche Situation, in die sein Großvater sich gebracht hatte. Der Gesamtrahmen war so unendlich grausam. Es war damals so passiert. Reste von Legalitätsempfinden spukten durch Köpfe und Straßen. Aber es nützte nicht. Nicht mehr.

„1938 war Opa noch frei. Aber er hat Walter Landau auf den Weg nach Amerika gebracht. Und er hat mit Oma eine Wanderung durchs Riesengebirge gemacht, wahrscheinlich sogar vier Wochen lang, nach den Daten auf den Bildern. Soweit ich das vergleichen konnte, hat er sich im Gefängnis daran erinnert und sehr traurig gefragt, ob er dieses Jahr wohl noch mal einen Wald sehen wird. Und es gibt einen Brief an meine Mutter, so eine Art Erziehungsermahnung, sie solle mehr im Haushalt tun. Den Brief hat er während einer mehrmonatigen Montagereise in Schlesien geschrieben, auch im Herbst 1938. Ich vermute, dass Oma ihn dort auf Montage begleitet hat, sobald er Freizeit hatte. Es gibt Fotos vom Heuscheuergebirge und vom Zobten. Nach meinem Atlas ist das in der Gegend von Görlitz, dicht an der heutigen polnischen Grenze, und im Süden verlief die tschechoslowakische Grenze. Der heimliche Übergangsort heißt heute Deçin, da sind Opa und Bruschke 1933 und 1934 hinübergegangen, bis sie durch die Verhöre von Bruschke und Lehmann von Spitzeln erfuhren, die genau dort warteten, möglicherweise sogar die Auslands-SPD unterwandert hatten. Ach, ich plapper so vor mich hin ...“

„Nein. Erzähl. Es ist eine Unmenge, die du herausgefunden hast. Oder – nein, ich muss los. Hab noch einen Termin.“ Karsten rutschte unruhig auf dem Stuhl, trank seinen Kaffee aus und war gleichzeitig schon in der Jacke. Schluss für heute!

Ludwig Wellhausen
Nr. 5, Brief aus dem Gefängnis

d. 5.2.39

Meine Grete.

Der einzige Lichtblick dieser Woche waren Deine Briefe vom 23. u. 27. Als ich ersteren erhielt mit Deiner Nachricht, daß Du Dir Arbeit suchst, war mein erster Gedanke nur: „feiner Kerl!" Mit solch einem Lebensgefährten kann man schon mal einen Stoß vertragen! Ich hätte Dir auch ohne den zweiten Brief Wasser in Deinen Wein gegossen, weiß ich ja doch, was es heißt, nach jahrelanger Entwöhnung zurück zu früherer Tätigkeit.

Nun ist ja mittler weile wieder ein Neues (?) da, und Du mußt nun versuchen, Dich einzuarbeiten.

Meine Sorge ist nur, der Verdienst wird nicht reichen. Und was treiben die Kinder, wenn Du nicht da bist. Wissen sie Bescheid, was sie bei Gasgeruch machen? Hans mit seiner Flusigkeit dreht vielleicht auch mal falsch herum. „Hähne schließen, Türen öffnen, Durchzug machen, kein Feuer"!

Lieselotte, schreibst Du, kommt Mitte März schon zur Schulentlassung. Was nun? Hast Du Nachricht von Margot, ob sie dort nun hin soll? Wenn nicht, willst Du sie unter diesen Umständen erst im Hause behalten? Ich habe auch schon an Irma gedacht, da war doch, nach den Andeutungen, was Kleines unterwegs. Nur wenn wir uns da geirrt haben, ist es peinlich sich aufzudrängen. Vielleicht könnte Irene oder noch besser Hermann (gestrichen: vielleicht) mal vorsprechen, ob es so ist? Denk mal drüber nach? Oder hast Du schon Nachricht? Als letztes bleibt dann noch das Arbeitsamt.

Nun zu mir. Die Sache sieht trübe aus, auf eine baldige Entlassung rechne ich nicht, man glaubt mir nicht. Was ich früher immer als meine Stärke angesehen habe, wird jetzt zur Schwäche, wenn nicht zum Verhängnis. Du entsinnst Dich vielleicht des Briefes aus Löwen, worin ich mich noch freute, daß wir uns so glücklich ergänzen. Du mit Deinem Gedächtnis für die Einzelheiten unserer gemeinsamen Erlebnisse und Touren, ich mit dem Blick für das ganze. Ich war eigentlich immer etwas stolz darauf, daß ich es fertig brachte, Dinge aus meinem Gehirnkasten über Bord zu werfen, wenn ich sie nicht mehr brauchte. Diese Fähigkeit ist es wohl, die mich immer wieder Neues aufzunehmen in die Lage brachte. Daß ich mich in dem mir völlig neuen Gebiet MFB so schnell zurechtfand und daß mir daher in so kurzer Zeit so verantwortliche Arbeiten anvertraut wurden, danke ich dieser Fähigkeit. – Nun soll ich mit einmal Einzelheiten wissen, die mir längst entschwunden sind, weil ich sie für mich zu belanglos hielt, mein Gedächtnis damit zu belasten. Es ist zum Verzweifeln! Manchmal wünsche ich mir etwas von dem Fatalismus der Mohammedaner, das kommt wohl, weil ich so lange in der Türkei war. Maschallah, und dann stundenlang auf einem Fleck sitzen und an nichts denken können, wie ich es bei Negern, Arabern, Türken, Indern gesehen habe. Ich könnte es jetzt brauchen. Nur wäre dann die Arbeitslust wohl etwas angenagt wie bei all diesen. – Du fragst, wie mein Tag so verläuft? Ich könnte darüber lächeln, wenn mir nicht so verzweifelt zumute wäre. Wenn ich morgens aufgestanden bin, mich gewaschen habe etc, dann sage ich „Feierabend". Dann kommen noch 2 Mahlzeiten, dann grübeln, grübeln, Mancher wünscht sich solchen Zustand, aber ich glaube nicht dort (?). Seit Freitag lese ich im Kennigcott (?). Das müßte ich Dir auch einmal vorlesen. – Wenn Du freitag kommst, bring mir doch das letzte Büchergildenbuch √F mit, dazu vielleicht die Ill. vom 12.I ab, wenn Du sie kriegen kannst. Etwas früher hätte ich gern: 1 Schreibpapier-block oder ½, möglichst kariert, mein Maßstablineal, kl. Stück Gummi, einf. Anspitzer (nicht für Ras.-Klinge), und den Bleizirkel, wenn es geht. Ich möchte zu den Din-gen, die mir einfielen, Skizzen machen und versuchen, den Schattenriß (?) für den Dampfer des Jungen zu ent-werfen. Wenn die Verwirklichung auch noch in weiter Ferne liegt, es lenkt ab. Das ewige Grübeln, vor allem in den schlaflosen Nächten, ist furchtbar. Es bringt dazu keine Klarheit, sondern macht alles noch verworrener.

Dir und den Kindern immer in gleicher Liebe ver-bunden

Dein Ludwig.

Rand erste Seite links: ½ Dtz Rasierklingen zu 0,22 brin-ge Freitag noch mit, aber gesondert abgeben, ich kriege sie nicht.

Rand diese Seite links: oder den „Hans im Glück", wenn es auch wie Hohn klingt.

MFB ist die Maschinenfabrik Buckau R. Wolf in Magde-burg.

30. Kapitel

Rhena rieb sich die Augen. Lesen war jetzt nicht mehr
drin, vor allen Dingen nicht solch ein Hin- und Her-
lesen im Geschichtsbuch der SPD in Magdeburg, dem
Gedenkbuch der Sozialdemokratie und dem Bericht
des Lagerältesten des KZ Sachsenhausen, Harry Naujoks. Irgendwann musste sie zur Ruhe kommen, um
Kraft für die nächste Universitätswoche zu tanken. Sie
überlegte kurz, ob sie die Vorhänge zuziehen wollte,
der Himmel war schon schwarz und die gegenüberliegenden Häuser waren dunkel. Ganz selten wurden
die Straße, ihr Fenster und der Raum von einem vorbei-
fahrenden Auto im Vorbeiwischen angeleuchtet. Fern-
sehbilder oder ein langweiliges Buch? Sie tapste durch
die Wohnzimmer-Küche und wollte sich gerade dem
Kühlschrank für eine halbherzige Inspektion nähern,
da fiel ihr ein, dass auf dem Terrassentisch noch die
Kuchenglocke stand. Es war inzwischen nachts so kalt,
dass man den Kühlschrank dadurch entlasten konnte.
Mit einem automatischen Blick in den dunklen Garten
griff sie nach dem Hebel der Terrassentür und blieb so
eine Weile stehen. Den Kuchen hatte sie schon wieder
vergessen. Ihre Augen entspannten sich in dem un-
durchdringlichen Schwarz, weil eben nichts zu sehen
war. Rasselnd und quietschend ließ sie endlich die Rollläden herunter – hoffentlich wecke ich nicht die Nachbarschaft – und stieg mit einigen Utensilien wie Ein-
schlafbuch, Becher mit Wasser, Lesebrille und ein Stück
bittere Schokolade die Treppe hinauf in Richtung Bett.
Fast wäre sie mit dem Buch in der Hand eingeschlafen,

sie merkte es gerade noch rechtzeitig und knipste das Licht der Leselampe aus.

Sie schreckte hoch und hielt die Luft an. Ihr Herz schlug wie wild. Da hörte sie es wieder, ein Scheppern und Klappern, unverschämt laut. Sie schlich aus ihrem Zimmer und ging nebenan in Finns Schlafraum.

Finn flüsterte: „Hast du es auch gehört? Wo ist das?"

„Hört sich an wie Terrasse. Was tun wir?", wisperte sie zurück.

„Ich ruf die Polizei. Oder – bist du sicher, dass es kein Tier ist?"

„Dann wäre es nicht so laut. Da scheinen Stühle umzufallen, hörst du es?" Beide schwiegen und lauschten. Das Rumsen und Metall-auf-Metall-Klacken hörte nicht auf.

„Da schmeißt jemand unsere gesamte Terrassen-Ausstattung um. Ruf sie an. Mach es dringend."

Während Finn nach seinem Handy griff und die 110 eintippte, schlich Rhena zurück, was bei dem ohrenbetäubenden Lärm eigentlich nicht nötig war. An der Seite ihres geöffneten Fensters spähte sie in den dunklen Garten. Die Terrasse war – leider – verdeckt vom Glasdach. Plötzlich war es hell. Von der Schule her strahlte ein Bewegungsmelder durch die Gärten. War ein Einbruchsversuch so ungeschickt verlaufen, dass der oder die Täter sich aufs Schulgelände verirrt hatten?

Finn war inzwischen neben sie getreten und flüsterte: „Ich habe ihnen gesagt, dass der Zugang über die Soltstückensackgasse oder das Schulgelände wahrscheinlich das Beste ist. Sie kommen sofort."

Sie hörten eine Männerstimme rufen: „Halt, wer da?"

„Das ist der Schulhausmeister. Der hat was gehört und ist aus seiner Tür gekommen. Deswegen das Licht", flüsterte Rhena.

Mit ganz normaler Lautstärke sagte Finn: „Du brauchst nicht mehr zu flüstern."

Da hatte er wohl Recht. Da war wohl noch jemand anderes wach geworden. Die Gärten erschienen konturiert im weißen Licht des Bewegungsmelders, noch ein Stück weiter rechts auch gelblich, noch hinter Falko und Hilke und Meyers. Wohl eine Schlafzimmerbeleuchtung.

„Frau Brunnenmeister hört ja sowieso nichts. Und Nele scheint nicht zu Hause zu sein." Rhena checkte die Nachbarschaft ab.

Finn öffnete das Fenster weit und rief: „Da, er rennt nach rechts!"

Der Hausmeister rief zurück: „Da kommt er nicht weiter. Habt ihr die Polizei schon gerufen?"

„Sie müssten gleich da sein ..."

Plötzlich hörten sie Schnaufen und unterdrücktes Stöhnen. Irgendwo war eine Rangelei in Gange. Finn und Rhena guckten sich an und ohne Absprache rannten sie die Treppe runter und öffneten den Rollladen vor der Gartentür. Im Licht der Küche bot sich ihnen ein Tohuwabohu. Fahrräder, Stühle, sogar der große Tisch mit dem Kuchenbehälter, gelagerte Äpfel, alles war durcheinander geworfen und versperrte ihnen den Weg.

„Ich heb das hoch ..."

„Ich lauf vorne rum ...", riefen beide gleichzeitig. Im Schlafanzug, schnell Trainingshose und Anorak darüber gezogen, in die Stiefel geschlüpft, machten sie sich eilig ans Werk.

Blaue Lichter flackerten durch Soltstücken und illuminierten auch die Gärten. Toll, dachte Rhena, so unauffällig! Immerhin haben sie die Sirene ausgestellt. Aber so fängt man doch keine Einbrecher!

Rhena zerrte an ihrem Fahrrad, das sich in einem zerbrochenen Gartenstuhl verfangen hatte. Dazwischen schlängelte sich das kaputte Stromkabel, das eigentlich brav aufgerollt die nächste Sperrmüllaktion abwarten sollte. Endlich schaffte sie es, die Terrasse zu überqueren und in den immer noch sehr dunklen Garten zu laufen, rechts und links im Slalom um die von Oma angelegten Windungen, den Teich, die Schaukel.

„Er ist mir entwischt", hörte sie den Hausmeister keuchen. Drei Polizisten standen vor seinem Nebeneingang der Schule herum und beguckten seine dreckigen Schlafanzughosen. Einen Pantoffel hatte er in der Hand, die Jacke hing ihm halb über eine Schulter.

„Sind Sie verletzt?", fragte der eine Polizist mit klarer Stimme.

„Ich glaube nicht. Wollen Sie ihn nicht erstmal fangen, bevor er ganz fort ist?", stieß der Hausmeister hervor. Rhena hatte ihn schon ein paar Mal gesehen, wenn er sein Boot in blaue Planen ein- oder auspackte. Er war recht jung, stämmig, hatte einen dunklen wirren Haarschopf und nun gerade eine rotes Gesicht – was für ein Wunder nach dieser Aktion.

Rhena schob sich näher an die Gruppe heran und trug ihr Sprüchlein bei: „Wir haben Sie angerufen. Auf unserer Terrasse sollte wohl etwas veranstaltet werden."

Die Polizisten schienen gar nicht zuzuhören. Sie drehten sich noch nicht mal um. Sie rannten auch keinesfalls nach links oder nach rechts. Aha, dachte sie, Beamtenschlaf. Nur das Geschehen protokollieren, ganz ordentlich, aber bloß nicht in Schweiß geraten. Etwas wütender fuhr sie fort: „Haben Sie mich nicht gehört? Bei mir war der Einbruchsversuch!"

Hinter sich hörte sie Schritte. Das waren Finns große Stiefel, die auf den Asphalt platschten. Er schien die Situation im Moment zu erfassen und stellte sich zwischen die Polizisten, viel größer und doppelt so breit wie die. Schon ruckten die Köpfe hoch und sie lauschten geradezu ergeben seinen Worten. Nicht ganz, schließlich waren sie staatliche Respektspersonen und konnten nicht vor jedem dahergelaufenen Alpha-Männchen die Rute senken. Zumal er schon witzig aussah mit den wirr hochstehenden braunen Haaren, seiner lapperigen Trainingshose und dem offenen Anorak, besonders den nicht zugeschnürten Stiefeln.

Rhena drehte ab und stakste durch die nassen hohen Grasbüschel mit dazwischen verstecktem Fallobst. Mal den Schaden begutachten, nahm sie sich vor. Auf dem Weg lagen mehrere zertretene faulige Äpfel – da mag er ausgerutscht sein. Dann wird ihm unsere Verbarrikadierung nicht besonders gut gefallen haben, schätzte sie.

„Nichts anrühren", dröhnte hinter ihr eine befehlsgewohnte Stimme. Sie seufzte und ging langsamer. Hinter ihr knirschten Stiefel über Äpfel. Oder Schnecken? Sie stellte sich an die Seite der Terrasse und schaute geduldig den Polizisten zu, die, von Finn informiert, ihre

Stirn runzelten, ins Funkgerät nuschelten und ihren Schreibblock bekritzelten. Jeder eine Sache für sich, selbstverständlich.

„Ist etwas gestohlen worden?"

„Soweit ich sehen kann, nein."

„Ist die Tür aufgebrochen worden?"

„Das konnte er nicht. Die Rollläden waren heruntergezogen, so wie der Rechte da, sehen Sie?"

Rhena seufzte, ganz leise. Finn konnte sich anscheinend anpassen an deren Art zu fragen sowie an die Stereotypie des Vorgehens.

„Gibt es auch einen Straftatbestand der nächtlichen Ruhestörung?", fragte sie spitz.

Vier Männerköpfe drehten sich ihr zu. Nur ihr Lieblingssohn grinste.

„Wenn nichts gestohlen wurde und nichts aufgebrochen wurde, dann weiß ich nicht, warum Sie uns gerufen haben", äußerte der eine Polizist kühl.

„Na, na", begütigte Finn ihn, „wenn hier ein Höllenlärm mitten in der Nacht losbricht – und zudem der Hausmeister wohl Prügel bezogen hat – dann war das wohl ein Einbruchsversuch mit anschließender Flucht."

Und was steht ihr hier noch rum, dachte Rhena für sich. Das kreisende Blaulicht verschönerte die Nacht.

„Dann möchten Sie wohl Anzeige gegen Unbekannt stellen?" Der Polizist mit dem Schreibblock machte sich wichtig.

Rhena verschwand im Haus und suchte nach Rotwein. Der war leider zur Neige gegangen. Stattdessen setzte sie Teewasser auf und fischte mehrere Beutel Yogi-Tee aus dem Karton. Sie suchte zwei ansprechende blau-weiß gemusterte Becher, Honig und zwei Löffel und goss das inzwischen heiße Wasser in die blaue Teekanne. Schokokekse sind da noch, dachte sie. Es muss jetzt irgendwas Beruhigendes geben, schlafen können wir sowieso nicht mehr. Sie sah im schwach und nur stückweise erleuchteten Garten – die wenigen wach gewordenen Nachbarn hatten sich anscheinend wieder ins warme Bett begeben – wie die Beamten im Gänsemarsch den Slalom durch den Garten suchten. Finn witschte zur Kellertreppe, griff sich die große Taschenlampe und leuchtete auf der Terrasse herum.

„Guck mal", raunte er durch die offene Tür, „hier ist was. Gehört uns das oder nicht?" Er hielt einen Stoffanhänger hoch, wie er an Rucksackverschlüssen oder Anoraks üblich war, damit die Finger den Zipper besser zu fassen kriegen konnten.

„Schwarz. Nicht dass ich wüsste. Ich guck mal an meinem Rucksack ... Nee."

„Dann hat er das hier verloren, als er in unsere Fahrräder fiel."

„Hoffentlich hat er sich ordentlich wehgetan, der Sausack. Wie geht's dem Hausmeister?", fiel ihr ein.

„Der hat einige Beulen und ist sehr stolz. Hat wohl länger keine Schlägerei mehr anzetteln dürfen."

„Komm, wir trinken Yogi-Tee."

„Ok. Morgen früh, nein heute früh gucke ich noch mal alles durch, wenn die Sonne scheint. Wir haben ja alles schön zertrampelt, aber vielleicht finde ich eine Spur. Oder noch was Stoffliches."

Rhena musste sich plötzlich setzen. Ihr Herz raste, der Schweiß brach ihr aus.

„Was ist?", fragte Finn besorgt.

„Der Schock. Verspätet. Aber ich sitze ja."

Finn beugte sich vor und sah Rhena tief in die Augen. „Du bist völlig fertig. Ich aber auch. Ich habe die ganze Zeit Angst gehabt."

„Am Anfang habe ich auch einen Riesenschreck bekommen. Aber dann warst du da und warst der große starke Mann ...."

Beide grinsten.

„Nix. Ich bin ein Schisser."

Sie schlürften den viel zu heißen Tee und kamen allmählich in eine Stimmung, in der man nachdenken konnte anstatt von einer Aktion zur anderen zu schrecken.

„Hat der wirklich ‚Halt, wer da?' gerufen?"

Beide kicherten. Sowas Dämliches!

„Was war das nun eigentlich für eine Message? Für einen Einbruchsversuch war das zu laut."

„Da magst du Recht haben. Aber vielleicht war die Absicht ja, über einen leeren Garten und eine aufgeräumte Terrasse in ein mit Musikinstrumenten gut bestücktes Haus einzubrechen:"

„Aber wie? Die Rollläden sind zu. Und schwer. Und megalaut. Das weiß doch der Dümmste."

„Der war vielleicht noch ein bisschen dümmer."

„Tagsüber ist es viel leichter, wenn alle zur Arbeit gehen und Frau Brunnenmeister sowieso nichts hört. Und den Hund von Tilda Bäumel braucht man nicht ernst zu nehmen, der ist doch bloß 'ne Handvoll."

„Ich werde die Nachbarn mal informieren. Und ausfragen über ihre eventuellen Beobachtungen. Du fährst doch heute noch nach Bremen, oder?"

„Ja. Eigentlich erst zum Abend. Aber ich weiß nicht, ob ich jetzt noch Schlaf finden kann. Vielleicht fahre ich jetzt schon rüber und lege mich da ein bisschen hin."

„Ich suche mir jetzt ein gutes Buch zum Einschlafen. Hast du den Martin Cruz Smith hier oder oben?"

„Weiß nicht. Du schaffst das schon." Rhena gähnte und hielt sich am Becher fest. Eigentlich war sie auch müde.

Ludwig Wellhausen

Nr. 7, Brief aus dem Lazarett des Gefängnisses.

Anderes Papier, Tinte.

Unten Aufdruck: „Deutliche Schrift! Nur auf den Zeilen schreiben! Linken Rand bis zur feinen Linie freilassen!"

26.2.39

Meine liebe Grete.

Deine Briefe vom 20. u. 26.2. habe ich erhalten. Von meinem Ohrleiden weißt Du nun bereits. Es ist mir insofern schlecht ergangen, als zu der Mittelohreiterung auch noch Knorpelentzündung hinzukam. Ich liege jetzt im Gefängnis=Lazarett und bin insofern besser aufgehoben, als ich ärztliche Hilfe und sonstige Betreuung habe. Außerdem bin ich noch in der Behandlung der Ohrenklinik im Sudenb. Krhaus.

Leider ist mir von der Gef.=Verw. die Auslieferung des Kissens verweigert worden. Du mußt es wieder abholen, baldigst. Auch Wäsche brauchst Du solange nicht zu schicken, wie ich hier liege. Sollte ich wieder ins Pol.=Gef. kommen, gebe ich Beschied. Von der Lektüre habe ich nichts bekommen, es hat jetzt auch keinen Zweck. √ nur 2 u. 3 der√ Ill.Z.

Meine Hoffnung, bald wieder bei Euch zu sein, ist nur gering. Du mußt Dich also auf längere Zeit einrichten; das gilt in erster Linie für das Geschäftliche. Du hattest im Febr. zu zahlen: 20,– RM für HBK, 5. u. ? für Grundsteuer (ist da noch keine Antwort wegen der Ermäßigung gekommen?) 2.30 + 5 Pf. + Zinsen für Sterbek.

Die Zinsen sind immer im 2. Monat im Vierteljahr gezahlt, sie waren etwas ermäßigt, aber das hattest Du ja notiert.

Im März kommt hinzu 59,– RM für die Heimag. Am
1. April wird die Annuität fällig 66.98 (?) Das Geld wirst Du
nicht zur Verfügung haben. Du mußt Arndt nun energisch
mahnen, die 28,– RM Miete-Rückstand bis dahin zu zahlen
unter Hinweis darauf, daß es ihm selbst schadet, wenn wir
das Haus zwangsweise verkaufen müssen. Dann kannst
Du erstmal die Hälfte zahlen und sofort Ratenzahlung für
den Rest beantragen. Außerdem mußt Du A. unter Bezug-
nahme auf die erhöhte Grundsteuer dringend ans Herz
legen, die Miete von sich aus um ein paar M zu erhöhen,
da wir sonst immer zusetzen müssen. Das aber kannst Du
jetzt nicht mehr. Du könntest ferner versuchen, meinen
Planimeter zu verkaufen, Du weißt, das Messinstrument,
das ich s.Zt. als Reichsprämie für ausgez. bestandenes
Examen erhalten habe. Es ist so gut wie neu und hatte da-
mals wohl einen Wert von 60,– RM. Vielleicht ist es durch
Riedel im Betrieb möglich. Mit Lieselotte ist es nun sehr
schlecht. Einerseits müsste sie ja hinaus und auch etwas
verdienen. Andrerseits kannst Du doch den Jungen nicht
allein im Hause lassen und Du selbst gehst dabei ja auch
drauf. Könnte sie nicht, wenn sie aus der Schule ist, dort in
der Nähe, Hopfeng. oder so, eine Morgenstelle bei Kindern
annehmen, um etwas hinzu zu verdienen?

Daß diese Arbeit im März schon wieder zu Ende sein
wird, ist ja bedauerlich. Doch wirst Du nun wohl leich-
ter etwas bekommen, hoffentlich dann mit günstigerer
Arbeitszeit.

Ich denke so viel an Euch, wie Ihr wohl zurecht
kommt, und freue mich nur, daß meine Geschwister so
bereitwillig helfen. Ich glaube auch nicht, daß sie Dich
und unsre Kinder im Stich lassen, wenn Du nur recht-

zeitig genug Dich an sie wendest, damit Du nicht erst in Schulden kommst.

Ich bin ja z.Zt. noch etwas hinfällig, das macht wohl nicht nur das Leiden allein, sondern die seelische Bedrückung. Aber das lässt sich wohl alles wieder einholen, wenn die Geschichte nicht allzu lange dauert, um den Mut gänzlich zu verlieren. Wenn nur die Ungewißheit nicht wäre.

Dich und die Kinder grüßt herzlich
Dein Ludwig.

1. „Sudenb. Krhaus" ist das Sudenburger Krankenhaus, in das er zu Beginn der Erkrankung zu Fuß mit Begleitung gehen musste, ca. 2–3 km. Auf dem Weg, es war ihr Schulweg, hat seine Tochter Lieselotte Wellhausen (14 Jahre alt) ihn gesehen, mit blutig geschlagenem Kopf. Er hat sie nicht erkannt, entweder aus Benommenheit oder aus Vorsicht.

2. Arndt lebt mit seiner Frau und drei Kindern im Haus Olendörp 33 in Hamburg. Er hatte vorher die Jugendherberge in Cismar geleitet. Als Sozialdemokrat lief er Gefahr, entdeckt und verhaftet zu werden. Einige Zeit lebten sie unangemeldet in Hamburg und dann in dem Haus. Ihre Überlebensmöglichkeiten waren deshalb sehr eingeschränkt. Seine Tochter Gundel schreibt, dass sie Kirschen verkauft hätten – im Garten wuchsen 14 Kirschbäume in einer Reihe – um über die Runden zu kommen. Sie und einer ihrer Brüder mussten die Kirschen mit einer kleinen Schere vom Baum schneiden, damit am Stielansatz keine Faulstellen entstehen konnten (Gundel Grünert).

31. Kapitel

„Hm, lecker." Finn nahm sich mehr. Sie saßen beim Abendessen und Finn hatte Rhena die nachbarschaftlichen Diskussionen, deren verständliche Angst und diverse Ratschläge ausführlich berichtet.

„Danke. Was tun wir nun?" Rhena war noch in Gedanken bei den Einbruchsgeschichten der letzten zwanzig Jahre. Bei Falko und Hilke hatte man vor nunmehr sechs Jahren die Rollläden hochgestemmt und die Glastür eingeschlagen, war dann aber wohl gestört worden, so dass keine elektronischen Geräte aus den dahinter und darüber liegenden Zimmern gestohlen worden waren. Das war tagsüber geschehen. Bei Nele waren Splitterspuren an der Hintertür aufgetaucht, zwei Jahre zuvor. Nichts geklaut. Auch tagsüber. Und nachts hatte jemand alle golfähnlichen Autos aufgebrochen, schnell und geschickt, und hatte dann aber wohl stundenlang in dem jeweiligen Auto gesessen und den Inhalt der Handschuhfächer Wort für Wort durchgelesen. Nachbarin Nele hatte das gesehen, als sie nicht schlafen konnte. Das war aber auch schon ein Jahr her, die Polizei hatte danach die Streifen öfter durch den Olendörp fahren lassen.

„Ich stufe das als nächtlichen Terror ein", beschloss Rhena. „Da wollte uns jemand einfach nur erschrecken. Was ja auch gelungen ist. Und die Nachbarn überdies. Dass aber auch niemand sich traut, Licht anzumachen, wenigstens das. Was für ein Held dagegen ist der Hausmeister!"

„Mmh. Ich verstehe die Angst. Ich würde auch lieber im Dunklen hinter dem Vorhang stehen. Ich habe übrigens nichts mehr auf der Terrasse oder im Garten gefunden." Finn kaute noch immer.

„Keinen Stein mit einem darumherumgewickelten Papier, auf dem steht: ,Ich warne dich!'?"

„Naja ..." wollte Finn den Scherz in die Länge ziehen.

Rhena zuckte abwehrend mit den Schultern. „Wen kennen wir denn, der auf uns sauer ist?", versuchte sie systematisch vorzugehen.

„Äh, deine Kollegin?" Finn grinste schief.

„Die auch. Aber die wohnt zu weit weg. Außerdem hat sie ihre Vasallen. Oh, der eine könnte es tun wollen, der leckt den Boden hinter ihr auf. Aber dann hätte er sich die ganze Nacht für einmal Lärmmachen um die Ohren geschlagen. Er wohnt in Rostock." Nachdenklich zupfte sie an der Unterlippe.

„Sah er irgendwie malträtiert aus diese Woche?!" Finn stieg ein.

„Ich habe ihn gar nicht gesehen. Und in meinem superunordentlichen Büro, die Falle für ihn, wenn er da nachts etwas sucht, war auch nichts zusammengebrochen."

„Was, da auch?"

„Ja, er kommt anscheinend an einen Generalschlüssel heran. Alle leugnen, einen zu haben, aber wie soll es anders gehen? Und es gibt da außerdem auch eine lange Abhängigkeitskette."

„Ich meine, hast du Beweise?"

„Doch, schon. Eines Morgens war der Schreibtisch völlig umgeräumt, ich habe meine Spickzettel zuerst nicht gefunden und dann mehrere Referate vermisst, die ich zurückgeben wollte. Das war nicht die Putzfrau, die leert nur den Eimer und saugt einmal durch. Die

Referate lagen übrigens auf einem Haufen, der nicht dafür vorgesehen war."

„Wenn es da so unordentlich war wie hier in deinem Arbeitszimmer – wie sollte er da etwas finden?" Finn genoss das gerade.

„Also! Ich weiß immer, wo was liegt! Und nach diesen ominösen Ereignissen habe ich meine engsten und besten Kolleginnen und Kollegen alarmiert und mein Zimmer doppelt so unordentlich gemacht. Privates hatte ich da sowieso nie, im Computer auch nicht. Und Joachim und ich haben dann noch eine Fake-Serie von Mails gestartet. So in die Richtung, dass der pensionierte Professor in Spanien unterrichtet und eine Stelle für Joachim habe, mit Surfen und Outdoor-Soziologie, und er solle mal runterkommen und sich präsentieren. Wir warten jetzt auf das Brodeln der Gerüchteküche."

„Ich meine ... ach so, ich verstehe. Hat er denn nun was geklaut?"

„Ich schätze nicht. Wenn ein Student oder eine Studentin ihren Schein für eine Hausarbeit haben will, die ich gar nicht kenne, dann wissen wir's. Alles andere ist da. Er hat wohl bloß geschnüffelt. Und ich mache es ihm jetzt schwerer. Aber ob er hier nachts auf der Terrasse rumturnen mag – ich weiß nicht. Er ist im Grunde ein kleiner Untertan." Rhena holte tief Luft.

Das war dann doch nervenzerrend, diese Entdeckungen und Aktionen am gemütlichen Wohnzimmertisch mit gutem Essen wieder hervorzuholen.

Finn guckte mitleidig. „Wir wollten doch weiter nachdenken, wer uns ärgern will. Sorry, ich wollte dich nicht so aufregen."

„Schon gut, ist ja alles im Griff. Mir fällt noch mein verrückter Exfreund ein. Den kennst du ja gar nicht. Zwar auch ein Feigling, aber neulich hatte ich ja so ein dummes Gefühl, als er so oft anrief und nichts auf dem Anrufbeantworter hinterließ ..."

„Meinst du?" Finn guckte nachdenklich auf seinen leeren Teller. „Was will er denn?"

„Kontakt. Und Terror verbreiten. Am liebsten nachts, das war schon immer seine Zeit. Aber er ist alt geworden und eben ein Hasenfuß." Rhena wollte nicht darüber reden. Es war schon möglich, dass der Herr sich in Erinnerung bringen wollte. „Aber er müsste von Flensburg hierher kommen. Nachts. Und ob er überhaupt ein Auto hat, wer weiß?"

Finn sah seine Mutter neugierig an.

Sie biss sich innerlich auf Lippen und Zunge. Eigentlich wollte sie nicht so viel darüber reden. Diese Scheiß-Beziehung, da musste nichts weiter erzählt werden ...

„Hätte er's gewesen sein können?" Finn ließ doch nicht locker.

„Weiß ich nicht." Trotzig. Aber Rhena konnte wirklich nichts mit Bestimmtheit sagen.

„Ist er oder war er psychisch krank?"

Sie wurde ruhiger. „Soweit ich das beurteilen kann, ist er Psychopath. Oder Soziopath. Oder Stalker."

Beide schwiegen und sahen den Fernseher, die Bilder an der Wand, die leergegessenen Teller, alles Mögliche an, bloß nicht sich gegenseitig in die Augen.

Verlegen räusperte sich Finn. „Ich wollte dich nicht in schreckliche Gefühle treiben. Ich ..."

„Schon klar. Du hast Recht, zu fragen. Ich habe versucht, es zu verdrängen. Es ist ja schließlich auch schon sehr lange her, dass ich auf ihn reingefallen bin und ihn danach nicht mehr so richtig loswerden konnte."

Finn drückte ihren Unterarm. Rhena hatte lief eine Träne über die Wange, die sie schnell wegwischte.

Ludwig Wellhausen
Nr. 11, Brief aus dem Gefängnis

22.4.39

Meine Grete.

Ich wollte eigentlich gar nicht schreiben diese Woche. Es ist alles so sinnlos, was man sagen kann, da sich doch nichts verändert hier. Aber eben erhalte ich Deinen Brief vom 21. Und da muß ich doch wohl einige Zeilen schreiben. Ich weiß ja, Du brauchst das, um wieder etwas Mut zu haben.

Daß Du mir mit Deinen Klagen (gestrichen: schwer) das Herz schwer machst, hast Du nicht zu fürchten. Schwerer als es ohnehin schon ist, kannst Du es auch nicht machen. Ich weiß aber, daß Deines erleichtert ist, wenn Du Dich mal äußern kannst. Ich habe es vorausgesehen, daß es zuviel an Arbeit für Dich werden würde, daß Du über kurz oder lang darüber seelisch und körperlich zugrunde gehst. Nur, ich kann es nicht ändern.

Du mußt eben denken, ich sei nicht mehr. Manchesmal geht es mir durch den Kopf, ob das nicht überhaupt die beste Lösung wäre, für mich jedenfalls die einfachste.

Gesundheitlich bin ich soweit, daß ich aus der Krankenhausbehandlung entlassen bin. Ich könnte also auch wieder arbeiten. Ich könnte ....., aber wann?

So sitze ich hier unnütz und untätig herum. Dabei mangelt es an Facharbeitern.

Dein Ludwig

Rückseite: Frau
      M. Wellhausen
      Quittenweg 2

32. Kapitel

Rhena saß mit Karsten im allerliebsten türkischen Café und trank heißen Tee, der zwar aussah wie vierundzwanzig Stunden gekocht, aber kein bisschen bitter war.

„Wie sie das bloß machen?", überlegte Rhena.

„Es liegt am System des Apparates. Ein Samowar."

„Samowar ist russisch!"

„Ist doch egal." Karsten machte ein zufriedenes Gesicht und nippte an seinem Teeglas.

„Fährst du wieder mal in den in die Südtürkei?", fragte Rhena.

„Ist mir im Moment zu abenteuerlich."

„Schade. Ich dachte, du fährst mal wieder hin, und ich kriege einen aufregenden Anruf von einer bunten Fahrt zwischen Dörfern, Klöstern und der nächsten Stadt."

„Mal sehen."

Also hatte er die Kontakte zum Tur Abdin nicht weiter gepflegt. Rhena machte das nicht ganz so viel aus. Religionsunterschiede und Schüsse in der Nacht hatten ihr das Land unheimlich gemacht und sie hatte keineswegs vor, dort Urlaub zu machen. Bei seiner Reise hatte sie Höllenängste ausgestanden. Er hatte keine Angst. Damals nicht und auch sonst nicht. Seltsam. Sie hingegen hatte oft Angst. Vielleicht sechs, sieben Mal am Tag. Da fiel ihr etwas ein.

„Wir wissen nicht, wer den Einbruch beziehungsweise den Terrassen-Nachtlärm verursacht haben mag."

„Wen habt ihr in Verdacht? Und wen habe ich auf meiner Liste der möglichen Täter?" Karsten war hochinteressiert.

Rhena rettete das letzte Stück Pizza vom Teller und wischte sich die fettigen Finger an der Serviette ab. Karsten zog einen Notizblock und einen Kugelschreiber aus seiner Lederjacke und begann eine zweispaltige Liste mit den Überschriften „subj. Täter" und „obj. Täter". Rhena grinste ihn an. Klasse Versuch. Aber es war wohl richtig so, ihre ins Kraut schießenden Vermutungen durch einen kühlen Blick einzugrenzen. Immerhin wurde sie in ihrer naiven Phantasie ernst genommen, das fühlte sich einfach gut an. Sie hatte nämlich die Nase voll von den Legionen, die sich – real oder in Gedanken, das spürte sie einfach – mit dem Finger an die Stirn tippten, wenn sie anfing zu reden. Seit dem Gymnasium, wenn sie sich recht erinnerte. Deshalb hatte sie irgendwann nichts mehr gesagt im Unterricht, hatte nur noch die schriftlichen Arbeiten erledigt. Einzig ihr Klassen- und Mathematiklehrer hatte ihre Potenziale erahnt und wohl immer ein oder zwei gute Worte bei den Zeugniskonferenzen für sie eingelegt. Und nun war sie promoviert und das war doch schon mal was. Danke, Herr Kegeler! Und das Mundwerk hatte sich über die Jahre auch wieder gelockert. Und nun war sie mit einem Intellektuellen befreundet, der das sogar gut fand. Wie überaus schön!

„Was schlägst du vor?", riss Karsten sie aus ihren Träumen. Er drehte den Stift zwischen den Fingern, um Ungeduld vorzutäuschen.

„Also. Ein ausgebrochener Sträfling war es nicht. Das Haus steht zu dicht am Gefängnis, da würde er nur die sofortige Verhaftung riskieren. Die meisten verstecken sich lieber im Milieu, und das sind wir als Gartenkolonie und Familienidylle nicht. Ganz alte Weisheit in der Nachbarschaft."

Karsten verdrehte nicht gerade die Augen, aber sie merkte schon selbst, was für Geschichten sie da erzählte. Aber das war wichtig! „Man muss doch auch was ausschließen können, oder? Außerdem bricht niemand nachts um drei aus", trumpfte sie auf.

„Doch. Gerade dann. Sieht man doch in jedem Spielfilm." Karsten hatte ganz offensichtlich Spaß.

„Na, wenn jemand nachts ausbricht, gibt's helles Licht, Alarm, Hubschrauber und sonst was. Die Nacht war aber ruhig. Dann könnte es eine alte Beziehung gewesen sein. Dann fällt mir noch ein, dass der ..."

„Schimanski?" Er hielt die Platte einfach an.

„Ja. So wie neulich schon mal. Als Verdacht natürlich."

Karsten fing an zu bohren: „Was könnte er wollen?"

„Nerven. Terror machen." Rhena fühlte, dass sie in Schweiß geriet.

„Hat er das schon mal gemacht? Ich meine, ich weiß, dass du neulich Angst hattest. Aber da hatte er zunächst doch nur angerufen?" Seine Stimme war leise und vorsichtig.

„Dafür aber zu oft. Und ohne Nachricht. Das nervt schon mächtig. Hat mich ja auch ein paar Tage völlig aus der Bahn geworfen."

„Gab es denn irgendwelche Spuren?"

„Auf der Terrasse lag ein kleiner schwarzer Anhänger, so wie die, die an Reißverschlüssen angebracht sind. Wenn der Anhänger nicht gerade uns gehört und wir wissen gar nichts davon." Erleichtert schwatzte sie auf sichererem Gebiet vor sich hin.

„Kannst du dir vorstellen, dass Schimanski nachts um drei im Spätherbst, fast Winter, in deinem Garten steht und wartet, bis alle Lichter aus sind, und dann noch wartet, bis die Wahrscheinlichkeit groß ist, dass alle tief schlafen, um dann mit Fahrrädern und Stühlen Lärm zu machen?"

So genau – sie überlegte. „Nein. Dafür ist er zu alt und sicherlich viel zu schlaff und ängstlich."

„Wie alt ist er?"

„Moment – 1952 geboren."

„Ich wäre nicht zu alt für eine derartige Aktion." Karsten grinste frech.

Rhena war erleichtert, dass die Strecke geschafft war. Es war eben einfach nicht ihr Lieblingsthema. Andererseits war es gut, diese nebelfetzenartigen Schreckgespenster aus dem Hinterkopf heraus auf die glänzende Tischplatte zu spucken und einmal tief Luft zu holen.

„Es ist mir schleierhaft, wieso ich nach so vielen Jahren immer noch so verhuscht bin, wenn das Thema kommt. Gestern hat Finn mich genauso gelöchert ..."

„Hast du ihn mal wegen Stalkings angezeigt?"

„Nee. Die Polizei macht doch sowieso nichts."

„Ehrlich? Na, du weißt es genauer als ich. Aber man kann sich vor Psychopathen schon ein wenig schützen ..."

Rhena rutschte auf ihrem Stuhl herum und fühlte sich irgendwie leicht. „Wollen wir das ungute Thema mal verlassen und die Diebe suchen?"

„Ach ja. Wen hast du denn noch im Verdacht?"

„Äh – hab's vergessen."

„Ich hätte da noch einige Kandidaten vorzuschlagen. Auf meiner Liste hier links steht jetzt nur einer. Ich schreibe rechts mal weiter." Er kritzelte schnell einige Wörter oder Namen herunter, sie konnte es über Kopf nicht so recht entziffern. Er legte seine linke Hand schützend davor, so dass sie hell aufkicherte.

„Ich schreib nicht ab!"

„Eben. Drum. Warte, gleich ... ich arbeite sie jetzt der Reihe nach mit dir durch. Du sagst deine Meinung und dann verrate ich im Gegenzug, warum ich ihn – oder sie? – aufgeschrieben habe." Er blickte hoch, war offensichtlich fertig mit seiner Liste.

„Erstens ...", Karsten machte eine Pause, „Der Mörder von Tante Lene. Oder sein Handlanger."

Rhena stand der Mund offen.

„Du bist dran."

„... Äh ... das glaube ich nicht. Wer soll das sein? Und warum? Der Arzt vielleicht? Der ist wirklich zu alt und wird sich nicht fremde Nächte um die Ohren schlagen. Und wissen wir überhaupt, ob er Tante Lene ..."

„Gut. Notiert. Könnte er einen Handlanger haben?"

„Das können wir nicht wissen. Ich habe nur einmal mit ihm gesprochen und ihn noch nie gesehen."

„Wir wissen einiges über ihn. Er ist kontrolliert. Er hat das Haus von Tante Lene sehr zeitnah ausgeräumt. Andere Nachbarinnen sind nicht Patientinnen bei ihm, er sucht sich wohl seine Leute aus, beziehungsweise wimmelt andere ab."

„Und er hat Haarausfall, Waschzwang und hat als Junge mit elf Jahren noch ins Bett gepinkelt!" Rhena wurde etwas lauter.

„Gewiss."

„Gehst du denn möglicherweise davon aus, dass er wirklich der Mörder ist? Wie das klingt! Ich meine, es könnte doch sein, dass wir ein anderes Bild von ihm haben könnten, wenn wir ihn zum Beispiel als ruhigen und besonnenen Zeitgenossen einordnen würden", insistierte Rhena.

„Doch. Aber ich habe nur Fakten aufgezählt. Ohne Bewertung", blieb Karsten bei seiner Beweisführung. „Man könnte noch mehr notieren, wenn man ihn in action sehen würde. Es gibt typische Symptome für Psychopathen, und wer eine alte Frau wegen ihres Geldes umbringt, könnte diese Persönlichkeitsstruktur haben."

Rhena schwieg perplex. „Aber du hast mich gefragt, ob er einen Helfer haben könnte", setzte sie zögernd fort. „Das wäre doch Spekulation meinerseits. So oder so."

„Das stimmt. Aber ich nehme dein Bauchgefühl ernst."

„Ich danke dir." Sie machte eine spontane Geste und stieß dabei fast ihr leeres Teeglas um.

„Hol uns lieber noch was von der Theke. Was du willst", schlug Karsten vor.

Sie drehte den Kopf und sah gusstriefende Häufchen mit grünen Pistaziensplittern. Sie rutschte vom Hocker und fischte ihr Portemonnaie aus dem Rucksack. Sie selbst wollte nichts mehr essen. Oder? Einen Versuch ist es wert, entschied sie. Vielleicht mag ich es ja. Unter Glas leuchtete auch türkischer Honig weiß-rosa. Den kannte sie schon. Viel zu süß und gleichzeitig zu trocken. Daneben lagen Mandelhörnchen. Ein Tribut an die Kundschaft. Nein, sie würde sich jetzt ins Abenteuer stürzen und Baclava probieren.

Sie balancierte zwei Teller mit den Kuchenstücken, Gabeln und neuen Servietten zum Tisch zurück und kehrte noch mal um, um die Teegläser vom freundlich lächelnden Besitzer abzuholen. Wieder aus dem Samowar, der in Wirklichkeit ganz anders hieß. Tolle Einrichtung!

„Da hinten gibt's doch diesen Billigladen?" Karstens Atem dampfte in der kalten Luft.

„Meinst du den Türken mit den Taschenlampen, Rucksäcken und Schminkzeug, vieles für 1 oder 2 DM?" Rhena hatte Mühe, mit ihm Schritt zu halten, zumal auf der Grindelallee entsetzlich viele Leute waren.

„Der Gehweg ist zu schmal", stellte sie nicht zum ersten Mal fest.

„Ach ja?" Karsten schien der Slalom nichts auszumachen. Vielleicht war der Gang über diese Straße ein Kick für gelangweilte Städter?

„Willst du was Bestimmtes kaufen?"

„Ja. Irgendwas für eine DM."

Rhena lachte. Schnell machte sie den Mund wieder zu. Die Zähne! „Es ist so kalt", mümmelte sie.

„Dann geh schneller." Er zog sie an der Hand voran, bis sie leicht angewärmt in den schmalen kleinen Laden rauschten. Der Besitzer schaute nicht einmal hoch.

„Guck mal, der hat gar keine Angst, beklaut zu werden", flüsterte Rhena. „Der Jacken- und Mützenfritze an der Nordsee springt immer gleich von seinem Stuhl, wenn er mich sieht. Ich habe wohl so was Verlottertes, Klauendes an mir ..."

Karsten hörte gar nicht zu. Er wühlte sich durch die Stöbertische und Schubladen, hielt mal einen Schlüsselanhänger in Form einer Taschenlampe hoch, die sogar funktionierte, dann wieder eine Federboa in kreischendem Pink.

„Die wollte ich schon immer haben", spottete Rhena. Plötzlich stürzte sie auf ein kleines rotes Herz. Hinten war ein Clip befestigt, auf dessen Druck hin das Herz blinkte. „Das hier!", hauchte sie verzückt. „Das wollte ich schon immer."

Karsten lachte: „ Was machst du damit?"

Rhena sammelte sich. „Also. Äh ... wenn man das an die Hüfte clipst, bei mir die rechte, dann ist der Impuls beim Flop deutlicher."

„Aha." Karsten schob sie zur Kasse.

Ludwig Wellhausen
Nr. 13, Brief aus dem Gefängnis

d. 7.5.39

Meine liebe Grete.

Noch einmal nehme ich Gelegenheit Dir zu schreiben; denn die Entscheidung, ob wir uns in absehbarer Zeit wieder sehen werden, soll am Montag, also morgen, fallen. Ich bin am Sonnabend dem Untersuchungsrichter vorgeführt worden, der darüber bestimmt, ob ich in Untersuchungshaft kommen soll.

Die Entscheidung ist aber auf morgen zurückgestellt.

Ich hatte angenommen, es sei mit mir alles so weit geklärt, und kann mir gar nicht vorstellen, weshalb ich nun nach diesem 4 Monaten Haft noch auf unbestimmte Zeit in Untersuchung kommen müsste.

Meine seelische Verfassung über diese abermalige Ungewißheit kannst Du Dir denken. Das wirkt sich natürlich auch körperlich aus. Aber noch will ich den Kopf nicht hängen lassen und hoffen, Dich und unsere Kinder doch bald wiederzusehen und für Euch sorgen zu können. In diesem Sinne habe ich auch an die Staatspolizei heute noch geschrieben.

Immer Dein

Ludwig.

Demnach ist er am Sonnabend, den 6.5.39, zum ersten Mal seit dem 12.1.39, dem Untersuchungsrichter vorgeführt worden.

33. Kapitel

Rhena verließ Karstens kleine Wohnung ungern. Jedes Zimmer war eine andere Mischung aus spartanischer Kunst, alles Nötige so zu platzieren, dass der Raum leer wirkte. Nicht leer im üblichen Sinne, sondern frei für Gedanken, die nicht verstopft wurden oder hängen blieben, die umstandslos aus den hohen Fenstern direkt hinein in die fast braunblättrigen Bäume der winkligen Kopfsteinstraße in Eimsbüttel schweben konnten.

Sie hatten sich einen Rhena bis dahin völlig unbekannten Kräutertee eingeflößt und dabei weitere Varianten eines Einbrechertypus oder, wenn man so will, eines Lärm-Mach-Typus durchgesprochen und verworfen. Gut, dass sie mal darüber gesprochen hatten! Sie waren kein Stück weiter gekommen, aber die Besorgtheit war gewichen.

Rhena stand am Fenster und blickte in den Garten. Eigentlich war das Haus im Olendörp ganz gut gesichert. Auch wenn sie in Bremen war und dort unterrichtete, beziehungsweise schuftete, war Finn regelmäßig hier und konnte aufpassen. Musste man denn auf ein Haus achten wie auf einen Hund oder eine Katze? Bei dem Gedanken musste sie lächeln – schließlich war es doch nur ein Haufen Steine ... Allerdings, räumte sie sich ein, schwebte eine Art Spirit von Ludwig Wellhausen darin, der von Oma, Mutter und nun Tochter beziehungsweise Enkelin und Urenkel wach gehalten wurde.

Und der nächtliche Überfall betraf wohl ziemlich sicher nicht das Haus, sondern Rhena sollte aufgeschreckt und gewarnt werden. Aber die Frage: Wovor bloß? stand ungelöst in der Luft.

Macht nichts, auf ein Neues, war ihr liebster Wahlspruch. Deshalb waren ganz bestimmte Pläne wieder in den Vordergrund gerückt. Erstens: Sobald Zeit wäre, würde sie noch einmal in Moers einige Orte aufsuchen, fotografieren und vor allen Dingen mit einigen Personen sprechen, die Lene gekannt haben mochten. Es sollte ein ungeklärtes Bild abrunden und ihr die Gewissheit geben, alles Mögliche getan zu haben. Lene ruhte sowieso schon, also konnte ihr „Fall" es auch bald mal tun. Obwohl, der Gedanke piekste, einen Täter auszumachen, auf den man mit dem Finger zeigen konnte. Das wäre wirkliche Genugtuung.

Zweitens: wollte sie ebenfalls wieder, wenn Zeit ist, zum Beispiel in den Weihnachtsferien, Opas Briefe zu Ende übersetzen und alle Recherchen sammeln und ordnen, um eventuell unerforschte Gebiete besser einkreisen zu können. Dann könnte sie im März Susi und Bodo noch einmal besuchen.

Solche Pläne waren prima, fand sie. Karsten hingegen sagte, als sie telefonierten: Ja, mach doch einen Plan, und mach noch einen zweiten, geh'n tun sie beide nicht. Was heißen sollte, aufmerksam zu bleiben für kommende Geschehnisse, quere Gedanken, um dann spontan handeln zu können. Irgendwie.

„Ach du, wir haben völlig vergessen, den Flop mit dem Herzchen-Licht auszuprobieren."

„Morgen." Karsten Stimme brummte zufrieden.

Rhena war aber so voller Elan, dass sie ihre To-Do-Liste unbedingt abarbeiten musste. „Und den Einbrecher haben wir auch noch nicht gefangen."

„Wechsel mal das Ohr."

„Ach, das wolltest du mir immer noch mal erklären!" Aber sie tat ihm schon mal vorab den Gefallen.

„Ich wollte etwas ausprobieren. Die beiden Gehirnhälften werden überkreuz angesprochen. Wenn du links antriggerst, also mit dem rechten Ohr hörst, dann werden eher rationale Bereiche aktiviert."

Das war eine neue Erkenntnis!

„Wo hast du den Hörer denn?"

„Eben rechts. Nun links. Dann müsste ich jetzt aus dem Bauch reagieren. Ich merke aber nicht so viel."

„Aber am Balken zwischen den Gehirnhälften müsstest du jetzt was merken. Blinkt es?"

Er lachte. „Bestimmt!"

„Ich tippe aber mal, so bärig wie du klingst, dass deine rechte Gehirnhälfte gerade arbeitet."

„Meinst du? Na, dann."

Wieder war nur Karstens Brummen zu hören.

„Was würdest du jetzt am liebsten tun?", fragte Rhena schnell. „Sag mal, ich sag dann auch meins und wir vergleichen."

„Erst du."

„Nein, du!"

„Gut. Ich ... äh ... mir fällt nichts ein."

„Dann möchtest du wohl tun, was du gerade tust."

„Da könntest du Recht haben. Doch, mir fällt was ein. Ich möchte das Sportabzeichen dieses Jahr machen und muss noch Schwimmen. Kommst du mit?"

Rhena empfand das als nicht allzu aufregend. Oder anregend. Nicht zwischen Walrössern und delphinigen kreischenden Gören. Sie bremste sich aber.

„Was fällt dir noch ein?"

„Nach Paris fahren." Er kicherte ein bisschen.

„Da mache ich sofort mit. Jetzt gleich?"

„Nein, das kann noch warten. Weißt du, dass ich das mal gemacht habe?"

„Erzähl!"

„Es war ... nach dem Studium jedenfalls. Peter und Barbara ...", er machte eine Pause. Vielleicht für Beifall? Nein, sie durfte wohl fragen, wer Peter und Barbara sind, „... ach, das sind keine, die du kennst. Also die beiden und ich saßen im Abaton-Café und irgendjemand sagte ganz unvermittelt: ,Ich möchte nach Paris.' Daraufhin sind wir ohne ein weiteres Wort aufgestanden, die paar Straßen weiter zur Dillstraße gegangen, wo Peter wohnte, sind in seinen Ford Taunus gestiegen und losgefahren. Es war so vier, fünf Uhr nachmittags. Am nächsten Morgen waren wir in Paris. Wir stiegen aus, sagten, aha, wir sind in Paris, und dann sind wir zurückgefahren." Karsten lachte.

„Ihr habt nicht mal da gegessen oder was angeguckt?"

„Nee. Wir waren ja in Paris. Das reichte."

Rhena gackerte jetzt auch los. „Spitze. Wart ihr bekifft?"

„Nicht dass ich wüsste. Aber ich kann meine Hand nicht dafür ins Feuer legen." Er lachte immer noch.

„Wir können das aber nicht einfach kopieren. Das muss ein anderes Szenario werden."

„Oder man nimmt es sich vor und dann wird's ein Ausflug zum Duvenstedter Brook."

„Oder ins Schwimmbad."

Beide schwiegen andächtig – diese unbegrenzten Möglichkeiten!

„Dann ist mein Wünsche-Plan aber viel zu profan. Da steht unter anderem drauf, ein paar Kilometer zu laufen."

„Das finde ich auch gut. Aber nicht in deiner Wohnung mit den Enten im Wallgraben davor. Lieber woanders."

Sie verabredeten sich schließlich zum Schwimmen im Universitätsschwimmbad, was nach Karstens Beteuerungen von fast niemandem besucht wurde, höchstens mal von einem Studio-Athleten, der das Wasser wie eine Rennyacht durchpflügte und dann wieder durch eine geheimnisvolle Tür verschwand. Das wollte Rhena unbedingt sehen, einen Hort der Geldverschwendung, von dem niemand etwas wusste.

Sie musste dennoch ein bisschen zügig arbeiten, acht Seminare waren vorzubereiten und etwa 127 Altlasten, sprich Hausarbeiten, durchzusehen. Wenigstens ein paar. Sie kochte sich eine Kanne Roibuschtee und stellte sich einen weißen Becher mit blauen Punkten, das mexikanische Süßkraut und die dicke blaue Kanne auf dem dazugehörenden blauen Stövchen auf den Küchentisch, um dann geordnet mit Papier zu werfen. Der Einbrecher war weit weg verbannt. Tante Lene und Opa nicht ganz so weit.

Margarethe Wellhausen

Nr. 12, Durchschlag eines Gesuches an Göring,
handschriftlich

Magdeburg 13. Juni 1939

Betrifft: *Gesuch um Aufhebung der*
Schutzhaft des Ludwig Wellhausen
Magdeburg-Reform, Quittenweg 2
z. Z. Polizei Gefängnis Magdeburg.

An den

    Herrn Ministerpräsidenten
    Generalfeldmarschall Hermann Göring
    Berlin

Die Unterzeichnete bittet höfl. um Kenntnisnahme und
Prüfung nachstehenden Sachverhaltes:

Mein Ehemann, Ludwig Wellhausen, geb. 3.10.1884 in
Hannover befindet sich seit dem 12.1.1939 in Schutzhaft.
Er war vom Nov. 1926 bis zum Januar 1933 in Hamburg
als Sekretär der Sozialdemokratischen Partei, und ab
Januar 1933 bis zur Auflösung derselben in Magdeburg
in gleicher Stellung tätig.
Nach 1jähriger Erwerbslosigkeit fand er Arbeit als
Monteur in der Maschinenfabrik Buckau, R. Wolf A.G.,
Magdeburg-Buckau, Abt. Zuckerfabriken, bis zu seiner
Inhaftnahme am 12.1.1939. An diesem Tage wurde er
als Schutzhäftling dem Polizei-Gefängnis Magdeburg
zugeführt und ist heute noch dort. Während der Haft

wurde er wegen schwerer Mittelohrentzündung, die eine zweimalige Operation nötig machte, auf 5 Wochen ins Krankenhaus eingeliefert. Die Folgen dieser Erkrankung, Lähmung der rechten Gesichtshälfte, sind heute noch nicht ganz beseitigt. Würden aber bei sachgemässer Behandlung bald verschwinden.

Vor ca 7 Wochen wurden die Ermittlungen vom Untersuchungsrichter geprüft und kein Haftbefehl gegen meinen Mann erlassen. Gleichzeitig wurde mir von der Gestapo, Magdeburg, mitgeteilt, dass ein Antrag auf Aufhebung der Schutzhaft nach Berlin eingereicht sei. – Da, wie schon erwähnt, diese Zusicherung vor etwa 7 Wochen gemacht, und für Erledigung des Antrages 2-3 Wochen genannt wurden, bittet die Unterzeichnete aus folgenden Gründen um baldmöglichste Prüfung und Erledigung dieses Antrages.

Um der öffentlichen Wohlfahrt nicht zur Last zu fallen, habe ich meinen erlernten Beruf nach 20jähriger Pause wieder aufgenommen und bin als Buchhalterin beschäftigt. Durch meine Abwesenheit von Morgens bis Abends bekommen meine 2 Kinder, 11 und 14 Jahre, nicht ihr Recht. Ich selbst bin 46 Jahre alt und infolge der Ueberbeanspruchung durch Erwerbstätigkeit, Kinder und Haushalt, hinzu kommt die Sorge um meinen Mann, nicht imstande, diese schwere Belastung noch lange zu tragen.

Erwähnt sei noch, dass die Maschinenfabrik Buckau die Rückkehr meines Mannes erwartet, da er als Spezialist dringend benötigt wird.

Da meine Vorstellungen bei der Gestapo Magdeburg erfolglos geblieben sind, wende ich mich voll Vertrauen

a (an) Sie, Hochverehrte Exellenz, in der Hoffnung auf
Ihre gerechte Entscheidung.

Heil Hitler!

Margarethe Wellhausen
Magdeburg-Reform
Quittenweg 2.

Es ist anzunehmen, dass dieses Gesuch auch ab-
geschickt wurde. Wie bekannt, hatte es keinen Erfolg.

34. Kapitel

Während Rhena begeistert einem Vortrag über die Probleme von Jugendlichen aus biologisch-physiologischer Sicht lauschte, machte sie sich ein paar Notizen. Sie wollte nur ein oder zwei Ideen ergänzen, falls Sebastian und Tanja nicht daran dachten. Zum Beispiel, dass man klare und deutliche Worte mit einem entsprechendem Gesichtsausdruck als Mittel der Wahl hatte, wenn die Armen wegen ihrer Baustelle im Kopf nicht mehr unterscheiden konnten, ob jemand ängstlich oder böse war. Die pädagogische Intervention könnte dann möglicherweise Spuren hinterlassen – nebenbei zur Orientierung verhelfen, falls gerade mächtiger Aufruhr in der Sporthalle herrschen sollte. Das wollte sie sagen. Eventuell.

Ihr Stift schrieb noch etwas. Das tat er manchmal. Margot suchen. Lisa Wischer anrufen. Sie freute sich über ihren Bauch, der sich so gemeldet hatte. Sie schrieb noch „Stammbaum suchen" hinter Margot. Sie wusste nur, dass es eine Verwandte aus Hannover war, Cousine oder Nichte oder so etwas ähnliches von Opa. Und Lisa war wirklich ein guter Einfall. Sie war immer die andere beste Freundin ihrer Mutter gewesen, seit die beiden mit 15 oder 16 Jahren ihre Lehre in Magdeburg angefangen hatten. Und sie war mit ihrem ersten Kind, Olli, auch sehr oft in Hamburg zu Besuch gewesen, bis 1961 die Grenzen zugemacht wurden, und Besuche fast unmöglich wurden. Olli lag vor Rhenas Augen heulend im Teich. Sie hatte ihm die Hand hingehalten, damit er aufstehen konnte, aber er wollte Mama ...

Lisa Wischer war geistig fit und wusste vielleicht etwas.

Aber zunächst musste Rhena zuhören und ihren Respekt zollen.

Die beiden Studenten präsentierten ihr Thema wirklich schick, sahen sofort Ansätze zu Nachfragen und Anmerkungen ihrer Kommilitoninnen und Kommilitonen, führten nachgerade ein Gespräch mit ihnen. Die Atmosphäre im Raum über den Sporthallen war aber auch irgendwie muckelig. Über das gelbliche Licht des alten Overheadprojektors herrschte leicht grünliches, wohl vom Hallenboden und den Wänden reflektiertes mit dem der Neonröhren gemischtes Licht, so dass man sich wie in einem Aquarium mit warmem Wasser fühlte. Spekulatiuskekse zwecks Stimmungsaufhellung (so hatte der Rathaus-Apotheker das genannt, als sie ihn nach der früher, vielleicht schon seit dem 16. Jahrhundert, verwendeten Tonga-Nuss gefragt hatte) gingen herum, viele hatten Tee oder Apfelschorle dabei, eine wirklich angenehme Studieratmosphäre.

„Gibst du mir bitte mal die Telefonnummer von Lisa Wischer", bat Rhena ihre Mutter.

„Moment ... Lisa ..." Es raschelte im Hörer, dann diktierte sie zügig die Nummer. „Wo bist du denn gerade?", fragte Lieselotte Wellhausen.

„Ich bin in der Uni. Du kannst sie ja auch gleich anrufen. Ich wollte sie was fragen zur Zeit zwischen 1939 und 1940."

„Da habe ich soviel vergessen", seufzte Lieselotte.

„Naja. Hmm ... Ich dachte, ihr beide seid schon immer und ewig so eng befreundet, da könnte sie vielleicht noch irgendetwas erinnern, was ich wissen möchte."

„Grüß sie schön von mir", trug Lieselotte ihrer Tochter auf.

„Du kannst selbst mit ihr sprechen."

„Ach ja? Das ist überhaupt eine gute Idee!" Ihre Stimme wurde belebter.

„Wir spielen das Spiel, wer sie zuerst erwischt, ok? Also: Auf die Plätze, fertig, los." Rhena legte schnell den Hörer auf und suchte nach ihrem Zettel, auf dem „dienstliche Anrufe" und „private Anrufe" stand. Mit den Nummern 01 und 03. Aber welche war noch mal welche? Wenn sie so weiter trödelte, würde sie verlieren. Sie tippte die Nummer in Calbe in Windeseile ein – besetzt! Sie grinste vor sich hin, als sie sich die fliegenden Finger ihrer Mutter vorstellte. Die war im Tippen und Eintippen eben doch Weltmeisterin. Sie sah auf die Uhr und entschied, dass sie es in einer halben Stunde noch mal versuchen würde. So lange würden die beiden wohl schnattern, über dies und das und die Kinder und Enkelkinder. In der Zwischenzeit würde sie die Tausenden von Werbemails aus ihrem Computer löschen, die die Universität einfach nicht abfangen konnte. Oder mochte? Wer will schon „penis longer" haben?!

Da das Telefon von Lisa immer noch besetzt war – was erzählten sich die beiden bloß? – guckte Rhena die nicht gelöschten Mails durch. Das waren nicht mehr so viele. Da – von Nadja Pappel gab es eine Nachricht! Die hatte natürlich Vorzug vor allen anderen. Nadja schrieb, dass sie einige Fotos geschossen hätte. Die Badeanstalt sei leider bereits geschlossen gewesen, aber von der Brücke über den Flussarm – das war doch ein Teich! – habe sie mit Teleobjektiv zauberhafte Fotos von den blauen und roten Holzkabinentüren machen können, die tatsächlich so erhalten geblieben seien dank Denkmalschutzbestimmungen und der Tatkraft der Freiwilligen Feuerwehr, von denen sie einen Kollegen kenne und befragt habe. Die Fotos seien in Nebelschwaden hinein geschossen worden. Wie Rhena das fände. Natürlich super! Und sie wäre auch im Bucheckernstieg herumgekrochen, aber bei Nr. 49 sei kein Namenschild an der Tür, und es sähe ganz unbewohnt aus, allerdings hingen Tüllgardinen vor den Fenstern. Na, das war ja nichts Neues. So hatte es im September auch ausgesehen. Dennoch war auf der Terrasse ein Sonnenschirm aufgespannt gewesen. Davon hatte Rhena nämlich ein Foto gemacht. Nein, das gibt's nicht! Nadja war ebenfalls den kleinen Schleichweg gegangen und hatte im Garten frisch umgegrabene Haufen Erde entdeckt. Mehr als ein Maulwurf schaffen konnte. Sie habe Herzklopfen gehabt, weil sie da eigentlich nichts zu suchen gehabt hätte, aber im Haus habe sich nichts gerührt, Fenster blind und still. Und ungeputzt. Das klang ganz schön aufregend, fand Rhena. Und sie solle sich mal melden. Und im Anhang seien die Fotos. Toll! Was Nadja bloß für eine teure Kamera haben mochte, digital und mit Teleobjektiv!? Sie klickte die Fotos an und war begeistert. Von den verwischten Badeanstalt-Impressionen. Und ganz schön erregt. Der Garten von Tante Lene, naja, ihr Ex-Garten, sah aus wie ein

Schlachtfeld. Und da waren keine Bewohner? Sehr seltsam.

Rhena kaute auf ihrem Stift und stierte ins Dunkle, weiter entfernt gab es ein bisschen beleuchtetes Bremen. Frau Golddistel! Die ja wenig Kontakt hatte und eigentlich gar nichts wusste. Die musste doch etwas bemerkt haben. Aber zuerst wollte sie Lisa anrufen, bevor es zu spät wurde für die alte Dame. Die Telefonnummer von Frau Golddistel konnte sie sich aber schon aus dem Internet holen, die lag nämlich sicher und trocken in Hamburg im Bücherregal.

Lisa saß offensichtlich auf ihrem Telefon. Rhena rechnete kurz nach. Die Frau war auch schon weit über 70, vielleicht hatte sie es bloß falsch aufgelegt. Sie würde irgendwann später in der Woche mal deren gutes Gedächtnis anzapfen. Sollte sie jetzt nach Hause gehen oder ...?

Sie entschloss sich, Nadja Pappels Mail zu beantworten. Dann würde sie, bestimmt wieder als Allerletzte, den Sportturm verlassen. Auf den schnüffelnden Kollegen wollte sie nicht warten, dann hätte sie das Licht löschen und sich selbst ein paar Stunden auf dem Sofa vergnügen müssen. Und sie hätte möglicherweise sogar das Auto umparken müssen, damit alle Spuren ihrer Anwesenheit verwischt wären. Aber, nein danke zur Nachtwache. Allerdings, fiel ihr ein, sie hatte ihn beim Vorbeihuschen im 1. Stockwerk auch nicht gesehen. Alle, naja, fast alle, ließen ihre Bürotür offen, wenn sie anwesend waren. Höchstens bei Prüfungen machte man mal die Klappe zu, dann hing aber meistens ein entsprechender „Bitte nicht stören"-Zettel an der Tür. Er war also gar nicht da. Auch interessant. Krank? Schwänzend? Auf Kongressen herumtobend? Auf Recherche für seine heißgeliebte Kollegin unterwegs? Egal. So wichtig war der Mann nun auch wieder nicht.

Rhena tippte schnell mit ihrem 3-Finger-System einen heißen Dankesbrief an Nadja. Sie dachte sogar daran, die Buchstabendreher zu verbessern, sonst versteht sie ja gar nichts! Sie schickte die Mail ab und guckte noch einige Anfragen von Studenten (keine Studentinnen heute) durch, wann denn Sprechstunde war.

Irgendetwas veränderte sich auf dem Schirm. Da, eine weitere Mail von Nadja. Die ist aber noch fleißig, wunderte sich Rhena. Um 21 Uhr 17! Sie las: „Falls es möglich ist, ruf mich doch bitte schnell an. Ich bin besorgt!"

Rhena griff zum Hörer.

„Pappel." Sie hatte Stress in der Stimme.

„Hallo, hier ist Rhena Kuhl."

„Ach, du ... gut, dass ich dich an der Strippe habe." Sie wechselte wie ein Blaulicht zu Erleichterung und wieder zu Aufgeregtheit. „Im Bucheckernstieg ist irgendwas Unheimliches im Gange. Hast du dir die Fotos angeguckt?"

„Ja. Die vielen Erdhaufen ..."

„Genau", unterbrach Nadja ihren Versuch, auch mal etwas zu sagen. „Ich habe mit der Nachbarin gesprochen, und die hat schon mehrmals die Polizei angerufen, weil dort seltsamer Lärm gemacht wurde.

Wohl das Graben und Schaufeln. Die Bewohner sind nämlich ausgezogen, weil sie Angst hatten. Des öfteren haben sie morgens Grabspuren in ihrem Garten gefunden und die Polizei hatte keine Lust oder vielleicht auch nicht das Personal, um dort regelmäßig Streife zu fahren."

Rhena hatte eine Menge Fragen, aber sie kam nicht zum Zuge.

„Und nun, wo das Haus leer steht, passiert es noch öfter. Die Nachbarin hat sich inzwischen einen Hund angeschafft und lässt ihren Sohn so oft wie möglich antanzen, in der Hoffnung, dass er mal nachts wacht oder zumindest dort schläft, aber das klappt nicht."

Da Nadja irgendwann einmal Luft holen musste, war Rhenas Moment gekommen. Aber zuerst das Naheliegende: „Ist die Frau alleinstehend?"

„Ja, ihr Mann ist vor ein paar Jahren gestorben. Hast du irgendeine Idee, was da abläuft, ich meine, du kanntest doch einige Leute dort. Deine Tante lebt ja nicht mehr, aber ..." Nadja zögerte.

„Ich kenne eine Nachbarin, was heißt kennen, ich habe ein Gespräch mit ihr geführt. Wie heißt denn die Frau, die da offensichtlich sehr verängstigt ist?"

„Waldbaum oder Waldbusch. Ich hab's irgendwo aufgeschrieben. Warte mal ..."

„... nein, lass mal. Frau Waldbusch kenne ich nämlich nicht ... hallo?" Rhena sprach in einen leeren Hörer. Wenn die überaus cool wirkende Nadja so aufgedreht war, dann musste etwas dahinterstecken. Ein dickes Ding. Rhena fasste einen Entschluss.

„Hörst du?", keuchte Nadja.

„Ja. Bist du Treppen gelaufen?"

„Mein Arbeitszimmer ist im Keller. Ich weiß wieder, wie sie heißt. Wallbaum. Ich konnte den Zettel noch nicht finden, aber ich erinnere mich wieder."

„Nadja?" Rhena wollte sichergehen, dass sie ihre volle Aufmerksamkeit hatte. „Wie findest du es, wenn ich dieses Wochenende nach Moers komme ..."

„Prima! Du schläfst natürlich bei uns, das war abgemacht."

Rhena schluckte ihre Jugendherberge herunter und freute sich. Sie besprachen Ankunftszeit, am Donnerstagabend, gern, Essenswünsche, esst ihr auch Vollwert, ja klar, gaben sich gegenseitig ihre Handynummern für alle Fälle und verabschiedeten sich herzlich, aufgeregt und auch ein bisschen unternehmungslustig.

Da habe ich mir aber was eingebrockt, dachte Rhena. Aber stärker als die Besorgnis war die Neugier. Was sollte schon groß passieren? Zu wenig Schlaf und Erholung würde ihr das Wochenende einbringen, selbst wenn es nichts zu ermitteln gab, weil sie ein Stück weit fahren musste, bei im Grunde fremden Leuten wohnen, essen, schlafen musste, ach, das zählte doch alles nicht so recht. Sie wurde wohl alt, wenn sie ihr Sofa, die Ruhe vorm Fernseher und ihr Bett nicht für ein paar Tage entbehren konnte. Im Frühherbst ging's doch auch!

„Ich werde nicht mit dir Schwimmen können am Freitag."

„Wie schade! Was gibt's denn?"

„Wie findest du den Donnerstag oder Freitag darauf?"

„Geht bestimmt. Also, erzähl!"

„Ich werde den Ritter in der schimmernden Rüstung spielen."

„Nun mach's doch nicht so spannend!"

„In Moers ist der Teufel los. Nachts. Die Nachbarin ruft die Polizei, ihr Wachhund ist alarmiert, Nadja hat Fotos gemacht vom umgewühlten Garten und ich soll jetzt helfen."

„Du machst Scherze!"

„Nein, wirklich! Glaub's mir! Ich schicke dir morgen früh die Fotos per Mail rüber."

„Hast du denn eine Internetbuchse? Oder ein Modem?"

„Keins von beiden. Nur das runde Loch für die Fernsehantenne, naja, nutzlos, hier gibt's Kabelfernsehen, und eine Buchse für ein Telefon ... stimmt, ich könnte mir ein Modem kaufen. Aber nicht heute Nacht."

Karsten giggelte ein bisschen. Aber die Aufregung war größer. „Erzähl genauestens, bitte. Bis morgen früh halte ich das nicht aus. Oder doch? Lass mich nachdenken. Nein! Und außerdem: Was willst du da ausrichten? Bist du etwa Superwoman?"

Beide lachten jetzt. Das erleichterte doch ein bisschen. Rhena wusste doch selbst nicht, was sie tun konnte. Das sagte sie ihm auch. Außerdem beschrieb sie so präzise wie möglich die Fotos, die sie sich leider nicht ausgedruckt hatte. Aber die Eindrücke waren noch frisch, so dass sie Karsten alle Erdhügel und ihre ungefähre Größe und den verheerenden Eindruck, den der Garten machte, haarklein schildern konnte. Schließlich stimmten sie darin überein, dass Angucken vor

Ort, zumindest bei Tageslicht oder sogar bei Sonnenschein, ein Bild geben konnte, das möglicherweise neue Handlungsideen erzeugen mochte. Zumindest war bedenkenswert, dass sowohl Nadja als auch die Nachbarin, ganz besonders aber der Hund der Nachbarin, die nächtlichen Vorkommnisse und deren Resultate überaus besorgniserregend fanden – und die Polizei nicht! Und dann fanden beide auch, dass Frau Golddistel eine große Hilfe sein könnte.

„Zwischen den Veranstaltungen habe ich, abzüglich Toilettenzeit und Teewasser-Aufsetzen, etwa sieben Minuten. Da werde ich sie anrufen."

„Ist es wirklich so hektisch bei dir?"

„Eigentlich bin ich im 6. Stock weitab vom Schuss. Aber die marodierenden Scharen treiben durchs Haus und finden mich immer. Etwa alle eineinhalb Minuten höre ich im Rücken ‚Stör ich?' und ‚Kannst du mal eben ...', so dass es keine Pausen gibt. Selbst neulich auf Klo ..."

Sie musste eine kurze Pause machen, weil Karsten so laut lachte. Bis er sich beruhigt hatte, konnte sie das Thema zu beider Vergnügen noch ein wenig anreichern und variieren. Stoff genug gab es.

Ludwig Wellhausen

Nr. 21, Brief aus dem KZ Sachsenhausen,
ohne Datum, sicher nach dem 9. August 1939,
aber vor dem 17. September 1939;
„1" in Margarethe Wellhausens Schrift;
Din A 5, schwarze Tinte auf Vordruck

oben links:
L. Wellhausen
Nr. 1268
Block 65

Meine liebe Grete.
Du wirst wohl schon auf Nachricht von mir gewartet
haben. Nun werden Dich diese Zeilen beruhigen. Du
ersiehst auch gleich aus dem Vordruck, daß die Möglich-
keit gegenseitiger Mitteilungen durch Vorschriften
geregelt ist die auch Du einhalten mußt; sonst ist es
sinnlos zu schreiben. Allerdings möchte ich Dich doch
dringend bitten, mich immer über dein Befinden und
das Leben der Kinder zu unterrichten. Ihr seid es doch,
denen meine Gedanken an zuhause gelten. Vor allem
der Junge, der nun allzuviel allein ist. Ich hoffe ja, daß
seine Erziehung im Jungvolk das ersetzt und ergänzt,
was er seitens seiner Eltern nicht haben kann. – Mir geht
es soweit gut. Was Du mir zugute tun kannst, steht auch
im Kopfteil. Nur möchte ich, daß Du von Deinem gerin-
gen Einkommen nicht mehr für mich abzweigst, als Du
im äußersten Fall entbehren kannst. Das kann ja nicht
entfernt 15,– RM in der Woche sein; soviel könnte ich
empfangen. Aber vielleicht können meine Geschwister

mal mit einspringen. Sie senden dann aber am besten
das Geld an Dich, damit es immer von einer Stelle
kommt. Der Postabschnitt darf hinten nicht beschrieben
sein. Auf dem linken Abschnitt der Postanweisung mußt
Du (gestrichen: ...?ter) unter „betrifft" schreiben:
L. Wellhausen, Nr. 1268, Block 65. Merk Dir das alles,
auch 1.) _ / daß _ / Briefumschläge nicht gefüttert sein
dürfen, 2) mit Tinte schreiben, 3) Absender angeben,
sonst gehen die Briefe zurück. Jedem Brief dürfen bis 5
Marken je 12 Pf. beigelegt werden, aber vorläufig habe
ich noch. – In aller Liebe grüßt Dich und die Kinder

Dein Ludwig

Stempel der
Postzensurstelle K.L. Sh.
Geprüft: *(Unleserliche Unterschrift)*

Am 9. August 1939 wurde Ludwig Wellhausen aus dem
Polizei-Gefängnis Magdeburg ins Konzentrationslager
Sachsenhausen abtransportiert.

35. Kapitel

Münster-Nord. Sie erkannte die Waldspitze links. Aber die Häuser des Nordviertels waren einfach nicht mehr zu sehen, dazu waren die Büsche und Bäume in den letzten Jahrzehnten zu sehr gewachsen. Immerhin noch ein Rest Ökologie, dachte Rhena. Es gab dort wohl nach der Beschreibung – von wem eigentlich? – eine Reihe von neugebauten Mittelklasse-Familiensitzen, in Zweier- oder Viererblocks angeordnet. Dafür mussten bestimmt ein paar Pferdewiesen dran geglaubt haben. Von der Autobahn aus sah alles ganz friedlich-landwirtschaftlich aus. Nicht gerade freier Wildwuchs, aber viel Grün. Es fühlte sich überdies nicht mehr nach Heimat an. Auch gut. Sie richtete ihren Blick wieder auf die Straße. Die schlimmste Strecke hatte sie hinter sich.

Die Autobahn war jetzt weniger befahren, es war diesig und recht kalt. Draußen. Sie schob die Heizung ein wenig herunter, damit sie keine gebratenen Füße und keinen dicken Kopf bekam. Weil die Musik im lokalen Radio so lieblich vor sich hin plätscherte, konnte sie überlegen, wie sie vorgehen könnte im Fall Gartenausgrabungen. Laien-Ermittlung. Spinnerei. Aber halt – da hatte jemand Angst gekriegt und jemand anderes war besorgt.

Nur Frau Golddistel war geradezu aufgeblüht. Endlich war mal wieder was los! Sie hatte anscheinend mehrere

Nächte mit der Nase am Wohnzimmerfenster geklebt, selbstverständlich ohne Licht zu machen, und hatte versucht, das Dunkel, das über Moers und Duisburg nie ganz schwarz war, zu durchdringen. Sie hatte sogar ganz behutsam das Fenster geöffnet und zwanzig, dreißig Minuten in der Kälte ausgeharrt, um besser hören zu können. Auf die Idee, die Polizei anzurufen, sei sie auch schon gekommen, aber nachdem die Nachbarin Frau Wallbaum doch schon umsonst telefoniert hatte, befürchtete sie, als wirre Alte abgestempelt zu werden, und das sei sie nun weiß Gott nicht! Deshalb war sie auch überglücklich, dass Rhena anrief. Endlich mal einen Schritt weiter in den kriminologischen Forschungen. Frau Golddistel hatte das anders ausgedrückt, aber Rhena hörte heraus, dass ihr das Prinzip des Steinchen-um-Steinchen-Zusammentragens wohl am nächsten lag. Sie hatte Zeit. Und sie konnte sich gedulden. Wenn man bloß immer gut aufpasste, dann kam schon einiges zusammen. So hatte sie das natürlich nicht formuliert, aber ihre Stimme spiegelte ihre dünne, gebogene Figur geradezu wider.

Achtung, A 43! Das Teufelsstück. Rhena konzentrierte sich auf die auswendig gelernten Abzweigungen, zur Sicherheit lag die Karte, mit dem Moerser Abschnitt nach oben gefaltet, neben ihr.

Auf dem Glastisch lagen alle wichtigen Utensilien verstreut. Nur nicht Vergrößerungsglas, Pinzette, Chemiebaukasten – das hätte Nadjas Tochter bestimmt auch gerne dabeigehabt.

Nadja, ihr Mann Matthias, Sonja und Rhena drehten sich gegenseitig den Stadtplan zu, retteten den Fahr-

radschlüssel zwischen den Tatortfotos und den Tee-
bechern, nahmen sich einen Keks oder Chip und redeten durcheinander. Matthias hatte die Planaufstellung
übernommen, das hieß, er schrieb genau auf Kartei-
karten, wer was wann tun wolle. Besser solle. Bisher
war folgendes klar: Rhena würde mit dem Zweit-Fahr-
rad von Nadja – ohne Licht selbstverständlich, auch das
Katzenauge abmontiert – über den Fußweg vom Friedhof aus das Gebiet erkunden. So könnte sie auch schnell
und möglicherweise sogar unentdeckt fliehen, wenn es
nötig sein sollte. Zwei Fluchtvarianten hatten sie schon
gefunden. Man wusste einfach nicht, auf welche Art der
oder die Täter unterwegs waren. Wenn er einen Spaten
hat, muss er den verbergen können, war die eine Meinung. Also hat er ein Auto. Muss er nicht, war die andere Meinung. Klappspaten gibt's in Tragebehältern,
wusste Matthias von seinen winterlichen Schnee-
Schipp-Mühen. Das sieht man der Tasche nämlich nicht
an, was da drin ist, olivgrün bis graubraun, fügte er der
Vollständigkeit halber hinzu.

Alle fanden das komisch, sogar das Kind. Sie musste nicht ins Bett. Mutter Nadja hatte ein Einsehen gehabt. Dann schläft sie mal weniger diese Nacht und holt
das morgen wieder auf, hatte sie gemeint. Das ändert
wenig, weil mit Taschenlampe unter der Bettdecke
lesen kostet auch einige Schlafstunden, hatten sich
Sonja und Rhena wortlos zugezwinkert. Mütter sind
manchmal weltfremd!

Was aber passieren sollte, wenn Rhena den Um-
graber sehen würde, war immer noch sehr unklar. So-
fortiger Anruf mit dem Handy, die Nummer von Mat-

thias als Notruf eingespeichert, das war schon geklärt. Und dass der mit dem Auto zwei Straßen weiter als ihr „Hinterland" warten würde, auch. Das Fahrrad konnte gut irgendwo zurückgelassen werden, es sei nicht viel wert, merkte Nadja tapfer an. Ich rette es, hatte Rhena versprochen. Auch das hatte Gelächter provoziert.

Aber sonst? Da die Aktion heute Nacht noch nicht stattfinden sollte, konnten sie noch mal drüber schlafen. Vielleicht fiel ihnen etwas ein. Infrarot-Fotografie war die eine undurchführbare Spinnerei gewesen. Dementsprechende Videoaufnahmen desgleichen. Hätte ich mir doch das Nachtsichtgerät von Deutschen Jugendherbergsverband gekauft, hatte Rhena gewitzelt. Aber das würde auch nichts nützen für, ja für was eigentlich?

Matthias zog eine weitere gelbe Karteikarte aus der Plastikfolie, und schrieb „Ziele" auf. Eine Identifikation des Gräbers wäre gut. Aber ein Gesicht würde ihnen wenig nützen. Verfolgung, rief Sonja. Wo er wohnt, meine ich, dann kriegt man doch den Namen raus. Zu Fuß leicht, per Auto nicht unmöglich, befanden sie. Und die Polizei? fragte Rhena. Das wäre vergebene Mühe nach den bisherigen Berichten über deren Desinteresse. Und dann? Tja.

Alle waren mit diesem Ergebnis ins Bett gegangen. Rhena im Gästebett im süßen kleinen Zimmerchen im Keller, neben Nadjas Arbeitsraum. Das Fenster war in der oberen Hälfte der Wand eingelassen, mit einer Schachtöffnung zum Fußrost neben der Eingangstür. Jetzt war es dunkel, aber morgens würde schon Licht einfallen. Sie kippte das Fenster und zog die pastellbunt gestreiften Vorhänge zu. Eine kurze Meldung per

SMS noch an Karsten, dann plumpste sie auf die gut gefederte Matratze. Wider Erwarten schlief sie sofort ein, nachdem ihr Kopf das Kissen berührt hatte.

Ludwig Wellhausen
Nr. 23, Brief aus dem KZ Sachsenhausen,
ohne Datum, sicher nach dem 9. August 1939,
aber vor dem 17. September 1939;
„3" in Margarethe Wellhausens Schrift;
Din A 5, schwarze Tinte auf Vordruck

oben links:
L. Wellhausen
Nr. 1265 (sicher ein Irrtum, vorher und später 1268)
Block 65

Meine liebe Grete.
Deinen ersten Brief habe ich erhalten und danke Dir
für Deine lieben Zeilen. Deine darin geäußerten Wün-
sche, die ich sonst, wenn ich auf Montage war, so gern
und reichlich erfüllt habe, müssen leider heute Wün-
sche bleiben. Es ist auch mir in mancher Beziehung
lieber. Was ich in solchem Falle (gestrichen: zu viel)
an Zusammenfassung meiner Gedanken an Dich und
die Kinder zu viel hatte, ist jetzt zu wenig vorhanden
durch die äußeren Umstände. Die Folgerichtigkeit
und sonstige Darstellung würden darunter leiden. Du
mußt Dich schon damit begnügen, daß mein Denken
sich nur nach zuhause richtet. Daß es am vergangenen
Freitag als unserem Hochzeitstag besonders stark der
Fall war, sage ich Dir nur deshalb, damit Du siehst, daß
ich auch jetzt an diesen glücklichen Tag meines Lebens
Deiner gedacht habe als derjenigen, die für mich das
Leben wieder erträglich hat werden lassen. Und ich
glaube, auch Du wirst, nicht nur an jenem Tage, son-

dern auch sonst mich so in gleicher Erinnerung haben und behalten. Wenn etwas mir Mut und Hoffnung gibt in dieser Zeit, ist es der Gedanke an die Jahre unserer Ehe und an unsere Kinder und der feste Glaube an eine noch kommende Zukunft mit Euch zusammen. Deshalb warte ich immer besonders auf Deine Nachrichten über Euer Leben und Erleben. Wenn Hans' Aussehen Anlaß zur Besorgnis gibt, suche unbedingt einen Arzt auf. Meine Geschwister und sonstige Verwandte lasse ich grüßen.

Immer der Deine
Ludwig

Stempel der
Postzensurstelle K.L. Sh.
Geprüft: *(Unleserliche Unterschrift)*

36. Kapitel

„Dunkel war's, der Mond schien helle ...", leierte Rhena leise vor sich hin. Sonja blickte überrascht hoch und fuhr fort: „... als ein Auto blitzesschnelle ..."

„... langsam um die Ecke bog", vollendeten sie im Chor und kicherten. Sonja hatte Rhena eine Stadtbesichtigung verpasst, die Moers von der inneren Seite zeigte. Natürlich ihre Schule, den immer geöffneten Hintereingang zur im Altbau integrierten Turnhalle, in der gerade Aerobic-Musik dröhnte, den sie aber nutzten, um in die Trakte mit den Klassenräumen abzubiegen. Irgendwie hatte Rhena es geschafft, das sprudelnde Erzählen der Kleinen zu starten und nicht versiegen zu lassen. Zwölfjährigen-Abenteuer warteten an jeder Ecke darauf, erzählt zu werden, an den Türen, im Klassenzimmer, natürlich auf dem Klo und beim Blick auf die beiden Höfe, den leeren betonierten für Tobe- und Ballspiele in den Pausen, und den mit Gebüsch bewachsenen und kleinen Hügeln und zwei Schutzhütten ausgestatteten für geheimere Vorhaben.

„Rauchen?", hatte Rhena gefragt.

„Nö, naja, ein paar Große, aber ich doch nicht! Ähh ...", sie machte eine klitzekleine Pause. „Wir erzählen uns was, meine Freundinnen Janine und Maja und Kirsten und ich, und wir sitzen dann immer in der Hütte", sie zeigte mit dem Finger.

Was war das für eine Pause, fragte sich Rhena. Drogen? Nach den späten Berichten ihres Sohnes Gang und Gebe. Alle wissen es, auch die Kleinen, bloß die Lehrerinnen und Lehrer sind blind. Sie beschloss, nicht weiter zu bohren. Das Kind wirkte stabil und sie konnte mit Nadja später über Schulhöfe im Allgemeinen plaudern, von Mutter zu Mutter, jedenfalls nicht von Lehrerin zu Lehrerin. Die sehen ja nichts. Lieber wollte sie die Stadtführung aus Kinderaugen weitermachen. Das Hallenbad, das berühmte. Die Halle des Turnvereins, im dem Sonja Jazz-Dance machte. Zu den Pferden war der Weg zu weit, da hätten sie mit dem Auto fahren müssen. Oder von dem Lutherweg aus mit dem Fahrrad, etwas über das nächste Dorf hinaus, da waren mehrere Gestüte. Und Bony war ja sooo lieb und ganz schwarz und, und, und ...

„Hast du Hunger? Wollen wir etwas essen"

„Oh ja. Mmh ..."

Rhena ahnte etwas. „Eis oder MacDonalds?"

Sonja lächelte entspannt. „Beides."

„Ähm, gibt's da Eis oder wollen wir eine Kneipentour beginnen? Ich kenne mich da nicht so aus."

Sonjas Eifer ließ ihre Wangen glühen. Sie war doch sowieso schon zum Guide ernannt worden, also wollte sie das erfolgreich weiterführen. Hoffentlich keine Milchbars mit pickligen vierzehnjährigen Hirschen, wünschte sich Rhena vom Himmel. Oder von Sonja. Wortlos, selbstverständlich.

Sie hätte aber nicht so ängstlich sein müssen. Ganz offensichtlich war Sonja noch zu klein für testosterongeschwängerte Etablissements und liebte viel mehr bunte Kinderläden. Außerdem, hatte Rhena den Verdacht, musste der Laden fürs Eisgenießen auch für Mütter, Tanten und Väter annehmbar sein, schließlich sollten die bezahlen.

Und, schloss sie ihre Überlegungen, auch wenn ihr gegenseitiges Verhältnis zu Sonja sehr herzlich und vertraut war – wer verrät Uralten schon die geheimsten Flüster- und Kicher-Orte?! Das hätte sie damals auch auf gar keinen Fall getan.

Inzwischen saßen sie über mächtig aufgetürmten Eiskugelbergen mit Schokosoße und Schlagsahne und konnten kaum sprechen, weil der Mund immer kälter wurde und der Genuss total sein sollte. Im Oktober Eisessen – naja, warum schließlich nicht?

Mit einem zierlichen Schokoladenklecks im Mundwinkel verschönert rekapitulierte Sonja nun den nächtlichen Plan. Und sie hatte noch eine Idee. Eine gute, fand Rhena.

„Die Hausbesitzer sind doch ausgezogen, oder? Die haben doch bestimmt bei der Post eine neue Adresse angegeben. Das haben wir auch gemacht, als wir nach Nottuln gezogen sind. Und auch, als wir im Sommer weiter nach Moers gezogen sind. Also ich meine, hierher."

Deshalb wirkte alles noch so brandneu und ein bisschen leer in dem Haus! Rhena begriff endlich.

„Aber niemand weiß ihren Namen. Auch Frau Golddistel nicht und ... du hast recht. Über Internetrecherche könnten wir mit der alten Telefonnummer von Tante Lene eine Rückwärtssuche starten. Vielleicht haben sie die Nummer behalten. Dann kann man im Ortsamt Auskunft kriegen. Das kostet aber. Und heute ist Freitag, da werden wir nichts mehr ausrichten. Es könnte doch sein, dass ein Makler beauftragt worden ist. Vielleicht steht ein Schild im Vorgarten? Oder ..."

„Oder man sucht im Internet nach einem Angebot für ein Haus, das genau auf den Bucheckernstieg passt und ...“

„... und dann hat man den Makler oder die Verkäufer. Sonja, du bist ein Genie! Du solltest Detektivin werden!“ Rhena sah einen kleinen Schatten über ihr Gesicht huschen. „Du bist ja schon eine Detektivin. Ich rede hier so alterwachsenes Zeug über später, wenn du mal groß bist.“

Sonja strahlte. „Ok. Jetzt fahren wir mit dem Bus 21 ins Bäumeviertel, gucken nach dem Maklerschild, und dann gehen wir an Mamis Computer und suchen die Leute.“

„Und die Post? Nee, du hast recht. Ohne Namen wird das schwer.“

„Danach essen wir Abendbrot. Ääh ... wir wollten doch noch zu MacDonalds?“ Sie guckte so sehnsüchtig, dass Rhena einfach merken musste, dass nicht der Hunger sie trieb. Irgendetwas anderes war da noch.

„Klar. Also nach MacDonalds Abendbrot.“ Sie blies die Backen auf und deutete ein Würgen an. Sonja lachte, wie bloß 12jährige lachen konnten über Würgen, rutschende Badehosen (selbstverständlich die von anderen), vielleicht sogar ausgelegte Bananenschalen?

„Dann Wache in Frau Golddistels Wohnzimmer, das Rad im Gebüsch des Schleichwegs versteckt, ab ein Uhr Papis Einsatz und du schleichst dann zum Garten, das Rad dabei. Und das Handy musst du auf stumm stellen.“

„Logo. Vibration ist erlaubt?“

„Lass uns das testen. Vielleicht hört man das nachts. Auch das Display ist beleuchtet. Du darfst es auf gar keinen Fall in der Hand halten!“

Sie könnte auch Oberbürokratin oder Schulsekretärin werden!

Beide fummelten sich, die Köpfe zusammengesteckt, durch das Handyprogramm durch und stellten den Ton aus sowie die Vibration ein. Sonja wählte von ihrem Handy aus Rhenas Nummer und das Telefon tanzte und brummte auf dem Tisch herum. Beide kicherten nervös.

„So geht's nicht. Aber wenn ich im Gebüsch sitze, lege ich das Handy ja auch nicht auf eine Tischplatte", argumentierte Rhena.

„Steck es mal in deine Jackentasche. Und nochmal ..."

Es brummte, viel gedämpfter, aber es war selbst im lauten Eiscafé noch zu hören.

„Alles klar. Keine Vibration, kein Ton", schnarrte die Schulsekretärin.

Rhena salutierte. „Es gibt doch sowieso keinen Grund, warum mich jemand anrufen sollte. Ich muss doch höchstens deinen Vater alarmieren, damit er mich raushaut. Allerdings – wenn Nilpferde kommen ..." Sie prusteten. „Nein, aber Hundeausführer. Die gehen aber wohl selten nachts um eins raus. Und wenn der Hund bellt, meint er ja nicht nur mich, sondern auch den Gräber."

„Nee. Ja. Du hast Recht. Aber warte mal, die Beleuchtung können wir noch ausschalten."

Mit fliegenden Fingern tippte das Kind auf Rhenas Handy herum. Bewundernswert!

„Siehst du? Es ist aus." Sie strich die glatten Haare hinter die Ohren und guckte Rhena sehr zufrieden an.

Sie stiegen die drei Stufen zum bungalowähnlichen Blumengeschäft hoch. Die gesamte Front war gläsern, dahinter quollen die Blumensträuße und Gestecke geradezu über.

„Ein bisschen wie Troparium", murmelte Rhena.

Sonja verstand nicht.

„Urwaldgewächshaus."

„Eher wie ein voller Friedhof", schätzte das Kind cool ein. „Warte mal – geh schon mal rein, ich komme nach", rief sie leise, während sie sich links um die Ecke drückte.

„Ok." Rhena öffnete die Tür, ein melodisches Klingeln tönte und hörte einfach nicht mehr auf. Sie ging durch das Geschäft bis zur hinteren Rückwand, an der ein langer Tresen mit hölzerner Platte stand. Aus dem Dschungel trat eine junge Frau heraus, die einige Haare aus ihrem brauen Zopf verloren hatte. Sie kringelten sich um die Schläfen und die Wangen und schienen zu kitzeln. Mit ihrer erdigen Hand wischte sie in ihrem Gesicht herum, ohne weitere Wirkung, außer dass sie jetzt noch einen Schmutzstreifen unter dem linken Auge hatte.

„Was kann ich für Sie tun?" Ihre Stimme war tief und vertrauenerweckend.

„Ich hätte gern Auskunft über eine Grabpflege, die Sie in Auftrag haben."

Die Frau – Geschäftsinhaberin? – wischte sich die Hände an ihrer grünen Schürze ab und langte nach einem dicken braungebundenen Buch unterm Tresen.

„Welche Grabnummer hat denn Ihre Verwandte?"

Oha. Das nutzen wir aus, stellte Rhena ihren Plan blitzschnell um. „Meine Tante liegt in D 606. Hier auf dem Friedhof. Meine entfernte Cousine hat die Pflege übernommen und ich habe ..."

Die Frau hatte schon die Seite gefunden und rutschte mit ihrem immer noch nicht ganz gesäuberten Zeigefinger die Zeilen herunter.

„Hier ist aber kein Eintrag zu finden. Ich meine, D 606 haben wir gar nicht in der Liste. Wie heißt Ihre Tante denn?"

Im selben Moment ertönte aus den Tiefen des Geschäfts ein Scheppern wie von Plastik auf Stein. Sehr laut und anhaltend. Darüber legte sich das hohe Jammern einer Kinderstimme. Die Frau schoss so schnell, dass es Rhena wirklich erstaunte, hinter dem Tresen hervor in die rechte Ecke.

Alles klar, dachte Rhena, und zog das Buch herum. Weder die Nummer D 606 noch der Name von Tante Lene waren auf dieser Seite zu finden. Sie hörte jetzt Kinderweinen und das beruhigende Murmeln der Blumenfrau. Nett! Rhena blätterte vor und zurück. Die Liste war in der Reihenfolge der Grabnummern angelegt. Allerdings gab es weiter hinten noch eine alphabetische Liste der Verstorbenen. Sie legte den Zeigefinger auf die Nummern-Seite und blätterte nach hinten um. Hillier, Hillier … murmelte sie leise vor sich hin. Nichts. Lange … sie hörte die beiden durch die hohen Lorbeerbüsche oder was das alles war, leise redend näher kommen. ‚Lange' stand da mehrfach, aber Rhena konnte nicht so schnell alle Vornamen erfassen. Sie drehte das Buch schnell wieder um, ließ die Seite mit den Grabnummern wieder aufklappen und trat ein paar Schritte weg vom Tresen.

„Sonja, was ist passiert?", versuchte Rhena ihre Stimmlage zwischen Besorgnis und leiser Drohung einzupendeln. Bloß nicht lachen!

„Ich wollte doch bloß die schöne weiße Vase angucken, die passt so gut auf Omis Grab", heulte das entzückende blonde Balg.

„Und jetzt ist sie runtergefallen und kaputtgegangen?"

„Nein, nein, es ist alles gut", beruhigte die Geschäftsfrau die vermeintliche Mutter und nahm den Arm von der Schulter des Kindes.

Rhena schloss ihre neue Tochter in die Arme und ließ sie in die Winterjacke schluchzen.

„Viele Dank für Ihre Geduld." Rhena wollte schon abdrehen in Richtung Tür, als sie noch mal von der wirklich beruhigenden Stimme zurückgeholt wurde.

„Es tut mir leid, aber für Ihre Tante habe ich keinen Pflegeauftrag. Vielleicht machen die Kollegen des anderen Blumengeschäftes diese Arbeit. Das sind Schüssler und Söhne nahe dem Ostfriedhof."

„Vielen Dank, ich werde es versuchen", rief Rhena, schon in der Tür, und zog das schniefende Kind die Treppen hinunter auf den Gehweg.

„Geile Nummer!" Echte Bewunderung durchzog Rhenas Ausruf, als sie an die Ecke kamen.

„Geh weiter", wisperte Sonja unter ihrem Haarvorhang.

Einige Minuten später richtete sie sich strahlend auf. Die Augen und die Nasenflügel waren rot. „Hast du was gefunden?"

„Nein, oder ja. Die haben nichts im Buch stehen. Hinten gibt es eine alphabetische Liste, in der ,Hillier' nicht vorkommt. ,Lange' schon, aber zu häufig für meine Augen in der kurzen Zeit. Und es sah aus wie eine Liste der Toten und nicht der Hinterbliebenen. Aber genau kann man das nicht wissen. Aber wie hast du das hingekriegt mit dem Heulen? Ich bin platt! Die Ablenkung war prima, tolle Idee. Wie bist du überhaupt reingekommen?"

Sonja beantwortete alle Fragen cool und überlegt. Was für ein Gör!

Sie war hinter Rhena in den Laden geschlüpft. Deshalb hatte die Glocke so lange geklingelt! Und Weinen konnte sie schon lange auf Abruf, das war in der Schule nützlich, zu Hause klappte es nicht so gut. Ihr Vater fiel darauf rein, aber Nadja war ein harter Zahn. Die durchschaute das, leider. Deshalb musste Sonja auch manchmal Streitereien ausfechten. Aber ab und zu gewann sie auch, deswegen war das schon ok.

Rhena war voller Hochachtung. Das zeigte und sagte sie auch.

„Weißt du was, morgen gehe ich noch mal zum Grab. Vielleicht steckt da doch eine kleine Plastikkarte des anderen Blumengeschäfts. Oder die Spur ist eben kalt. So wie vorhin beim Haus. Kein Makler-Schild weit und breit. Aber so ist das manchmal. Verschlossene Wege zeigen auf andere Möglichkeiten."

Beide grinsten sich zufrieden an. Kurz darauf waren sie auch schon an der Bushaltestelle und fuhren Richtung Lutherweg. Weitere Vorkehrungen waren zu treffen für die Abenteuer-Nacht.

„Hier muss noch ein bisschen drauf." Rhena zeigte auf die Fahrradkette. Matthias ließ es sich nicht nehmen, auf den Knopf der Silikonflasche zu drücken und das Fahrrad, Rhena und sich völlig einzunebeln. Es roch in etwa so wie in der alten Fahrradwerkstatt von Rudow, in der Rhena oft stundenlang zugesehen und Düfte eingeatmet hatte. Sie konnte sich nie entscheiden, ob die alten Ölmischungen oder der verbrannte Mix aus Lack, Chrom und Metall beim Schweißen besser rochen. Rudows Finger waren unwiederbringlich schwarz gewesen. Wenn das Fahrrad ihrer Mutter bei der jährlichen Inspektion fertig war, schlich sie stets etwas unbefriedigt davon – es war einfach nicht lange genug gewesen. Zum Ausgleich hatte sie selbst an allen Hausrädern herumgeschraubt und geölt. Selbst Gangschaltungen waren vor ihrer Neugier nicht sicher gewesen.

Nun aber ließ sie dem Herrn des Hauses den Vortritt. Keine Bemerkung über irgendein technisches Wissen, beschwor sie ihre Lippen. Sie wischte mit einem alten Küchenhandtuch, das wohl mal blau-weiß gewesen war, hinter seinen Aktionen hinterher. Das Fahrrad sollte später lautlos durch die Nacht rollen. Im zweiten Gang. Keine Schaltereien. Jedes Geräusch musste vermieden werden. Die Reifen wurden noch aufgepumpt, und dann lehnte es, blaugrau matt, nahezu nirgendwo glänzend, neben der Haustür an der Wand und wartete auf seinen Einsatz. Es wurde schon dunkel und kalt. Handschuhwetter. Beide stapften in den Hausflur und hängten ihre Jacken auf.

„Ich habe so eine Profipaste zum Händewaschen. Willst du die auch haben?", fragte Matthias, und zeigte dabei seine großen Hände vor, die schön ölschwarz waren.

„Ja, gerne. Nach dir." Sie ließ ihm das Bad für die Plansch- und Schrubborgie. Er war der Chef. Mit erhobenen Händen, zum Zeichen, dass sie nichts anfassen würde und vorsichtig sei, schlenderte sie auf Strümpfen in die Küche, wo Nadja und Sonja Brot, Butter, Aufschnitt, gekochte Eier und Paprikaschiffchen auf ein Tablett stellten.

„Magst du Pfefferminztee?", fragte Sonja, das Gesicht hinter den hellen Seidenhaaren fast verborgen.

„Sehr gern."

„Mit Honig?"

Toll. Sie nickte. „Ich kann gerade nicht richtig helfen ..."

„Steh nicht im Weg. Papi ist auch schon fertig im Bad, es gibt gleich Essen", kam es geschäftig hinter dem Haarvorhang hervor. Sonja konnte nicht einmal hochgucken, so wichtig war ihre Arbeit. Grüne und gelbe Paprikaviertel wurden gesäubert und in Streifen geschnitten und mit einer Ganzkörper-Vierteldrehung zu den roten auf dem Tablett hinzugehäuft.

„Hast du genug dunkle Kleidung?" Matthias kaute auf seinem Eibrot.

„Stiefel sind anthrazit. Socken schwarz. Jeans auch. Skiunterwäsche hellgrau. Sieht man aber nicht ..."

Sonja kicherte. Warum? Rhena guckte abwesend auf das gekrümmte Kind, das gerade noch, mit der ganzen Hand, einen gelben Paprikaschnitz zurück in den Mund schieben konnte.

„... ähm, dunkelblauer Fleecepullover, schwarze Regenjacke. Die glänzt ein bisschen ..."

„Dann kriegst du meinen Wanderanorak", fiel Nadja in die Bestandsaufnahme ein. „Der ist aus Goretex und geht über den Hintern. Dann bist du wasserdicht und warm verpackt."

„Ist der ganz schwarz?"

„Nee, er hat blaue Streifen, aber wenige. Aber der Reißverschluss ist verdeckt."

„Das geht." Matthias sprach mit der Macht eines ehemaligen Soldaten. „Blau wirkt nachts auch dunkel. Der Anorak ist prima. Wenn wir gleich etwas blitzen sehen, kleben wir Isolierband drüber."

„Ich weiß, wo das schwarze Band ist", rief Sonja eifrig.

„Das sammeln wir gleich zusammen, wenn wir fertig sind", bestimmte Nadja.

„Was machen wir mit deinen hellen Haaren?", fragte Sonja, und knüpfte an die Requisitenauflistung an.

„Hat der Anorak eine Kapuze?", fragte Rhena Nadja.

„Doch. Aber das ist vielleicht nicht ausreichend, oder?", wandte sie sich an Matthias. „Man kann das Band zuziehen, aber dann siehst du nicht soviel."

„Und du hörst den Stoff rascheln. Ich habe eine schwarze Wollmütze, die ist gut", fiel Matthias ein.

„Die Hip-Hop-Mütze", strahlte das Kind seinen Papi an.

Der rieb sich daraufhin etwas verlegen die glatte Stirn, und, wo er schon mal dabei war, strich er sich ein paarmal über den ziemlich kurzgeschorenen braunen Schopf, dessen ursprüngliche Lockigkeit nur zu ahnen war.

„Oh ja, das ist bestimmt gut. Dann sind die Haare weg und ich höre trotzdem was." Rhena überlegte noch. „Schwarze Handschuhe. Ein lila Seidentuch."

„Zu hell." Matthias reagiert als erster das Piepen in der Küche und war mit drei großen Schritten um die Ecke verschwunden. Sie hörten Wasser rauschen und schon kamen die herrlichen hartgekochten Eier auf den Tisch, eines auf jeden Teller.

„Mein Tuch ist dunkellila." Rhena fand ihre Idee trotzdem gut. „Dann kann ich meinen Hals schützen und eventuell das Tuch hochziehen, wie ein Bankräuber."

Sonja starrte sie an.

„Was ist?"

„Warum?"

Matthias erklärte: „Die Gesichtshaut ist hell, auch in der Nacht."

„Ist es nicht ein bisschen wenig Zeug für die Kälte draußen?", fragte Nadja.

„Es sind etwa neun Grad. Wenn ich irgendwo geschützt hocke, wo kein Wind hinkommt, werde ich sogar schwitzen."

Sonja zog die Schultern hoch. Das war wohl etwas zu detailliert für ihre Kinderseele. „Willst du wirklich in einem Gebüsch sitzen?"

„Warum nicht? Damit rechnet niemand. Deshalb ist es sicher. Und für den Notfall kann ich schnell laufen. Das Fahrrad steht in der Hecke des Durchstichs und dein Vater steht mit dem Auto zwei Straßen weiter. Das Handy ist bereit. Was soll passieren?"

Rhena redete sich selbst Mut zu. Sie sah in den Augen von Tochter und Mutter ähnliche Ängste. Nur der Soldat guckte wach und grinste.

„Ich werde einen Plan B mit Frau Golddistel ausmachen. Sie hat bestimmt gute Ideen, die Frau ist fit.

Und dann rufe ich durch und erzähl euch die Variante. Um 20 Uhr soll ich bei ihr sein. Sie meinte, sie brauche nicht viel Schlaf. Und sie geht wohl erst spät ins Bett."

„Dann lass uns jetzt Kostümprobe machen", schlug Matthias mit vollem Mund vor. Nadja guckte etwas strafend, ganz die Vollblutlehrerin. Aber er merkte es nicht. Sonja und Rhena tauschten einen verschwörerischen Blick.

Sie verteilten sich gemächlich bis rennend auf ihre Zimmer beziehungsweise in den Werkraum im Keller, um alles Notwendige zusammenzusuchen. Rhena erschien in strahlend hellgrauer Skiunterwäsche, ihre anderen schwarzen Besitztümer überm Arm.

Begeistert und kichernd wurde sie angekleidet. Sogar die alten Wanderstiefel, die sie eigentlich nur noch zum Diskuswerfen im Winter benutzte, durften ins Wohnzimmer. Ausnahmsweise. Nach kurzer Zeit des Ziehens und Zupfens stand sie in der Mitte und drehte sich. Matthias löschte das Licht und ließ seine staunenden Frauen begutachten, was alles im Dunkel verschwand und was im hereindringenden schwachen Dämmerlicht der Stadt noch zu sehen war. Sie klebten einige Stellen des Anoraks und der Stiefel ab, wo glänzende blaue und grüne Streifen doch zu auffällig waren – bitte nicht das Gesicht abkleben! „Wie wär's denn mit einem schwarzen Wollschal?", fragte Rhena in die Runde. „Den kann man nicht so gut knoten, aber wenn er lang genug ist, kann man ihn mehrfach um den Hals wickeln und vorne über die Nase ziehen", redetet sie vor sich hin, bis ihr plötzlich einfiel: „Im Auto habe ich ihn! Auf dem Rücksitz."

„Hol ihn mal. Wir prüfen das." Matthias war im Grunde nicht mehr zu bremsen.

„Was machst du bloß mit der Zeit, bis wir starten?", fragte Rhena, nur ganz leicht spöttisch

„Ich muss noch was arbeiten", stöhnte er.

Nadja rang die Hände.

„Bist du aufgeregt?" Rhena hatte es gesehen.

„Nein, ja, am liebsten würde ich mitkommen, aber ich bin so ein Angsthase!", platzte sie heraus.

„Ich auch. Deshalb sollten wir gut planen. Irgendetwas geht immer schief, dann ist der Rest wenigstens in unserer Hand." Rhena fand das richtig gut, was sie gerade gesagt hatte.

Ludwig Wellhausen

Nr. 25, Brief aus dem KZ Sachsenhausen,
„5" in Margarethe Wellhausens Schrift;
Din A 5, schwarze Tinte auf Vordruck

oben links:
L. Wellhausen
Nr. 1268
Block 25

d. 24.9. (1939)

Meine Grete, liebe Kinder.
Ein trüber Sonntag, auch ihr werdet kaum mehr im
Garten sitzen können. Aber hoffentlich habt ihr von
den Bäumen doch soviel an Früchten geerntet, daß Ihr
etwas Vorrat für den Winter habt. Ihr beide, Lieselotte
und Hansel, habt der Mutter hoffentlich tüchtig dabei
geholfen. Von Dir, mein Hansel, habe ich heute nacht
geträumt. Es ist für Dich sicher trübselig, daß Mutti so
spät abends erst im Hause ist, und du nun keinen von
uns beiden hast, an den Du Dich wenden kannst. Aber
diese Zeit, die ohnehin für viele so schwer ist, wird auch
einmal vorüber sein. Dann bist Du noch größer und
vernünftiger geworden, und wenn wir dann wieder
zusammen abends basteln, dann wirst Du Dein Werk-
zeug schon besser gebrauchen können. Ich hoffe doch,
daß Ihr unserer Mutti jetzt das Leben nicht noch schwe-
rer macht, als es schon ist. Du, Lieselotte, bist ja schon
einsichtig genug, um die Arbeit machen zu können,
die Mutti bei der knappen Zeit nicht bewältigen kann. –
Meine Grete, am kommenden Sonntag hoffe ich wieder

*Nachricht von Dir zu haben. Deine beiden Sendungen
sind angekommen, damit bin ich für 4 Wochen ver-
sorgt. Du mußt auch sorgen, daß Du durchkommst.
Lieber würde ich für Euch drei in dieser Zeit arbeiten
und streben. – Vielleicht interessiert es Dich doch, daß
ich nach Jahren Magdeburger Dütsch nun auch heimat-
liche Laute wieder höre. Platt sprechen zu hören ist eine
Freude. – Behaltet mich in guten Gede(a)nken, so wie ich
Eu(gestrichen: re)er Bild in Erinnerung habe. Herzlichst
Dein Ludwig, und Euer Vater.*

Stempel der
Postzensurstelle K.L. Sh.
Geprüft: (Unleserliche Unterschrift)

Zu dem Zeitpunkt waren bereits 12.000 Häftlinge im
KZ Sachsenhausen (Harry Naujoks). Zur selben Zeit war
Walter Schmedemann aus Hamburg inhaftiert, ehemaliger SPD-Jugendsekretär in Eilbek und Widerstandskämpfer (vom 11. September 1937 bis 15. Oktober 1938
sowie 1. September 1939 bis 11. November 1939). Aber
auch andere junge Sozialdemokraten aus Hamburg
waren im KZ Sachsenhausen (Holger Martens). Vermutlich funktionierte das „Lagertelefon" sehr gut, aber ob
bestimmte Kontakte bestanden, läßt sich über die Tochter von Walter Schmedemann nicht ermitteln.

37. Kapitel

Frau Golddistel hatte ein geschmackvolles Twinset in Beige an, dazu eine hellbraune Haushose. Sie strahlte, weil sie ja nun beide inzwischen recht vertraut miteinander waren, und ein Besuch in einem solchen Fall, zumal er etwas Verschwörerisches hatte, ganz besonders erfreulich war.

Sie saßen in einer Sitzecke im Wohnzimmer und tranken Tee. Beide hatten sich für eine aromatische Ceylon-Mischung entschieden. Alkohol war für ihr Vorhaben einfach nicht angebracht. Später, hatte Rhena hoffnungsvoll vorgeschlagen. Wenn alles vorbei ist, beschied Frau Golddistel.

Die kuschelte sich in ihre diversen bestickten Kissen auf dem längeren Abschnitt des Ecksofas, das cremefarben leuchtete. Überhaupt war das Wohnzimmer eine Sinfonie in hellgedeckten Nicht-Farben. Auch die Vorhänge hatten nur ein angedeutetes Blättermuster Ton-in-Ton. Rhena hatte gefragt, ob sie die Gardinen offen lassen könnten, sie wolle sich in die Dunkelheit der Gärten einfinden. Das gehe wohl, war die zustimmende Antwort gewesen, es gucke ja niemand rein. Wirklich nicht? Die Straße sei weit weg hinter den Bäumen und Büschen. Die seit dem Bau der Häuser ja auch mächtig gewachsen seien. 1961, rechnete Frau Golddistel nach und beide vergaßen für einen Moment die unheimliche Bedrohung. Rhena hingegen war zehn Jahre alt, das war dann also 1966, als sie hier mal mit Mutter zu Besuch gewesen war, sich in Dackel Benny verliebt habe und zunehmend schlimme Ohrenschmerzen bekommen habe, erinnerte sich Rhena.

Die beiden Frauen schwatzten sich durch die damaligen Ereignisse und Erinnerungen hindurch, auch Frau Golddistel hatte noch ein Bild von Waldemar Hillier, Tante Lenes Mann, im Kopf, ein wirklich großer und etwas ungeschickt wirkender Mann. Aber er war hoch aufgestiegen, also dumm sei er keinesfalls gewesen, warf Rhena ein. Dann hätte er sich doch wohl ein größeres Haus in einem vornehmeren Stadtteil leisten können, bemerkte Frau Golddistel. Tja, beide kamen eben aus kleinen Verhältnissen und hätten nicht übertreiben wollen. Letztlich habe Lene mit dem vielen Geld gar nichts anzufangen gewusst. Das habe ihr das Genick gebrochen. Oje, seufzte da Frau Golddistel. Ähm, ich meine, sie war ein leichtes Opfer. Beide schwiegen ob der Tragödie. Aber nur kurz. Dann kramten sie weiterhin alte und neue Geschehnisse des Bucheckernstiegs zusammen.

„Kann ich mal einen Blick auf den umgegrabenen Garten werfen, aus irgendeinem Fenster hier bei Ihnen? Oder ich gehe kurz raus, es ist ja erst neun."

„Nein, ich habe eine bessere Idee. Frau Mertins von nebenan ist nicht da, sie besucht ihre Tochter jedes Wochenende, und ich sehe nach der Post und den Blumen und füttere die Katze. Da kann man vom Wohnzimmer aus alles sehen, die Büsche sind nicht hoch genug." Frau Golddistel stand schon.

Rhena war Feuer und Flamme. „Das ist ja großartig, äh, ich meine ... wie findet Frau Mertins denn die ganze Angelegenheit?"

„Das ist es ja", seufzte Frau Golddistel. „Sie ist völlig fertig. Dabei hört sie nichts mehr und sieht auch ganz schlecht. Aber aufregen tut man sich ja trotzdem!"

Rhena nickte. Klar. „Wie alt ist sie denn?"

„87. Und sie bewegt sich ganz langsam, weil sie doch nicht so gut gehen kann. Ihre Tochter hat gesagt, dass sie arbeiten muss und sich nicht richtig kümmern kann, aber am Wochenende, wenn es hier turbulent wird, soll sie ruhig nach Mülheim kommen, sie holt sie sogar ab."

„Das ist auch gar nicht so weit. Und die Katze – ist sie nur ans Haus gewöhnt?"

„Miezi ist auch schon alt und traut sich nur noch vorsichtig in den Garten. Am liebsten liegt sie irgendwo herum, wo es warm ist. Auf der Fensterbank über der Heizung, oder im Sommer auf der Terrasse in der Sonne."

Frau Golddistel war in den Hausflur getreten, um einen Wollmantel überzuziehen und den Nachbarschlüssel vom Haken zu nehmen. Rhena zog die Stiefel an und schlüpfte in Nadjas Anorak. Der Weg zu Frau Mertins Haustür war durch die Hauslampe beleuchtet, die über Frau Golddistels Eingang hing, ebenso durch die bogenförmige Straßenlampe, die gegenüber stand und einen Sechziger-Jahre-Charme ausströmte. Herunterhängende Zweige mit ihren Restblättern sahen aus wie schwarze Hände, die nach ihnen greifen wollten. Wie auf Verabredung waren beide still, bis sie im Nachbarhaus die Tür geschlossen hatten.

Wie ein unheimliches Ereignis doch die alltäglichen Gewohnheiten empfindlich stören kann, durchschoss es Rhena. Ob sie bei Tante Lenes Tod etwas gespürt haben

– oder war es etwas, auf das sie sich alle versucht haben ein wenig vorzubereiten, weil sie älter wurden? Kann man das überhaupt? Die Einrichtung von Frau Mertins schien darauf keine klare Antwort geben zu können. Alte hochwertige Möbel, gebraucht und überaus gemütlich, alles in diesem verblichenen Braun-Beige, das alte Damen wohl bevorzugten. Da war Oma anders gewesen. Knallorange, so war ihre letzte Wohnzimmergestaltung gewesen. Und das Bad auch! Darunter litten sie noch heute. Aber nur wegen der Farbe heile Kacheln abzuschlagen, das war finanziell nicht drin. Hilfe!, hatten sie damals schon gerufen. Oma hatte nur gegrinst und gemeint, es sei hübsch.

„Miezi, wo bist du?" Aus der Küche hörte Rhena ein metallenes Klacken und Plastikscharren. Das Futter. „Miezi?"

Ein grau-weiß gestreifter Schatten rutschte von einem Sessel und materialisierte sich als dicke, überaus langsame Katze, die sich vorsichtig an Rhena vorbeidrückte und in die Richtung der Essensgeräusche und -gerüche schlich. Guten Appetit, wünschte sie hinterher.

Frau Golddistel zog Rhena an das große Blumenfenster und schob die Stores beiseite.

„Sehen Sie!"

Rhena sah erstmal schwarz. Mit hellen Einsprengseln. Das Nachbarhaus war dunkel. Klar. Tante Lenes Haus. Im entfernten Licht der Bundesstraßenlampen glänzte der Garten hier und da. Das mussten die Erdhaufen sein.

„Man sieht nicht alles, die Tannen am Ende sind recht hoch."

„Was ist das da hinten?"

„Wo?"

Rhena zeigte auf eine dunkel-dunkle Stelle im hinteren Eck.

„Das wird das Gartenhäuschen sein. Oder?"

„Ich weiß es nicht. Hab's nicht in Erinnerung. Und gestern, als ich am Tage geguckt habe, konnte ich vom Stichweg nur die Erdhügel sehen. Und die leere Terrasse."

„Wir könnten ja ..."

Grgg ... beide sahen sich grimassierend an. Jetzt noch? Im Dunkeln? Lieber nicht!

Frau Golddistel ging zur Terrassentür, die sich neben dem großen Wohnzimmerfenster befand.

„Wir können von hier aus ..."

Rhena nickte. Sie schoben sich vorsichtig auf die nur ein Stück weit vom Wohnzimmer erleuchtete Terrasse hinaus. Die Steine wirkten dunkel, ein zusätzliches Reflektionshindernis. Ein eingepackter Sonnenschirm und eine hellbraune Holzbank standen an der Wand, daneben einige Stapel mit roten Blumentöpfen. Als ihre Augen sich an die Dunkelheit gewöhnt hatten, versuchte Rhena mehr vom Nachbargarten zu erkennen.

„Miezi!" Frau Golddistels schriller Schrei fuhr ihr ins Mark. Die Katze war entkommen!

„Findet sie allein ins Haus? Gibt es eine Klappe?"

„Nein", seufzte Frau Golddistel. „Sie ist alt und lahm und wir müssen sie suchen und ins Haus bringen."

„Für eine alte Dame war sie eben aber ganz schön schnell!" Rhena kannte sich nicht gerade gut mit Katzen aus.

„Wir gehen in den Garten und rufen sie. Sie wird sich schon melden." Zuversichtlich begann Frau Golddistel die paar Stufen zum Rasen hinunterzusteigen.

Rhena folgte gehorsam. So konnte man mit gutem Grund und durch Gartenabmessungen gefühlsmäßig beschützt vielleicht etwas mehr sehen?

„Miezi, Miezi", beschwor Frau Golddistel das eigenwillige Vieh.

Rhena strich am Grenzbereich entlang und reckte den Hals. Das dunkle Gebilde da hinten sah tatsächlich wie ein Häuschen aus. Sie meinte eine abgeflachte Dachgiebellinie erkennen zu können.

„Ist das ... au!" Ihr war etwas gegen das Schienbein gestoßen. Das tat weh! Ganz instinktiv und sehr schnell kickte sie den Fuß vor und hörte ein hohes Quietschen.

„Das ist Miezi!"

Rhena ging in die Knie und tastete im Gebüsch herum. Da, das Fell. Ein Halsband. Sie zog die Katze hervor und nahm sie auf den Arm. Hoffentlich machte sie das richtig.

„Da ist sie ja, die Kleine!" Frau Golddistels gemaunzte Erleichterung war nicht zu überhören. Rhena verschwieg vorsichtshalber die kleine Kampfeinlage und reichte das schwere Tier in freundlicher gesinnte Arme.

„Ich habe eine liebe Nachricht", murmelte Rhena, als beide wieder im warmen Wohnzimmer vor ihren frisch gefüllten Teetassen saßen. „Mein Sohn fühlt mit."

„Ich auch. Ich mag einfach nicht mehr im Dunkeln draußen sein, seit das hier so ..." Ihr fehlten anscheinend die richtigen Worte.

„Terror?"

„Nein, eher ... ach, es ist unbehaglich. Das macht unruhig, wenn hier nachts jemand rumschleicht. Wir brauchen Vertrauen in Schutz und Ruhe, ja genau, das fehlt uns."

Bei aller Abenteuerlust, die Rhena bisher gepackt hatte, das konnte sie gut verstehen. Sollte sie ihr kürzliches nächtliches Ruhestörerlebnis erzählen, oder machte es die Nacht noch bedrohlicher? Sie beschloss, damit bis später zu warten. Falls es überhaupt wichtig war. Nein, es war bloß eine weitere Geschichte, die man erzählen konnte, wenn der Kamin prasselte und der Wind um die Ecken heulte. Im übertragenen Sinne. Und jetzt war nicht die richtige Zeit.

38. Kapitel

Matthias tupfte eine kleine braune Schlange auf seinen Zeigefinger und reichte Rhena die Tube. Sie hielt sie fest, drehte den Verschluss aber noch nicht wieder zu, für den Fall, dass noch mehr Farbe gebraucht würde.

„Ich kriege Pickel von parfümierten Cremes", wandte sie schwach ein.

„Kein Parfüm. Auch keine Schuhcreme. Einfach nur Tarnfarbe." Er strich es ihr auf Nase, Wangenknochen, Kinn und Stirn.

„Gleich darfst du dich im Spiegel bewundern. Ich muss nur noch sehen, was zu hell glänzt."

Er hatte die Innenbeleuchtung ausgeschaltet, es kam nur ein wenig Licht von den Straßenlampen herein. Er wischte noch ein wenig hier und da und schien zufrieden.

„Guck mal selbst, ich nehme die Tube solange."

Rhena klappte die Sonnenblende herunter, in der wie in allen Autos ein Frisierspiegel für die Dame klebte.

„Schick. Wie in diesen doofen Kriegsfilmen." Dennoch war sie ziemlich angetan von ihrem nunmehr getarnten Antlitz. „Wie findest du es, wenn wir noch einen Tupfer auf die Oberlippe tun?"

Matthias nickte. Nach vollendeter Arbeit steckte er die Tube in seine Jackentasche und holte ein kleines schwarzes röhrenförmiges Gerät heraus.

„Minitaschenlampe. Für alle Fälle. Wenn du den Kopf drehst, geht sie an, guck, so."

„Klasse Idee! Die kann sich nicht von selbst verdrehen, oder?" Rhena probierte herum, der Mechanismus war solide, fast schwergängig. „Was du alles so hast!"

Er murmelte etwas, das wie „Nachtmärsche" klang.

„Ist es dir peinlich? Entschuldige, dass ich so direkt bin. Ich meine, ich finde es in einigen Fällen wirklich sehr nützlich, solche Kenntnisse und Utensilien zu haben. Es ist ja nicht automatisch Kriegsvorbereitung oder Menschenvernichtung. In diesem Fall geht es ja beinahe um das Gegenteil", versuchte Rhena die Stimmung wieder zu verbessern.

„Immerhin", warf Matthias ein, „gehen wir auf Jagd. Allerdings hat er, oder haben sie, wir wissen ja nicht, ob es mehrere sind, etwas Ungesetzliches getan."

„Zumindest ist es gegen alle Regeln", stimmte Rhena zu. „Okay, ich zitter mal los. Uhrenvergleich?"

Beide kicherten.

Die Dachpappe drückte. Wieso eigentlich, dachte Rhena. Sonst hatte sie nichts zu tun. Außer Nachdenken. Ohrenspitzen. Dunkelheit unterscheiden lernen. Geräusche identifizieren. Nacht ist sehr lebendig, fand sie. Wenn man bloß besser auf dieser blöden Pappe liegen könnte.

Sie hatte sich für die Bauchlage entschieden. So konnte sie vom Gartenhäuschen einen schönen Rundumblick durch den Garten, Teile der angrenzenden Fußwege und die Buschgrenze zu Frau Mertins Garten schweifen lassen. Die durch die Tannen schimmernden Lampen der Bundesstraßen gaben ein schwaches Licht. Ab und zu brauste ein Auto vorbei, die Scheinwerferstrahlen erreichten den Garten kaum. Das Dach war nur leicht gegiebelt, so dass sie wirklich platt liegen konnte und nicht drohte abzurutschen. Zur Erleichterung hatte sie einen Fuß über den First gehängt. Nachdem sie das Rascheln und Piepsen, das ab und zu durch die Nacht drang, als normal empfand, war es geradezu langweilig geworden. Kalt war ihr nicht, die Bekleidung war ideal für Pirsch und Wache. Es war jetzt schätzungsweise ein Uhr. Eine bis anderthalb Stunden würde sie sich und dem Umgräber noch geben, dann würde sie die Aktion abbrechen.

Krieg ja auch eine Schnapsidee. Oder besser: Abenteuer für Ältere. Sonst gibt's ja nichts für Stadtmenschen, außer Marathon und Wandern auf Grönland. Das wäre was, allerdings nicht für sie. Und wer davon redet, wie Karsten neulich, kann es sich auch vorstellen, zwischen Steinen herumzuklettern, Auge in Auge mit Eisbären zu stehen und die über 24 Stunden scheinende Sonne zu ertragen. Sie schüttelte sich bei dem Gedanken. Kalt wäre es obendrein.

Rhena erstarrte und horchte. Zu sehen war nichts. Aber das war kein Nachtgetier, das leise raschelte und huschte. Das war ein regelmäßiger Schritt. Leise und leicht. Aber ein schweres Tier vielleicht? Dachs? Waschbär? Was gibt's noch? Ein Mensch!

Die regelmäßigen Tapser kamen näher. Aus den Augenwinkeln sah sie, wie ein schmaler kleiner Schatten genau auf sie zuhielt. Sie hörte auf zu atmen. Dann klirrte es ein wenig genau unter ihrem Kopf. Ein bisschen erleichtert atmete sie vorsichtig aus. Der Mann – Mann? – öffnete die Gartenhaustür und trat hinein.

Leise pfeifend. Frechheit! Der geht hier rein, als ob er zuhause wäre! Rhena vergaß ganz, dass sie auch nicht gerade eingeladen war, bei Fremden auf dem Dach zu liegen.

Es scharrte unter ihr und dann trat der Mensch wieder ins Freie, einen Spaten und eine Forke in den Händen, soweit sie das erkennen konnte. Der Umgräber also. Da haben wir ihn!

Und was nun? Rhena beschloss, ruhig liegen zu bleiben und den Menschen zu beobachten. Dann könnte sie ihr wild schlagendes Herz auch ein bisschen beruhigen. Gesehen hatte er sie offensichtlich nicht. Matthias anrufen war jetzt auch nicht drin, sie müsste schließlich irgendetwas flüstern wie „Vorsicht, er ist da" oder Ähnliches. Und das ging gerade nicht, den Verdächtigen wenige Meter vor der Nase.

Rhena drehte den Kopf auf die andere Seite, um zusehen zu können, was er da zwischen Gartenhäuschen und Wohnhaus trieb.

Er grub. Klar. Sie hörte ein leise Schmatzen, wenn er den Spaten in die feuchte, wohl etwas lehmige Erde stieß, ab und zu ein leises Klicken, wahrscheinlich Steinchen, die er traf. Mit Schwung ließ er die neuen Erdbrocken auf die bisherigen Häufchen fallen und arbeitete sich so durch ein kleines Areal, das er sich vermutlich für heute vorgenommen hatte. Sehr tief gräbt er ja nicht, dachte Rhena. Womöglich stößt er auf einen begrabenen Dackel. Oder hat Tante Lene einen Tierfriedhof gefunden für Benny? Rhena musste an das Meerschweinchen von Finn denken, das in Omas Garten einen würdigen Platz unter einem Pfeifenstrauch gefunden hatte. Sie hatten damals überlegt, dass zwanzig Zentimeter Tiefe völlig ausreichen mussten, um ein zufälliges Wiederausgraben durch wilde Gartentiere wie Eichhörnchen, Igel und Krähen zu verhindern.

Aber mitten im Garten, wirklich mittendrin, das würde niemand tun. Am Rand, hier unter den Tannen, das wäre denkbar.

Inzwischen hatte der Mann – so sah er jedenfalls aus, dünn, klein, breite Schultern im Vergleich zu den schmalen Hüften und den dünnen Beinen, ganz gut im Funkeln der Bundesstraßenbeleuchtung sichtbar – die Suchstelle gewechselt. Viel ist nicht mehr übrig, dachte Rhena über den umgewühlten Garten nach. Wie lange mag er schon graben? Wie spät mag es ein?

Der Mann richtete sich auf und fluchte leise. Es war ein Mann! Das war wirklich eine mitteltiefe Stimme, die da so etwas wie „Verdammte Scheiße, Mist, verfluchter!" murmelte.

Sie gab sich keine Mühe, weiter über seine Beweggründe nachzudenken. Stattdessen versuchte sie, sich die Figur, die Haltung, den Gang und die Stimmlage einzuprägen, zwecks späterer Verfolgung oder Wiedererkennung. Allerdings, hatte er vielleicht ein Fahrzeug? Woher war er gekommen? Hatte sie irgendetwas überhört? Ihr fiel nichts weiter ein, als dass es ganz leise Schritte gewesen waren, die sich anders als das Mäuse-Geraschel anhörten. Egal, darüber konnte man später noch nachdenken.

Plötzlich stieß er den Spaten heftig in einen der aufgeschütteten Haufen. Sie erschrak ein bisschen. Was nun? Er wischte sich die Stirn und den Hals mit den Händen ab, drehte sich zum Haus und stieg die Stufen zur Terrasse hoch. Die weißen Steine der Hauswand und die hellen Platten reflektierten das Restlicht so gut, dass sie ihn noch besser studieren konnte. Gut, dass sie so enorm weitsichtig war. Fliegen auf Autobahnschildern sehe ich, hatte sie schon seit Jahren gespottet, wenn ihr die Augen nach einigen Stunden Fahrt weh taten ob der Anstrengung, immer alles kilometerweit identifizieren zu müssen. Zwanghaft. Nun war es wertvoll.

Jetzt konnte sie ihr Erstaunen nur schwer unterdrücken! Der Mann öffnete die Terrassentür und ging ins Haus! Unglaublich! Er kann nicht der Besitzer sein! Frau Golddistel wusste ganz genau, dass die Eigentümer vor Wochen ausgezogen waren. Oder? Terror in der eigenen Familie wegen im Garten vergrabener Schätze? Das war dann doch zu absurd, um weiter darüber nachdenken zu müssen. Aber der Typ fühlte sich hier heimisch. Er hatte einen Schlüssel zum Gartenhäuschen und er hatte die Terrassentür einfach so öffnen können.

Rhena war hell empört und gleichzeitig geistesgegenwärtig genug, um die kleine Pause zu vorsichtigem Umlagern von Füßen, Knien und Armen zu nutzen. Wer weiß, ob er vom Fenster aus den Garten beobachtet und mich womöglich entdeckt?! So schnell könnte sie nach bestimmt einer Stunde auf dem Dach liegen nicht auf- und herunterspringen, um wegzulaufen. Ein bisschen Auflockern und Aufwärmen brauchte sie schon, um rennen zu können. Also kein Risiko eingehen. Sie musste kichern, obwohl die Situation im wahrsten Sinn des Wortes todernst war.

Eine halbe Stunde lang tat sich gar nichts an der Terrassentür. Rhena überlegte schon, ob sie leise und unauffällig verschwinden sollte, da schob sich der Hänfling durch die Tür und stand auf der Terrasse wie ein Burgherr auf seiner Festung. Ein Rülpsen wehte zu ihr herüber. Der hat dort sein Lager eingerichtet, schloss sie messerscharf. Was zum Teufel sucht er bloß? Mit dieser psychopathischen Beharrlichkeit.

Er ging durch die Erdhaufen zu seinen Grabgeräten und schien sich in die Hände zu spucken. Neben allem Unverständlichen auch noch solch ein Gehabe! Er war ihr inzwischen herzlich unsympathisch geworden.

Plötzlich flammte im vorderen Garten helles Licht auf. Mehrere schwarze Schatten rasten durch die Lichtkegel starker Taschenlampen. Rhena hörte unterdrücktes Stöhnen direkt vor sich. Dann schnelle Schritte, durch den verbliebenen Rasen und die Erdklumpen gedämpft, und einige unverständliche Rufe. Vorn wurde dem Kleinen die Schaufel entrissen, seine Hände auf den Rücken gedreht. Vor ihrer Nase, in völliger Dunkelheit hinter dem ganzen Lichtschwall, schien eine Rangelei in Gange zu sein, ohne Worte.

Was ist hier bloß los?, fragte sie sich wie ein Mantra oder eher wie eine Schallplatte mit Sprung. Glücklicherweise konnte sie sich vor Schreck nicht bewegen, kaum atmen und sich somit nicht verraten. Aber es war wuselig genug im Garten, zum Haus hin hell und im unteren Teil stockduster, so dass sie sich auch durch Angst-Quieken kaum verraten hätte. Wenn sie hätte sprechen können.

Auf einmal war der Spuk vorbei. Die Lampen waren wie auf Befehl gleichzeitig ausgegangen, mehrere dumpfe Tritte und ein unterdrücktes Wimmern waren noch verweht zu hören, alles in Richtung Bundesstraße. Dann senkte sich beklemmende Stille über die Gärten.

Nicht ganz. Aus den Augenwinkeln und recht gedämpft sah und hörte sie einige Männer vorn im Bucheckernstieg miteinander verhandeln. Eine besonders tiefe Stimme war deutlicher zu hören. Bässe reichen weiter. Bis sie registrierte, dass sie die Stimme kannte. Und der Besitzer des Organs insistierte: „Was ist denn geschehen? Informieren Sie uns doch bitte!"

Karsten! Der Retter!

Es war ganz eindeutig eine Nachricht an sie, sich noch ruhig zu verhalten, solange offensichtlich Ordnungshüter das Areal umzingelt hielten. Das wollte sie denn auch gerne tun. Aber immerhin konnte sie fast lautlos Laut geben. Sie kramte das Handy aus der Seitentasche und tastete im Finstern nach der Tastensperre – aus – und den Notrufpünktchen – ein, ein.

„Ja?"

Das war Matthias.

„Ich bin auf dem Gartenhäuschen", wisperte sie.

„Moment. Ich verstehe nichts … ich gehe mal ein Stück weiter."

Demonstration. Die Stimmen waren deutlicher zu hören. Karsten und ein Bewacher.

Rhena war schon klar, dass Matthias warnen wollte. Allerdings konnte sie nicht lauter flüstern. Noch nicht. Immerhin hatte er ja wohl gesehen, wer da angerufen hatte.

„Jetzt höre ich bestimmt besser."

„Ich bin auf dem Gartenhäuschen", wiederholte sie ihre Botschaft. Superleise.

„Alles klar. Wir sind in zehn Minuten da."

Schöner Fake. Es hätte ja auch die besorgte Ehefrau sein können, die ihren biertrinkenden Ehemann nach Hause beorderte. Oder ein weiterer Saufkumpan, der mitwollte.

Sie drückte die Tastensperre und schob ihr Handy wieder in die Anoraktasche zurück. Nicht dass sie aus Versehen noch in Australien anrief, wenn sie auf dem Bauch herumrutschte und dabei wahllos Zifferntasten gedrückt wurden.

Die Verhandlungen vorn an der Straße wurden beendet. Die beiden Männer dankten dem Polizisten für den Schutz wehrloser Bürger, soweit konnte sie sich die Wortfetzen zusammenreimen.

Dann werde ich mal still liegenbleiben, bis die Partisanen die Luft für rein erklären und mich hier raushauen, freute sie sich. Karsten war da!

39. Kapitel

„Ich hätte gern ein Bier.“

„Gleich.“

„Sofort.“

Karsten und Matthias mühten sich, Rhena vom Dach herunter zu ziehen. Sie hatte sich wohl überschätzt, was Beweglichkeit anging, nach immerhin über zwei Stunden überwiegend stillen Liegens und mindestens zwei herzbelastenden Panikattacken.

„Vorsichtig!“ Karsten hielt ihre Hüfte fest und achtete darauf, ob sie nicht in den Knien einknickte. Matthias streckte eine Hand hin, damit sie sich festhalten konnte.

„Ich bin doch keine Oma“, schimpfte sie. Aber sie war doch dankbar. Die Füße prickelten, ach was, stachen geradezu beim Auftreten. „Wegrennen wäre wirklich nicht möglich gewesen.“

„Auch nicht angebracht. Es wimmelte hier von Polizei.“ Karstens Stimme war ruhig, ein bisschen fröhlich, wenn sie genau hinhörte.

„Wieso bist du hier? Ich meine ... äh ... ich finde es supertoll, das ist die Überraschung des Jahres, aber wieso bist du hier im Bucheckernstieg, äh ...“

Alle lachten.

„Ein Anruf und ein bisschen Kombinationsgabe.“ Karsten klang stolz.

Matthias wollte auch etwas sagen: „Dr. Jacobi ... alles klar, also ‚du‘ ... er hat mich zuhause angerufen, war aber schon hinter Osnabrück. Und du hast dein Handy wohl nicht gehört – ach ja, es ist ja stumm gestellt.“

„Finn hat mir auch eine besorgte Nachricht geschickt. Das war aber gegen halb zehn, als ich noch bei Licht aufs Handy gucken konnte."

„Ich habe gedacht, ich werde aktiv. Fragen kann man später."

„Dann mal los. Kannst du gehen?"

Rhena nickte. „Ja."

Sie kurvten um die hohen Tannen und stiegen über den grasbewachsenen Grenzwall auf den Stichweg.

„Erzählt ihr mir bitte genau, wer wo stand und wer was sagte?", bat Rhena.

„Erstmal bist du ja wohl dran mit deinen Abenteuern!" Karsten spielte Empörung.

Matthias brummte zustimmend. „Da vorn ist der kleine Weg", sagte er überflüssigerweise.

„Ach ja."

Rhena war eigentlich zu erschöpft, um irgendeine lustige Bemerkung über die Fürsorglichkeit der beiden Männer im Allgemeinen und Matthias' gluckenhaftes Umsorgen im Besonderen zu entwickeln. Gleichzeitig fühlte sie sich aber auch wie aufgedreht. So ist das eben. Zum Abschied tätschelte sie noch den Lenker des versteckten Rades.

„Glas oder Flasche?"

„Flasche." Das kam im Chor. Sie saßen beziehungsweise lagen halb in den Ledersofas der Familie Pappel, entblättert von Winterkleidung, Rhenas Tarngesicht sauber gewaschen, und prosteten sich gegenseitig zu. Sogar Chips gab es zur Feier des Tages. Rhena wurde genötigt, zwischen den durstigen Schlucken alles zu erzählen. Das Ganze wurde gewürzt von vielen kleinen Nachfragen oder Ergänzungen (Karsten, beziehungsweise Matthias), abwechselnd von echter Neugier oder auch Drang zur Vollständigkeit getrieben, manchmal einfach nur witzig.

Wie ein prickelndes Bad, dachte Rhena zwischendurch und wackelte mit den Zehen. Sie war jetzt warm und wollte ein weiteres Bier. Und sie wollte noch nicht aufhören mit dem Erzählen und Vermuten und Aufstellen absurder Theorien.

„Habe ich das jetzt richtig verstanden ...", erhob Karsten sich halb aus der Fläzlage.

Rhena grinste. Das war eine typische Eröffnung nach dem weltberühmten Psychiater Rogers, um noch mehr herauszukriegen. Er grinste zurück, ließ sich aber nicht stören: „... dass ein kleiner, recht schmächtiger Mann über Wochen nachts den Garten von Lene, ach nein, den Nachbesitzern, umgegraben hat, um etwas zu suchen? Von dem wir nicht wissen, was es ist. Und die Polizei hat Beschwerden der alten Damen aus der Nachbarschaft nur scheinbar nicht ernst genommen, sondern heute Nacht einen gut vorbereiteten Zugriff vorgenommen. Der möglicherweise weniger vom unerlaubten Umgraben motiviert war, sondern vielmehr vom unberechtigten Zutritt zu einem fremden Haus, sprich Einbruch."

Alle atmeten wieder.

„Ja ... nein." Rhena war die erste, die den Mund aufkriegte. „Er war nicht schmächtig. Klein und dünn, aber dafür breite Schultern."

„Aha."

Matthias wollte auch etwas sagen. „Ähh ...“

Alle lachten.

„Ich verstehe irgendetwas noch nicht. Wieso lässt die Polizei die Frauen in dem Glauben, dass sie spinnen, und verhaftet ihn dann Wochen später?“

„Kluge Frage!“

„Sehr klug!“

Das bedurfte erst einiger Schlucke aus den Flaschen und zunehmend müder werdender kreisender Gedanken.

„Ich denke, sie haben das Terrain beobachtet. Und sie hielten die Nachbarinnen für so geschwätzig, dass sie ihnen die Arbeit hätte zunichte machen können, falls es jemand aus dem Umfeld war, der im Garten wühlte.“ Das war Karsten.

„Ich denke ... ich kann nicht mehr denken.“ Rhena fielen die Augen zu.

„Morgen fällt uns bestimmt noch was ein. Nadja und Sonja wollen doch alles haarklein hören, denke ich.“

„Dann wird noch mehr zutage treten, wenigstens weitere schlaue Fragen“, nickte Karsten.

„Mögt ihr Brötchen zum Frühstück?“

Ob derartig hellwacher Aktivität quälte sich Rhena aus dem tiefen Sofa, nickte deutlich zur Bestätigung, und schlurfte zur Küche, um die Bierflaschen abzustellen.

Karsten und Matthias verabredeten noch einiges hinter ihrem Rücken, was sie kaum noch registrieren konnte. Was ihr aber noch gelang, war ein Winken mit dem Zeigefinger, wie es die böse Hexe für Hänsel und Gretel entwickelt haben mochte.

„Was habt ihr beide denn noch zu flüstern gehabt", gähnte Rhena. Sie zog ihr T-Shirt über den Kopf. Mit verwuschelten Haaren und auch sonst irgendwie derangiert guckte sie nicht gerade strahlend, aber dennoch irgendwie zufrieden – und ganz schön müde.

„Matthias wollte mir ein Gästebett anbieten. Ein aufblasbares."

„Hier ist doch ein Bett."

„Er meinte nur, weil es so schmal ist."

Karsten inspizierte die Matratze. „Das geht schon irgendwie. Ich mag keine Luftmatratzen, die schaukeln so."

„Weißt du was", quetschte Rhena hervor, beide Hände schon am Fußende der Matratze, „wir ziehen sie auf den Boden. Dann ist es sicherer."

„Sehr gut", lobte Karsten und wuchtete am Kopfende mit. Das Zimmer war jetzt belegt von einer gemütlichen Spielwiese. Beide plumpsten in die Kissen und Decken und kuschelten sich ein.

Rhena stöhnte wohlig und genoss die Wärme. „Da war noch jemand ...", waren ihre letzten gemurmelten Worte, im selben Moment war sie schon weggesackt in traumlose Tiefen.

„Gut, dass das Bettzeug auf dem Boden liegt", lachte Rhena und robbte auf die Matratze zurück.

„Du hast gezappelt und gestöhnt."

„Echt? War wohl ein Traum. Als Kind bin ich jede Nacht aus dem Bett gefallen, weil ich so schwere Kämpfe gegen Drachen und Prinzessinnen ausfechten musste."

„Die Geschichte geht aber anders", griente Karsten.

Sie fiel ihm um den Hals, falls man das im Liegen so nennen kann. „Wollen wir Brötchen essen ...“

„... oder Brötchen essen?“, ergänzte er. „Es duftet schon so.“

Die Sonne schien ins Wohnzimmer und machte den fortgeschrittenen Vormittag fröhlich. Aber auch die Esstischbesatzung hatte allen Grund, gute Laune zu haben.

„Ich habe solche Angst gehabt um euch, ich meine, um dich, Rhena! Ich konnte kaum schlafen.“

„Ich auch nicht“, mümmelte Sonja.

„Als ich kam, habt ihr geschnarcht!“

„Nie“, schrien beide im Chor.

„Jedenfalls ... ist der Kopf dicker als der Hals“, bemerkte Rhena.

Nur Karsten kannte den Schüttelreim und grinste reflexartig. Die anderen registrierten es kaum. Macht nix, dachte Rhena, man muss nicht immer den Clown machen. Immerhin sonnte sie sich in der Anerkennung der anderen, eine dunkle Nacht im Freien und mit gehörigem Thrill verbracht zu haben.

„Aber“, setzte sie ihre Gedanken fort, „es hat nichts gebracht, was ich getan habe. Die Polizei hat ganz ohne mein Zutun zugeschlagen.“

„Dann hat der ganze Aufwand nichts genützt“, stellte Sonja enttäuscht fest.

„Stimmt.“ Das war Matthias.

„Stimmt nicht“, widersprach Nadja. „Wir wissen wenigstens, was passiert ist. In der Zeitung steht nichts!“ Sie wedelte mit dem Moerser Tageblatt.

„Da kann ja nichts drinstehen, wenn sie vor ein Uhr Redaktionsschluss haben. Wenn, ich weiß es doch nicht ...", fügte Rhena leiser hinzu.

„Wenn heute nichts gemeldet wurde, wird's Montag bestimmt überlagert von Discoprügeleien, Autounfällen und Bestechung im Rathaus. Ein einfacher kleiner Einbruch, das gibt nicht genug her." Matthias grummelte ein wenig.

Aber er hatte Recht. Das fanden alle.

„Nur für uns ist es aufregend."

„Ich ... mir fällt etwas auf: Vorn an der Straße stand nur der Schutzmann, der den Stichweg versperrte. Sie haben ihn also über die kleinen Fußwege und den Graben auf die Bundesstraße geschleppt. Hatten sie Blaulicht an?" Karsten guckte erwartungsvoll in die Runde.

Sonja sperrte den Mund auf.

Rhena wusste es genau: „Weder beim Ankommen, das wäre ja wohl auch sehr blöd gewesen, als auch beim Wegfahren. Es war nichts zu hören oder zu sehen. Sie müssen in Nebenstraßen gewartet haben. Sehr geheimnisvoll für einen kleinen Dieb. Und Umgräber."

Alle dachten nach. Während sie auf den duftenden Brötchen herumkauten.

„Es war noch jemand da", mümmelte Rhena durchs Brot hindurch. Erschrocken hielt sie sich die Hand vor den Mund. Schlechtes Vorbild für anwesende Kinder. Das Kind grinste nur. Oder war das wegen etwas anderem?

„Um noch mal auf das Lohnen einzugehen", sinnierte Karsten, „was können wir auf der Haben-Seite notieren?"

Matthias guckte richtig angestrengt.

„Die Tarnfarbe war gut", platzte Rhena heraus.

„Die Kleidung auch, das steht schon mal fest." Matthias war ganz ernst. „Als wir dich gesucht haben, warst du wirklich nicht zu sehen auf dem Dach."

Rhena war verlegen. Eigentlich wollte sie nur einen Scherz machen. „Du hast völlig Recht", pflichtete sie ihm eifrig bei. „Die ganze Vorbereitung, auch die Handy-Einstellung" – Sonja strahlte – „und die Ausrüstung waren absolut notwendig, sonst hätte er mich entdeckt. Und die Polizei übrigens auch."

„Andererseits", resümierte kühl der Wissenschaftler Karsten, „wäre er auch so verhaftet worden, unabhängig davon, ob ihr euch ein Bein ausgerissen habt oder nicht."

„Aber warum?" Rhena liebte Fragen, auf die es keine Antwort gab. „Mir fällt aber noch etwas ein, was die Seite der Überflüssigkeiten füllt. Ich habe meine Zeit damit verbracht, seinen Habitus zu studieren. Das war zwar in dem Sinne eine nützliche Beschäftigung, weil ich nichts anderes zu tun hatte, aber letztlich sinnlos. Aber das konnte ich da ja noch nicht wissen", fügte sie hinzu.

„Was ist ein Habitus?" Sonja durfte so etwas fragen. Allerdings waren nun mindestens drei wissenschaftlich Gebildete bemüht, es kindgerecht auszudrücken. Karsten gewann:

„Wie er geht und sich hält, wenn er über etwas nachdenkt. Das ist so unverwechselbar wie Fingerabdrücke."

„Das verstehe ich. Einer aus meiner Klasse, Markus, den erkenne ich auf drei Kilometer, weil er so komisch eiert."

„Das ist es. So kann man Menschen wiedererkennen."

„Und verfolgen. Falls sie frei herumlaufen." Rhena hatte den Kreis geschlossen. „Aber was nun?"

Nadja war die erste mit einem Plan: „Ich vermute, mal ganz vorsichtig, dass wir im Moment nichts tun können. Ich werde Montag in die Zeitung gucken."

„Ich auch." Eifrige Sonja.

„Ich werde Frau Golddistel beruhigen. Und zum weitgehenden Schweigen verdonnern, falls die Polizei bei ihr auftaucht und Nachbarschaftsgespräche führt. Ach, und mein Sohn will bestimmt auch wissen, wie es ausgegangen ist."

„Da wir nun außer Erholung nichts weiter auf dem Plan haben – seid ihr herzlich eingeladen, hier bei uns noch das Wochenende zu verbringen!" Matthias zeigte ganz deutlich, dass er Wert darauf legte. Nadja nickte. Sonja nickte dreifach.

„Dann muss ich aber irgendetwas beitragen. Soll ich kochen?", bot Rhena an.

„Oh ja", stimmte Nadja erleichtert zu.

„Soll ich euch überraschen oder wollen wir eine Wunschliste machen, die dann als Hitliste zuende geführt wird?"

„Sie kann wirklich gut kochen", steuerte Karsten bei.

„Wunschliste, Hitliste, Wunschliste", skandierte das Kind.

Rhena holte Karten und Stifte vom Couchtisch und verteilte sie. „Jeder und jede darf drei Lieblingsgerichte aufschreiben. Nicht schummeln!"

„Fertig? Jetzt legen wir alle Karten in die Mitte, so dass alle alles sehen können. Jeder hat drei Bewertungspunkte, die er einzeln oder gehäuft vergeben kann."

„Jetzt das Ergebnis", verkündete Karsten. „Die meisten Punkte hat Spaghetti Bolognese."

Sonja legte ein Tänzchen um den Esstisch ein und trällerte: „Spaghetti Bolognese, Spaghetti Bolognese."

„Sie muss irgendwie Dampf ablassen, es war alles sehr, sehr aufregend", flüsterte Nadja, um dann lauter hinzuzufügen: „Magst du mal nach deinem Hasen gucken?"

„Ach ja", rief Sonja und witschte durch die Terrassentür in den kleinen Garten. Kurz hochblickend winkte sie mit einer Hand ihrer in Habachtstellung sitzender Mutter ab, stoppte ihren Lauf, um in Clogs zu schlüpfen und war um die Ecke verschwunden.

„Ich würde gern ein wenig von der Stadt sehen", sagte Karsten. „Und Laufen würde ich auch gern."

„Laufen wäre prima. Dann kann ich Nadjas Fahrrad aus der Hecke fischen, am besten auf dem Rückweg. Wie steht's mit Einkaufen?", fiel Rhena ein. Die Antwort folgt prompt und kompetent. Matthias war anscheinend der Einkäufer: „Ich fahre sowieso zu ,real', die haben bis heute Abend geöffnet. Wenn du mir sagst, was du brauchst, bringe ich es mit."

Rhena hatte schon angefangen, auf der Rückseite einer Hitlistenkarte zu kritzeln und schob Matthias die Einkaufsliste zu. „Schnittlauch fehlt noch. Oregano, Pfeffer und Salz gibt's hier doch sicher."

Matthias nickte und strich auf der Karteikarte herum.

Währenddessen hatte Sonja auf Zehenspitzen Karsten entführt. Bestimmt sollte er den Hasen bewundern. Wenn das mal keine Probleme gab mit Schuhen drinnen und Schuhen draußen! Der kleine Rasen war dicht und es gab wenig Dreck, den man hereinschleppen konnte. Aber Rhena hatte noch Nadjas überaufmerksames Kopfnicken von vorhin im Blick. Aber es tat sich nichts. Karsten sollte nicht erzogen werden.

40. Kapitel

„Wo führst du mich hin?", keuchte Karsten.

„Ich habe einen Kurs von etwa fünf Kilometern ausgesucht, der nicht bloß auf Beton verläuft." Rhena japste. Zuviele Worte bei diesem Höllentempo, das war schwer zu vereinbaren. „Aber ist es nicht schön hier?" Sie fand jeden Park toll, der hohe Bäume hatte. Weil dann offensichtlich etwas Ähnliches wie Naturschutz waltete. „Ich gebe allerdings zu, das Unterholz ist etwas licht."

Karsten kicherte. Es hörte sich mehr an wie Husten. Oder Bellen? „Sag mir Bescheid, in welcher Stadt wir schon sind."

„Willst du etwa schlappmachen?" Sie strengte sich an, schnell zu bleiben. Bloß jetzt keine Schwäche zeigen.

Sie bog auf einen Weg ab, der sich zu einer bogenförmigen Brücke aus der Nachkriegs-Moderne verengte. Oben angelangt, stützte sie sich auf ihre Knie, um Erschöpfung vorzutäuschen. Naja, es war schon arg rasant gewesen. Aber so war der Plan.

Karsten lachte laut auf. Er hatte es entdeckt. Das Badeanstaltidyll.

„Zauberhaft", klopfte er ihr auf die Schulter.

Sie vertieften sich in das Bild von der historischen Badestätte am Teich – das sah nicht wie ein Fluss aus! – und zeigten sich die eine oder andere Schönheit: Der hölzerne Steg, da! Die roten Damen-Kabinen, dort! Hier ist noch ein Seerosenblatt übrig, hier auch, ganz viele. In der Sonne sah es hübsch aus. Leider geschlossen. Aber im Oktober durfte man gar nichts mehr diesbezüglich erwarten.

„Gibt es noch andere Einblicke?"

Rhena schüttelte den Kopf. „Von der Fischer-Vereins-Hütte – na, wie heißt das ... Angler! – von dort drüben sieht man noch weniger. Und die haben ein verschließbares Tor vor ihrem Ponton, da werden wir wohl nichts heute. Wir können aber zum Eingang gehen, der ist zwar nicht so hübsch, hat aber ein paar Ausstellungstafeln mit alten Fotos."

„Komm, wir laufen. Nicht dass uns kalt wird."

Sie rannten die Brücke hinunter und ließen sich die paar Meter zum Zugang der Badeanstalt treiben. Die Rückseite war profan – weißgetünchte Mauern, nur ein Zipfel von dunklen Ziegeln erkennbar, das Dach fiel zum Wasser hin ab. Sie bewunderten die Dokumente aus dem letzten und vorletzten Jahrhundert und registrierten, dass die freiwillige Feuerwehr ziemlich uneigennützig das Bad pflegte. Da hatte sich seit September nichts geändert, glücklicherweise.

Während sie weiterliefen, an einer hotelähnlichen Wellness-Klinik vorbei, zurück nach Moers, erzählte Rhena zum wiederholten Male, wie sie mit dem Kind Baden gewesen war und ihr damals schon der Sommer bei Tante Lene vergegenwärtigt wurde, in dem sie, selbst Kind, zigmal in die Teichoberfläche hineingeköpft war, raus aus dem Wasser, rauf auf den Holzsteg, Köpfer und so weiter.

„Ich kann's nicht oft genug hören. Und jetzt weiß ich auch, wie es aussieht. Allerdings habe ich es mir auch schon so in etwa vorgestellt. Der Teich schien mir in deiner Erzählung größer und die Uferbäume höher."

„War auch so. Ich war ja kleiner."

Beide grinsten sich an. Der Schweiß lief ihnen über Stirn, Nasenflügel, Oberlippe und Hals. Ganz zu schweigen von übrigen Körperpartien. Das Tempo hatten sie nun verlangsamt. Sonst hätte Rhena auch einfach nicht erzählen können.

An der Bundesstraße warteten sie kurz an der Ampel. Es fuhren hier zu viele Menschen am Samstagmittag hin und her, als dass man sich in Gefahr hätte bringen wollen.

„Da hinten um die Ecke ist die Reihe der Gärten vom Bucheckernstieg", zeigte Rhena.

„Wo mögen die Polizeifahrzeuge gestanden haben?", überlegte Karsten zum wiederholten Mal.

„Ich weiß es nicht. Aber ich will es auch wissen. Wollen wir hier auf dem Radweg längs laufen und gucken oder lieber rüber und dann durch die kleineren Straßen zur Siedlung? Der Weg zum Friedhof ist da auch, wo das Fahrrad auf mich wartet."

„Rüber."

„Ok."

„Im Hellen sieht es hier nicht gerade gruselig aus, sondern einfach bloß versaut", stellte Rhena fest. „Bedrückend. Die Besitzer werden begeistert sein."

„Wenn sie überhaupt noch einmal herkommen. Du hast doch gesagt, sie seien ausgezogen." Karsten wischte sich Schweiß von Nase und Mund.

„Frau Golddistel hat es gesagt. Und sie ist ja nicht so eng mit denen gewesen ..." Rhena musste selbst lachen. Dann fiel ihr etwas ein. „Da Frau Golddistel nicht so dicke mit denen war, lässt sich bestimmt noch etwas

aus ihr herausholen. Ich müsste nur richtig fragen –
aber nicht jetzt, ich bin zu nass."

„Dann verlassen wir diesen ungastlichen Ort. Für
immer vielleicht."

„Wieso ist es tagsüber nicht annähernd so gefährlich wie nachts? Wieso passieren die kriminellen Dinge
nachts? Wieso krieche ich im Dunkeln herum, wo
ich doch eigentlich Angst davor habe? Fragen an den
Psychologen. Sprechen Sie jetzt!" Sie hielt ihm ihre
Faust als Mikrofonersatz vor den Mund.

„Im Dunkeln ist gut Munkeln!"

41. Kapitel

Rhena zerrte am Fahrrad. Karsten ging ein paar Schritte weiter und zeigte auf eine Lücke in der Hecke. Rhena winkte. Ja, da ging's zum Friedhof. Sie bückte sich und wischte einige Blätter vom Rahmen und den Pedalen, bis sie den widerspenstigen Ast entdeckte, der sich in der Kette verheddert hatte. Das Blut pulsierte, so kopfüber besonders intensiv.

Sie schob das Fahrrad über den kleinen Weg und blieb stehen, Etwa zehn, fünfzehn Meter vor sich sah sie Karsten im Gespräch mit einem kleinen untersetzten Mann mit schlohweißem Haarschopf. Der schlug immer wieder die Hände vors Gesicht. Mit den schwarzen buschigen Augenbrauen als Kontrast sah er irgendwie lächerlich aus. Clownshaft. Aber irgendetwas an seiner Haltung und wohl auch der Intimität zwischen den beiden Männern veranlasste sie, still zu bleiben und sich nicht von der Stelle zu rühren.

„Das war der Gärtner." Karsten war kurz angebunden. Nachdenklich.

„Erzähl."

Einen Moment gingen sie schweigend durch Sträßchen mit kleinen hübschen Neubaureihenhäusern und noch kleineren Vorgärten.

„Lass uns laufen. Ich meine, ich laufe noch, du fährst. Sonst wird es zu kalt."

Rhena stieg aufs Rad und eierte neben ihm her. Sein Tempo war wie er, besinnlich. Sie hatte aber auch nicht die Absicht, irgendetwas zu forcieren. Er dachte noch nach und sie war neugierig, konnte sich aber zurück-halten, bis es soweit war.

„So", stieß Karsten hervor, „in Kürze. Gleich, wenn wir geduscht sind, erzähle ich ausführlicher. Der Mann ist der Vater des gestern Verhafteten. Er war Gärtner bei Lene. Und es ging um einen vergrabenen Schatz. Be-ziehungsweise, so hat er es gesagt, um den Scherz, den Lene darüber so oft gemacht hat, dass er es selbst nicht mehr so ernst genommen hat. Der Junge aber. Er hält ihn für verrückt." Karsten schnaufte und holte tiefer Atem.

„Ich bin sprachlos", sagte Rhena. „Mir fehlen die Worte." Ihr fiel gar nicht ein, darüber zu lachen, dafür war die Sache zu ernst. Und Karsten auch. „Der Mann war verzweifelt, oder?"

„Sein Sohn im Gefängnis wegen eines Witzes. Er war an Lenes Grab, um Blumen hinzustellen und zu beten. Oder um Verzeihung zu erbitten. Das habe ich nicht so ganz verstanden." Karsten ging jetzt.

Rhena stieg vom Rad und schob. „Was hat er denn genau gesagt? Ach, lass uns gleich im trockenem Zu-stand weiterreden, wir sind da."

„Du hast was?!" Auch Matthias stand der Mund offen.

„Naja, ich kann eben kein Italienisch", wand sich Karsten. „Wenn man hinter die Wörter nach Gefühl ein ‚o' hängt, klingt es aber so."

Rhena lachte. „Und unsere Lehrer behaupteten immer, es sei eine tote Sprache. Wie falsch!" Sie legte ihre Hand auf seine Schulter. „Ich finde das phänome-nal. Wie bist du darauf gekommen?"

„Er murmelte immerzu ‚mea culpa' und kniete auf der kalten Erde. Da habe ich spontan reagiert und ihn so hochgekriegt. Er ist schon ein alter Mann, der hätte sich den Tod geholt. Ich wusste ja nicht, wie lange er da schon hockte."

„Und was hast du da gesagt?"

„De mortuis nil nisi bene. Das passte nicht ganz, aber ich wollte Kontakt zu ihm herstellen."

„Was heißt das?", fragte Matthias, offensichtlich kein Lateinschüler.

„Über die Toten nur Gutes sagen", antwortete Rhena spontan.

„Eigentlich ist es etwas diffiziler. Wenn etwas über die Toten gesagt werden soll, dann könnte man überlegen, ob man nur das Gute erzählt. Es gibt aber auch eine Deutung, dass alles, was man über Tote sagen könne, angemessen sein solle, weil sie durch ihre Abwesenheit sich nicht mehr rechtfertigen können. Also können vielleicht schon verwerfliche Taten erwähnt werden, aber Tratsch sollte vermieden werden. Es ist ein sinnvoller Hinweis, damit man sich selbst nicht im Wege steht beim Angedenken. Deshalb darf man schlussendlich alles sagen. Oder so." Karsten war ganz in sich versunken. „Es ist aber nicht so wichtig. Er sprudelte auf Italienisch los, nur ganz wenige deutsche Brocken dazwischen. Deshalb habe ich nicht alles verstanden. Aber ich rekapituliere mal, was ich behalten habe."

Er holte tief Luft.

„Soll ich mal mitschreiben?", bot Rhena sich an.

„Sehr gute Idee. Mein Kurzzeitgedächtnis ist nicht das stabilste, wie du weißt." Er lächelte sie an.

„Dafür bin ich ja da", wisperte sie.

Immerhin guckte er schon wieder nach außen. Es musste ihn sehr erschüttert haben. Oder er war in dieser Situation mit Haut und Haaren Psychologe gewesen und konnte sich nur durch genaue Wiedergabe davon lösen. Sie zerrte eine Karteikarte aus Matthias' Folie und ließ den Stift darüber schweben, bereit zum Herabstoßen.

Karsten trank einige Schlucke seines grünen Tees, den der fürsorgliche Hausherr schon fertig gebrüht hatte, und startete.

„Die Toten haben uns vergeben", deklamierte er.

„Hä? Ach so, das hast du auf Lateinisch gesagt?"

„Stör ihn nicht", murmelte Matthias.

„Daraufhin antwortete er so etwas wie ,aber den Lebenden gehört unsere Aufmerksamkeit.'" Karsten ließ sich nicht stören.

„Klingt wie ein sakraler Gottesdienst", flüsterte Rhena.

„Das stimmt in etwa. Es sind Floskeln aus Kirchenliedern, und auch aus unseren Lateinbüchern aus der Oberstufe. Etwas anderes konnte ich ja auch nicht", lächelte Karsten verschämt.

Rhena holte tief Luft und schrieb schnell alles auf. Mit Fragezeichen und Pünktchen, wenn er etwas nicht richtig verstanden hatte oder selbst beim Aufsagen seiner alten Sätze ins Schleudern gekommen war. Von wegen schlechtes Langzeitgedächtnis! Bei der Vorstellung, dass er manchmal ein ,o' reingeschummelt hatte, musste sie kichern, unterdrückte es aber schnell, als sie die konzentrierten Mienen der beiden Männer sah. Als ob der eine mit dem anderen sprach. Wie eine Wiederholung der Friedhofsszene. Matthias spiegelte beinahe alles wider, was den Worten von Karsten zu entnehmen war. Trauer, Verzweiflung, Bitten um Vergebung.

Es war die ausführliche Variante der Kurzbotschaft, die Karsten noch auf der Straße von sich gegeben hatte.

Rhena schrieb möglichst ordentlich, damit jeder es lesen konnte. Als er den erinnerten Dialog beendet hatte, schob sie ihm die Karten zu. Sie hatte inzwischen drei vollgeschrieben.

„Wie bewertest du das?" Sie konnte sich vor Neugier kaum bremsen.

„Also ...", begann Matthias.

Karsten hob eine Hand, um beide zu stoppen. „Wir sollten einen kleinen Augenblick Pause machen. Ich sehe die Karten durch und versuche Reste hochzuspülen, die ich vielleicht unterschlagen habe. Bewertungen sollten wir nach der Inhaltsangabe vornehmen. Es ist sogar gut, wenn ihr beide erstmal loslegt. Dann kann ich meine Eindrücke, die ich jetzt versucht habe so weit wie möglich wegzuschieben, damit vergleichen."

„Das ist aber ein anstrengendes Geschäft", stöhnte Rhena. „Vor allem für dich, meine ich. Ich platze jetzt schon vor Bewertungen, aber du scheinst verschiedene Schubladen auf- und zumachen zu können."

Karsten nickte. Deshalb war er so ernst und in sich gekehrt. Rhena verstand erst jetzt ein bisschen von dem immerhin live erlebten Geschehen.

„Läuft so Psychoanalyse oder Therapie?", fragte Matthias neugierig.

Karsten wehrte ab: „Das ist bestimmt viel anstrengender. Ich kenne mich da nur ganz wenig aus. Ich denke, dass das hier eher ein kriminologisches Verfahren ist, wenn man das so hochtrabend benennen darf. Inhaltsanalyse heißt es genauer, eine Forschungsmethode. Müsstest du eigentlich kennen, Rhenalein", nickte er ihr zu.

„Keine Ahnung." Sie schüttelte den Kopf

Nach kurzer ungeduldiger Pause, in der Matthias und Rhena in der Küche eine weitere Kanne grünen Tee gekocht hatten und sich über das erhellende, aber eben auch völlig absurde Ereignis leise ausgetauscht hatten, ging die Session weiter. Rhena durfte anfangen, Matthias hatte ihr den Vortritt gelassen.

„Ich kann es gar nicht glauben, dass der Heiratsschwindler an Tante Lenes Grab hockt. Wie lange hat er nach seinem Rausschmiss noch hinter ihr hergelauert? Sie war doch dann mit dem Malermeister zusammen. Alles solides Handwerk." Sie grinste breit. „Das war's, was mir gerade einfiel."

„Jetzt ich." Matthias setzte sich aufrechter hin, was in seinem Sofa sehr schwer war. „Er fühlte sich verantwortlich für seinen missratenen Sohn und wusste nicht so recht, was er nun tun sollte. Ich an seiner Stelle hätte einen Rechtsanwalt besorgt und wäre der Polizei nicht von der Pelle gerückt. Ach, und überhaupt, ich hätte schon vorher mal was unternommen, damit mein Kind nicht so spinnt. Therapie, was weiß ich." Er war richtig rot geworden und fuhr sich mit der Hand über die Bürstenfrisur.

Das waren echte Vatersorgen. Aber Sonja war doch ok, oder?

Karsten nickte freundlich in beide Gesichter. Alles sollte raus.

Rhena fiel noch etwas ein. „Diese Schatzgeschichte interessiert mich brennend. Was könnte er gewusst haben? Oder besser: Was hat Tante Lene damit gemeint, und was davon war ein Scherz? Schließlich ist es ein Haufen Arbeit, so einen großen Garten umzuwühlen, da muss doch eine Verheißung in der Luft gelegen haben!"

Karsten griente. Der weiß was!, schoss es Rhena durch den Kopf. Aber sie konnte auch geduldig sein. Ab und zu.

Matthias druckste. Aber dann kam es doch bröckchenweise aus ihm heraus. „Mich interessiert, welche Verbindung der Gärtner zu Lene gehalten mochte. Das Thema Schatz wird doch nicht etliche Jahre unterdrückt und dann, plötzlich, wumm, hat der Sohn 'nen Knall! Die werden in der Familie öfter das Thema am Wickel gehabt haben. Vielleicht auch anlässlich ihres Todes. Er wusste doch Bescheid, wo ihr Grab liegt. Vielleicht hat er die Todesanzeige gelesen und war bei der Beerdigung. Das frischt Themen wieder auf."

„Oder er gärtnert immer noch in der Nachbarschaft und hat so eine Menge mitgekriegt."

Karsten löste sein Schweigen und stoppte so die wild ins Kraut schießenden Vermutungen und Schlussfolgerungen. „Der Sohn hat auch Gärtner gelernt und oft mit dem Vater zusammen Aufträge erledigt."

„Aha!" Zweistimmig.

„Aber mehr hat er wirklich nicht erzählt. Nichts über die Bedeutung des Schatzes. Nur über das große Unglück, dass ein Familienmitglied in Unehre gefallen ist. Verhaftet zu werden ist jenseits seines bisherigen Vorstellungsvermögens. Er war immer ein fleißiger, ordentlicher und gesetzestreuer Mann."

„Bis auf die Heiratsschwindelei", bemerkte Rhena spitz.

„So genau weißt du das doch gar nicht. Du hast Verliebtheit auf beiden Seiten gesehen."

„Und Tante Lenes Naivität plus ihr vieles Geld hinzugerechnet. War ja auch so bei Malermeisters."

„Ich habe einen anderen Eindruck von dem Gärtner. Vom Alten, meine ich. Der hatte doch Frau und Kind. Das heißt, über die Frau weiß ich nichts. Ob sie noch lebt oder nicht. Ich schätze mal, er hat bloß geflirtet, ohne ernstere Komplikationen zu produzieren."

„Hand in Hand?!" Rhenas Empörung war echt. Dann pustete sie aus und entspannte sich wieder. „Ist ja auch egal. Wenn er ihr die ganzen Jahre irgendwie verbunden war, dann ist das schon Treue. Was Gutes, Ehrliches, meine ich."

„Soll ich jetzt mal was sagen?", fragte Karsten.

Beide nickten eifrig. Seine Eindrücke waren schließlich authentisch. Und er war extrem geschult, Zwischentöne auszumachen. Rhena setzte sich etwas gemütlicher hin, zog einen Fuß unter das andere Bein. Matthias trank noch einen Schluck Tee. Beide starrten Karsten gebannt an.

„Es mag euch seltsam vorkommen ... aber, nun ja, sein Verhalten auf dem Friedhof passt nicht zu einem

Menschen, der zwanzig Jahre oder mehr Mitglied einer hiesigen Kirchengemeinde ist ..."

„Ist er dann auch verrückt?", warf Rhena atemlos ein.

„So kann man es nicht sagen. Was ich meine, ist folgendes: Falls er aus Süditalien stammen sollte, dann könnten solche unerwarteten Ausbrüche durchaus im Rahmen des Üblichen liegen. Ansonsten wäre dein Verdacht schon gerechtfertigt."

„Oder er schauspielert. Aber für wen oder gegen wen? Er kann doch auf dem Grabstein kniend nicht wissen, wer da als Zuschauer in Frage käme. Von uns gibt's bestimmt keinerlei Gerüchte im Viertel. Nur von seinem bekloppten Sohn und dem zerwühlten Garten."

„Ich wollte eigentlich nur meinen Eindruck mitteilen. Deine Überlegungen sind es wert, aufgelistet zu werden. Sie passen aber nicht zu dem, was sich mir in der Situation aufgedrängt hat."

Rhena kaute auf der Unterlippe herum. Damit hatte sie nicht gerechnet. Süditaliener. Sie hatte eher gehofft, dass Karsten den Mann quasi geröntgt hatte und nun dessen Verfassung und Lebensgeschichte plus verborgene Geheimnisse offenbarte. Aber er überraschte sie immer wieder aufs Neue. Irgendwie auch schön!

Sie lächelte ihn an und griff nach seinem Oberarm. Ganz kurz.

Matthias starrte Löcher in die Luft. Plötzlich rappelte er sich auf und entschuldigte sich.

„Macht nichts. Erzähl, was du gedacht hast", munterte Rhena ihn auf.

„Ich habe die Informationen in einem Flussdiagramm geordnet. Mir fiel ein, dass man in der Nachbarschaft nach einem Gärtner und in einigen Kirchengemeinden nach ihm speziell fragen könnte. Wir wissen seinen Nachnamen aber nicht und in der Zeitung wird der auch nicht auftauchen, wenn es eine Meldung über den Sohn geben sollte."

„Luigi T. wurde erwischt, als er in ein leerstehendes Haus einbrach", lachte Rhena.

„Das Diagramm hat zu viele Lücken. Wir könnten es angehen, das kann aber ein paar Wochen dauern. Weiß Frau Golddistel nichts?"

„Danach habe ich sie nicht gefragt. Ich wollte damals die Namen vom Malermeister und dem Arzt wissen. Bestimmt kann sie irgendetwas hervorkramen oder aus den Nachbarinnen herausholen. Aber auch das könnte dauern."

„Aber das macht doch auch nichts", wandte Karsten ein. „Im Moment sieht alles scheinbar geklärt aus. Unsere eigentlichen Fragen stecken fest in einer Sackgasse."

„Was waren noch mal unsere Fragen?", murmelte Rhena. Da niemand lachte, schloss sie messerscharf, dass der Film „Das Leben des Brian" hier unbekannt war.

Ludwig Wellhausen

Nr. 30, Brief aus dem KZ Sachsenhausen,
„10" in Margarethe Wellhausens Schrift;
Din A 5, schwarze Tinte auf Vordruck

oben links:
L. Wellhausen
Nr. 1268
Block 25.

d. 10.12 (1939)

Meine liebe Frau, liebe Kinder. Da mir keine andre Möglichkeit bleibt, muß ich schon heute Euch mit wenig Worten das schreiben, was ich an innigen Wünschen und Grüßen zum Weihnachtsfest Euch senden kann. Es sind ja so schon schwere Zeiten, daß dieses Fest aber, Euch besonders, durch die Trennung noch so getrübt wird, verschlimmert es. Um mich sorgt Euch nicht, aber denkt an mich in jenen Tagen so heiß und innig, wie ich Eurer gedenken werde. – Ich empfing Deine Briefe vom 19.11. und 3.12. Vielen Dank vor allem für die Nachrichten über Dein und der Kinder Tun und Denken. Eure Bilder werden dadurch in meinen Sinnen wieder klar und leuchtend, allerdings auch das Sehnen stärker. – Da Du schreibst, daß der Zettel bezüglich der Weihnachtssendung dem Brief vom 26. nicht beigelegen hat füge ich ihn für alle Fälle nochmals bei. Hoffentlich ist es noch rechtzeitig genug. – Noch ist es 14 Tage, dann feiern wir das Fest der Liebe unter den Menschen, die nie so nötig war wie heute. Wir sind beiander (beieinander)

dann über Raum und Zeit in Gedanken, mit einer Liebe,
die uns immer verbunden hat.

Dein Ludwig, Euer Vater.

Briefen an mich darfst Du keine Geldscheine beifügen
und keine gefütterte Umschläge benutzen.

Stempel der
Postzensurstelle K.L. Sh.
(Unleserliche Unterschrift)

42. Kapitel

„Der Schatz!"

Rhena saß auf der Matratze. Die Haare standen nach vorn, und zwar alle. Sie spürte, was der Volksmund meinte, wenn jemandem die Haare zu Berge stehen.

Sie legte sich wieder hin. Hatte sie laut gerufen und alle geweckt? Anscheinend nicht. Neben ihr und im ganzen Haus herrschte Ruhe. Vielleicht waren zu viele Spaghetti und zuviel Hacksoße in ihrem Bauch? Oder Rotwein? Was hatte sie eben erlebt, das sie dazu bewegte, den Schatz auszurufen? Es fiel ihr nicht ein. Aber immerhin war ein Wort wieder aufgetaucht, das sie über den Ereignissen den ganzen restlichen Tag über wohl allesamt vergessen hatten. Der Schatz.

Wie kann das kommen?, grübelte sie. Sei es drum, beschloss sie.

Geld. Warum sollte Tante Lene Geld im Garten vergraben, wenn sie die Millionen auf der Bank hatte. Oder im protzigen Auto. Oder in Gestalt eines weniger angeberischen Hauses. Nee.

Schmuck. Auch eine blöde Idee, wenn er im Haus oder im Banksafe gelagert werden konnte.

Benny konnte nicht gemeint sein. Außerdem lebte der sein selbstbestimmtes Dackelleben etwa zu der Zeit, als der Gärtner eine Rolle für Tante Lene spielte. Überhaupt eine blöde Idee, einen begrabenen Hund mit einem versteckten Schatz gleichsetzen zu wollen, schimpfte sie still.

Was zum Teufel könnte es bloß sein? Sie verlegte sich auf Ideen, die sie als Kind gehabt hatte, angestiftet von Kalle Blomquist, der seinen Großmummrich auch versteckte. Naja, die Regel war, dass er sichtbar sein musste, sonst wäre die Aufgabe zu schwierig gewesen. Ein Stein also? Nein, warum auch? Tante Lene war kein Kind mehr, das mit Freundinnen Haschen spielte.

Was hatte sie selbst in ihren Spielen eminent wichtig gefunden? Sie erinnerte die Tage auf der wilden Wiese, das zu Indianer-und-Cowboy-Spielen verleitete. Die Gräser waren außer im frühen Jahr so hoch, dass die Kinder aufrecht laufen konnten, ohne von den anderen entdeckt zu werden. Damals hatten sie um Totems und Gold gerungen. Natürlich nicht echtes Gold. Es war in Omas brauner Keksdose mit dem gut verschließbaren Deckel und dem Goldrand versteckt, die auch mal einen Knuff vertragen konnte, wenn die Kämpfe hitzig wurden. In ihr lag meist Klimperschmuck aus dem Kaugummiautomaten. Manchmal auch die Gummi- oder später Plastikfiguren, die von den Gefängnisinsassen bemalt wurden, und von denen Ausschuss über dunkle Kanäle in ihren eigenen Hosen- oder Rocktaschen verschwand. Zwerge. Andere Märchenfiguren. Leider keine Pferde mit Reiter. Die behielt Monika anscheinend ohne ein Wort für sich. Sie war schließlich die Gefängniswärtertochter und hatte den ersten Anspruch. Meinte sie. Rhena verlor sich in den Bildern und nach Staub schmeckenden Galopps durch die steinige Steppe.

Da war sie dann doch eingeschlafen. Aber die Frage nach dem Schatz war präsent. In dem durch die hellen Gardinenmuster gedämpften Tageslicht blieb sie ungelöst. Vielleicht beim Frühstück eine Aufgabe für alle.

Das wäre dann der letzte Akt dieses abenteuerlichen Besuches. Danach wollten sie losfahren. Wohin, wollten sie spontan entscheiden. Eigentlich kamen nur Bremen und Hamburg in Frage, und zwar getrennt. Der arbeitsreiche Montag lauerte schon. Aber wer weiß schon, was dann noch als Freizeitspaß ins Blickfeld gehüpft kommt!

„Es war doch bloß als Scherz gedacht", sagte Karsten. „Da fällt mir eine Geschichte ein: Ein Weinbauer hat auf dem Sterbebett seinen beiden Söhnen zugeflüstert, dass im Weinberg ein Goldschatz liegt. Beide haben nichts Eiligeres zu tun gehabt, als zu graben und zu suchen. Nach Jahren hatten sie noch kein Glück damit gehabt. Allerdings war der Weinberg durch die Buddelei so gut gepflegt, dass er wundervolle Trauben und exzellenten Wein hervorbrachte. Die beiden Söhne wurden reich. Den Schatz haben sie nie gefunden."

Das Kind hatte glänzende Augen, die Erwachsenen lachten.

„Suchen sie den Schatz immer noch?", fragte Sonja Karsten aufgeregt.

„Bestimmt." Er hatte wohl keine Lust, den Witz zu erklären. War auch viel schöner so.

„Tante Lene könnte ähnlich gedacht haben. Und der Gärtner auch. Das wäre natürlich eine Quelle des Miss..." Rhena brach ab, sie wollte das Kind jetzt nicht nachträglich verunsichern.

Alle anderen nickten ihr zustimmend zu und sprachen durcheinander über dieses und jenes Thema.

Das Kind schüttelte abwehrend den Kopf, so dass die weißblonden Haare nur so flogen, und überlegte laut:

„Wenn deine Tante etwas versteckt hat, dann wollte sie bestimmt jemanden in die Irre führen. Der Garten ist so groß, da kann es überall sein. Und sie hatte es aber im Haus oder im Schuppen. Liebesbriefe!"

Alle lachten.

„Doch, das machen doch alle! Liebesbriefe versteckt man so, dass sie nicht zu finden sind. Wäre ja oberpeinlich, wenn das jemand lesen würde", schloss sie mit der Überlegenheit Zwölfjähriger, die über solchen Quatsch erhaben sind.

„Wo versteckst du denn deine?", neckte ihr Vater sie.

Sonja schnaubte bloß empört durch die Nase.

„Ich finde die Idee überlegenswert", versuchte Rhena die Wogen zu glätten, die sich aufzutürmen drohten.

Es war schon plausibel, dass Tante Lene einen gärtnerorientierten Witz breitgetreten haben mochte, der Fleiß nach sich zog. Wieso sollte sie als Witwe irgendwelche Briefe verstecken? Sie konnte doch wirklich tun und lassen, was sie wollte.

Plötzlich schoss ihr etwas durch den Kopf. Oder besser durch den Bauch.

„Bruschke", stieß sie hervor.

„Hä?" Alle schauten sie an. Fragend.

„Ich meine, äh, Bruschke könnte etwas bei ihr gelassen haben, was in der DDR und in seinem Ministerium nicht rumliegen sollte. Tagebücher. Belastende Dokumente."

„Nee." Das war Karsten. „Als Rentner und fast blind oder ganz blind, und als ehemaliger Ministerpräsident, der war doch als uninteressant bestens geschützt."

Auch die anderen zweifelten. Das sah Rhena an ihren Gesichtsausdrücken.

„Na gut. Aber ich kann ja mal seine Frau anrufen, vielleicht weiß sie noch was. Ach je, die ist zu kurz angebunden, das wird wohl nichts. Man muss schon in Schwatz- und Tratschlaune sein, um so eine ominöse Geschichte mit Genuss hin- und herzuwenden. Tja, Pech.“

„Wir legen das Thema auf Eis.“

„Was sollen wir noch recherchieren?“, fragte Nadja, nicht ganz einverstanden mit einem drohenden Ende des spannenden Gedankenspiels.

„Name des Gärtnersohns. Parkbuchten, in denen die Polizei Freitagnacht gestanden haben mag. Was noch?“ Matthias hatte seine Finger zum Aufzählen hochgereckt.

„Ob der Gärtner aus Süditalien stammt“, ergänzte Rhena.

Karsten lächelte.

„Oder auch nicht“, bestand sie auf diesem Punkt.

„Das wird schwer werden“, seufzte Matthias.

„War ein Scherz“, beruhigte Rhena ihn. „Es war doch erhellend, was Karsten da gespürt hat. Aber wie soll man das rauskriegen?“

Karsten nickte. „Mir fällt nichts weiter ein. Aber ihr bleibt doch sowieso in Kontakt, dann ist die eine oder andere neue Idee nicht aus der Welt.“

„Spätestens beim nächsten Kongress sehen wir uns“, nickte Rhena Nadja zu.

Ludwig Wellhausen
Nr. 31, letztes Lebenszeichen,
Postkarte aus dem KZ Sachsenhausen,
Din A 5, schwarze Tinte auf Vordruck

vorn, im Vordruck: 29.12.39

           Stempel der
           Postzensurstelle K.L. Sh.
           (Unleserliche Unterschrift)

          Frau
            Marg. Wellhausen
L. Wellhausen   *Magdeburg Ref*
Nr. *1268* Block *25*   *Quittenweg 2*

hinten:
                           d. 24.12.39

*Meine Lieben. Während Ihr unter dem Lichterbaum sitzt
und meiner gedenkt, schreibe ich Euch diese Zeilen zum
Zeichen, daß wir so in Gedanken vereint sind.
Wenn Ihr sie erhaltet, gehen wir in ein neues Jahr, das
hoffentlich die Erfüllung unseres sehnlichsten Wunsches
bringt, die Wiedervereinigung. Für Eure lieben Worte
zum heutigen Abend, die ich eben erhielt, innigen Dank.*

          Euer Gatte und Vater

43. Kapitel

Sie waren dann doch noch durch die Lüneburger Heide gestreift. Die Mitte, hatte Karsten vorgeschlagen. Dann hätten sie es gleich weit zu ihren jeweiligen Einsatzorten. Das Moor wäre auch prima, hatte Rhena vorgeschlagen, zögerlich, weil es eben nicht in der Mitte lag. Nächstesmal, tröstete Karsten sie. Es sieht im Nebel viel authentischer aus. Und den haben wir gerade nicht, stimmte sie zu.

Deshalb hatten sie sich in der für schweißtreibendes Wandern gerade richtigen Wetterlage – kalt und sonnig – in dieser unglaublichen Farbexplosion von nunmehr rostbraunen, statt der erwarteten lila Blüten, blauem Himmel und grün bis fast schwarzen Wacholdern und Wäldern bewegt, zwischendurch hellgelbe Sandwege und tatsächlich einmal weiße Wolltupfer einer Schafherde. Wo ist der Hund? Und wo ist der Mann?, hatten sie gerufen, aber auf die Entfernung war selbst mit Rhenas Adleraugen nichts auszumachen.

Mittagspause wurde gewünscht. Nachmittagspause besser gesagt. Mit Genever. Das wiederum, reine Spekulation selbstverständlich, weckte sekundenlang Holland-Reise-Wünsche. Aber diese Landschaft nahm eine und einen voll in Anspruch, zumal man flott marschierte.

Für die absolut notwendigen Flüssigkeits- und Nahrungsaufnahmen hatten sie sich einen ver-

wunschenen Gasthof erträumt. Zwischenzeitlich sollten das Mineralwasser und die geschmierten Stullen
aus Pappels Küche notversorgen. Aber sie hatten gar
keinen Hunger, waren satt vom Anblick und dem wohli-
gen Prickeln in den warmen Muskeln und auf der doch
schon nassen Haut.

„Da, da!" Rhena rief es in den Himmel.

„Was denn?" Karsten guckte auch hoch.

Ein Raubvogel kreiste ohne Flügelschlag über dem
Waldrand.

„Ein Milan." Karsten war sich ganz sicher,

„Du bist ja toll! Was du alles weißt!" Rhena staunte.

„Man sieht's an den Schwanzfedern."

„Kannst du auch noch andere identifizieren?"

„Bussard ist leicht. Habicht auch. Dann würde ich
noch einen Adler erkennen, die gibt's hier aber leider
nicht."

„Nur in Indianerland", sagte Rhena leise.

„Auch in den Alpen."

„Wo wir überall noch hinmüssen", seufzte sie.

In der immer gleich erscheinenden Landschaft –
nach jeder Bodenwelle waren wieder Waldsäume und
Heideflächen zu sehen, bloß der unverzichtbare Wa-
cholder stand dann links statt rechts oder hatte zwei
Brüder bekommen – erschien plötzlich ein Dorf. Eigentlich eher zwei rote Dächer und ein in der Sonne blitzen-
des Fenster.

Wenn da mal nicht hoffentlich ein Gasthof steht ...
Essen wollten sie immer noch nichts. Eigentlich waren
sie auch gut im Tritt. Aber es hatte etwas Kultiges, in

der parkähnlichen Wildnis unter einer Kastanie Kaffee zu trinken. Vielleicht mit einem kleinen einheimischen Schnaps?

Sie hatten ziemliches Glück. In dem zunächst verstohlen lockenden Dorf gab es nichts, aber ein freundlicher Bewohner, der auf seinen Gartenzaun gelehnt stand für was auch immer, es war sehr menschenleer in diesem Ort, hatte ihnen einen zahnlosen Wink gegeben. Nur wenige hundert Meter weiter, im nächsten Flecken, stand die ersehnte alte Gastwirtschaft, selbstverständlich mit Fachwerk, schwarz gestrichenen Balken, weiß gestrichenen Fensterrahmen, dazwischen rote Ziegel, auf dem Dach die Reethaube. Und die Kastanie stand im Vorgarten, wenn auch diesmal in Form einer Eiche.

Draußen oder drinnen? Die Wahl fiel leicht. Wenn man die wasser- und winddichte Jacke um die empfindlichen Partien legte, dann konnte man gut draußen auf der verwitterten Bank sitzen, hier und da noch einen Sonnenflecken auf dem Bein oder der Gesichtshälfte, die Kaffeetasse balancieren, über die Weite der Heide prüfend blicken, den klaren Hausschnaps durch die Kehle brennen lassen, doch Gin, und im Grunde an gar nichts denken, nur fühlen. Die Einzigartigkeit des Gebietes, die Nähe des anderen. Und umgekehrt.

Mit dem Bus, voller Sonne und guter Luft, ruckelten sie zum Ausgangsort zurück, an dem beide Autos warteten, wünschten sich süße Abenteuerträume in der Nacht. Und wenig Stress am Arbeitsmontag.

Rhena schlich über Landstraßen nach Bremen. Dreimal überquerte sie die Autobahn. Nicht ihr Tempo

heute. So war's auch viel schöner. Sie geriet in die dörf-
lichen Randbereiche der Torflandschaft, hatte aber keine
Lust auszusteigen. Die gemütliche Fahrt im Zickzack-
kurs, von Nordosten in die Stadt hinein, auch dort spät-
nachmittägliche Sonntagsruhe, nur mal ein Familien-
auto von oder zur Oma zum Kaffee, ein paarmal Paare,
die sich anscheinend eine bestimmte Strecke ausgemalt
hatten, mit sportiver Kleidung sowie ebensolchen Schuhen ausgerüstet, das alles vertiefte noch die lässige Entspannung, die sich in ihr breit gemacht hatte.

Es gab keinen Plan. Außer dass sie irgendwann in
ihrer Wohnung landen würde und die quakenden Enten
begrüßen wollte. Aber sonst nichts. Einfach Ruhe.

„Seit Beginn des Krieges trafen fast täglich neue Schutzhaftgefangene in Sachsenhausen ein. Sie waren nach lange vorbereiteten Listen der Gestapo festgenommen worden. Wer vor 1933 einmal politisch oder kulturell engagiert oder irgendwie oppositionell eingestellt gewesen war, kam auf diese Liste: ehemalige Abgeordnete, Partei- und Gewerkschaftsfunktionäre, Kommunalpolitiker, Wissenschaftler, Journalisten, Schriftsteller, Schauspieler, Beamte. Viele von ihnen hatten längst ihren Frieden mit dem Hitlerregime gemacht; manche, die das, was ihnen als Naziverbrechen zu Ohren gekommen war, als ‚Greuelmärchen' abtaten, sahen sich hier im Lager völlig unvorbereitet dem nackten Terror ausgesetzt. Wer so naiv war, sich auf seinen Namen, seine Verbindungen, seinen Status zu berufen, fand sich mißachtet, drangsaliert und oft zusammengeschlagen im Dreck des Appellplatzes wieder.

Im Verlaufe dieser Gestapoaktion kamen etwa 800 Zugänge nach Sachsenhausen, in immer größeren Gruppen. Auch bei den SS-Leuten hatte es sich herumgesprochen, daß es sich hier um ‚besondere' Leute handelte. Oft mussten die Zugänge stundenlang am Tor stehen. Es waren vorwiegend ältere Leute, viele waren krank. Wer nicht mehr stehen konnte, wurde mit Fußtritten wieder hochgebracht. Wer sich zum Austreten meldete, erhielt erstmal Ohrfeigen. Wer äußerlich auffiel, sei es durch Körpergestalt, Kleidung oder seine Haltung, oder wer Brillenträger war, wurde von den SS-Leuten besonders aufs Korn genommen. (...)

*Lothar Erdmann, 53 Jahre alt, bis zur Auflösung
der Gewerkschaften Chefredakteur der Zeitschrift des
Allgemeinen Deutschen Gewerkschaftsbundes (ADGB)
„DIE ARBEIT", wurde am 1. September 1939 in seiner
Berliner Wohnung verhaftet und nach einigen Tagen
mit einer Gruppe von 40 Personen nach Sachsenhausen
eingeliefert. Unter diesen Zugängen sind eine Reihe
früherer Gewerkschaftsführer und SPD-Funktionäre,
Walter Maschke, Erich Lübbe, Carl Vollmerhaus, Otto
Passarge, Flatau und andere. Als ein SS-Mann den über
60 Jahre alten und kranken Gewerkschafter Flatau
bei der Beantwortung der Frage nach dem Haftgrund
schwer mißhandelte, wies Erdmann aufgebracht und
erregt auf das Alter Flataus hin. Dafür bekam er einen
Schlag ins Gesicht, auf den er empört reagierte: ,Was, Sie
schlagen mich? Ich bin preußischer Offizier im ersten
Weltkrieg gewesen, und jetzt sind zwei Söhne an der
Front.' Der SS-Mann schlug weiter auf ihn ein und rief
den anderen SS-Leuten zu: ,Kommt mal her! Hier ist ein
preußischer Offizier!' Dies hatte zur Folge, daß Erdmann
beim ,Sport' die besondere Zielscheibe der SS-Leute war.
Er brach wiederholt zusammen. Als er mit einem scharfen Wasserstrahl wieder zu Bewußtsein gebracht wurde,
hielt er die Hände vor sein Gesicht, um sich vor Schlägen zu schützen. Ein SS-Mann brüllte: ,Was, du willst
mich angreifen?' Erdmann wurde in den Zellenbau gebracht und musste dort längere Zeit ,am Pfahl' hängen.
Er kam danach in seinen Block als völlig gebrochener
Mann zurück. Unser Versuch, ihn im Krankenbau unterzubringen, scheiterte an der SS, die kontrollierte, ob
der ,Offizier', wie sie ihn nannten, noch am Leben sei.*

Am 18. September 1939 starb Erdmann. Als Todes-
ursache hatte man ‚Herzkranzgefäßverkalkung' aus
der Liste der Todesursachen herausgesucht"

Harry Naujoks, 1987, S. 144–145,
über das KZ Sachsenhausen im Herbst 1939

44. Kapitel

Es war ein kalter regnerisch-düsterer November-Sonntag. Genau richtig, um Fotos einzukleben. Rhena lächelte ein wenig, als sie beim Aufstehen diesen überaus langweiligen Gedanken hatte.

Dabei schweiften ihre Blicke schläfrig über die zwei Stapel alter blau-grau-brauner Fotoalben, die Oma und Opa genau beschriftet und akribisch geführt hatten. Nein, halt, so stimmte das nicht. Beim Übersetzen der Briefe hatte sie manchmal nach einem Foto aus der Zeit von 1939 gesucht. Das war äußerst schwierig. Opa hatte ja wohl den Fotofimmel gehabt und selbst entwickelt. Das war sicherlich kostengünstig gewesen. Und Oma hatte in dem Jahr mit Gefängnisbesuchen neben einer Vollzeitstelle und zwei Kindern im Alter von elf und vierzehn Jahren garantiert weder Zeit noch Geld, um Bilder zu machen. Ein einziges hatte sie gefunden, das zu dem Geschriebenen passte: drei Jungs, die brav ein Gartenstück beharkten, auf dem kein Halm mehr wuchs. Davon hatte Oma berichtet, das Pachtland sei dank der wunderbaren Hilfe von Hans und zwei Freunden nun bestellbar. Opa hätte anscheinend das beigelegte Foto nicht erhalten. Bestimmt sollte das Land einem erweiterten Gemüseanbau dienen, um bei dem knappen Geld genug zu essen zu haben. Frauen verdienten damals weniger als die Hälfte der Männereinkommen. Das war auch noch längere Zeit nach dem Krieg so, als Rhena noch klein war. 48-Stunden-Woche und beide Frauen, Oma und Mutter, brachten dennoch nur 80% dessen nach Hause, was ein einziger überlebender Opa verdient hätte.

Hans hatte auf dem Foto sehr seltsam ausgeschaut. Verbittert. Aber auch erschöpft. Ihm fehlte sicherlich sein Vater. Und er durfte und wollte wohl auch keinem einzigen seiner Freunde erzählen, dass der im Gefängnis saß wegen Hochverrats.

Andere Fotos spielten sich früher ab. Aber die Seiten waren äußerst selten beschriftet. Manchmal stand da etwas von Geschwistern oder Hochzeit in Halle. Meistens aber gar nichts. Keine Jahreszahlen, keine Namen. Von 1933 bis 1945. Ganz selten konnte Rhena, wenn sie den schwarzen Karton schräg legte, Bleistiftspuren ausmachen, die aber nicht zu Omas energisch nach rechts oben strebender Schrift passten. Auch wenn sie ein Foto vorsichtig ablöste, stand nur Unverfängliches darauf.

Erst die nach 1945 angelegten Fotoserien äußerst unterschiedlicher Machart hatten wieder die eine oder andere Unterschrift, „Schuberts" oder „Frau Riedel". Das waren vielleicht später zugesandte Bilder, die der Erinnerung wegen eingeklebt wurden und eine neue Zeit der Fotoalbenführung einläuteten. Eigentlich erst, als Rhena geboren war und das Kind hier und da und von links und rechts geknipst worden war.

Rhena legte sich einige Alben beim Frühstück neben die Müsli-Obst-Schale und stöberte. Es war genau so, wie sie sich erinnerte. Dann gab es doch eine Entdeckung. Eine Wanderung in Schlesien von Oma und Opa war genauestens und bildreich dokumentiert. Mehrere Postkarten der Gegend ergänzten die seitenlange Serie. Daten waren aufgeführt, September und Oktober 1938. Ein anderes Paar, Dänhardts, ein ihr völlig unbekannter Name, tauchte auf. Sehr seltsam. War es besonders schön gewesen? Opa hatte vom Bergwandern letztes Jahr geschrieben, als er im Gefängnis zu Ostern, zu Pfingsten und jede Woche neu hoffte, endlich rauszukommen, und sich nach Wäldern sehnte. Vielleicht war es diese Reise gewesen.

Sie warf ihren Computer an und begann nach Dänhardt zu suchen. Telefonisch. Wissenschaftlich. Sie entdeckte ein Werk über eine hundertjährige Flora – was war das? – in Dresden von 1926, das von einem gewissen Walter Dänhardt verfasst worden war. Der Weltatlas zeigte, dass Dresden wirklich nicht im Einzugsgebiet von Magdeburg lag. Die Wanderung war jedoch östlich, nicht weit von Dresden vorgenommen worden. Zufallsbekanntschaft? Das war so nicht herauszukriegen.

Ihr fiel der Brief von Dr. Walter Landau aus Reistertown, MD ein. Er hatte 1946 geschrieben, dass er 1938 gut in New York gelandet sei. Aber einsam und verzweifelt. Hatte nicht Lieselotte aus Magdeburg auch von 1938 im Zusammenhang mit Frau Landau gesprochen? Vincent, der Sohn, mit dem sie brieflich Kontakt aufgenommen hatte, hatte nur schwache Erinnerungen, er war damals erst acht Jahre alt gewesen. Aber von 1938 hatte auch er geschrieben. Und er hatte aufgeklärt, dass sein Vater Jude war, deshalb seinen Posten als Leiter der

Gesundheitsbehörde in Magdeburg verlor, er selbst als halbjüdisches Kind Demütigungen erdulden musste.

Im selben November 1938 waren die SA und SS über jüdische Bürger hergefallen und hatten ihre Zerstörungswelle „Reichskristallnacht" genannt. Die berühmt-berüchtigte Episode, in der Karstens Großvater einen unfreiwilligen Helden dargestellt hatte, gehörte zu diesem Ereignis. Waren Landaus vorher aus Magdeburg verschwunden?

Rhena stand auf – sie wollte noch einmal in der Kiste im Keller suchen. Wie sie darauf gekommen war, konnte sie später nicht mehr sagen. Aber sie fand nochmal einen Schatz in der Schatzkiste. Zwei Schätze. Einen Brief von Walter Landau, offensichtlich auf dem Schiff nach New York geschrieben, in dem er recht verwirrt seine Sehnsucht nach deutschen Wäldern und Bergen mit der Dankbarkeit für Ludwigs Wellhausens Freundschaft mischte und sein Schicksal beklagte. Mit geheimnisvollem W. L. unterschrieben, aber die Schrift war schon unverwechselbar seine. Undatiert. Schade, aber ein Fund.

Der zweite Schatz war eine Postkarte von A. aus Paris, auf der eine schneelastige Fahrt durch Italien und Frühling in Frankreich beschrieben, sowie eine Fahrt von Le Havre avisiert wurden.

Nach Vincent Landaus Beschreibung war das also das Ende der etwa einjährigen Flucht über Berlin zum Bruder der Mutter, nach Belgrad zu ihrer Schwester, und von Le Havre mit dem Schiff nach New York. A. konnte Anni bedeuten, wie Walter Landaus Frau hieß. Von Belgrad nach Frankreich war 1938 oder 1939 der beste Weg schon der über Italien. Es musste ja überdies

auch eine gewisse Bedeutung haben, dass diese Postkarte in der Kiste lag. Auch hier auf der Karte war kein
Poststempel zu sehen, die Briefmarke war abgelöst worden. Sehr konspirativ, Oma! Sie musste es getan haben.
Sei es, um jemandem eine ausländische Briefmarke
zukommen zu lassen, sei es zum Schutz der gesamten
Familie. Es müsste, alles zusammengerechnet, also 1939
gewesen sein.

Rhena Kuhl loggte sich wieder ins Internet ein und
suchte nach Angehörigen. Über verzwickte Wege, die
sie nach wenigen Sekunden nicht mehr erinnern konnte, geriet sie auf Schiffspassagenseiten. Walter Landau
aus Magdeburg, der nach New York gefahren war, fand
sie. Aber dann war Ende. Für ein klitzekleines Datum
sollte sie 22,95 Dollar bezahlen. Nee!

Leicht empört griff sie zum Hörer und stellte sich
und ihren in Kriegs- und Fluchtzeiten weilenden Geist
zu Karsten durch.

Nachdem sie alle Neuigkeiten ausgetauscht hatten –
was enorm viel war seit Freitag – verabredeten sie sich für
einen der nächsten Tage, wenn Rhena in Hamburg sein
würde und überdies die Öffnungszeiten passen würden,
um ins neu eröffnete Auswanderermuseum im Hafen zu
spazieren. Beide wussten nicht viel, beispielsweise wo es
genau war und was es zeigen würde, aber dass man da
fündig werden könnte, glaubten beide. Irgendwie. Allerdings wären auch dort sicherlich Eintrittspreise zu bezahlen. Aber vielleicht erfuhren sie mehr ...

Sie griff nach dem Buch der Historikerin und begann zu blättern, las sich hier und da fest und suchte

über das Personenverzeichnis wieder eine neue Stelle. Da stolperte sie über den Namen Lange. Franz Lange. Opa und die anderen hatten nach den ersten Verhaftungen 1933 und gefährlichen Verdächtigungen in dessen Siedlungshäuschen getagt, um Aktionen zu planen. Tante Lene hieß mit Geburtsnamen Lange. Es könnte doch sein, dass der Mitstreiter Meisterfeld in diesem Umfeld seine Frau kennengelernt hatte. Mit Feuereifer wühlte sie sich durch die nächsten Seiten. Über diesen Franz Lange fand sie Großartiges, aber nichts, was auf Tante Lene hinwies. Er hatte Kontakt gehabt zu einer Gruppierung von hochrangigen Gewerkschaftern, die nach einem ihrer Köpfe Wilhelm Leuschner benannt war, die bereits die Planungen anstellte, wie man „nach Hitler" das Land regieren sollte. 1944 waren viele von ihnen in der Aktion „Gitter" von der Gestapo verhaftet worden, Wilhelm Leuschner war am 29. September 1944 in Plötzensee hingerichtet worden. Franz Lange war aber nicht entdeckt worden, die Freunde und Genossen hatten dichtgehalten, obwohl oder vielleicht gerade weil ihr Leben im Grunde schon verwirkt war.

Rhena wunderte sich wieder mal, wie psychopathisch diese Aktionen waren, mit der halben Welt als Gegner, die Alliierten schon gelandet, die Sowjets auf dem Vormarsch. In Deutschland wurden einfach weiter Systemgegner ermordet. Neben allen anderen Morden, die die sich damals hatten einfallen lassen. Hatte da niemand Angst, zur Rechenschaft gezogen zu werden? Ganz offensichtlich ja nicht. Das Ende ist bekannt, entscheidende Figuren hatten Selbstmord begangen.

Rhena vertiefte sich in die Liste der interviewten Personen. Da standen einige interessante Namen. Der ebenfalls involvierte Redakteur der Magdeburger Volksstimme, Albert Pauli, passte gut zu einer hier aufgeführten Amalie Pauli. Eine Frau Lange war unter anderem Namen geboren worden.

Deshalb ging sie doch noch mal auf Web-Recherche. Amalie Pauli und 16 andere Paulis gab es im Telefonverzeichnis. Lange konnte sie vergessen, davon gab es zu viele, aber die im Buch Genannte wollte sie trotzdem mal kurz fragen ob sie Helene oder Franz Lange kannte. Sie suchte auch gleich nochmal die Nummer der Historikerin heraus, vorsichtshalber, vielleicht konnte sie noch etwas erzählen, wenn Rhena bloß die richtigen Fragen einfielen. Und der Zettel mit ihrer Nummer war wie immer in solchen Fällen irgendwo vergraben, wo Rhena im Moment noch nicht nachgesucht hatte. Das Haus war zu voll. Und sie hatte zu viele interessante Stapel aufgetürmt. Meistens fand sie auf Anhieb, was sie suchte. Aber diese Nummer eben nicht. Gut, auch im Online-Telefonbuch gefunden. In Hannover. Alles kristallisiert sich in Hannover, dachte Rhena.

Opa war dort geboren, die Geschwister lebten zum Teil dort bis an ihr Lebensende. Nein, einer war in Celle Konditormeister gewesen. Das Café hatte in der Innenstadt gestanden, hübsch anzusehen. Später fand Rhena in einem vollgepackten ehemaligen Pralinenkarton eine Postkarte, auf der in schwarz-weiß das Café Wellhausen prangte. André musste das gewesen sein. Und ein weiterer Verwandter, auch ein André, oder war das auch der Bruder gewesen?, war in etwa in der Branche geblieben und hatte in Buchholz und später in Pinneberg das Bahnhofsrestaurant geführt. Dort hatten Oma und Mutter zum ersten Mal Lamm gegessen. Es musste eine seltene Kostbarkeit gewesen sein.

Sollte sie am Sonntagnachmittag telefonieren und fremde Menschen erschrecken? Ja, entschied sie. Wenn es um eine ältere Frau geht, dann freut sie sich, es sei denn, Freundinnen sitzen an ihrem Tisch und essen ihren Kuchen auf. Erwachsene Menschen können ja nein sagen. Oder?

Sie rief zuerst bei Frau Lange an. Nein, die Hilfe für das SPD-Buch betraf jemand anderen, Franz Lange und Helene Lange gehörten nicht zu ihrem Verwandtenkreis. Die Stimme klang sehr jung.

Amalie Pauli quietschte fast vor Begeisterung. Sie sprudelte sofort hervor, dass sie mit Lieselotte und Hans gespielt hätte und sogar noch ein Foto davon habe, wo die Väter, darunter Ludwig Wellhausen und sogar auch Grete – ach, Margarethe? – mit den Kindern verewigt seien. Rhena kam gar nicht so schnell nach mit Nachfragen und Mitschreiben. Ja, bald 80 Jahre sei sie alt. Und zurück zur Geschichte: Anfang 1933 hätten sie sich immer im Café CK getroffen, sie als Kinder hätten eine gute Tarnung abgeben, so dass die Männer ungestört planen konnten. Sie hätte auch noch Jugendbilder von Bruschke und Meisterfeld. Ach, nach Lene Meisterfeld habe sie gesucht? Die sei 1945 mit Bruschke nach Halle gegangen. Mehr wisse sie nicht. Waaas? Sie ist ermordet worden?! Weswegen denn, ein Einbruch? Wegen Geld? Das habe sie nicht gewusst ... ach.

Rhena erzählte ein bisschen von Waldemar, seinem Aufstieg und dass sie in Mülheim noch Trude Bruschke gesehen habe, dort und auch in Moers sei Oma dem Bruschke aber immer aus dem Weg gegangen. Weswegen, sei bloß zu vermuten. Wohl die unterschiedlichen Auffassungen über die Vereinigung von SPD und KPD. Oder sie mochte seine barsche Art nicht.

Amalie Pauli sagte nichts dazu. Loyalität?

Rhena fiel etwas ein. Oma hatte von einer Verschickung zwecks Erholung nach dem Krieg erzählt, von der sie stocksauer wieder abgereist war. Dort wurden nämlich Widerstandskämpfer erster und zweiter Ordnung kreiert. Wer politisch klarer gesehen hatte und wer nicht. Streit über die Spaltung der beiden Arbeiterparteien. Das hatte sie gar nicht gemocht. Vielleicht kam daher ihre Distanz?

Frau Pauli erwähnte gerade, höchste Zeit zuzuhören, dass sie mit der Haushälterin von Bruschkes gut bekannt sei, schon von früher her. Sie habe nämlich ein paar Straßen weiter gewohnt.

Jetzt wurde Rhena hellhörig. Ob sie über die Bekannte die Frau Bruschke einiges fragen möge – zu ihr sei sie vielleicht aufgeschlossener als Lieselotte und sicher auch Rhena gegenüber.

Amalie – so nannte Rhena sie schon heimlich – lachte. Also war die Frau wirklich schwierig, jedenfalls für Fremde.

Sie verabredeten Fotoaustausch und eine Liste von Rhenas Fragen. Zum Beispiel, ob sie wisse, wo das versteckte SPD-Geld 1945 geblieben war. Das war doch interessant, oder? Und ob sie irgendetwas über Tante Lenes

Leben erzählen konnte, was sie bei ihren Besuchen bemerkt hatte – zum Abgleich mit dem eigenen Wissen, was durch Omas und Tante Lenes Freundschaft möglicherweise doch reichhaltiger war. Ja, sie würde das aufschreiben.

Rhena legte den schweißnassen Hörer auf. Draußen war es schon dunkel. Sollte sie noch irgendwo zuschlagen oder jetzt mal vielleicht loslassen? Karsten konnte sie nicht anrufen, der hatte ein interessantes Date mit seiner Tochter. Tarotkarten wollten sie legen. Rhena wäre zu gerne dabei gewesen. Aber diese geheimnisvollen Treffen waren deren ganz besondere Angelegenheit. Mit Joints. Vermutete Rhena.

Sie stieg in ihre Turnschuhe und schwang sich auf das Wohnzimmerfahrrad. Da das schrecklich langweilig, aber bei dem miesen Wetter und überdies an einem fast beendeten Sonntag das einzig Mögliche zum Ausdauertrainieren zu sein schien, schaltete sie den Fernseher dazu ein und zappte sich durch, bis sie eine mäßig interessante Landschaftsdokumentation fand. Sie strampelte gegen zuviel Sitzen, Surfen im Netz, starre Telefonhaltung und Erschöpfung durch die Woche gegenan, außerdem gegen Berge und Täler, die sie auf dem Fahrradcomputer einstellen konnte.

Nass bis auf die Unterhose stieg sie nach einer dreiviertel Stunde etwas ungelenk vom Gerät und absolvierte ein Stretching-Programm von Kopf bis Fuß.

Die Langeweile war der Anstrengung und anschließenden entspannenden Pflege etwas gewichen. Sie musste schon mal überlegen, ob es nicht etwas Tolleres gab als sowas. Schmutz-und-Staub-Ecken des All-

tags nannte sie es spöttisch gegenüber den Studierenden. Nun war sie selbst darauf angewiesen. Oder doch
nicht? Tanzen? Alleine? Warum nicht?

Die Verhaftung der SPD-Führung Hamburg am 16. Juni 1933

„Die *Parteigelder waren beschlagnahmt, jegliche politischen Aktivitäten untersagt. Die Berliner Parteispitze hatte bereits einen Exilvorstand gebildet, als die Hamburger SPD-Führung am 15. und 16. Juni 1933 im Redaktionsgebäude des Hamburger Echo zusammenkam. (...) Nachdem am 15. Juni bis Mitternacht beraten worden war, vertagte sich die Versammlung auf den nächsten Tag.*

Am 16. Juni waren neben den beiden Hamburger SPD-Reichstagsabgeordneten Dr. Hans Staudinger und Gustav Dahrendorf, die Bürgerschaftsmitglieder Adolph Schönfelder, Heinrich Eisenbarth, Karl Meitmann, Hans Podeyn, Grete Zabe und Willi Schmedemann anwesend. Mit dem Landesvorsitzenden Meitmann, dem Fraktionsvorsitzenden Podeyn und den Ex-Senatoren Schönfelder und Eisenbarth nahmen langjährige Spitzenfunktionäre der Hamburger SPD an den Beratungen teil. Darüber hinaus waren außer einigen Parteiangestellten und Echo-Mitarbeitern etwa 15 Distriktsvorsitzende oder deren Stellvertreter anwesend. Damit war ein Großteil der Parteigliederungen vertreten. Die Anwesenheit von Vertretern zahlreicher Stadtteile kann als Beleg dafür gewertet werden, dass die SPD immer noch über eine funktionierende Organisationsstruktur verfügte.

Die Versammlung wurde von Adolph Schönfelder geleitet. Aus den Notizen, die bei den Teilnehmern später sichergestellt wurden, zog die Polizei den Schluss, dass eine eingehende Debatte über das Für und Wider der Bildung des Prager Exilvorstands stattgefunden hatte. Von Karl Meitmann war ein vierseitiges Papier zur Diskussion gestellt worden, das er zusammen mit seinem Freund, Professor Dr. Paul Hermberg in Jena, entworfen hatte. Die allein für die Hamburger Vorstandsmitglieder verfasste ‚Situationsanalyse' war in Berlin noch einmal mit Staudinger durchgesprochen worden. Der in der Hauptstadt verbliebene Teil des SPD-Vorstands war jedoch nicht beteiligt. Hans Staudinger bezeichnete das Papier rückblickend als Aktionsprogramm.

Um 22.30 Uhr drangen Polizei und SA in das Redaktionsgebäude ein und verhafteten 30 Anwesende. Dr. Alfred Mette konnte sich verstecken, Walter Schmedemann hatte die Sitzung vorzeitig verlassen, so dass insgesamt 32 Personen an der Versammlung teilgenommen hatten. Die Polizei beschlagnahmte zahlreiche Exemplare des Diskussionspapiers, von dem nach Angaben von Meitmann 40 bis 50 im Hektografierverfahren hergestellt worden waren. Die 26 Männer und vier Frauen wurden in die Kellerräume des Stadthauses (Polizeipräsidium) gebracht. Bei den anschließenden Verhören wurden insbesondere die Männer schikaniert und misshandelt.

Der renommierte Rechtsanwalt Dr. Herbert Ruscheweyh, ehemaliger Bürgerschaftspräsident, übernahm die Vertretung der Sozialdemokraten. Am 27. Juni 1933 wurde er bei dem NS-Polizeisenator persönlich in der Angelegenheit vorstellig. Dabei gelang es ihm offensichtlich, die Freilassung von Paula Karpinski, Irma

Schweder (später Keilhack), Hedwig Günther und Grete Zabe zu erreichen. Alle vier wurden jedenfalls noch am gleichen Tag aus der Haft entlassen. An die übrigen Versammlungsteilnehmer richtete Ruscheweyh den dringenden Appell, dass derjenige, der das Papier mitgebracht hatte, sich melden möge. Karl Meitmann schwieg jedoch, weil er Maßnahmen gegen die jüdische Ehefrau von Hans Staudinger fürchtete, auf deren Schreibmaschine der Text geschrieben worden war. Dennoch kam nach Ruscheweyhs Angaben am 7. Juli Bewegung in die Angelegenheit. Der als Autor verdächtigte Hermberg gab das Papier als Seminarvortrag über modernen Sozialismus aus. Tatsächlich wurden in der zweiten Julihälfte die meisten Teilnehmer aus der Haft entlassen. Gustav Dahrendorf blieb bis Anfang August im Gefängnis. Karl Meitmann wurde bis Ende Oktober inhaftiert und als letzter feigelassen. Er war besonders verdächtig, weil ein aufgefundenes Exemplar mit Randnotizen seine Handschrift trug. (...)

Auf Reichsebene hatten die Vorgänge im Juni 1933 weitreichende Folgen. In seinem Bericht an den Reichsinnenminister vermutete NS-Polizeisenator Richter als Urheber den in Berlin verbliebenen Teil des Parteivorstands, insbesondere Paul Löbe. Staudinger und Dahrendorf wurden verdächtigt, das Papier mitgebracht zu haben. Dass sich Staudinger zunächst als Urheber ausgab, interpretierte Richter als Schutzbehauptung, um Maßnahmen gegen die Gesamtpartei anzuwenden. Den neuen Machthabern diente die Hambur-

ger Versammlung jedenfalls als weiterer Vorwand, um die SPD am 22. Juni 1933 endgültig zu verbieten"

Holger Martens & Helga Kutz-Bauer, 2005, S. 38–40, über die Verhaftung der SPD-Führung Hamburgs am 16. Juni 1933, die sog. „Echo-Versammlung"

Ludwig Wellhausen muss dieser Vorgang sehr betroffen gemacht haben, war er doch gerade erst Anfang des Jahres von Hamburg nach Magdeburg gewechselt (im Januar 1933 wurde er zum Vorsitzenden des SPD-Bezirks Magdeburg gewählt). Die Verhafteten waren alle nicht nur Genossinnen und Genossen, sondern auch sehr gute Freundinnen und Freunde. Vom 19. bis 21. Juni 1933 nahm er an den Beratungen des Parteivorstandes in Berlin teil, wo er in ein Vormännergremium gewählt wurde, das den Parteivorstand im Falle eines Verbotes der SPD vertreten sollte.

45. Kapitel

Vor dem Bahnhof Hamburg-Veddel standen Rhena und Karsten etwas ratlos herum. Vor ihnen erstreckten sich halbleere Parkplätze – neu – und Rasenflächen. Auch neu? Vom Hafen sahen sie nur ein paar Container-Lade-Gerüste. Nicht einmal Wasser.

„Wohin?", murmelte Karsten.

„Es sollen nur ein paar hundert Meter sein." Rhena zweifelte selbst an der vagen Information, die ihr Koslo gegeben hatte.

Koslo hatte von der Familie erzählt und auf seine Schwester verwiesen. Aber er wusste doch über die Bedeutung der lieben Tante, die immer da war, als Irma Keilhack dann Abgeordnete in Bonn war. Spannend, aber Opa-Geschichten, die sie vor allen Dingen von ihm hören wollte, konnte er nicht liefern, er war noch jünger als Rhena. Und Irmas Sohn Fips war eben nicht zu erreichen. Sie probierte, Namen von Menschen auf alten SPD-Fotos aus ihm herauszuholen. Oft um einen Tisch in einem Garten sitzend, 10, 12, mehr Personen. Irma Keilhack war als junges Mädchen quasi eine Sekretärin von Ludwig Wellhausen gewesen. Der war von 1926 bis 1932 Parteisekretär der Hamburger SPD. Sowas wie heute Geschäftsführer. Ja, das war Adolf Keilhack nach dem Krieg dann auch. Koslo, nun angestochen, ratterte dann mit Meitmann los: Jack, Karl natürlich, und Lise. Zabe. Den Namen kannte Rhena nicht. Grete Zabe. Immer noch zündete kein Funke. Dafür bot sie Feist an. Klar, Karl und Ida, er geht sehr schwer am Stock, ein Wunder, dass er mit der Gebrechlichkeit so alt geworden war. Mette? Dr. Alfred? Nicht so sehr bekannt. Und viele andere Namen mehr.

Koslo versprach, nach seiner nächsten geplanten Aktion, nämlich einem Ausflug in das neue Ballin-Stadt-Museum, mit unbekannten Kisten aus dem Keller zu Rhena zu fahren und in Fotos zu wühlen und noch mehr Namen auszuspucken. Dabei hatte Rhena nebenbei gehört, das Museum sei dicht am Bahnhof Veddel.

Da standen sie nun.

„Komm, wir probieren einfach." Sie ging los, Karsten folgte, sich ständig nach Hinweisen umdrehend. Als er auf einen alten Mann zusteuern wollte, um ihn zu fragen, entdeckte Rhena das kleine, wirklich übersehbare Schild.

„Hier entlang", rief sie.

Karsten glaubte ihr immer noch nicht so recht. Auf der anderen Seite einer mehrspurigen Straße standen niedrige Backsteinhäuser, hintereinander gestaffelt. Mit ihren Giebeln sahen sie alt aus, die Farben der Steine leuchteten aber frisch und hellrot, fast orange.

Rhena und Karsten stolperten zwischen schnell fahrenden Autos hindurch – keine Lust mehr auf Umwege zu einer Ampel etwa, die nicht auszumachen war – und landeten völlig richtig auf dem Gelände der alten Auswandererstadt. Irgendwie hübsch, aber in der Anlage auch gruselig. Kasernenhaft. Das war ein richtiger Eindruck, wie sich später herausstellte. Auswanderer wurden hier „gelagert", um Seuchen zu entdecken.

Im Vorfeld hatte die Hapag-Reederei einige Schiffe mit Passagieren in New York unausgeladen umkehren lassen müssen, weil Epidemien ausgebrochen waren und die nordamerikanischen Einwanderungsbehörden niemanden haben wollten, der ansteckende Krankheiten einzuschleppen drohte.

Deshalb hatte der Reeder Ballin die abgeriegelte Stadt 1901 mitten im Hafen errichten lassen und dort vor allem Auswanderer aus dem Osten warten lassen. Geschäfte und ein Krankenhaus waren ebenfalls gebaut worden. Sogar eine Kirche und eine Synagoge.

Als sie durch die Häuser streiften, wurde die getreu nachgebildete Ärmlichkeit überdeutlich. Dreistöckige einfachste Betten, Esssäle. Zwischendurch Stationen mit Schicksalgeschichten, Video- und Audiopräsentationen. In der Mitte ein riesiger Schiffsbauch, in den man selbst ein- und in „New York" wieder aussteigen konnte. Irgendwie doch toll.

Im Ess-Saal voller Holzbänke und -tische, nach dem riesigen Foto an der Stirnwand auch authentisch, wenngleich dort hunderte von Menschen mit langen Röcken, Kappen und Mützen auf Essen warteten, hier jedoch gähnende Leere herrschte, wollte Rhena unbedingt etwas essen. Ein Linsen-Curry war bestimmt nicht authentisch, aber es schmeckte. Die Jugend-Croques für einen Sonderpreis schlugen sie aus, sie waren schließlich nicht jung, stattdessen genehmigte Karsten sich ein Stück Kirsch-Streuselkuchen. Während sie ihren heißen Tee schlürften, befanden sie im Rückblick den Besuch als lohnenswert, naja, immerhin habe ich es gesehen, nein, ergreifend, ach nee.

Was aber herausgekommen war, waren die Landedaten der Landaus. 15. Oktober 1938, von Southhampton kommend, er, 15. März 1939, von Le Havre kommend, sie und das Kind. Rhena hatte einen wichtig herumstehenden Menschen mit einer rotgestreiften Weste – historisch? – der mit auf dem Rücken verschränkten Händen auf den Zehenspitzen hin- und herwippte, nach der Fahrtzeit gefragt. 7-10 Tage. Und wie kam man von Hamburg nach Southhampton im Oktober 1938? Mit der Fähre? So etwas gab es damals noch nicht. Aber Schiffe fuhren regelmäßig, das war kein Problem. Aha.

Mit einem neuen Blick auf die Stadt fuhren sie die kurze Strecke mit der S-Bahn zurück durch das Hafengebiet in die Innenstadt. Auf der anschließenden U-Bahn-Fahrt und dem letzten Stück mit dem Auto – sie hatte das Spiel „zu mir oder zu dir" gewonnen – brachen immer wieder Bruchstücke des Erlebten, Gedachten und Kombinierten aus Rhena hervor. Karsten hatte glänzende Augen, war aber stiller Zuhörer.

Es war nun klar. Anfang Oktober, genau in der Zeit, als Opa und Oma fotobeweisbestückt in Schlesien herumstrolchten, er überdies fast drei Monate in demselben Gebiet auf Montage – Zuckerrübenfabriken vermutlich – weilte, auch davon Postkarten, Brief an Lieselotte, liebes Mädel, und ein Foto mit Kollegen beim Feierabendbier, da war Dr. Walter Landau losgefahren. Hatte Opa einen Brief vom Schiff aus geschrieben. Oma sollte die Frau aufspüren, die bei Verwandten war – so hatte Mutter sich erinnert, und da war wohl auch das Kofferpacken im Sommer anzusiedeln, und das Ende des Englischunterrichts, an das Lichen sich erinnern konnte – und sie dringend davor warnen, nach Magdeburg zurückzukehren. Gehen Sie nicht über Los. Vincent hatte es so beschrieben: Überstürzt nach Berlin zum Bruder. In der Nacht im Zug. Sofort weiter nach Belgrad.

Wenn da mal nicht ein kurzer Abstecher dabei war, bei dem Opa dem Walter Landau behilflich war, eine Schiffskarte zu erwerben und heil abzudampfen. Eine Bürgschaft aus den USA von einer ihnen bekannten Schriftstellerin hatte es gegeben. Das hatte Vincent noch gewusst. Auf jeden Fall, schloss sie ihr Bild von damals halbwegs ab, ist diese Häufung von Wanderfotos zwischen September und Oktober 1938 mitten in Schlesien verdächtig.

„Wessen verdächtigst du sie?", fragte Karsten vorsichtshalber noch einmal nach.

„Dass die Alibis gesammelt haben, auf keinen Fall irgendetwas mit Schiffen, Hamburg, USA oder Emigration zu tun haben zu können. Plus Zeugen. Dänhardts. Wer immer das auch ist. Und vorher, zu Pfingsten 1938, war die ganze Familie in Hamburg. Und stieg im Hafen auf einem Schiff herum. Suche nach Abfahrtsmöglichkeiten? Diverse Fotos dazu habe ich auch gefunden. Keine Unterschriften, aber das Datum – und wenn er kein Geld hatte, in den Gärten war ja einiges vergraben", fügte Rhena noch hinzu.

Karsten brummte.

Das war ja auch schon wirklich viel. Fand Rhena.

46. Kapitel

Die Weihnachtszeit nahte, Finn hatte Geburtstag, alles auf einem Haufen.

Rhena war im Stress. Irgendwie häuften sich Hausarbeiten. Vermutlich wollten die fleißigen Studies – nicht die „normalen", oh nein, die nicht! – vor dem Fest alles weggeschafft haben, damit sie in Ruhe entspannen konnten. Sollte sie denen mal was verraten? Der Ich-Räume-Vor-Dem-Urlaub-Alles-Weg-Effekt war besonders geeignet für Familienstreitigkeiten und Stressattacken.

Erfreulicherweise kam aufregende Post von Amalie Pauli aus Magdeburg. Das war ein sehr guter Grund, alles stehen und liegen zu lassen und sich in alten Fotos und Hinweisen zu vergraben. Rhena hatte ihr Fotos von Lieselotte und Hans als Kinder – sooo süß! – geschickt, von Ludwig und Margarethe Wellhausen ebenfalls, sowie aktuelle Bilder von der kleinen Familie, Mutter, Tochter und Enkel. Außerdem hatte sie ihre Fragen aufgeschrieben. Die wichtigste, nämlich die nach den detaillierten Aktivitäten der Gruppe von Ludwig Wellhausen, Werner Bruschke und Ernst Lehmann, die im Buch der Historikerin schon ein wenig beleuchtet worden waren, hatte sie beim Telefonieren vergessen. Also hatte sie sie mit notiert.

Amalie berichtete, dass sie ja damals ein Kind gewesen war und dementsprechend wenig verstand und – natürlich – nichts erzählt bekam. Allerdings hatte sie ihren Vater nach 1945 ausgequetscht. Sie schlug vor, dass sie telefonieren sollten. Sie mochte vermutlich nicht allzu lange schreiben. Rhena konnte das verstehen, sah sie doch auch bei ihrer Mutter, dass ein Kartengruß völlig ausreichend war, um sich die Hände auszuschütteln und dabei leise zu stöhnen. Tippen ging besser. Bei ihr jedenfalls mit ihrer Megageschwindigkeit.

Rhena lachte laut auf, als die das Jugend-Wandervogel-Bild von Bruschke sah. Wie ein originaler San-Francisco-Hippie! Wehende und zudem hoch getürmte wirre lange Harre, superdünn, mit rucksack- und klampfenbestückter Gruppe rund um sich herum. Meisterfeld hatte ein fast kindliches ätherisches Gesicht. Johnny Depp ähnlich. Also, jetzt mal nicht übertreiben! Das ist Anfang der zwanziger Jahre gewesen, mit einer ganz eigenen Frischluft- und Bewegungskultur. Da hinten lächelte Amalies Mutter, noch unverheiratet.

Von ihrem Vater hatte sie ein wunderschönes Profilfoto beigelegt. Und eins von einer Redaktionskonferenz, das Bild wollte sie wiederhaben. Alle anderen dürfte Rhena behalten. Nein, das nicht. Sie hatte doch gesagt, dass sie einen Scanner habe. Aber das Wort war sicherlich fremd für die alte Dame.

Sie überflog den kurzen Brief. Eigentlich war es nur ein Kommentar zu den herausgesuchten Fotos. Trotzdem prima. Außerdem wollte sie ja wohl am Telefon noch einiges erzählen.

Sollte sie morgen früh anrufen? An einem Freitagmorgen kaufte sie sicherlich ein. Und Rhena hatte auch so etwas Ähnliches vor. Sie würde es zu einem ruhigen Nachmittagstee probieren, sich mit Stift, Papier und

Ausdauer bewaffnen. Vorher vielleicht ein bisschen laufen. Oder, eine noch viel bessere Idee, für die Freundin Lara mit dem Fahrrad zu einer Karstadtfiliale radeln und eine Einschlaf-Kassette – keine CD! – von Harry Potter holen, oder – wie hieß die Kinder-Geschichten-Hexe bloß noch? – egal, genau das wäre gut. Trockenes und kühles Wetter, ideal für ein bisschen Bewegung und um den Staub des Sportturms und der diversen Papiermassen aus dem Körper zu pusten.

Margarethe Wellhausen
Nr. 1, Brief an das Standesamt Oranienburg,
auf gelbem Büttenpapier, Din A 4; Original

oben Stempel
Standesamt Oranienburg
Eing. (?) 9. Jan. 1940

handschriftlich in rot: # 46

Magdeburg, 6. Januar 1940
An das
Standesamt
Oranienburg b/Berlin

Ich bitte hiermit um Einsendung der Sterbeurkunde
für meinen Mann Ludwig Wellhausen
geb. 3.10.84 zu Hannover
verstorben als Schutzhäftling im Konz.Lag.
Sachsenhausen *, in 5 facher Ausführung.
Die Kosten für die Ausfertigung bitte ich per
Nachnahme zu erheben.
Heil Hitler!

Margarethe Wellhausen
geb. Scheidemann
Magdeburg Reform
Quittenweg 2

* verstorben 4.1.1940

354

An Margarethe Wellhausen

Nr. 3, Brief vom KZ Sachsenhausen,
Schreibmaschine, Din A 5

Verwaltung
Konz. - Lager Sachsenhausen
IV/Eff.Az.14/4+W/2 Chm 1.40

Oranienburg, den 16. Januar 1940.

Betrifft   : Ludwig Wellhausen, geb. am 3.10.84, Sch 1268.
Bezug   : Dort. Schreiben vom 11.1.40.
Anlagen : -1-

Frau
Margarethe W e l l h a u s e n,
M a g d e b u r g - Reform,
Quittenweg 2.

Anbei werden die Nachlass-Sachen Ihres am 4.1.40
im hiesigen Lager verstorbenen Ehemannes
Ludwig W e l l h a u s e n wie folgt übersandt:

✓1 Mütze ✓   ✓1 Rock ✓   ✓1 Hose ✓   ✓1 Weste ✓
✓1 Pullover ✓   ✓3 Hemden ✓   ✓1 Halstuch ✓ ✓1 P. Schuhe ✓
✓1 P. Strümpfe ✓ ✓1 P. Handschuhe ✓ ✓1 Kamm ✓   ✓1 Spiegel ✓
✓1 Mantel ✓

Es wird gebeten, beiliegende Empfangsbestätigung
unterschrieben zurückzusenden.

(Unterschrift: R (?))

Der Leiter der Verwaltung K.L.Sh.
(Unterschrift)
SS-Hauptsturmführer
unten links, Bleistift: 33745

Margarethe Wellhausen
Nr. 3, Brief an das Krematorium Berlin Treptow,
Schreibmaschine, Durchschrift, Din A 5

Magdeburg, 18. Januar 1940

An das
    Krematorium
      <u>Berlin - Treptow</u>
      Rex - Kiefholzstrasse 221

Ich beantrage hiermit die Überführung der Asche
meines verstorbenen Ehemannes
    <u>Ludwig Wellhausen, verst. 4.1.</u>
    im Lager Sachsenhausen
nach dem Süd-Friedhof, Magdeburg. Die Bescheinigung über den (Schreibmaschinenschrift übereinander gedruckt, der Rest daher handschriftlich
zugetragen:) *Kauf einer Urnen Grabstelle füge ich bei.*
Die Gebühr von RM. 3.– sende ich mit gleicher Post per
Postanweisung.

Heil Hitler!

1 Bescheinigung

Margarethe Wellhausen
Magdeburg
Quittenweg 2

Margarethe Wellhausen
Nr. 5, Brief an das KZ Sachsenhausen,
Schreibmaschine, Durchschrift, Din A 5

Magdeburg, 7. Februar 1940

Betrifft: Ludwig Wellhausen, Sch.1268
               verst. dort am 4.1.1940.

An die
      Verwaltung des Konz. Lagers Sachsenhausen
      Oranienburg b/Berlin.

Am 29.12. schickte ich meinem Mann per Postanweisung RM. 10.-. Da ich mit den Sachen kein Geld
zurückerhalten habe möchte ich mir die Anfrage
erlauben, ob mein Mann das Geld noch erhalten und
verbraucht hat. Gleichzeitig hätte ich gern Auskunft
darüber, wie lange mein Mann krank gewesen ist.
Vielleicht teilen Sie mir den Namen und Adresse des
behandelnden Arztes mit, damit ich mich an diesen
wenden kann. Man möchte doch etwas persönliches
erfahren, schon um der Kinder willen. Bei meinem
Dortsein kam ich leider nur mit Wachtpersonal in Be-
rührung, das mir keine Auskunft geben konnte.

Heil Hitler!

1 Freikuvert

Am 22.2.40 wurden vom KZ Sachsenhausen RM 25,60 an Margarethe Wellhausen per Postanweisung übersandt. Auf der Rückseite des Abschnittes steht handschriftlich: „für verstorbenen Ludwig Wellhausen".

Margarethe Wellhausen hat sich also tatsächlich auf den Weg nach Oranienburg gemacht, um beim KZ Auskunft zu bekommen. Sehr mutig!

An Margarethe Wellhausen
Nr. 6, Brief vom KZ Sachsenhausen,
Schreibmaschine, Din A 5

(Stempel) Verwaltung
des Konz.=Lag. Sachsenhausen
Az.: 14 b 1/3039/-Ei.

Oranienburg, den 1.3.1940.

Frau
Margarethe W e l l h a u s e n ,
in M a g d e b u r g.-Reform.
Q u i t t e n w e g 2.

Auf Ihr Schreiben vom 7. 2. 1940 teilt die Kdtr. des
K.L.Sh. mit, daß Ihr Ehemann Ludwig am 4. 1. 1940
nach dreitägiger Krankheit an Asthma im hiesigen
Lager verstorben ist, und auf Staatskosten eingeäschert
wurde. Die Urne wurde im Urnenheim des Kremato-
riums in Berlin, Baumschulenweg kostenlos beigesetzt.
Die Sterbeurkunde ist beim Standesamt in Oranienburg b/Berlin zu beantragen

Der Lagerkommandant
i.A. *(Unterschrift)*
(Dannel)

Da Margarethe Wellhausen die Sterbeurkunde bereits am 6.1.1940 beim Standesamt in Oranienburg bestellt hatte, muss dieser Brief Ärger hervorgerufen haben. Wie man unten sehen kann, hat sie am 29.3., nach Rücksprache mit einem gewiß nicht sympathischen Mitglied der Staatspolizei (vielleicht Herr Henschen, der Ludwig Wellhausen am 12.1.39 verhaftet hatte?), einen dementsprechenden Brief geschrieben.

Margarethe Wellhausen
Nr. 6 und 7, Briefe an das KZ Sachsenhausen,
Schreibmaschine, Durchschrift

Magdeburg, 29. März 1940
Az.: 14 b 1/3039/-Ei.

An die
      Kommandantur des Konz. Lag. Sachsenhausen,
      Oranienburg b/Berlin.

Auf Ihr Schreiben vom 1. 3. muss ich nochmals zurückkommen, da mir die Angelegenheit noch nicht klar ist.
Sie schreiben mir, mein verstorbener Mann, Ludwig
Wellhausen, sei in Berlin auf Staatskosten eingeäschert
und im Urnenhain Baumschulenweg, Berlin beigesetzt.
Gleichzeitig bekomme ich vom hiesigen Südfriedhof
die Nachricht, dass die Asche seit dem 23. Februar hier
eingetroffen sei vom Krematorium Berlin-Treptow,
Rex-Kiefholzweg (wo ich sie seinerzeit auch angefordert habe) aber des Frostes wegen noch nicht beigesetzt werden könnte. Welche Angaben entsprechen
nun den Tatsachen. Ich bitte um umgehende Antwort.

Magdeburg-Reform
Quittenweg 2

Magdeburg, Reform, 29. März 1940
Quittenweg 2.

An den
Leitenden Arzt der Kranken-Abteilung
Konz. Lager Sachsenhausen
Oranienburg b/Berlin.

Mein Ehemann, Ludwig Wellhausen, ist am 4. Januar 1940 dort im Lager verstorben. Da ich schon im Interesse meiner beiden unmündigen Kinder gern Näheres über seine Krankheit und seinen Tod erfahren hätte, habe ich mich an die Kommandantur gewandt, aber nicht die richtige Auskunft erhalten. Auf Anraten der hiesigen Staatspolizei wende ich mich nun an Sie mit der Bitte, mir etwas ausführlicher darüber zu berichten. Die bloßen Daten habe ich ja, möchte aber gern mehr wissen, da mein Mann früher nie krank gewesen ist.
In der Hoffnung, dass Sie meiner Bitte Gehör schenken werden, sehe ich Ihrer Antwort gern entgegen.

Heil Hitler!

Vermutlich in Ermangelung eines Berliner Stadtplanes hat Margarethe Wellhausen nicht sehen bzw. wissen können, dass der Friedhof nebst Krematorium in Berlin-Treptow am Baumschulenweg liegt. Daher musste sie von zwei verschiedenen Orten, dementsprechend auch zwei Urnen ausgehen, was nach ihren Berichten sehr große Verwirrung und Empörung hervorgerufen hat. Sie war auch in den 70er Jahren noch der Meinung, dass zwei Urnen mit dem Etikett „Ludwig Wellhausen" versehen, an den Magdeburger Friedhof gelangt seien. Ihrer Aussage nach sei nicht sicher, wessen Asche nunmehr auf dem Friedhof Hamburg-Ohlsdorf liege.

47. Kapitel

„Mir sind noch einige Sachen eingefallen, die aber leider nichts weiter über Ihren Großvater enthalten“, eröffnete Amalie das Gespräch. „Mein Vater, Albert Pauli, hatte gleich mit der Machtergreifung seine Stelle bei der Magdeburger Volkszeitung verloren.“

... weil die Zeitung nationalsozialistisch ausgerichtet werden sollte. Rhena verkniff sich die Bemerkung, der Redefluss durfte nicht gestört werden.

„– Und er und meine Mutter Ilse wurden verhaftet und gequält. Meine Schwester und ich wurden zu den Großeltern gegeben, bis die Eltern nach einigen Wochen, vier waren es glaube ich, wieder nach Hause durften. Mein Vater hat uns dann mit Margarineverkauf über Wasser gehalten. Er ist mit so einem kleinen Wagen, wie heißen die ...“

„Bollerwagen?“

„Ja, genau, Handwagen, durch die Gegend gezogen und hat dabei die Flugschriften gleich mit verteilt. Das hat er mir aber erst sehr viel später erzählt. Wir hatten ein gutes Verhältnis zueinander.“ Sie seufzte ein bisschen.

Rhena hatte das Bild von diesem Charakterkopf vor ihrem inneren Auge. „Sind Sie noch mal verhaftet worden oder blieb Ihre Familie verschont?“, traute sie sich zu fragen. Heftiges Thema!

„Nein, keine Verhaftung mehr.“

„Ein Glück!“

„Was ich eigentlich erzählen wollte, während die beiden Eltern im Polizeigefängnis saßen und wir Kinder ja auch nicht mehr in der Wohnung waren, hat ein Nachbar aus dem Hause, ein Postbeamter, der Nazi war ..."

Rhena holte tief Luft.

„... den Boden und den Keller nach verdächtigen Büchern oder Schriften durchsucht ..."

Jetzt stöhnte sie.

„... und hat sie zu sich genommen, damit es bei einer weiteren Durchsuchung nichts zu finden gibt."

„Waaas?"

„Ja, das ist doch wunderbar gewesen, oder?" Amalie war ganz stolz auf die Geschichte und den Nachbarn.

„Sowas hat's gegeben?" Rhena konnte es kaum fassen.

„Zusammenhalt, obwohl er doch Nazi war, ja."

„Das ist wirklich eine bemerkenswerte Erinnerung. Haben Sie das später von ihrem Vater erfahren?"

„Ja, er hat mir vieles nach 1945 erzählt und aufgedeckt, was er vorher nicht tun mochte. Meine Schwester und ich waren ja noch Kinder."

„Klar. Lieselotte und Hans wussten zu der Zeit auch nichts oder wenig. Doch, Mutter, hatte erzählt bekommen, dass sie schweigen solle über Vaters, also Ludwig Wellhausens Widerstandstätigkeit. Das zumindest. Aber Hans war wirklich noch zu klein. Was hat Ihr Vater denn nach dem Krieg gemacht, ist er wieder zur Zeitung gegangen?"

„Nein, das mochte er nicht mehr. Er ist Volksrichter geworden."

„Hat er Jura studiert?"

„Nein, das ist zunächst ein Ehrenamt gewesen. Später hat er es dann als Beruf ausgeübt."

„Toll!" Rhena war voller Bewunderung für den stand-
haften und wohl auch für Neues offenen Mann. „Sie
haben hoffentlich noch lange was von dem guten Verhältnis gehabt?"

„Ja, er ist über 80 Jahre alt geworden. Meine Mutter
ist viel früher an Krebs gestorben. Doch, ich bin froh
über unsere lange gute, wie soll ich sagen, Freundschaft."

„Das ist viel wert."

Beide schwiegen einen kurzen Moment. Rhena überlegte, ob sie Ähnliches über Oma und Mutter oder über
Hans zu berichten hatte – da waren viele Geschichten,
aber fast nichts über die Zeit in Magdeburg – da melde-
tet sich Amalie wieder energisch zu Wort.

„Ich wollte ja noch mit Wilhemina, der Haushälterin
von Bruschkes sprechen", fuhr sie fort. „Aber ich kann
ihre Telefonnummer nicht mehr finden, hab sie wohl
verlegt."

„Da kann ich helfen. Ich such die Nummer von Frau
Bruschke aus meinem Zettelberg oder aus dem Internet heraus und schreib sie Ihnen auf – Postkarte genügt
doch, oder?"

„Wenn sie noch lebt", zweifelte Amalie ein wenig.

„Wir probieren es. Ist ja bloß ein Versuch."

Beide wünschten sich eine angenehme Festtagezeit,
danke, kann ich gebrauchen, dachte Rhena, und verabredeten sich zum nächsten Telefonieren. Oder zum
Besuchen, falls Rhena in den Frühjahrsferien Zeit finden würde, um nach Magdeburg zu fahren. Und vielleicht ja sogar bei Susi und Bodo übernachten könnte,
das wäre angenehm. Aber sie erinnerte, dass die bei-

den regelmäßig Skiurlaub in der Hohen Tatra oder in einer ähnlich interessanten Gegend machten. Deshalb deklarierte sie das als lose Verabredung. Amalie war's recht. Sie freute sich auf Besuch, aber es musste nicht unbedingt gleich morgen sein.

48. Kapitel

Das Semester trieb seinem üblichen Wahnsinn entgegen. Alles musste noch irgendwie schnellstens erledigt werden, meist in aufwändigen Sitzungen, in denen man sich – durchaus vorhersehbar – bis aufs Blut stritt und versuchte, Beleidigungen punktgenau zu landen. Die Arbeit wurde dadurch auch nicht geschafft, aber das schien auch nicht das Entscheidende bei diesen Vorgängen zu sein.

Rhena war so satt davon, dass sie morgens kaum die Augen aufkriegte. Überdies saß sie abends oft noch mit Examenskandidatinnen und -kandidaten in extra Sprechstunden oder telefonierte mit ihnen. Die wollten nämlich auch ihre Sachen fertig kriegen und sprangen ohnehin im Viereck ob der ungewohnten druckvollen Isolation. Jedes Wort schien ihnen falsch zu sein, wenn sie es aufschrieben. Rhenas Meinung nach hatten diese armen Würstchen Vorrang vor allen anderen. Aber wenn man so zugeballert wurde, half es nur, den Tag zu verlängern.

Andersartige Nachrichten waren dementsprechend auch nur halbherzig willkommen. Ablenkung war nötig, aber die Zeit fehlte einfach.

Also schrieb sie an Nadja, die erschrocken gemailt hatte, sie habe vor lauter Stress vergessen zu berichten, dass nichts in der Zeitung gestanden habe, dass sie auch gar keine Zeit habe, und liebe Grüße und bis bald.

Einige Antworten auf Mails verschob sie auf bessere Zeiten. Es gab eine Bitte von Wilhelm Müller, der mit ihr über Sport im Kindergarten sprechen wolle. Nein, nein, nein! Kein Sport im Kindergarten. Bewegung ja, aber wer „Sport" in diesem Zusammenhang meint, der meint Wettkämpfe und internationale Techniken „light", der ist blind für Kinderwünsche. Und überhaupt, wer zum Teufel war Wilhelm Müller!? Aus Nordrhein-Westfalen. Woher kannte er ihren Namen und ihr Lieblingsgebiet? Sehr suspekt. Später.

Rhena öffnete das Fenster, um Luft zu kriegen. Es war draußen dunkel bis auf die entfernten Lampen und Wohnungsbeleuchtungen. Es war immer dunkel in dieser Zeit. Wenn es mal hell sein sollte, sah sie es nicht, weil sie in der Halle stand. Da drang kaum Tageslicht durch. Oder sie saß im Unterrichtsraum zwischen den Hallen und aß verzweifelt Spekulatius, um die Stimmung zu heben. Doch, ab und zu war sie im Seminarraum, der viele Fenster hatte. Aber sie erinnerte da auch bloß Grautöne und Nässe. Draußen selbstverständlich. Drinnen gab es Kreide und Kekse, Staub, der vom Overheadprojektor verwirbelt wurde und Gerüche von zu vielen Studies mit feuchter Sport- oder abwechslungshalber Winterkleidung. Puh! Am 12. Februar wird gefeiert, schwor sie sich, dann gibt's Ferien.

„76!"
„Wie?"

„Ich meine ernsthaft etwas Wichtiges." Lieblingskollege Heini kam durch den nur schwach beleuchteten Gang auf Rhena zu.

Sie lächelte ihn erfreut an. Bei dem ganzen Gerenne und Geschiebe sah man sich bloß noch im Vorbeiwehen. Er roch nach Zigarettenrauch.

„Bist du rückfällig geworden?"

Verlegen wischte er sich übers Kinn.

Rhena lachte. „Macht nix, solange du mich nicht vollqualmst."

„Ach weißt du, Birgitta ... ach was, später mehr dazu. Ich muss gleich runter. Was ich sagen wollte, wir arbeiten gerade 76 Stunden pro Woche."

„Uff! Wirklich? Es fühlt sich auch genauso an. Wie hast du gerechnet?"

„In der Mittagspause zeige ich es dir. Ich habe allerdings Sprechstunde, aber da finden wir ein Plätzchen."

„Gern ... ach nee, ich habe eine Verabredung im Café. Lästig ..."

Er guckte neugierig über die Schulter, hatte schon Ordner, einige Bücher, Sporttasche und einen Netz mit verschiedensten bunten Bällen in allen verfügbaren Händen.

„Ok. Es geht um Bewegungskindergärten. Beziehungsweise einen interessierten Zeitgenossen aus NRW, der mir nicht von der Pelle rückt und dabei auch noch von Sport spricht. Willst du mit?" Hoffnungsfroh wartete sie einen Moment.

„Geht einfach nicht. Sprechstunde, weißt du noch?! Frag doch Miriam oder Erik." Er klapperte schon die

Treppe hinunter. Rhena stand oben, beide Hände tief in den Taschen ihrer weichen Winterjeans vergraben.

Wie sollte sie bei der Arbeitsintensität und vor allen Dingen für einen Termin in gerade mal vier Stunden noch jemanden auftreiben? Darüber hätte sie sich wohl vorher Gedanken machen müssen. Wenn sie noch hätte denken können. Der Kerl war wirklich hartnäckig, und er wollte sogar hierher kommen. Sie hatte ihm die Zeit von 12.15 – 12.20 Uhr anbieten wollen, das wäre realistisch gewesen, um auch noch auf Klo gehen zu können und einen heißen Tee zu trinken, ohne dass gleich ihre Tür von Studierenden eingedrückt wurde, die „mal eben ganz schnell" noch dies und jenes haben wollte, was natürlich nicht schnell ging, sondern Zeit brauchte. Das subjektive Zeitempfinden, dachte sie, es ist so trügerisch. Kaum haben sie mich am Wickel, erzählen sie lang und breit ihre Lebensgeschichte. Dann ist die Außenwelt ausgeblendet, die Zeit dehnt sich. Für sie, nicht für mich.

Na gut, beschloss sie. Er hat vielleicht eine gute Absicht und ich werde milde sein. Nur weil sie noch zwei Minuten Zeit hatte, tippte sie schnell eine SMS an Kollegen Erik. Vielleicht riss ihn die Aussicht auf einen weiteren Bewegungskindergartenkontakt vom Schreibtisch und in die Stadt. „12.15 im Mensacafé Bew.kita. NRW. Lust?", schrieb sie. Er würde das verstehen. Dann konnte sie den Termin leichter nehmen und früher abhauen.

Die Stunden flogen dahin. Mit Schweiß, Gegacker und ehrlichem Lob.

Das Thema war grob umrissen „Kugelstoßen". Rhena hatte, selbst wenn sie eine perfekte Technik genoss, so ihre Zweifel an der Massentauglichkeit dieser Disziplin. Sie hatte Karsten zu seinem größten Vergnügen vor einiger Zeit einmal gestanden, dass sie beim Vormachen im Unterricht stets das Gefühl habe, die Studies würden nichts von der brillanten Ausführung mitkriegen, sondern seien irgendwie abgelenkt, würden ihr vermutlich auf den – immer noch erstaunlich knackigen – Hintern glotzen. Das war eines seiner Lieblingsthemen geworden!

Eine Gruppe hatte ihre Idee aufgegriffen, dass Kugelstoßen einfach todlangweilig sei, außerdem sei das Ding viel zu schwer. Aber! Es sei denn, man könne damit Krach machen. Historisch sei das vage belegbar, entweder könne man Wasserfontänen erzeugen wie die Soldaten an der Steilküste Englands, als sie anno dunnemals auf die Spanische Armada warteten, das sei aber eher nicht zu empfehlen in einer Sporthalle, oder man könne sich als Chef gebärden, wie Jane Goodall von Schimpansen berichtete, die mit Lärm die Wahl gewännen.

Weil die heute verantwortlichen Studenten gut erzogen waren, hatten sie keine Straftat begangen und etwa ein Halteverbotsschild geklaut, sondern Papa an die Flex geschafft und ein Blech mit zwei Aufhängelöchern angeschleppt. Das baumelte nun am Korbballständer und schepperte fröhlich vor sich hin. Die ganze Bande tobte durch die Halle mit weiteren Stationen, die lustig oder laut waren, kamen zwischendurch aber immer wieder ans Schepperblech, um mit schweißnassen, roten und lachenden Gesichtern einen

Freudenlärm zu veranstalten. Janne machte „huch", was die anderen noch mehr erheiterte. Sie war wohl ganz besonders gut erzogen und durfte bisher noch nie laut sein. Trotzdem wich sie nicht von der Stelle.

Rhena war natürlich mittendrin und hüpfte von einem Bein aufs andere. Das Blech musste sie sich irgendwie unter den Nagel reißen. Sie hatte keinen Papa mit Flex.

Immer noch schweißnass, aber wenigstens anständig angezogen, marschierte Rhena über den langen Boulevard – wie alles an der Uni betoniert und durch die Namensgebung auch nicht schöner – um doch noch einigermaßen pünktlich im Café zu landen. Als Erkennungszeichen wollte Wilhelm Müller die „Rheinische Post" in der Hand tragen. Der hatte Vorstellungen! Das Café war rammeldickevoll. Immer. Sie hatte deshalb als Gegenangebot ihre türkise Winterjacke avisiert. Es würde schon klappen. Wenn nicht, war's ihr einigermaßen egal – bloß er wäre eine lange Strecke umsonst gefahren. Oder hatte er vielleicht sowieso Termine in der Gegend? Sie wusste immer noch nicht so recht, was sie von dem hartnäckigen Mann halten sollte.

Sie stellte sich an der Ausgabe an und schob ein Tablett über die Stahlschienen. Kaffee. Mit Milch. Während sie an der Kasse wartete, ließ sie den Blick schweifen. Die Tische standen verstreut im Raum, damit wohl eine aufgelockerte Atmosphäre entstand, vermutete sie. Deshalb war es schwierig, die Menschen und ihre möglicherweise neben ihnen liegenden Blätter, Bücher oder Zeitungen zu scannen. Egal. Er findet mich schon.

Erik war auch nicht zu sehen. Sie würde das auch allein schaffen. Wichtig war, auf die Uhr zu sehen. Sie musste bald wieder zurück sein und über Spielbedürfnisse im Kindes- und Jugendalter lehren.

Sie balancierte ihr Tablett durch die Massen und sah sich, so gut es ging, weiter nach Zeitungen um. Da lächelte sie plötzlich ein Mann an, den sie kannte. Aber woher? Für einen Studenten war er zu alt, naja, es gab ja manchmal die Tollen, mit Berufserfahrung, die so neugierig waren, dass ihr das Herz hüpfte. Kollege? Auch nicht. Da lag auch die „Rheinische Post" auf dem Tisch.

„Sie kenne ich!", platzte es aus ihr heraus.

„Das mag sein", antwortete er kryptisch, während er ihr das Tablett abnahm und seine schwarze Ledertasche vom Stuhl zog, den er auf diese Weise besetzt gehalten hatte. Der kennt sich aus mit Mensen und Kantinen, dachte sie. Aber was nützte es ihr?

„Wilhelm Müller?", fragt sie nun ordentlich nach.

„Ja und nein."

„Also, jetzt ist aber gut! Ich habe wenig Zeit, muss in einer halben Stunde wieder unterrichten. Sagen Sie, was Sie möchten, dann sehen wir weiter." Forsch sagte sie das, und ein wenig gelogen. Aber warum sollte sie ihre knappe Mittagspause einem Fremden opfern, der überdies in Rätseln sprach?! Soweit ging die Neugier nun doch nicht.

„Scholten heiße ich wirklich."

„Aha." Es wurde ihr bald zu bunt.

„Und Sie kennen mich wahrscheinlich von TV-Filmen, Krimis aus dem Ruhrpott."

„Aah ..." Jetzt war alles klar. „Der Kommissar aus Bochum, Ligusch, ach nee, die Figur heißt ja Lenger."

„Genau."

„Aber Sie wollten doch über Kindertagesstätten sprechen?" Ihre Verwirrung nahm eigentlich nur noch zu, obwohl sie das runde Gesicht mit den leuchtenden dunklen Augen – waren sie blau oder blaubraun? – und dem wie ein Sonnenstrahl aufblitzenden Lächeln von einem, der „zu uns gehört", nun trotz fehlender Mattscheibe dazwischen beinahe genoss. Er war schon so oft in ihrem Wohnzimmer gewesen. Und er war im Gegensatz zu vielen Schauspielern groß und nicht klein.

„Ich bin der Sohn des Arztes aus Moers, Scholten."

Ihr wurde siedendheiß. Das Gesicht brannte, die Ohren auch, der Reißverschluss der hellblauen Fleecejacke hätte eigentlich geöffnet werden müssen, wenn sie sich hätte bewegen können. Bestimmt stand ihr der Mund halb offen.

Sie konnte ihn bloß anstarren, ohne wirklich etwas zu sehen. Wie in Prüfungen. Hoffentlich kommt jetzt endlich eine Frage, die ich beantworten kann, anderenfalls wünsche ich, mich auf der Stelle in Rauch aufzulösen.

„Sie hatten wahrscheinlich schon so eine Vermutung ... die richtig war, letztendlich ..." Jetzt stotterte der auch noch! Es war aber nicht wirklich beruhigend, dass der Mann nicht richtig sprechen konnte, also vermutlich auch seinen Gefühlen unterlag. Sie schwebte in Todesgefahr! Irgendwie. Mitten unter hundert Leuten.

„Mein Vater ist vor vier Wochen gestorben."

„Das tut mir leid", quetschte sie heraus. Eine Floskel. Was war los mit dem Mann und seinem Vater? Sie kannte beide nicht. Schluss mit der TV-Romantik!

„Er hat mir, bevor er starb, einiges erzählt. Schlimmes."

Rhena konnte nur krächzen. Er sah es als Aufforderung, weiter zu sprechen. Aber den Text hatte er wohl wirklich nicht geübt, das kam alles stockend und bröckchenweise heraus.

„Er ist als junger Medizinstudent Hilfsarzt in einem KZ gewesen ... Irgendjemand hat wohl Fotos gemacht, als sie auf der grünen Wiese Lieder sangen und ihren Feierabend genossen."

Im KZ? Na klar. Die fühlten sich ... im Recht? ... nein. Sie taten es. Ganz einfach ...

„Jemand hat ihn erpresst ... er war doch ein angesehener Arzt ... und so hat er von alten Patienten Geld genommen, äh, geerbt."

„Ach so!", fuhr es aus ihr heraus. „Also nicht nur Tante Lene."

„Ja. Die Geldforderungen waren hoch. Ich wusste nichts davon, sonst hätte ich ihn abgehalten. Ich habe doch ein bisschen Vermögen ..."

„Es war ihm peinlich! Das als Mindestes!" Rhena konnte wieder sprechen, aber wackelig. Heiß war ihr immer noch, Angst hatte sie auch. Aber sie wollte auch die Geschichte hören.

„... hat er sie getötet. Vergiftet ... Digitalis." Er ließ sich nicht mehr stoppen in seinem Stammeln.

„..."

„ ... weil er dringend an das Erbe heranmusste. So, das war's." Er legte seine Hände flach auf den Tisch, als ob er aufstehen wollte.

„Danke. Dass Sie es mir gesagt haben." Ihre Stimme war belegt und schwach. Sie wollte jetzt bloß noch weg. Irgendwohin, wo er sie nicht finden konnte. Ja, überhaupt ...

„Wie haben Sie mich gefunden?"

„Er hatte auch seine Leute, vom Niederrhein. Nicht nur die Stasi ... Er wollte wissen, ich will wissen, nein, mir ist es gleich, er wollte wissen, was Sie wissen ..." Er hatte sich verhaspelt.

„Ich bin ihm auf die Pelle gerückt, stimmt's?"

Er nickte. Rhena sah seine Augen kalt glitzern. Was war das?

„Der nächtliche Überfall!", stieß sie mutig hervor.

„Mmh." Jetzt grinste der Typ. Und er guckte sie dabei durchdringend mit diesem gruseligen Blick an!

„Unglaublich! Aber ich hatte so eine Ahnung. Wissen Sie was, das ist alles so dreckig ... ich gehe jetzt. Und ich will nichts mehr von Ihnen sehen oder hören! Ihre Schuld – Ihre Familienschuld – müssen Sie selbst ertragen. Oder wie auch immer."

Sprach's und stand auf und rannte raus.

Diese Fernseh-Krimis würde sie nie wieder ansehen. Nie!

Während sie zum Sportturm eilte, die Jacke vor der Brust zusammengerafft – Zeit für Reißverschlussgefummel hatte sie nicht, fand sie jedenfalls – überlegte sie, welche Mittel sie wohl hatte, um sich vor diesem Mann zu schützen. Polizei? Sie hatte nach wie vor keine Beweise. Das Gespräch war unter vier Augen abgelaufen. Wenn auch in einer Menge von Menschen. Die Erpressungsfotos und Dokumente hatte ja wohl der Erpresser. Konnte der einen Sohn, der nichts gewusst hatte, weiter erpressen? Natürlich!

Sie musste ganz dringend mit Karsten telefonieren. Sie musste irgendein Gleichgewicht finden. Sie musste Schutzwälle errichten gegen perfide Spießbürger, die anderen Leuten nach dem Leben trachteten. Für ein bisschen Geld. Naja, Tante Lene hatte viel davon. Aber sie selbst war auch im Fokus, für ein nicht mal beweisbares Halbwissen. Was dachte sie da, Viertel-, Achtelwissen! Ahnungen.

Wie sollte sie jetzt vernünftig unterrichten? Gar nicht. Andererseits: Im Seminar war sie erstmal geschützt durch Anwesende. Also: Erst Karsten, dann Seminar. Dann weitersehen.

Sie wagte ganz am Ende des Boulevards einen schnellen Blick zurück. Ihr scharfer Blick sah den Mann im braunen Wintermantel mit seinem affigen Täschchen vor der Mensa stehen. Wie ein Halm im Wind ließ er die Studierendenmassen an sich vorbeilaufen, rempelnd oder elegante Bögen schlagend. Er sah irgendwohin, nicht in ihre Richtung.

Diese Menschen können mich einfach so finden! Sie war inzwischen empört.

Aber – sie hatte ja auch alle Würmer unterm Stein hochgescheucht. Es geht!

Und wo bleibt die Gerechtigkeit?

Der Mörder war tot.

Der Sohn schien eine Bedrohung zu sein.

Der Erpresser machte vielleicht weiter.

Verständlicherweise war Rhena sehr durcheinander.

Karsten war am Telefon. Dicht daneben. Was für ein Glück! Ein Lob auf Schreibtischjobs!

„Du bist mein Retter! Ich habe den dringenden Eindruck, dass ich in Gefahr bin ...“

„Langsam, was ist los?“ Er machte seine Stimme ganz beruhigend – wie eigentlich? Leiser, heller, es half jedenfalls ein wenig.

Rhena holte tief Luft. „Ich muss gleich ins Seminar. Beziehungsweise ich will. Das bietet Schutz, weil fünfzehn Studierende da sind.“

„Na na“, murmelte er.

„Ich habe gerade vom Sohn des Moerser Arztes erfahren, dass der Tante Lene umgebracht hat, um an ihr Geld zu kommen. Er wurde erpresst, weil er anscheinend KZ-Arzt gewesen war. Und jetzt habe ich Angst, dass der Sohn mir etwas antun will!“ Sie schrie fast.

„Wieso sollte der das tun? Weil du irgendetwas weißt, was du nicht wissen sollst?“

„Ja, nein. Er hat es mir ja eben erzählt, sogar freiwillig. Aber es war alles so bedrohlich. Er meinte, ich sei dem Arzt irgendwie auf die Schliche gekommen, der dachte es sich jedenfalls so, und deshalb habe er Leute auf mich gehetzt. Ich weiß gar nicht was und wer und wann, außer dem nächtlichen Radau neulich in meinem Garten.“ Wenn sie weiter so schnell sprach, schaffte sie noch alles, was sie sich vorgenommen hatte. Karsten wirklich alles zu erzählen, sich trösten zu lassen sowie ins Seminar zu rennen.

„Ich kann mir nicht vorstellen, dass er dir etwas antut. Er ist doch offen auf dich zugekommen und hat alles erzählt. Wieso überhaupt? Gab es einen Anlass?"

„Sein Vater ist gestorben, vor ein paar Wochen, und hat ihm alles gebeichtet. Und er hat mich angelockt, mit dem Thema Bewegungskindergarten. Du, übrigens! Er ist der Kommissar aus der Serie von Fernsehkrimis, die in Bochum spielen!"

„Sagt mir nichts. Er ist Schauspieler? Berühmt?"

„Mmh ja, mittelberühmt. Er spielt ganz gut und passt gut in die Rolle. Aber ich will den nie mehr sehen, nie!"

Sie wurde schon wieder laut.

„Ich glaube, du ... musst du nicht ins Seminar? Oder willst du dich lieber krank melden?"

„Das wäre angebracht. Aber wo soll ich dann hin?"

„Wir machen folgendes: Du gehst in das Seminar, danach bestellst du dir ein Taxi, fährst mit der Bahn nach Hamburg und ich hole dich am Hauptbahnhof ab. Dann bist du ständig unter Menschen."

„Das ist eine gute Idee!", stieß sie hervor. „Danke, ich bin dir so dankbar", flüsterte sie hinterher.

Er lachte. „Bis nachher, schick eine SMS, das wird dann wohl 16 oder 17 Uhr werden?"

„Ja, so etwa. Bis gleich dann.

Rhena schnappte sich ihre Seminarkiste, glücklicherweise schon fertig gepackt am Morgen, und raste in den dritten Stock.

Ihr war immer noch heiß und sie fühlte sich über-dreht, aber nun auch ein wenig gesicherter. Mann oh Mann, was für ein Tag!

Im Zug setzte sie sich ganz gegen ihren Drang mit-ten in eine Horde junger Menschen, die wohl zum St. Pauli-Spiel nach Hamburg fuhren. Laut, schon leicht mit Bier benetzt, quer durcheinander rufend.

Sie schrieb eine SMS an Finn: „Lieber Fi, halte dich nicht im Haus auf! Der Mörder von Tante Lene bzw. sein Sohn ... ich lasse mich von Karsten beschützen. Ruf an! Lieben Gruß Rhe."

Dann eine an Karsten: „Komme an 16.54 Hbf."

Mit leerem Blick saß sie inmitten der fröhlichen Bande und entspannte sich. So geht das also, dachte sie.

In kurzer Folge kamen Vibrationen an, die mehrere SMS-Eingänge anzeigten.

„Ok." Von Karsten.

„Wie? Ich ruf dich gleich an." Finn.

„Liebe Rhena, hast Du Zeit für einen Examens-termin? Liebe Grüße Ira." Nein, jetzt nicht.

Klingeln. Finns Stimme. Sie erzählte ihm alles, haar-klein. Erst dann fiel ihr ein, dass die Handyrechnung zu hoch werden könnte. Außerdem – nein, die Jungs und Mädchen um sie herum hatten nicht die Ohren frei zum Lauschen.

„Laut ist es", meinte Finn.

„Ich geh mal auf den Gang. Sprichst du von deinem Handy aus?"

„Nein, ich bin im Büro, im Verband."

„Gut", seufzte sie. „Die können das ruhig mal bezahlen."

„Was wollen wir tun?" Finn war auch ein bisschen aufgeregt.

„Ich wollte dir bloß die Geschichte erzählen und die Lage deutlich machen. Karsten meinte allerdings, ich müsse keine Angst vor dem Sohn haben, der hat schließlich von sich aus gebeichtet. Aber ..."

„Aber seine Motivation ist nicht klar. Wieso soll er dir beichten? Eher wohl drohen, damit wir seine Familie in Ruhe lassen."

„So sehe ich das auch. Ach, ich weiß nicht ... Karsten holt mich gleich ab. Wollen wir eine Konferenz machen?"

„Ich habe noch ein Date. Aber ... das sage ich jetzt ab. Gib mir mal Karstens Nummer, dann verabrede ich mich mit ihm, vielleicht bin ich gleich mit am Hauptbahnhof, oder?"

„Ja. Die Nummer ist, Moment, ich weiß sie nicht auswendig, doch, Festnetz ist 040-29968299, wenn er nicht mehr da ist, dann Handy. Aber schick ihm eine SMS, er hat den Ton immer ausgestellt. Ach so, die Nummer schicke ich dir rüber, ich kann sie so nicht ablesen, wenn ich mit dir rede ..."

„Beruhige dich, Mama, wir schaffen das!" Er klang gewollt zuversichtlich.

„Du hast auch Angst, oder?"

„Klar. Aber wir werden schon irgendwas ausbraten. Bis gleich."

Sie kehrte an ihren Platz zurück. Es war alles gut so!

Karsten stand oben an der Rolltreppe, Finn neben ihm. Beide redeten und lächelten zu ihr herunter, gleichzeitig. Die Truppe hält zusammen, dachte sie gerührt und wuchtete den kleinen aber schweren Koffer – er enthielt wahre Papierberge – auf die erste Stufe.

„Zu mir und Tee?", fragte Karsten, während er ihr den Koffer abnahm. Finn klaute ihr den Rucksack und hängte ihn über die freie Schulter. Er hatte seine große schwarz-graue Laptop-Tasche mit, in der alles war, bloß kein Computer.

Rhena nickte, küsste, drückte und schob sich zwischen die beiden. Wie ein Küken, das Schutz vor dem Raubvogel sucht.

Sie fuhren mit der U-Bahn und wanderten vom Schlump durch die engen Straßen zu Karstens gemütlicher Höhle. Trotz Feierabendverkehr war hier plötzlich Stille. Die blattlosen Bäume ragten hoch, die Fenster der stuckverzierten fünfstöckigen Häuser leuchteten gemütlich, der Rückzug war perfekt.

Um den Küchentisch herum begann die Lagebesprechung.

Alle Details wurden noch einmal ausgebreitet.

Der Tee war inzwischen auch fertig. Roibusch, natur. Rhena kleckerte mit Honig, Finn wollte gern Milch, die gab es aber heute nicht. Nie, petzte Rhena. Karsten focht es nicht an.

Er war vielmehr damit beschäftigt, jeder Information auch ihre Wertigkeit beizumessen und das Netz aus Wenn und Aber in den Blick zu bekommen. Finn stand ihm dabei in nichts nach, er war bloß ein bisschen verrückter in seinen Ideen, welche Hintergründe der Mann gehabt haben mochte.

„Der sucht nach Drehbuchstoff. Und sein Gestotter und so weiter ... der Mensch ist Schauspieler, mein Gott!"

„Wirklich?" Mehr war aus Rhena nicht rauszubekommen. Sie fand es ganz gut so, den heißen Tee zwischen beiden Händen, im Mund und im Bauch, und den beiden zuzuhören.

„Ich mache mal eine Zwischenbilanz. Im Haus in Fuhlsbüttel seid ihr deswegen sicher, weil er den Überfall zugegeben hat. Damit wäre jede weitere Aktion mit Namen, Adresse und Hausnummer anzeigbar."

„Wir haben doch keine Adresse von ihm ..." Rhena war etwas langsam.

„Berühmter TV-Kommissar!" Finn war schon weiter.

„Der ist auffindbar, meine ich", ergänzte Karsten.

„Ach so." Sie war wirklich in Theta-Schwingungen angelangt.

„Dein Argument ist schlüssig. Aber es fehlt noch die Einordnung der Erpressung. War es ein Stasi-Mann, der seinen Lebensunterhalt finanzieren musste? Hört so einer einfach auf, mit solch einem leckeren gebratenen Hähnchen vor der Nase? Was ist, wenn der Schauspieler weitere Eingeweihte benennt? Hört der dann etwa auf mit seinem Treiben?" Finn hatte sich zu voller Größe aufgerichtet.

„Weiteres Morden?" Rhena war wieder da.

„Nein, ein Erpresser bleibt bei seinem Geschäft. Das wäre ein schlauer Schachzug vom Schauspieler – wie heißt er eigentlich? – Lenger, alles klar, ach so, das ist der Filmname, Alf Ligusch, wusste ich nicht, ach herrje, in Wirklichkeit also Scholten. Also. Wo war ich stehengeblieben?"

„Schlau."

„Ach ja. Schlau, weil mehrere Wissende eine Erpressung hinfällig machen."

„Aber seine Karriere könnte dennoch zerstört werden." Rhena hatte den Faden gefunden.

„Die könntest du jetzt auch zerstören", meinte Finn etwas mitleidig, auch ein bisschen neugierig, ob der Vorstellung, seine Mutter wäre zu einer solch horrormäßigen Aktion fähig.

„Eben", sagte Karsten. „Er hat gebeichtet, komplett."

„Seine Bluse aufgeknöpft, nee, das war jetzt das falsche Bild. Aber ihr wisst, was ich meine."

Beide Männer nickten.

„Dennoch gibt's keine echten Beweise. Für mich, meine ich."

„Keine Gerichtsverwertbaren, nein. Aber du weißt jetzt alles. Und es ist ihm wohl fast egal, ob du daraus etwas machst oder nicht."

„Meinst du, dass der Typ völlig fertig war, ich meine, in seinem Familienzusammenhang völlig zerstört?" Rhena war ganz leise geworden.

„Ja." Karsten nickte mehrmals.

„Hm." Finn dachte nach.

„Dann können wir jetzt weiterleben wie bisher, ich meine, unbedroht, und ..."

„... etwa alles auf sich beruhen lassen?" Finn wollte irgendeine Strafaktion.

„Tja." Karsten zog die Augenbrauen zusammen.

„Können wir nicht auf eigene Faust nach dem Erpresserfoto recherchieren, im Internet geht doch viel", schlug Finn vor.

„Ich weiß aber nicht, wie der Arzt aussah."

„Über den Sohn, seine Präsenz beim Sender, Familienähnlichkeiten?"

„Und was haben wir dann? Auch Erpressungsmaterial?" Karsten lachte über diesen spontanen Einfall. Etwas verlegen.

„Nee, ich dachte, als Sicherheit."

„Ich glaube, es ist völlig ausreichend, dass wir Bescheid wissen. Man muss nicht immer einen Rattenschwanz an bösen oder vielmehr gerechtigkeitsadäquaten Folgemaßnahmen in Gang setzen."

„Mmh." War es das, was Rhena eigentlich wollte? „Ich möchte, dass das straffreie Umbringen alter reicher Damen aufhört." Laut ausgesprochen war klar, dass das nicht so ohne weiteres in Erfüllung gehen würde. Alle nickten und waren sich der Wichtigkeit des ungelösten Problems bewusst.

„Was nun?"

„Pizzaservice anrufen."

„Oh ja. Oder wir gehen um die Ecke ins Geo, die haben auch schöne Pizzas."

Alle überlegten kurz. Da man sich offenbar nicht mehr verstecken musste – messerscharf zuende geschlussfolgert – konnte man auch in eine Kneipe gehen. Zu dritt. Eng aneinander gedrückt. Am besten Hand in Hand.

49. Kapitel

Frau Pauli war erfolgreich gewesen. Sie hatte Wilhelmina erreicht. Die war nämlich verreist gewesen, zusammen mit Frau Bruschke. Inzwischen, Amalie Pauli kicherte dabei, war Wilhelmina zu einer geworden, die ein bisschen betreute. Die Bezeichnung dafür, die ihr nicht einfiel, kam ihr so bourgeois vor. Als Haushälterin würde Wilhelmina sich nämlich nicht mehr bezeichnen in ihrem Alter. Wie? Gesellschafterin, genau. Aber das hatte Wilhelmina doch nicht genau so gesagt, oder? Doch, doch. Beide fanden das komisch. Entweder war sie von zuviel Romanlesen ins 19. Jahrhundert abgerutscht oder sie hatte einen Scherz gemacht, das aber mit keinem Anzeichen deutlich machen wollen. Amalie wollte darüber hinaus aber keinen Schatten auf die langjährige Bekannte fallen lassen.

Wichtiger war ja auch, was sie zu den von Rhena aufgeschriebenen Fragen zu sagen hatte.

„Erstens. Von Geld, das vergraben war, hatte sie gehört. Aber erst so richtig, als damals die Frau Herlemann zu Besuch war ...“

„... die Historikerin?“

„Ja. Die hat lange mit Werner Bruschke gesessen und da hat er ganz viel erzählt, was er sonst wohl lieber für sich behalten hatte. Sie hat natürlich nicht gelauscht, aber da sie oft Tee und Kaffee kochen und ihnen bringen musste, hat sie vieles mitgekriegt. Hinterher wurde ihr übrigens noch einiges mitgeteilt. Aber er hat wohl nichts weiter über den Verbleib gesagt. Bloß, dass die Gestapo in seinem Garten einen Teil davon ausgegraben hatte und dass er sich heute noch, also damals bei dem Gespräch, darüber ärgert."

„Mmh."

„Er war immer etwas verschlossen, behielt viel für sich."

„Das war ja auch wohl überlebensfördernd."

„Naja, nach 1945 hätte er ja schon etwas erzählen können. Zumindest seiner Frau."

„Das war aber längere Zeit noch Trude. Der hat er es bestimmt erzählt. Und dann vielleicht vergessen, dass er noch einer zweiten Frau einiges hätte erzählen können."

„Das könnte sein. Na, jedenfalls die zweite Frage ... ach so, bevor ich es vergesse: Ich habe Wilhelmina natürlich erzählt, dass es Ihnen um die Geschichte Ihres Großvaters geht. Und da hat sie erzählt, dass er mit dem Buch, das wohl ein Genosse aus der Geschichtskommission niedergeschrieben hat, nicht so sehr zufrieden war, weil seine beiden engsten Weggefährten, Ernst Lehmann und Ludwig Wellhausen, dort nicht namentlich erwähnt wurden. Im Diktat hat er es nämlich getan, und der Kerl hat das weggestrichen, weil SPD und SPD-Genossen nicht vorkommen sollten."

„Das hat mich auch gewundert! Soviel Größe hätte ich ihm dann doch zugetraut. Ich habe das Buch nämlich gelesen."

„Ach? Na, Wilhelmina hat's mir so erzählt. Und er war immer noch sehr traurig, dass beide von den Faschisten ermordet wurden und nicht weiterleben und schaffen durften."

„Es tut gut, das zu hören!" Rhena war sehr erleichtert. „Schade, dass es nicht mehr aufgeschrieben wurde."

„Wurde es doch! Bruschke war ja schon blind, deshalb hat Lene Meisterfeld ihm einen Kassettenrecorder geschenkt, auf den er draufsprechen konnte. Das war deren liebstes Spielzeug. Wilhelmina sagt, Frau Bruschke wäre darüber etwas ungehalten gewesen. Sie hat das dann etwas genauer erzählt. Das war so ein kleineres Gerät, was er in den Koffer packen konnte, naja, sie hat die Koffer gepackt. Und immer, wenn sie zu Besuch waren, Wilhelmina war öfter mit, hat Lene ihm wieder einen ganzen Stapel Kassetten dazugepackt. Und die behalten, auf die er gesprochen hatte, die hat sie dann abgeschrieben. Frau Bruschke wollte das nämlich nicht. Sie war ihr Leben lang Sekretärin gewesen, irgendwann musste Schluss sein damit. Deshalb war sie wohl auch etwas beleidigt oder genervt, das ist wohl die bessere Bezeichnung ..."

„Sauer."

„Sagt man das so? Nun, die beiden haben einen großen Aufstand darum gemacht. Sie haben gekichert und Anspielungen gemacht, und ach so, es sollte versteckt werden. Das war das ganz große Thema, wo es denn sicher gelagert sein könnte. Es war zum Schluss ein wirklich dicker Packen getipptes Papier, das Manuskript."

„Ach. Memoiren? Oder etwas anderes?" Rhena kroch förmlich in den Hörer hinein.

„Wird wohl so gewesen sein. Seine Frau wollte davon nichts wissen, und er konnte ja auch nichts damit anfangen, weil er es doch nicht lesen konnte. Und nach der Wende – ja, wer wollte das noch haben?" Amalie hatte nach dem präzisen und ergiebigen Erzählfluss plötzlich einen traurigen Unterton.

„Mich würde es schon interessieren." Rhena fieberte, wollte aber auch weitere Berichte hören.

„Sie hat es abgetan."

„Wie?"

„Es interessierte sie nicht. Sie weiß leider nicht, wo das alles abgeblieben ist. Wilhelmina, meine ich."

„Die Papiere. Und die Kassetten. Unglaublich! Das ist doch ein Schatz!"

„Ja, so haben die beiden es immer genannt."

„Ich verstehe ...", murmelte Rhena nur.

„Ach, noch etwas. Wilhelmina hat noch ein bisschen erzählt, weil Sie doch aufgeschrieben hatten, Sie wüssten gerne Alltägliches aus Lenes Leben und wie die Besuche dort abliefen ..."

Rhena konnte sich kaum konzentrieren. Aber sie zwang sich, den Stift auf dem Papier zu halten und Stichworte aufzuschreiben.

„... Ausflug nach Holland, das aber erst nach der Wende. Vorher ging das nicht. Sie durften als Rentner ja in den Westen fahren, aber die Papiere reichten wohl nicht für weitere Grenzübertritte. Da in Holland fand Wilhelmina es sehr schön. Die großen Märkte mit den Unmengen an Tulpen und Käse, alles so bunt."

„Sind sie denn mit dem Zug zu Lene gefahren?"

„Nicht immer. Manchmal kriegten sie auch einen Fahrer, er war ja schließlich noch lange im Finanzausschuss der Regierung gewesen, da hatte er Anspruch

auf einen Wagen. Aber es war auch nicht immer möglich. Mit dem Zug ging es auch, dauerte bloß schrecklich lange."

„Ich habe Sie unterbrochen. Was hat sie noch erzählt?"

„Ach, ich weiß nicht ... Wilhelmina hat oft gekocht
und was im Haushalt erledigt, Frau Bruschke hat oft auf
der Terrasse gesessen und gelesen, so richtig begeistert
war sie wohl nicht, während die beiden, Lene und Werner, irgendetwas ausgeheckt haben."

„Lene hatte so eine entwaffnend fröhliche Art."

„Ich kenne sie ja auch ein wenig, bevor sie nach Halle
ging, meine ich. Sie ist ja mit Werner Bruschke mit-
gegangen."

„Hm. Als was, ich meine, hat sie als Sekretärin gearbeitet?"

„Das weiß ich nicht. So – was fällt mir noch ein? Ich
glaube, das war alles."

„War es anstrengend für Ihre Freundin, meine Fragen
zu beantworten? Ich meine, war das Gespräch nett?"

„Ich fand es nett. Es war auch sehr lange", erinnerte
sich Amalie, „sie hat viel erzählt. Auch darüber, wie
die beiden heute leben, seit Werner Bruschke tot ist,
was sie so macht, ich meine, im Urlaub, da ist sie nach
Prag gefahren, weil sie die Stadt so gut kennt und dort
immer wieder etwas besichtigen möchte oder ins Thea-
ter gehen will. Aber das interessiert Sie doch nicht, ich
meine, es hat ja nichts mit Ihrem Großvater zu tun."

„Doch, doch. Mich interessiert alles. Ich werde auch
verschwiegen damit umgehen. Das ist doch interessant,
weil es sich zum Teil um Bruschkes Leben dreht."

Amalie seufzte leise. „Ich habe mich auch sehr gefreut, mal wieder mit ihr zu sprechen. Sie war erholt und hatte irgendetwas vor an dem Abend, deshalb haben wir dann Schluss gemacht. Ich glaube, eine Nachbarin wollte kommen und mit ihnen zusammen eine Opernsendung im Fernsehen angucken. Der Fernseher war nämlich neu, so ein großer, mit extra Lautsprechern, dann hört sich das sehr schön an. Die Versicherung hatte den beinahe vollständig bezahlt, ersetzt heißt das ja richtiger, weil eingebrochen worden war."

„Ach!"

„Während Wilhelminas Urlaub. Wohl Jugendliche. Sie haben den elektrischen Bestand mitgenommen, also Fernseher, Radio, das war auch ziemlich neu, Kaffeemaschine, mehrere Uhren und solche Sachen. Und die Versicherung hat das alles bezahlt, es war ganz schön viel wert. Sie hatten dadurch ein bisschen Ärger, aber das wurde schnell behoben. Und nun freute sie sich auf den Musikabend."

„Einbrüche bei alten Menschen. Das kommt leider sehr häufig vor", seufzte Rhena. „Ich bedanke mich sehr für den ausführlichen Bericht."

„Können Sie denn damit etwas anfangen?" Amalie schien etwas erschöpft, war aber erstaunlich rege, wenn man das Alter und das lange Telefonat mit einrechnete.

„Doch, sehr. Schade nur, dass das Manuskript nicht vor meiner Nase liegt", lachte Rhena. „Dann wüsste ich mehr über die Taten von Opa und den anderen. Aber was weg ist, ist weg." So war es wohl wirklich. Da niemand aus dem Haushalt Bruschke sich gekümmert hatte, wird das den Weg alles Irdischen gegangen sein.

Aber es könnte der Großmummrich von Tante Lene und Werner Bruschke gewesen sein, nur dass keine anderen Rosenbanden es darauf abgesehen hatten.

Rhena bedankte sich wortreich bei Amalie Pauli und nahm sich vor, sofort einen Blumenstrauß nach Magdeburg in Auftrag zu geben. Immerhin konnte sie Karsten ausführlich vom Ende der Recherche berichten – ein bisschen Erklärung, aber sonst – alles im Nebel! Oder in der Mülltonne.

Epilog

„Schalt mal ganz schnell WDR ein, schnell!"

„Ich tu alles, was du sagst", nuschelte Rhena und tippte die 4 auf der Fernbedienung ein. „Und jetzt?"

„Ich leg auf. Wir sprechen uns, wenn's zuende ist." Karsten beendete die Verbindung

Rhena lag schläfrig auf ihrem weichen Sofa, die rot-weiß gestreifte Wolldecke leicht über den Bauch drapiert. Sie wackelte mit den nackten Zehen und versuchte, sich aus dem Geschehen auf dem Bildschirm einen Reim zu machen.

Ein glatzköpfiger distinguierter Alter saß vornübergesunken auf einem edlen Sofa in moosgrün. Hinter ihm prangten Ölbilder. Nicht gerade Hirsch im Morgengrauen, aber so ähnlich. Er murmelte etwas vor sich hin und wurde durch eine scharfe Stimme angetrieben, das Angebot anzunehmen, was er nicht ablehnen könne.

Mafiasprüche, dachte Rhena. Warum wollte Karsten, dass ... da wurde sie hellwach!

Der Alte richtete sich auf und blickte seinen immer noch im Off befindlichen Gegenüber grimmig aus glühenden dunklen Augen an.

„Sie haben die besseren Karten, schätze ich. Aber geben Sie mir ein bisschen Zeit ..." Er wurde bestimmter. „Hunderttausend habe ich nicht zur Hand."

„Vier Wochen. Sonst geht das Foto an die Zeitung. Hier in der Stadt, wo so viele Sie als guten Arzt kennen." Der Scharfe war höhnisch geworden.

Der Alte sank wieder zusammen und murmelte etwas von „es hat kein Ende".

Rhena fand das geradezu elektrisierend. Ein oft in Gedanken vorgestelltes Szenario der Moerser Geschichte. Sie griff blind nach der Fernsehzeitung, weil sie keine kleinste Aktion auf dem Bildschirm verpassen wollte.

In der nächsten Szene beugte sich ein Mann im Trenchcoat über eine liegende ältere Frau. Sie befand sich in einem riesigen sonnendurchfluteten Gemach, auf ihrer Tagesdecke.

„Gibt es Angehörige?"

„Nein. Aber der Gärtner sagt, ihr ginge es die letzten Tage viel besser, und nun das plötzlich. Er weint ..."

„Na sowas? Wo ist der Mann?"

„Chef! Die Dame ist alt gewesen. Wir sollten verschwinden. Man stirbt nun mal irgendwann."

„Schneider! Die unentdeckten Morde bei Alten sind Legion! Und die Frau war reich. Also los!"

Der Assistent eilte davon, der Kommissar richtete sich auf. Lenger! Den wollte sie doch nie wieder angucken! Aber die Geschichte ... Mensch!

Sie wählte mit zitternden Händen Karstens Nummer. Er hob sofort ab und sagte bloß: „Na?!"

„Ich bin platt! Der Kerl spielt die Geschichte nach! Woher weiß er das? Ach, naja, sein Papa hat's erzählt. Aber das dann als Film. Mann oh Mann!"

Karsten brummte zustimmend. „Lass uns weitersehen. Wir können ja auf Freisprechen schalten." Sie hörte die Fernsehstimmen als Echo.

„Stört dich das nicht, wenn der Film echot?", fragte Rhena und drückte ihre Taste ebenfalls. „Und ich übrigens auch", fügte sie hinzu.

„Es ist eine besondere Situation", klang seine Stimme durch das Wohnzimmer.

Sie kicherte ein wenig, starrte aber gebannt weiter auf den Fernseher.

Dort spielte sich gerade eine Billardszene in einem verrauchten kleinen Lokal ab. Ein Hänfling hantierte angeberisch mit dem Queue und verfehlte die angepeilte Kugel. Eine schwarze Schulter schob sich ins Bild und dieselbe scharfe Stimme, die schon den Arzt gequält hatte, verhöhnte den Jungen, er habe haushoch verloren und solle nun endlich mal sein Spielschulden bezahlen.

Ein Zocker und Erpresser, das war Rhena schon klar. Einer ohne Gesicht und nur mit angedeuteter Statur.

„Der Erpresser, der das KZ-Foto hat. Ist darüber bisher etwas gesagt worden?"

„Nee, der Film hatte einen harmlosen Vorlauf. Der Arzt scheint reich zu sein, Mercedes, klar, dickes Haus. Aber pscht!"

Sie lauschten dem Dialog zwischen dem Fiesling mit der Lederjacke und dem betrunken schwankenden Jüngling, der lauthals lallte, er würde den Schatz jetzt finden und dann käme der andere schon zu seinem Geld.

„Das sagst du jetzt schon wochenlang! Wird's bald mal was oder hast du bloß Wahnvorstellungen?" Er reizte den Kleinen immer weiter, bis der seinen Queue hinwarf, dabei sein halbvolles Bierglas traf, dessen Inhalt den schönen grünen Belag versaute – wer stellt denn sein Bierglas auf den Billardtischrand, meine Güte! – und aus dem Lokal stürzte.

Man sah, sozusagen aus den Augen des Bösen, wie der Betrunkene auf einem Mofa durch stille dunkle Straßen schlenkerte. Der hingegen schien mit einem Auto zu folgen. An einem Gartenweg hielt der Mofafahrer an, warf sein Gefährt achtlos ins Gebüsch und verschwand zwischen dem Grün.

„Wieso ist grün im Dunkeln grün?", fragte Rhena laut.

„Die leuchten doch alles aus. Haben wohl vergessen, den Grauschleier drüber zu legen", antwortete Karsten prompt. „Mal sehen, ob wir dich gleich auf dem Gartenhäuschen sehen", lachte er.

„Das können die nicht wissen!" Rhena war aufgebracht. Die Geschichte war aber verdammt interessant.

„Mal sehen, was die alles wissen. Ich meine, wir sind hier in einem Film, das wahre Leben hat sich bereits abgespielt. Aber ich komme mir vor, als ob ich dort oben auf der Straße mit einem Schutzmann verhandele, ob ich gleich weitergehen darf, weil ich doch dort wohne." Er lachte wieder.

„Das ist das Paralleluniversum", flüsterte Rhena, hin und hergerissen zwischen Faszination und Entsetzen. „Der hat Tante Lene einfach nochmal umgebracht."

„Na, na, na, ganz ruhig. Der Schauspieler wusste eben vieles. Ich finde das stark! Guck dir bloß den Gärtnersohn an!"

Sie schauten gebannt zu, wie der kleine Mann den Garten umgrub – das Schlachtfeld sah noch viel wilder aus als es damals in Wirklichkeit gewesen war, und das war schon beeindruckend gewesen. Plötzlich rannten Schatten durch einen gleißend hellen Lichtkorridor, ergriffen den Schaufelmann und zerrten einen weiteren mit schwarzer Lederjacke in fiesem Griff zwischen sich davon, der ging deshalb gebückt.

„Siehst du, ich hab's immer gesagt, da war noch jemand!" Rhena schrie jetzt.

„Ruhig, es ist bloß ein Film." Karsten kicherte ein bisschen. Der Kommissar stritt sich mit Anzugtypen, die offensichtlich vom BKA waren. Sie bedeuteten ihm, dass er mit Stasi-Leuten nichts zu tun habe, dieser sei im Übrigen keineswegs in den Mord an der alten Dame verwickelt, und rauschten ab.

Der Kommissar biss auf seinem Zeigefingernagel herum und schaute tief versonnen in die Kamera. Seine ausdrucksvollen Augen wurden in Großaufnahme gezeigt. Dann griff er seinen Assistenten am Oberarm und sagte zu ihm, sie wollten nunmehr ermitteln, wer die Erben seien. Los, im Haus nach dem Testament suchen, oder wahlweise nach dem Namen eines Notars. Den zerwühlten Garten könne man wohl der Spurensicherung überlassen, mit dem Hinweis auf einen vergrabenen Schatz. Falls der Junge nicht völlig übergeschnappt sei. Der Vater, der Gärtner nämlich, habe dies als abwegige Idee heruntergespielt. Aber diese Ermittlungslinie sei ein wenig verstopft, da sie ja an den Stasi-Menschen, den ehemaligen, nicht herankämen.

Der Film würde bald zuende sein. Rhena und Karsten fieberten.

„Wollen wir eine Wette abschließen, was er rausbrät?" Rhena liebte Wetten.

„Um was?"

„Flasche Rotwein."

„Ok."

„Dann sag."

„Du zuerst."

Es war eine Möglichkeit, aus dem Grauen herauszuspringen. Das war ja gar keine Geschichte. Das war wahr! Außer dass Tante Lenes Haus und Garten anders ausgesehen hatten, dies hier war mondäner und abgeschiedener. Aber künstlerische Freiheit gestand sie ihm zu, dem Schauspieler. Der hatte das Ding ja wohl seinem Produzenten unter die Jacke gejubelt.

„Also, der Arzt ist Tante Lenes Mörder."

„Hmmm ..."

„Das weiß ... doch, er spielt die Geschichte nach. Der Arzt ist Erbe, holt sich das Geld von der reichen, reichlich alten Patientin, und stellt seinen Erpresser damit zufrieden. Klar. Aber was noch?" Rhena klang durcheinander.

„In der Regel überlistet der Kommissar die bösen BKA-Beamten und kriegt doch noch seinen Stasi-Mann in die Finger. Der kann sein Geld übrigens nicht mehr abschöpfen, weißt du noch?"

„Gut. Ich sage nein, er kriegt den Typen nicht mehr zu fassen."

„Das ist eine einfache Wette. Ok. Um die Flasche Wein."

Jetzt lauschten und starrten sie wieder gebannt. Das Finale nahte.

Der Kommissar klingelte an der protzigen Tür des noch protzigeren Hauses und eine verhärmte ältere Frau mit Schürze öffnete.

Lenger und sein Gehilfe stürmten ins Wohnzimmer. Der Arzt, sehr erschrocken, wedelte mit den Händen und ließ sich wieder zurücksinken. Immer noch aufs grüne Sofa.

Die Überraschung saß in einem Sessel, in derselben hässlichen Farbe. Ein dicker, charismatischer Mann im teuren Anzug, unfein die Krawatte gelockert.

„Herr ... ich kenne Sie doch", murmelte der Kommissar.

„Breitschuh." Der Mann tat so, als sei er ertappt. Hmm. Das ist ein Schauspiel, hämmerte Rhena sich ein.

„Was ..."

„Pssst."

„Der Kulturminister von Brandenburg. Der designierte", soufflierte der Assistent.

„Sehr erfreut." Der Kommissar reichte ihm die Hand, die der andere schlaff annahm und hatte diesen fragenden Unterton, bei dem Verdächtige kurz vor ihrer Enttarnung gar nicht anders können, als zu gestehen.

Die Kamera schwenkte auf den zusammengesackten Arzt, der inzwischen die Hände vorm Gesicht hatte. Weinte er?

„Darf ich fragen, was Sie hierher geführt hat? Der Mann wird des Mordes an einer Patientin verdächtigt, wissen Sie etwas darüber?"

Der Dicke kniff die Lippen zusammen. Die dicken Schweißperlen auf seiner Stirn glänzten.

Da brach es aus dem alten Arzt heraus. Er wischte sich mit der Hand über die Glatze und stieß hervor: „Ich bin von einem Stasi-Mitarbeiter erpresst worden, seit Jahren schon, weil ich als Medizinstudent in einem KZ gearbeitet habe. Er hatte Fotos", das murmelte er nur noch. Dann wurde er wieder lauter: „Der Mann hier – den kenne ich doch auch nur aus den Nachrichten – taucht hier auf und fragt nach einem Manuskript, das ich abliefern soll. Und er droht mir damit, dass ich sonst noch mehr bezahlen soll. Aber wieso der hier, und nicht der andere?"

„Wie? Der ist doch verhaftet ... ach so, mir schwant etwas." Der Kommissar wandte sich dem Kulturminister in spe zu. „Haben Sie sich die Dienste des Stasi-Manns erkauft?"

„Ich weiß gar nicht, wovon Sie reden", trumpfte der Dicke auf. Durch die anscheinend scharfen Blicke wurde er aber kleinlaut und gestand hastig „... er wusste etwas über die Memoiren dieses alten SED-Ministerpräsidenten ... versprach mir für 500.000 ... hatte noch alte Kontakte ... hier beim Erben der alten Frau, weiß ihren Namen nicht ... aber nun – alles dahin!" Er schrie auf. „Es würde meiner Karriere schaden! Das Drecks-Manuskript! Wo ist es bloß?"

Der alte Arzt war wieder im Blick. Er grinste frech und sagte lakonisch: „Alles weggeworfen."

Bis auf einen kleinen Abspann, in dem der Kommissar und sein Assistent, genau, Schneider, über Biertrinken verhandelten, war das die Geschichte.

Rhena war vor Aufregung schweißnass. „Was sagst du dazu!", brüllte sie fast ins Telefon.

„Lass uns mal den Hall ausstellen. So. Und leg den Hörer aufs rechte Ohr, wir brauchen ein wenig analytische Kraft", schlug Karsten vor.

„Der wusste alles! Mehr als wir! Der Schatz, das Manuskript, er hatte es!" Rhena war so aufgeregt, dass selbst die linke Gehirnhälfte tobte.

„Er wusste aber nicht, dass du im Garten alles beobachtet hast. Aber wir wissen, endlich, woher die Polizisten kamen. Das waren BKA-Leute, die hatten Zivilfahrzeuge. Deshalb!" Karsten stöhnte erleichtert. Eine der wichtigen Fragen.

„Der Stasi-Mann hatte wohl die ganze Stadt im Griff. Tolles Einsatzgebiet! Und er kannte Bruschke, der war's wohl, der gemeint war, er kannte den Gärtnersohn, und er hat nicht nur vom Arzt kassiert."

„Lass uns mal kurz aus der Geschichte des Films aussteigen. Was wusste der Schauspieler und was nicht?"

„Schatz, Garten, Gärtnersohn, Bruschke, Memoiren. Und wem sie schadeten."

„Das meiste sicherlich aus dem Moerser Tagesblatt oder wie das heißt. Und es ist ein schöner Clou. dass ein Stasi-Typ – oder mehrere, die Netzwerke funktionieren bestens, laut Spiegel – Leute erpresste. Vielleicht ist ja wirklich so einer verhaftet worden."

„Oder er läuft noch frei herum", sinnierte Rhena mit seltener Klarheit. „Und der Schauspieler macht das, was ich auch bevorzuge: Öffentlichkeit schaffen. Vielleicht ist nach dem Tod seines Vaters jemand zu ihm übergewechselt und wollte ihn ebenfalls erpressen? Das war doch immer meine Angst, dass das Spiel weitergeht und ich damit in die Mühlen komme als Mitwisserin!" Rhena war aufgestanden. So etwas konnte man nicht im Sitzen klären. Liegen war schon seit einer dreiviertel Stunde nicht mehr drin gewesen.

„Er hat es hinausgeschrieen. Jetzt können sie ihm nichts mehr tun, es ist publiziert. Oder?" Rhena wollte einfach erleichtert sein.

„Wie findest du es, wenn ich zu dir komme, dann beruhigt es sich gemeinsam leichter?"

„Super Idee. Bitte, ja."

Sie stand vor der Haustür, als er den Motor abstellte. Sterne funkelten, die Luft roch gut nach Sommer und Verheißung.

„Er hat eines nicht gewusst", murmelte Rhena an Karstens Hals, auf der Eingangstreppe balancierend.

„Den Diebstahl aller elektronischen Geräte bei Frau Bruschke, die beiden alten Damen haben es elektrisch genannt, also auch sehr wahrscheinlich auch der alte Kassettenrecorder und die Kassetten."

„Wenn's nicht sogar nur deswegen war, und der Fernseher wurde zur Tarnung mitgenommen."

„Aber dann ... dann war der Memoirensucher ein Insider. Der Fahrer von Bruschke?" Mit offenem Mund starrte sie Karsten an.

„Aber der Schauspieler wusste doch vom Vorgang des Memoirenschreibens. Da wurde vom Manuskript gesprochen ..."

„Aber er wusste nicht, dass Bruschke nicht mehr lesen und schreiben, sondern bloß noch sprechen konnte. Und Hören natürlich. Er war doch blind."

„Also kann er es nur von seinem Vater wissen – oder vom Erpresser. Was mag auf den Kassetten sein? Die ganze wahre Geschichte über deinen Opa und den Widerstand, und vielleicht sogar aktuellere SED-Seilschaften? Bruschke hat doch bis 1995 gelebt, oder? Und über wundersame Verwandlungen von Politikern in Mitglieder von SPD, CDU und FDP?", sinnierte Karsten.

„Des Kaiser neue Kleider? Die CDU gab's übrigens auch schon in der DDR. Aber im Film war doch gar nichts über die Tonbänder zu hören."

„Trotzdem ist da ein ‚neuer' Politiker aufgetaucht, der seine Vergangenheit vertuschen wollte."

„Weil er auch im abgetippten Manuskript vorkommt. Und das hat der alte Arzt nun weggeworfen."

„Oder der Sohn. Oder niemand. Mir ist das alles zu einfach ... Der Arzt als Mörder ... Vielleicht war alles ganz anders?", sagte Karsten. „Es ist doch nur ein Film!"

Entspannt gegen das Geländer gelehnt, die mitgebrachte Rotweinflasche abgestellt – wer hatte denn nun die Wette gewonnen? Du, nein, du, nein, keiner, deswegen doch – standen sie im Vorgarten und befragten die glitzernden Sterne.

Literatur

Bauche, Ulrich u.a.: Arbeiterbewegung in Hamburg von den Anfängen bis 1945. Katalogbuch zur Ausstellung des Museums für Hamburgische Geschichte, Hamburg 1988

Bruschke, Werner: Episoden meiner politischen Lehrjahre, hrsg. von der Kommission zur Erforschung der Geschichte der örtlichen Arbeiterbewegung bei der Bezirksleitung der SED. Halle 1979

Grünert, Gundel: Streiflichter aus meiner Kindheit in Fuhlsbüttel 1933 bis 1952. In: Willi-Bredel-Gesellschaft Geschichtswerkstatt e.V. (Hrsg.): Fuhlsbüttel unterm Hakenkreuz. Hamburg, 1996, S. 11–21

Herlemann, Beatrix: „Wir sind geblieben, was immer wir waren, Sozialdemokraten". Das Widerstandsverhalten der SPD im Parteibezirk Magdeburg-Anhalt gegen den Nationalsozialismus. Halle 2001

Martens, Holger: Widerstand und Verfolgung 1933–1945. In: Oldenburg, Christel u.a.: „Alles für Hamburg" – Die Geschichte der Hamburger SPD von den Anfängen bis zum Jahr 2007, Hamburg 2007, S. 47–60

Naujoks, Harry: Mein Leben im KZ Sachsenhausen, 1936–1942. Erinnerungen des ehemaligen Lagerältesten. Köln 1987.

Rückert, Sabine: Tote haben keine Lobby. Hamburg 2000 Sendung dazu ARD, 2004: Nur jede/r 50., 2 %, wird obduziert, jährlich werden 1000–2000 Morde, d.h. jeder 2., nicht entdeckt, sagen Rechtsmediziner

Vorstand der deutschen Sozialdemokratischen Partei Deutschlands (Hrsg.): Der Freiheit verpflichtet. Gedenkbuch der deutschen Sozialdemokratie im 20. Jahrhundert. Marburg 2000.

Arbeitsgemeinschaft ehemals verfolgter Sozialdemokraten (Hrsg.), Martens, Holger & Kutz-Bauer, Helga: Wegweiser zu den Stätten von Verfolgung und sozialdemokratischem Widerstand in Hamburg. Hamburg 2005

Beate Wellhausen:
Ludwig Wellhausen
Sozialdemokrat im Widerstand

Als Beate Wellhausen im Keller eine Kiste mit Briefen und Dokumenten ihres Großvaters Ludwig Wellhausen findet, erfährt sie mehr über dessen Aktivität in einer SPD-Widerstandsgruppe während der NS-Zeit. Die Mutter und die Großmutter hatten mit Beate Wellhausen nur wenig über die Widerstandtätigkeit und fast nie über die späteren Gefängnis- und KZ-Aufenthalte des Großvaters gesprochen. Die Autorin beginnt nachzufragen und zu recherchieren. Dabei ist eine gleichermaßen sehr persönliche und auch hintergründige Biografie von Ludwig Wellhausen entstanden.

Beate Wellhausen:
Ludwig Wellhausen – Sozialdemokrat im Widerstand,
Edition Alster, 2. erweiterte Auflage, erscheint im 3. Quartal 2020,
ca. 48 Seiten mit zahlreichen Abb., ISBN 978-939217-21-3